纪念中国人民抗日战争
暨世界反法西斯战争胜利80周年

抗战家书

我们先辈的抗战记忆（增订版）

张丁 主编

中国人民大学出版社
·北京·

图书在版编目（CIP）数据

抗战家书：我们先辈的抗战记忆 / 张丁主编.
2版，增订版. -- 北京：中国人民大学出版社，2025.
6. -- ISBN 978-7-300-34094-4

Ⅰ. I266.5

中国国家版本馆CIP数据核字第2025MU0973号

纪念中国人民抗日战争暨世界反法西斯战争胜利 80 周年
抗战家书
我们先辈的抗战记忆（**增订版**）
张丁　主编
Kangzhan Jiashu

出版发行	中国人民大学出版社		
社　　址	北京中关村大街 31 号	**邮政编码**	100080
电　　话	010-62511242（总编室）		010-62511770（质管部）
	010-82501766（邮购部）		010-62514148（门市部）
	010-62511173（发行公司）		010-62515275（盗版举报）
网　　址	http://www.crup.com.cn		
经　　销	新华书店		
印　　刷	北京尚唐印刷包装有限公司	**版　　次**	2015 年 5 月第 1 版
开　　本	720 mm × 1000 mm　1/16		2025 年 6 月第 2 版
印　　张	20.25	**印　　次**	2025 年 8 月第 3 次印刷
字　　数	273 000	**定　　价**	79.80 元

烽火家书抵万金

（代序）

“国破山河在，城春草木深。感时花溅泪，恨别鸟惊心。烽火连三月，家书抵万金。白头搔更短，浑欲不胜簪。”唐代诗人杜甫的这首《春望》曾使多少人感动不已，而“家书抵万金”更成为千古传诵的佳句。家书是古往今来人们信息交流的重要工具，它在沟通思想、表达情感方面具有其他交流手段不可替代的功能。家书是中华文明的重要组成部分，它集文学、史学、美学、书法、礼仪等元素于一体，承载着十分厚重的历史和文化信息。

不可否认，任何一封家书都带有时代的特征，但在战火纷飞的年代写就的家书，其时代感就更加突出和鲜明。当翻开《抗战家书》的书稿时，立即感到战争的硝烟扑面而来。从那些家书的字里行间中，我们体会到那时的人们因日本发动的侵华战争而遭受的伤痛，体会到因伤痛而产生的愤怒，从而理解了因愤怒而进行的坚决的抗争，进而理解了由抗争而生出的必胜信念和在伟大的实践中的心路历程。有哪种文献比这些家书更能如此深刻地反映战争中人们的体验与情感呢？

从本书选编的家书来看，早的写于“九一八”事变发生后不久，晚的写于抗战刚刚结束，涵盖中国14年抗战的全过程。内容上既有热血男儿从沙场写给亲人的绝笔，也有严父慈母对子女的叮咛；既有同胞兄弟之间的默默心语，亦有恋人之间的款款深情……特别是那些毅然走上战场的抗战勇士，他们以朴实的语言、纯真的情感，展现了他们发自内心的爱国爱家的赤子之心，抒发了他们为民族解放和为家园安宁而甘愿奉献青春的壮志豪情。

“我政府早具决心，抗战到底，不问境遇如何，决不作城下之盟。在我们当此国难，身为军人，只好〈遵〉本政府之策略，继续不断努力杀敌，来尽匹夫之责。”

“我在外，大家都是为着抗日的，为了保护我们的家庭，为着自己的未〈来〉做事！”

“现在儿就要离开大别山，走上最前线消灭敌人，保卫中华，望双亲不要悲伤挂念。儿为伟大而生，光荣而死，是我做儿子最后的心意，罪甚！罪甚！”

“现在我们的国家真正危险极了，南京、上海、苏州等这些地方都被日本占去了，要快到汉口来了。不过他恃其武力，野蛮横占，我们大家都觉悟，抗战到底，不要为他武力而屈服，总会得到最后胜利的。”

这一段段的内心独白不仅记载了那段血与火的历史，而且承载着绵长而醇厚的骨肉亲情，真实反映了在国破家亡的危急关头，血洒疆场的抗日将士不屈的民族气节，在日寇铁蹄蹂躏下普通民众“位卑未敢忘忧国”的系国系家的深厚情怀。今天读来仍余味绵长，催人泪下。

这部《抗战家书》在2007年出版后，立即受到了社会各界的欢迎。在抗日战争胜利70周年到来之际，编者在原来的基础上，又选择增加了15篇，包括张自忠、谢晋元、戴安澜等抗日将领们在戎马倥偬之际写给亲人的，有些家书写好后当时甚至未来得及发出。新增加的来自台湾同胞的家书，使这部书更具特色和代表性。①

作为史学工作者，我以为家书在史学研究上的功用似应得到更多的关注，因为与一般的资料相比，家书的特点在于具有生命，其魅力在于真实。一封家书，一段历史。民间家书就是民间书写的历史。《抗战家书》中所选登的许多家书的作者都是那个时代重大事件的见证者、亲历者，他们的视角往往是一般的史书中所看不到的。这些家书已保存七八十年，具有重要的文物价值；有的家书是名人的遗物，具有重要的文献价值；有的家书是重大事件的载体，具有重要的史料价值。

《抗战家书》通过一封封直指心灵的家书、一个个感人肺腑的故事、一张张朴实生动的老照片，再现了那段令人难忘的中华民族抗争史，这对

① 本序言写于2015年，步平先生于2016年逝世，此增订版保留了步平先生所书序言的内容。在增订版中，本书编者对2015年版的家书内容做了进一步调整、订正，并增加了赵一曼、彭雪枫等著名英烈的家书。

于大力弘扬以爱国主义为核心的伟大民族精神，对于在新时期加强对广大民众特别是青少年的爱国主义教育，不失为一种有益的尝试。

《抗战家书》从一个侧面真实记录了抗战时期的社会状况、市井民情，为后人全面而深入地认识、研究那个时代，提供了新的史料和新的视角。一封家书见证一个时代，是民间家书独有的价值体现，正所谓“小人物，大时代”。

《抗战家书》从一个独特的视角展现了英雄人物生活中的点点滴滴，尽管都是一些小故事，但生动、鲜活，且鲜为人知，如左权、吉鸿昌、戴安澜、蔡炳炎等人的家书，将其侠骨柔肠的侧面展现给读者，这是散落在民间的名人家书独具的资源，正所谓“大人物，小故事”。

《抗战家书》中选载的每一封家书都包含着修身、齐家、礼仪、教化等中国传统文化的精华，许多家书通篇闪耀着追求真理、争取公平与正义、讲求诚信友爱、提倡无私奉献等传统文化价值的光辉。体现中国文化的本质和中华民族道德的精髓，是民间家书的重要特色，正所谓“小家书，大文化”。

中国人民的抗日战争是中华民族历史上光辉的一页，挖掘抗战时期的家书，为研究抗战历史、弥补文献的不足提供了新的渠道和方法。我衷心希望能够以出版《抗战家书》为契机，使更多的人重视对抗战家书一类资料的搜集和整理，为抗战历史研究开辟一个新的领域。

步　平

2007年6月一稿

2015年4月二稿

（作者为中国社会科学院近代史研究所原所长、研究员，中国抗日战争史学会原会长）

编写说明

1. 本书所收录的家书原件主要是从中国人民大学家书博物馆和中国人民抗日战争纪念馆藏品中选择出来的，均经过家书捐赠者授权，有些为首次公开发表。

2. 本书是在2015年中国人民大学出版社出版的《抗战家书：我们先辈的抗战记忆》基础上修订的，原书收录家书故事40篇，这次删掉了2篇，新增加了6篇，本书家书故事总数共44篇。

3. 全书分为上篇、下篇两部分。上篇收录的是抗战前线将士们的战地家书，包括战斗在敌后战场的八路军、新四军，也包括正面战场的国民党军队；下篇收录的是各阶层民众与抗战有关的家书，包括爱国士绅、大学生、教师、医生、华侨、商人、职员、劳工、出版人、保育生、台湾同胞等。上篇和下篇内的文章基本上以家书写作时间排序，从一个侧面反映了14年抗战的历史。

4. 家书背景链接的撰写者分别标注于每篇文章的末尾。

5. 因作者文字水平各异，语言习惯不同，家书原文中有些词句略欠规范。为保持家书文本原貌，在不影响理解的前提下，对家书原文一般不做改动，尽可能保持作者的语言特色。

6. 家书原文中的错字、别字、异体字用〔　〕表示。

7. 家书作者本人的注释用（　）表示。

8. 家书原文中缺字、漏字，编者补充的用〈　〉表示。

9. 家书原文中衍字用［　］表示。

10. 家书原文破损、模糊不清和难以辨认的字用□表示。

11. 在一些家书原文中，“他”“她”不分，现均根据人称做了改动。

12. 在一些家书原文中，“那”“哪”/“象”“像”不分，现均做了改动。

13. 在一些家书原文中，“的”“地”“得”/“其它”“其他”不分，均未做改动。

14. 在一些家书原文中对父母等长辈称“你”“你们”，属于作者所在地区的语言习惯，并非不加尊敬，故未做改动。

目 录

上 篇

下　篇

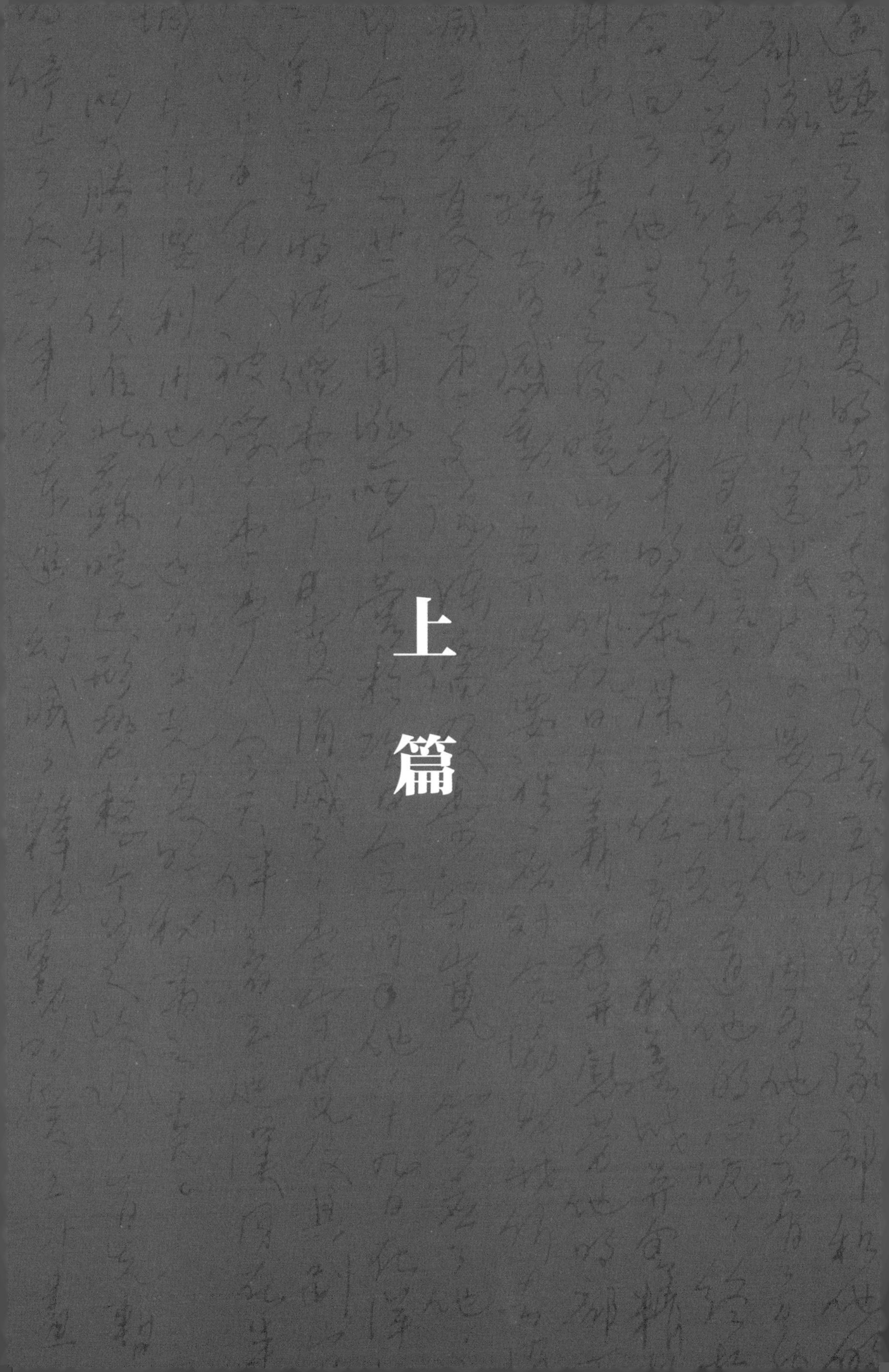

上篇

兄弟携手赴国难

▲ 周健民

谁不想承欢于老人膝下，谁不想骨肉亲人团聚？日寇肆虐，东北失地。国难当头，匹夫有责。像大多数热血青年一样，周平民、周健民兄弟辞别双亲，一起踏上抗日的战场。塞外艰苦的生活，没有泯灭抗日铁军顽强的斗志；敌人罪恶的枪弹，却将年轻勇士的形象永远定格。

家书原文

父母亲大人膝下：

敬禀者，男平民[①]前由上海北返，曾在河北省密云县寄上吉林移山人参半斤，参茸丸四粒，参须一盒，信一封及碧波[②]寄家人参八两，不知大人此刻收得否？当即由密云随成长奎[③]司令出古北口与男健民[④]相晤，时健民病虽已愈廿日，然身体甚瘦弱。幸途中有大车可坐，且每日行路甚少，至多者日行五六十

---

①平民：周执中（1902—1937），字国正，四川内江人。

②碧波：闵碧波，也叫闵乐山（1909—1937），出生于杨家乡闵家坝，与周执中既是师生又是战友。

③成长奎：成庆龙（1898—1932），山东人，擅长绘画。“九一八”事变后，联络爱国志士，组织抗日队伍，曾任东北抗日救国军骑兵第四路军司令，在奉吉交界和蒙边地区活动，抗击日寇，屡获战绩。1932年9月，因汉奸告密，遭日寇包围，英勇牺牲，年仅35岁。1987年被山东省人民政府追认为革命烈士。

④健民：周振华（1914—1933），系周平民的弟弟。

父亲大人膝下：前寄此男平民前由上海北返曾
（母）在北省察雲和安の上吉林移山人多半行多莽
九の程多欲陵一会信一封及照片寄家人多八月
不知　大人收到否男等即由家書随隊長
在司令生在此與男健民相晤时健民病後
已愈廿日然一身体甚疲弱幸途中有大車可坐
且每日行路甚少至第廿日行五六十里（後每二日）男常備
行三三十里且行三四日休息一二日故滑不感痛

苦得以休养兼又以服補药故日来已完全
恢復健康今日上午已抵热河省中心重要
商埠之赤峰县民众极表欢迎男等係由
江人与汝兄周之席萧、镇东等不同鄉故其
对南来同志尤为热烈阵指财产私人捐马外
并捐皮大衣八十五件洗澡钢锅负八十元今
年可不至受冷矣鄙在赤峰休息数日後前
進赤峰已在口外千里但距通遼前方尚有

千里（右）洪一月始可到达热河东北甚寒我军
又無汽车火食须由沿途人民负担得住上
等人家即可吃面然多大锅及肉中等人家多
吃小米（即糊子）白菜洋芋更有油盐供给
僅以生大葱（适遇二三处）拌白菜佐餐故初吃小米饭感
不饭现已吃惯毫不觉其苦也南来连男等
十六人初组织路途训练组男平民任第一科（主任）
科长男健民任宣传员（张科长……）健国行军期间暂派

务處服务照不设派卫队管三部任之託男平民
派参谋处任文牍兼事往行营秘書可文人
男健民每派参谋处任谍报的能作战我方
故将来即到前方亦绝无危险行　大
人不必寒虑也热河边境已失去一大块地中
国前途极为危险但为完对一定值地阿再行等
告　当再報请
福安注之
闵家均好

男平民 健民同叩 十月三日

里（仅两三日），寻常仅行二三十里，且行三四日休息一二日，故尚不感疲劳。得以休养兼又日服补药，故日来已完全恢复健康。今日上午已抵热河省中心重要商埠之赤峰县，民众极表欢迎。县长系浙江人，与决死团①主席黄镇东为小同乡，故其对南来同志尤为热烈，除捐助黄私人枪马外，并捐皮大衣八十五件，洗澡剃头费八十元，今年可不忧冷矣。拟在赤峰休息数日始前进，赤峰已在口外千里，但距通辽前方尚有千里，尚须一月始可到达。

热河本极苦寒，我军又无给养，火（伙）食须由沿途人民负担。得住上等人家即可吃灰面大饼及酒肉，中下等人家多吃小米（为□子）、白菜、洋芋，甚至有油盐俱无仅以生大葱海椒白菜佐餐者（仅遇一二处）。初吃小米，颇感不便，现已吃惯，毫不觉其苦也。南来连碧〈波〉等十八人初组织政治训练组，男平民任第一科（上尉）科长，男健民任宣传员（准尉），（碧波任第二科上尉科长）。继因行军期间暂派各处服务，碧波派卫队营营部任书记，男平民派参谋处任文牍并兼任行营秘书事务。男健民亦派参谋处任牒〔谍〕报，均非作战职务，故将来即到前方亦绝无若何危险，祈大人不必挂虑也。热河边境已失去一大块地，中国前途极为危险，余事容到一定住地时再行禀告。端肃敬请

福安暨阖家均好！

男　平民、健民　同叩

十月三日

---

①决死团：上海青年自愿决死抗日救国团，是宣传抗日救亡活动的组织，黄镇东任主席。

亲爱的父母亲：

自从前年拜别你老人家〈俩〉以后，浮萍似的儿子，已经整整的在外面浪迹了两个年头，历遍了十数省，海角天涯，就〔究〕竟如何结束这飘泊生活，来承欢膝下呢？思想起来，是多么的□□，多么的悲痛！父母亲，你老人家俩是年已老了，儿子们又是庸碌之才，赖何！年齿图〔徒〕增，事业无成，图〔徒〕呼负负罢了！

赤峰寄回的信收到没有？离赤后，晓行夜宿，一天一天的走近〔进〕了塞北极寒的地方，任何人也怕的酷寒，儿子等也亲身尝试；最奇怪的，今年更有数十年所未有的暖天，一直到今天才下极小的雪，想是救国救民的热诚感动了天心吧？！

我们随蒙边陆军独立骑兵第一旅成司令（长奎），到了开鲁县属候侵苏不（□□），在那里驻防两个月，因为得罪了成司令，同志十数人，竟被软禁了二十多天，后来辽吉黑民众后援会①派解总司令（国臣）将他解决了，我们才相继脱险，逃到开鲁。这事现在已经算结束了。我们是受了一回最大的欺骗。世道人心如此，我们哪里知道。

辽吉黑民众后援会念我们远道前来，不辞艰辛，不怕困难，精神和热心，都很值得钦佩，因此将我们留下工作。现在大男已分配在后援会宋委员处（现代理后援会主任）办公，二男在后援会组织前敌宣传队，碧波在解总司令处服务，其余同志，也都各得处所。并且人人有枪有马（大概是连枪，不过现在还没有发下来，因为我们到这里还只得四五天），很热诚，很娱〔愉〕快的，

---

①辽吉黑民众后援会：支援东北抗日义勇军的群众团体。1932年“一·二八”事变上海抗战期间，一些爱国人士于4月26日在上海成立了“东北义勇军后援会”。5月间，为避免国民党政府借口有碍外交对该会的破坏，决定把“东北义勇军后援会”改名为“辽吉黑民众后援会”。8月间，该会由上海迁往北平。

(一)

親愛的父親：

自從前年拜別你老人家以後，浮萍似的兒子，已經整整的在外面浪跡了兩个年头，歷遍了十数省，海角天涯，就竟如何结束这飄泊生活，未免感勝不既。思想起來，[illegible]你老人家[illegible]母親，你老人家已老了，兒子们不能承歡膝下，奈何！奈何！年來困頓，一事無成，嗚呼負負！

赤峰寄回的信收到沒有？離別後，曉行夜宿，一天

(二)

一天的走近了塞北極寒的地方，任何人也怕的酷寒，兒子竟也親身嘗試了；最奇怪的，今年更有数十年所未有的暖天，一直到今天才下極小的雪；想是報國救民的熱誠，感動了天心吧！我们隨蒙古陸軍騎兵第一旅（旅長[illegible]），到了察哈爾[illegible]縣，[illegible]司令，同志十数人，竟被軟禁了二十多天。[illegible]遂擔任派解總司令（王英）將他解決了。我們才得[illegible]，逃到南京。這了就在[illegible]結束了。我们又遭受了一回最

(三)

大的欺騙，世道人心如此，我們那裏知道。劉主任[illegible]念我們遠道前來，不辭艱辛，不怕困難，精神和熱心，都很值得欽佩，因此將我們留下工作。現在大哥已分配在[illegible]擔任劉主任（現代理總指揮主任）办公，二哥在總指揮部組織前敵宣傳隊，[illegible]解總司令服務，其餘同志，也都各得所了。並且人人有相當的任務（大概是連長）[illegible]，現在还沒有兵，不過因為我們到這來還只得四五天，很熱誠，很愉快的，幹救國救民的事，這些事都極重要，

干救国救民的事；这些事都极重要，……[①]

父亲大人膝下：

敬禀者，八月以来未得亲友一信。数日前忽碧波得西辅由成都来一回信，喜出望外，并于此信中知大人今日玉体康健，尤为欣慰。不知家中自母亲以下安好否？玉成、福祥叔两家亦好否？全弟、仙妹、均甥常来家否？素云今年读书否？甚念。家中纳粮诸事请寄语。奉宜、宝书两君请其维持。男在此饮食如常，惟身体觉日渐消瘦耳。余容后禀，敬叩

福安！

男　平民　谨禀

四、九

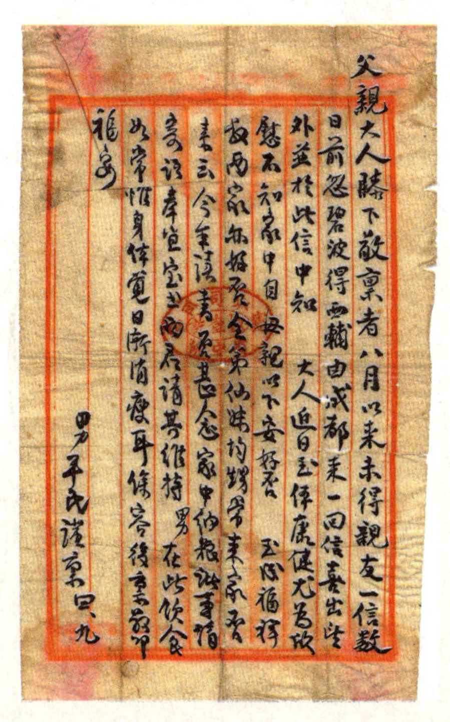

父親大人膝下敬稟者八月以來未得親友一信數
日前忽碧波得西輔由成都來一回信喜出望
外並於此信中知　大人近日玉体康健尤爲欣
慰不知家中自　母親以下安好否　玉成福祥
叔兩家亦好否全弟仙妹均甥常來家否
素云今年讀書否甚念家中納粮諸事請
寄語奉宜寶書兩君請其維持　男在此飲食
如常惟身体覺日漸消瘦耳餘容後稟敬叩
福安
男平民謹稟　四、九

---

①后面残缺。

子全弟[①]：

昨接八月八日来信，劝我对健民节哀，知弟爱我之深，故劝之切也。我亦自知所负责任，勉力自慰，然究因亡命途中，遭此骨肉惨变，终不能强抑怨怀也。

去岁出关同志，共十八人，去时虽历尽艰险，然至今年正月十二以前，虽已分为数处，但犹完全无恙，孰意至正月十三，健弟及昆容同志，即惨遭狙击。自此以后，杨震东、刘辉武（四川人）、张华疆相继失踪，庄天民、许中华又确已被难，而同从敌人枪林弹雨中逃出之姚志强，前天又病死于沪，正月迄今，仅数月耳，即遭此惨变，人事沧桑，能无感喟！

自冯玉祥揭竿察省后，抗日空气曾一度紧张，而内战亦大有一触即发之势。卒以中央之聪明对付，一面命庞炳勋、徐庭瑶等部极力向冯压迫，一面派黄绍竑赴港□分美借款，以软化西南；更极力欢迎由欧回国之苏马李等抗日各将，诱以军委及新疆屯垦司令等职，使已归冯玉祥旗帜下之义军分化；然后再挽宋哲元[②]、李烈钧[③]等作调人。以此种种强柔离间之手段，致素以强项称之冯玉祥，亦不能不于外无援手，内不团结，财穷粮竭，万难支持

①子全弟：周平民的妹夫。

②宋哲元（1885—1940）：山东乐陵人，1907年从军，北洋陆军随营武备学堂毕业。毕业后服役于冯玉祥部，1930年中原大战时任冯玉祥军第四路军总指挥。战败后，冯玉祥退居晋南地区，张学良将其整编入东北军序列。1931年宋哲元部被整编为国民革命军陆军第29军，宋哲元任军长。1932年任军事委员会北平分会委员兼察哈尔省政府主席。“七七”事变爆发后，率部抗击日军。

③李烈钧（1882—1946）：江西武宁人，曾赴日本学习陆军知识与技能。回国后，任武昌起义军重炮队司令，曾协助孙中山从事军事计划和参谋指挥工作。1927年任国民政府常务委员兼军事委员会常务委员。1928年国民政府改组，遂离开南京到上海。“九一八”事变后，致电蒋介石对外抗日。西安事变发生后曾主张和平解决。“七七”事变爆发后，李烈钧扶病进京，共赴国难。1946年在重庆病逝，时年64岁。

子金弟：

昨接八月八日来信，知弟对侯兄节哀和 弟爱邦之深，救助之切也。我亦自知既负责任，惟力是图，然究因正在途中，遭此骨肉惨变，终不能强抑悲怀也。

去岁出国同志，共十八人，去时无恙，[illegible]至今年正月十二以前，虽已分为数屠，但犹完全无恙，讵意至正月十三，侯弟及吴君同志，即惨遭狙击，自此以后，[illegible]天良许中华又不在已被难，而同往敌人[illegible]中[illegible]之[illegible]，前天又病死[illegible]，正月迄今，仅[illegible]月耳，所遭如此惨变，人何以堪，能无感慨！

自[illegible]，[illegible]空气更一度紧张，而[illegible]西人[illegible]之势，中央之[illegible]，一面命[illegible]，一面[illegible]，[illegible]西南，[illegible]力欢迎[illegible]之[illegible]，[illegible]，使[illegible]，[illegible]，[illegible]之手段，[illegible]，[illegible]内不团结，[illegible]家粮竭，[illegible]，一哭不[illegible]，[illegible]泰山[illegible]，[illegible]最近[illegible]，[illegible]已[illegible]，[illegible]反[illegible]，[illegible]。最近西南政府[illegible]总司令，西北[illegible]，且中央已决心与日妥协，不但不予援助，且[illegible]，[illegible]人民又因[illegible]，[illegible]，今后更说[illegible]援助之[illegible]，抗日救国[illegible]，历史上之[illegible]！[illegible]！！

自[illegible]，小张[illegible]，东北军已一蹶不振，冯玉祥此次不得出头，西北系亦大受打击，何应钦坐镇北平，中央之势力已达北方，以后[illegible]之手段，黄河以北可以无患矣，（日俄除外）现在反[illegible]，[illegible]西南，[illegible]——[illegible]中央之[illegible]，[illegible]——[illegible]计划——最近[illegible]团结，[illegible]已[illegible]，纵使西南一致，其实力亦不及中央，故[illegible]中国[illegible]。中央[illegible]之目的已达，[illegible]计划。

红军[illegible]总司令[illegible]之[illegible]

有待，四川[illegible]之[illegible]，福建十九路军之[illegible]，[illegible]（四川红军）[illegible]，[illegible]，[illegible]中华，何堪[illegible]！

英国之[illegible]，中央[illegible]之[illegible]，[illegible]使中国[illegible]化[illegible]，天不[illegible]人，黄河之大水又来，[illegible]之[illegible]，[illegible]大[illegible]，[illegible]诗。

[illegible]已廿日了，尚未[illegible]国[illegible]——[illegible]待家中[illegible]来时，[illegible]，[illegible]前[illegible]国[illegible]院[illegible]二号十七号许会客，但每次[illegible]，且限于[illegible]看视之[illegible]，纵使[illegible]不许会见，也可[illegible]，[illegible]，[illegible]。

[illegible]，[illegible]如下。

[illegible]四元五七元，[illegible]（[illegible]）[illegible]，[illegible]，[illegible]，[illegible]。

侯[illegible]院后一[illegible]已[illegible]院十三日了，[illegible]出院——[illegible]上海，[illegible]计划——[illegible]家中[illegible]——[illegible]。

上海五四以，航空寄物每斤约八九元，不知北平多少？[illegible]已[illegible]，[illegible]

健康！ [illegible]

[illegible]大人 [illegible]！及

[illegible]

[illegible]八月十[illegible]晚于上海

五月十三[illegible]

中，一哭下台矣。自冯氏退居泰山后，察省善后，概由宋哲元负责。最近冯之各部，多已听受编遣，虽方振武[①]曾一度继冯自称抗日同盟军总司令，与反冯下野最力之吉鸿昌，亦因屈于大势要求出洋矣。最近西南政府，虽委王德林[②]为义勇军总司令，回北活动，然力量有限，且中央已决心与日妥协，不但不予援助，且将施以摧残，又于〔於，wū〕能有所发展？人民又因捐款中饱问题，极度灰心，今后更谁肯以分文援助义军？"抗日救国"已成过去之事实，历史上之名词矣！健民等牺牲不值！！

自辽热陷落，小张[③]放洋后，东北军已一蹶不振。冯玉祥此次不得出头，西北系亦大受打击。何应钦坐镇北平，中央之势力已达北方，以后再履行其分化翦削之手段，黄河以北可以无忧矣！（日伪除外）现在反蒋最力者，厥为西南。日前在□□州等处，均见有大书特书打倒蒋……拥护中央之标语，但元老派主张立干，实力派主张缓干，——还要完成五年计划——最近元老派

---

①方振武（1885—1941）：抗日爱国将领。字叔平，安徽寿县人。1933年5月26日，察哈尔民众抗日同盟军成立。6月20日，同盟军任命方振武为北路前敌总司令。7月12日，方振武与北路前敌总指挥吉鸿昌收复多伦。在蒋、日军联合逼迫下，方振武被迫流亡国外。日军占领香港后方振武化装潜回广东，1941年12月在中山被国民党特务杀害。

②王德林（1873—1938）：原名王林，山东沂水人。1895年到吉林谋生。1899年组织数百义民，开展反抗帝俄的斗争。1932年2月，在中国共产党的协助下，成立"中国国民救国军"，任总指挥，率部给日本侵略者以沉重打击。1933年1月因形势所迫，退入苏境。同年5月绕道香港回国，奔走各大城市，呼吁抗日。抗战全面爆发后，任国民党革命军事委员会别动队光复军第二路指挥，准备开赴东北战场。1938年12月病逝。

③小张：张学良。"九一八"事变发生后，张学良根据蒋介石的电令节节败退，替蒋背负了不抵抗的罪名。蒋介石为了平息全国民众的怨情，逼张学良引咎自辞。张学良被迫于1933年3月11日通电下野，出国疗养，蒋介石安排何应钦代理张学良军事委员会北平军分会委员长的职务。

在港开会，图谋强制推翻实力派陈济棠①，事实已现裂痕，纵使西南一致，其实力亦不及中央。故眼前中国各方大致可以无事，中央安内协外之目的已达，大可实行其专心“剿共”之计划。

红军虽经蒋总司令数年来之痛“剿”，然欲行肃清似尚有待。四川十余县之被陷，福建十九路军②之受窘，反觉红军有相当发展，军阀战争虽已暂时阴消（四川在外），阶级斗争势将益趋剧烈。老大中华，休想太平啊！

美国之借款成功，中央本可以移此内战之经费，以恢复农村经济，繁荣城市，使中国日趋于工业化、资本化。如无天不助人，黄河之大水灾又来，致农村经济愈更陷于破产，灾患重重，恐此区区借款，未必能干出多大成绩，况大人先生们犹在倾囊□待。

病愈已廿日了，尚未走访园圃，一事〔视〕文海起居。因欲待家中钱来时，然后依期亲赴第二特院（现住处离该院尚有廿里左右，前刘园圃言该院每月仅二号十七号午后一至三时许会客，但每次只准作五分钟谈话，且限于亲属）看视文海。纵使院方不许会见，也可稍少医款，助其零用。如能全约，当代弟问好。

弟赞助奉宜、尊安、成仁等筹备追悼健民，我深感激，如能顺利成功，健弟有知，亦当稍安地下。

---

①陈济棠（1890—1954）：字伯南，广东防城（今广西防城港）人，粤系军阀代表，曾长时间主政广东，有“南天王”之称。1908年加入同盟会并追随孙中山，任粤军李济深部第二旅旅长。1925年，任李济深部下国民革命军第四军十一师师长。抗战时，陈济棠出任最高国防委员会委员、战略委员会委员。1950年到台湾，任“总统府”资政、战略顾问。

②十九路军：国民革命军第十九路军，蒋光鼐任总指挥，蔡廷锴任军长，人数有3万余人，驻防南京、苏州、上海一带。原属孙山中建立的粤军第一师，在第一次北伐时被称为“铁脚、马眼、神仙肚”的铁军，后来又参加过粤桂3次大战及中原大战，驻京、沪前被派到江西与红军作战。“九一八”事变后，蔡廷锴厌恶连连内战，在江西南昌体育场带领全军庄严宣誓：“不打内战，抗日保国。”为支援东北抗日，蔡廷锴在十九路军中组织两个旅奔赴东北战场。

刻已内明上海□□每两价值四元至七元，虫草（批言有冬虫夏草之区别）每两三元上下，但如非内行，不能识之。彼等买进时非常煞价，日前我等从张家口带回蘑菇不少，被彼等煞价，结果大折其本。

俟闵碧波出医院后——彼病□□已进医院十三日了，昨□医生定，尚须一周始可出院——如家中钱能在半月之内兑到上海，决赴平实行贩药读书计划——亦须视此次家中卖药成绩如何——否则只有与黄投军，暂待机会。

上海至四川，航空寄物，每斤约八九元，不知北平多少？未到参胶，已去函清查，顺祝

健康！并恭候

姻翁、母大人福安！及阖府均好！

平民

八月廿六晚于上海

九月十三收[①]

背景链接

周平民，又名执中、国正。生于1902年，四川省内江县人。1916年，在内江县立中学就读。受革命思想熏陶，开始阅读《新青年》《每周评论》等进步刊物，积极参加学生会进步活动。毕业后，到杨家乡小学任教，后任校长。1924年参加地下党在白合场举办的“民团干部传习所”学习，受到革命思想的熏陶。1926年上半年加入中国共产党。从此，他以教书做掩护，积极从事农民运动，并担任支部书记和中共内江县委委员职务。1929年在杨家乡、石子乡等地领导农民开展抗粮、抗捐斗争。1930年8月县委

①九月十三收：为收信人所写。

机关遭敌人破坏后，秘密前往上海。

▲ 周平民

1931年“九一八”事变后，在蔡廷锴领导下组织参与“上海青年自愿决死抗日救国团”，任秘书职务。1932年8月随蒙边陆军独立骑兵第一旅赴开鲁抗日前线，被分配在辽吉黑民众后援会开鲁办事处工作。1933年2月日寇进犯热河，由于国民党采取不抵抗政策，热河失陷，后随救国团主席黄镇东赴上海。同年冬，赴南京投考军事学校，继续从事抗日救亡活动。

1934年8月周平民在浦口进行革命工作时，由于叛徒出卖，不幸被捕，被关押在南京江东门军政部中央军人监狱。在狱中，他虽惨遭严刑拷打，仍与敌人进行坚决斗争。他在身心遭受严重摧残的困境中，仍以顽强毅力坚持学习，盼望出狱后为党继续工作。由于反动当局残酷虐待，于1937年被折磨致死。

周健民，又名振华、国辉，是周平民的弟弟。1927年考入内江县立中学，第二年转到安岳县续读。1929年开始参加农民运动，1930年随周平民离开内江到重庆，后辗转到上海。与哥哥一起报名参加了“上海青年自愿决死抗日救国团”。在江苏昆山和无锡经过培训后，于1932年8月北上，以满腔热情投入抗日救亡的洪流。1933年春，种种迹象表明日寇将要侵占热河。2月初，经鲁北地区①专员朱天培要求，后援会推荐周健民、庄昆容、许中华等人到鲁北前线工作。2月7日清晨，周健民等人随朱天培乘车赴鲁北，由于此次行动被汉奸刺探获悉，周健民不幸中弹牺牲，时年19岁。

在赴鲁北前线以前，周平民与周健民兄弟二人促膝长谈至深夜，不忍

---

① 此处指通辽开鲁县北部及赤峰东北部一带，当时属于热河省管辖。

分离，谁知一别竟成永诀。得到弟弟健民牺牲的消息后，正在南京的平民悲痛欲绝。

在周平民的另一封残缺的家书中，他这样写道：

> ……人望着我，也止不住我的眼泪，我几乎把全信读不下去。昨夜约十一时独自一人回到下关旅社，将来信重读一遍，又整整的痛哭一场。今晨在床上思及健民，眼泪不断的流了三个钟头，我只得起来，流着眼泪给你写回信。我自成人以来，虽未尝一日离去忧郁，然绝少悲伤痛哭，十余年来，祖母、曾祖母、母亲、小妹、蒋氏相继死去，当时虽曾痛哭，然多一哭两哭即止，从未如此次健民……

这封信是作者哭着写的，情真意切，饱含着爱国、爱家的双重感情。眼见日本帝国主义侵我国土、杀我亲人，周平民胸中燃烧着仇恨的怒火。

在上海，周平民收到了外甥百均的来信，告诉他父母亲得知健民死于战场后整天以泪洗面。周平民读过信后心如刀绞，于6月12日给外甥复信，请他代自己多多安慰伤心的老人。

> ……这回你二舅舅在打日本鬼子的最前线死去，他为救国而死，是死得光明的，只是他在亡命途中、万里关外，与他共同飘泊、共同奋斗、相依为命的你的大舅舅忽然永远分离。……以后努力读书，将来长大了，好替你二舅舅报仇。杀完日本鬼子汉奸叛逆，把已失的东北四省从日本帝国主义的手中夺回来，以完成你为救国救民而牺牲的二舅舅的遗志。

对于外甥，周平民怀着无限的期望，教育他将来一定要坚定地走抗日救国的道路，去完成前辈未竟的事业。此情此景，感天动地。

（蒲　强）

吉鸿昌：光明正大　从容赴死

▲ 吉鸿昌

抗日名将吉鸿昌在牺牲前以手指为笔，在刑场上写下浩然正气的绝命诗："恨不抗日死，留作今日羞。国破尚如此，我何惜此头！"而在走上刑场前的几个小时，吉鸿昌将军还写下了一封革命遗书和三封给亲友的家书，其中三封家书现存天津博物馆。

家书原文

红霞吾妻鉴：

夫今死矣！是为时代而牺牲。人终有死，我死您也不必过伤悲，因还有儿女得您照应。家中余产不可分给别人，留作教养子女［子］等用。我笔嘱矣，小儿还是在天津托俞先生照料上学，以成有用之才也。家中继母已托二、三、四弟照应教〔孝〕敬，你不必回家可也。

国昌、永昌、加昌等：

见案兄已死矣，家中事俱已分清，唯兄所恨者，先父去世，嘱托奉养继母之责，吾弟宜竭力孝敬，不负父兄之托也。

欣农、仰心、遐福、慈情诸先生鉴：

吾先父所办学校校款，欣农、遐福均悉，并先父在日已交地

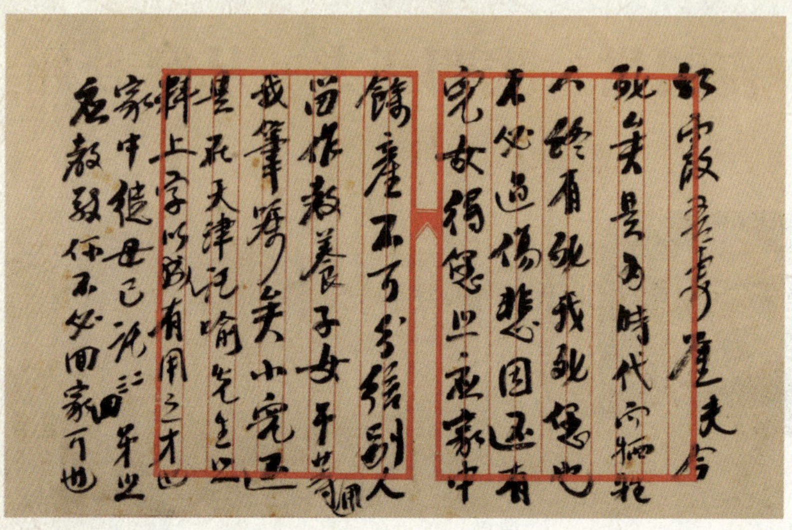
红霞吾妻鉴：夫今死矣，是为时代而牺牲。人终有死，我死值也。不必过伤悲，因还有儿女得您照护。家中遗产不可分给别人，留作教养子女平安之用。我笔寄矣。小儿还是取天津托喻先生照料，上学以成有用之才也。家中继母已托江弟照看，教发你不必回家可也。

方正绅办理。所虑者，吾死后恐吾弟等不明白之处，还要强行分产，诸君证明已有其父遗嘱，属吕潭地方学校，为教育地方贫穷子弟而设，款项皆由先父捐助，非先父之私产也，学校款，诸弟不必过问。

背景链接

吉鸿昌（1895—1934），原名恒立，字世五，河南扶沟人，著名抗日将领。不到18岁即加入冯玉祥的队伍，开始戎马生涯。他有胆有谋，作战勇敢，在北伐战争中，其所率部队被称为国民革命军第二集团军的“铁军”。1931年，吉鸿昌因不愿替蒋介石打内战，被蒋解职并勒令出国“考察”，在欧美期间多次发表抗日演说，号召海外侨胞“用热血拥护祖国”。

1932年1月28日，日本帝国主义悍然进攻上海，吉鸿昌闻讯回国。8月，赴湖北宋埠策动旧部三十师起义，失败后经上海至天津，从事抗日反蒋活动，因此遭到国民党通缉。9月由沪至津途中，潜赴山东联络冯玉祥出山组织武装抗日，毁家纾难，变卖家产6万元购置枪弹。1933年5月，与冯玉祥、方振武在张家口建立了察哈尔民众抗日同盟军，任第二军军长、北路军前敌总指挥兼察哈尔省警备司令。从6月开始，吉鸿昌率部北征，所向披靡，三战三捷，收复察东失地。22日，收复康保城。7月，收复宝昌和沽源县。随即又开始了扫清多伦外围的战斗。多伦地势易守难攻，为察东重镇，日本视之为攻掠察绥两省的战略据点，派重兵把守。根据敌情、地形，吉鸿昌采取强攻为主、先发制人、内外结合的战斗方案。7日晚，同盟军分路向多伦发动进攻，日伪军凭借工事与火力，拼命顽抗。攻城部队奋勇冲击，经过两天三夜激战，至10日晚，仍久攻不下，吉鸿昌乃亲率敢死队，赤膊匍匐前进，连续三次指挥登城。与此同时，暗派副官率士兵40余人，化装成伪军潜入城内。12日凌晨，吉鸿昌再次组织猛攻，里应外合，终于打败了日伪军，收复了多伦，察东四县全归同盟军之手，这是“九一八”事变以来中国军队首次从日伪军手中收复失地，对全国抗日力量产生了极大的鼓舞。

▲ 1933年7月，察哈尔民众抗日同盟军收复多伦

然而，此时蒋介石却派重兵进攻同盟军，同盟军终因腹背受敌、寡不敌众而失败。此后，吉鸿昌到平津等地继续从事抗日活动。1934年1月，吉鸿昌由著名共产党人宣侠父介绍，加入中国共产党。1934年吉鸿昌同宣侠父、南汉宸及任应岐，联络各派抗日人士在天津成立了中国人民反法西斯大同盟，吉鸿昌任党组领导成员。为宣传抗日爱国，大同盟编辑出版了机关刊物《民族战旗》，他自己出资购置印刷工具，并在家中设立了秘密印刷厂，他的家成了党在天津进行抗日民族统一战线工作的主要联络站，被大家称为“红楼”。吉鸿昌还广泛联络各界爱国人士，继续准备武装抗日活动，他的夫人胡红霞非常支持丈夫的革命活动，不惜变卖财产衣物，

为抗日前线筹集军火。

1934年11月9日，吉鸿昌在天津法租界被特务刺伤后逮捕。14日，被“引渡”给国民党政府，关进天津陆军监狱。22日，被秘密押解至北平军分会军法处。敌人当晚对他进行审讯，吉鸿昌慷慨陈词，历数蒋介石的卖国罪行，并将上衣解开，袒露出察北抗日作战中所负的累累伤痕。11月24日，吉鸿昌被枪杀于北平陆军监狱。

殉难前几个小时，吉鸿昌将军向敌人要了笔墨和信纸，写了一封正气凛然的遗书和三封短札，致夫人胡红霞的短信便是其中之一。信中的殷殷嘱托，充满了他对妻子、儿女深深的爱护。他鼓励妻子为了儿女的成长、为了革命，坚强地活下去。

吉鸿昌被捕后，夫人胡红霞进行百般营救。由于中国报纸肆意歪曲真相，胡红霞便找到英文《京津泰晤士报》，及时报道了国民党企图暗杀吉鸿昌的卑劣行径。胡红霞还专程跑到泰安，上泰山向冯玉祥求助。在吉鸿昌被法租界工部局“引渡”给国民党政府之前，胡红霞甚至打算卖掉位于法租界的房子，聘请法国律师用诉讼的方式阻止这次“引渡”。吉鸿昌知道这些事情后，便告诉夫人营救是徒劳的，表明了吉鸿昌对国民党反动本质的清醒认识和视死如归的革命精神。

写完信后，吉鸿昌从容走上刑场，在刑场上写下浩然正气的就义诗，并慷慨陈词：“我为抗日而死，不能跪下挨枪，我死了也不能倒下！给我拿个椅子来，我得坐着死。”坐在椅子上又向敌人说：“我为抗日死，死得光明正大，不能在背后挨枪。你在我眼前开枪，我要亲眼看到敌人的子弹是怎样打死我的。”当刽子手在他面前举起枪时，他凛然高呼：“抗日万岁！”“中国共产党万岁！”壮烈牺牲，时年39岁。

（陶武亮）

赵一曼：不要忘记你的母亲是为国而牺牲的

▲ 赵一曼

赵一曼是一位令敌人闻风丧胆的女英雄，同时也是一位善良的母亲。在被日寇押赴刑场的途中，她给儿子写下了两封遗书，成为共产党员红色家书的代表作。

家书原文

宁儿：

母亲对于你没有能尽到教育的责任，实在是遗憾的事情。

母亲因为坚决地做了反满[①]抗日的斗争，今天已经到了牺牲的前夕了。

母亲和你在生前是永久没有再见的机会了。希望你，宁儿啊！赶快成人来安慰你地下的母亲！我最亲爱的孩子啊！母亲不用千言万语来教育你，就用实行来教育你。

在你长大成人之后，希望不要忘记你的母亲是为国而牺牲的！

一九三六年八月二日

你的母亲赵一曼于车中

---

①这里指的是反伪满洲国。

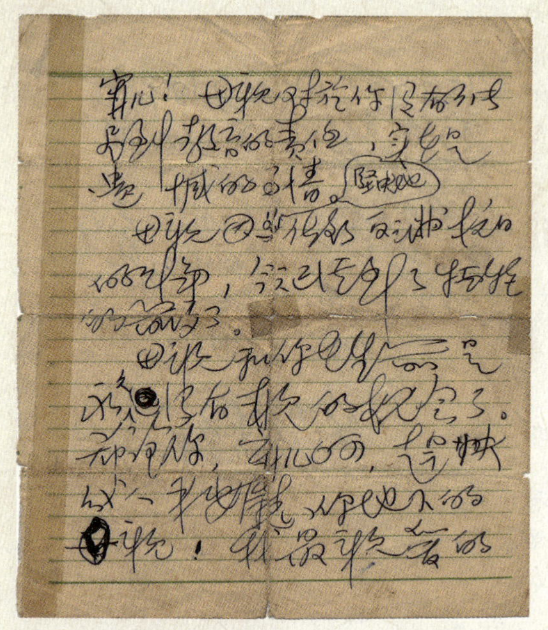
宁儿！母亲对于你没有能尽到教育的责任，实在是遗憾的事情。（坚决地）

母亲因为做了反满抗日的斗争，今天已经到了牺牲的前夕了。

母亲和你在生前是永久没有再见的机会了。希望你，宁儿啊，赶快成人，来安慰你地下的母亲！我最亲爱的

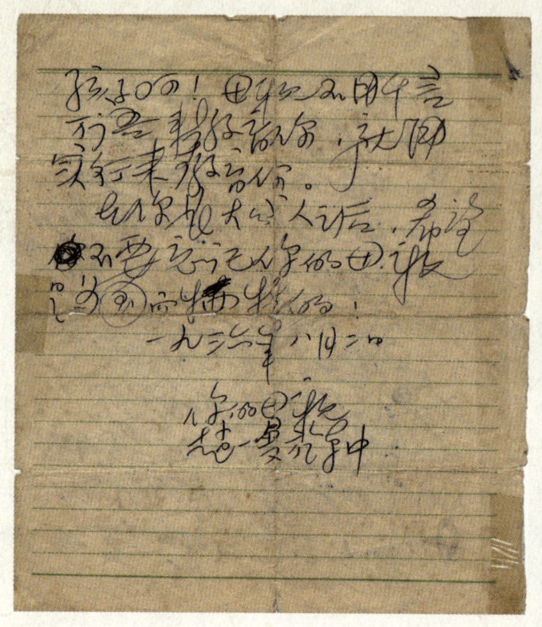
孩子啊！母亲不用千言万语来教育你，就用实行来教育你。

在你长大成人之后，希望不要忘记你的母亲是为国而牺牲的！

一九三六年八月二日

你的母亲
赵一曼于车中

背景链接

赵一曼，字淑宁，原名李坤泰，又名李一超，1905年生于四川宜宾。1923年加入中国社会主义青年团，1926年转为中国共产党员。1926年11月考取武汉中央军事政治学校（即黄埔军校武汉分校），成为中国历史上第一批军校女学员。1927年“四一二”反革命政变后，赵一曼辗转来到上海。9月，由党组织派往苏联莫斯科中山大学学习。1928年4月经党组织批准，与校友、中国共产党员陈达邦结婚。当年10月回国。1929年1月生下儿子宁儿。

▲ 赵一曼与宁儿合影，1930年4月摄于上海

1932年春，赵一曼到东北从事秘密抗日活动。1934年7月，担任珠河中心县委委员，开展游击区工作。

1935年秋，担任东北人民革命军第三军第二团政委，领导抗日武装斗争，威震珠河（今黑龙江省尚志市）。1935年11月在战斗中受伤被俘。

不久，赵一曼被带回哈尔滨，日寇使用各种酷刑摧残她，但她始终不渝，毫不动摇。敌人在无计可施的情况下，最终决定把赵一曼押解到她曾战斗过的珠河县处死。1936年8月2日，在押送途中，赵一曼感到死亡迫近，希望给她7岁的儿子写一封遗书，就从押送的职员处借了笔和纸，前后两次，写了反满抗日的遗书。

此时，赵一曼希望这份遗书能转到宁儿的手里，表达她作为母亲的遗憾和对儿子的希望。然而，她也清楚地意识到，首先看到这份遗书的将是自己的敌人，这些残酷而暂时强大的敌人，也许会拿着她的遗书，去寻找和迫害她的宁儿。于是，她拿起笔，又写了一份与她被捕后编造的假口供一致的另一份遗书，看起来好像是余言未尽有所补充。这封遗书不长，全文如下：

亲爱的我的可怜的孩子：

母亲到东北来找职业，今天这样不幸的最后，谁又能知道呢？

母亲的死不足惜，可怜的是我的孩子，没有能给我担任教育的人。母亲死后，我的孩子要代替母亲继续斗争，自己壮大成长，来安慰九泉之下的母亲！你的父亲到东北来死在东北，母亲也步着他的后尘。我的孩子，亲爱的可怜的我的孩子啊！

母亲也没有可说的话了，我的孩子要好好学习，就是母亲最后的一线希望。

一九三六年八月二日

在临死前的你的母亲

写完遗书后不久，赵一曼在珠河县小北门外英勇就义，时年31岁。

1950年，长春电影制片厂摄制的电影《赵一曼》在全国热映，女英雄赵一曼的名字家喻户晓。观众中也有赵一曼的丈夫陈达邦和儿子宁儿，可

▲ 陈掖贤（宁儿），摄于1955年

是他们并不知道赵一曼是自己的亲人。直到1954年，在赵一曼家人多方寻找和她当年战友的帮助下，才最终核实了烈士赵一曼的身份。于是，陈达邦带着儿子陈掖贤（宁儿）踏上了开往黑龙江的列车，在东北烈士纪念馆，他们参观了赵一曼烈士的事迹展览。看到母亲被敌人残酷折磨，陈掖贤悲痛不已，用钢笔把母亲写给他的第一封遗书抄在了笔记本上。他要永远记住母亲的叮嘱，好好学习，长大后报效祖国。如今，陈掖贤也已去世。当年他手抄的家书，传到了他的女儿、赵一曼的孙女陈红的手上。

在赵一曼的故乡四川宜宾建有赵一曼纪念馆，她的家书和英雄事迹被广为传播，感动了一代又一代人。2009年，赵一曼被评为“100位为新中国成立作出突出贡献的英雄模范人物”之一。2015年9月11日，习近平总书记在主持中共十八届中央政治局第二十六次集体学习时，深情朗读了赵一曼这两封家书的主要内容，然后指出：“这些革命烈士的家书是进行理想信念教育最生动、最有说服力的教材，应该编辑成册，发给广大党员、干部，大家都经常读一读、想一想。”

▲ 陈红（左二）一家人与奶奶和父亲的画像合影，摄于2018年

（丁　章）

为了保护我们的家庭

1937年4月30日，一位普通的红军指战员在写给江西老家的一封信中，除了向父母双亲问安、深表惦念之情外，还用铿锵朴实的语言，谈到了当时第二次国共合作、一致抗日的形势，表现了普通红军指战员高度的政治觉悟和满腔的抗战豪情。

家书原文

父母亲大人膝下：

敬禀者，堂前万福金安！进〔近〕来身体是〈否〉健康，饮食增加不？但现在是而复事，想必家中合家平安，同家安乐。但是，我离家已〔以〕后已有〈很〉久了。自从反攻以来，未曾与家通信，我想家中就〈像〉是忘了我一样。自我反攻，以〔已〕到达陕西栒邑县太峪镇驻房〔防〕，衣食住行是很平安，请你〈们〉在家不要挂念。

但是，自三原与家通信一次，也未曾〈知道〉家内接到了〈没有〉？现在也未见回音来，可不知家内怎么样？自我现在的国家，不过说，在外便为了国家的事情。我在外，大家都是为着抗日的，为了保护我们的家庭，为着自己的未〈来〉做事。不过，现在说起到达北方，使用〔实行〕国共合作、释放一切政治犯，联合许多了〔了许多〕抗日友军，国家已经和平。但是，我家没有什么问题。假是〔使〕家内接到我信，很快的与家〔我〕来信，不要递误，免得我在外挂念。来信〈寄〉到第一方〈面〉军

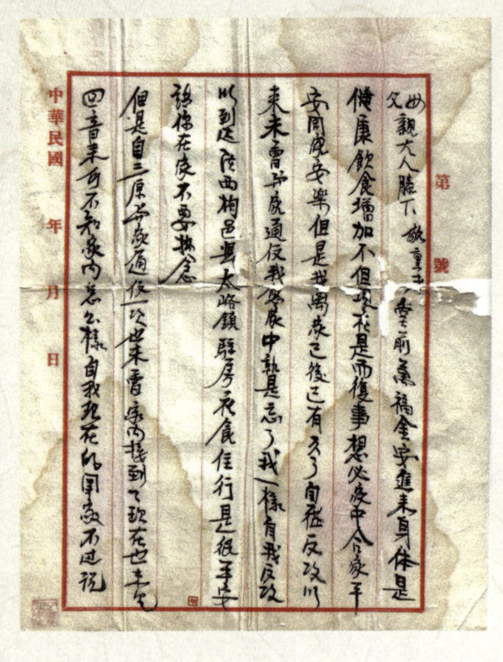

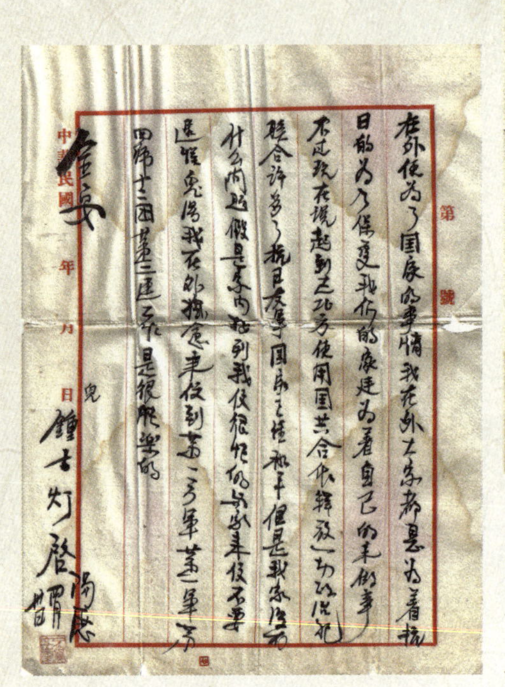

第一军第四师十二团第三连。工作是很快乐的！

金安！

儿　钟士灯　启

阳历四月卅日

背景链接

这封家书是2005年浙江收藏爱好者周立峰先生捐赠的。周先生经相关党史和邮史的考证，证实它的作者是一位经过长征后到达陕北的江西籍红军战士。家书写于1937年4月30日，当时抗战尚未全面爆发，红军还没有改编为八路军，然而西安事变后，第二次国共合作正在进行。1937年8月25日，中共中央军委发布命令：中国工农红军改编为国民革命军第八路军。同年9月11日，国民政府军事委员会按全国海陆空军战斗序列，将第八路军改称为第十八集团军。此后仍沿称八路军，其指挥机关仍简称总部，朱德改任总司令，彭德怀改任副总司令。

信中透露，寄信人所在部队是红“第一军第四师”。据军史记载，该师的师长为李天佑，政委是杨勇。这封普通红军战士写给江西老家的信流落民间，被周立峰在一次拍卖会上购得。从行文上看，作者文化水平不是很高，信中错别字较多，语句上有多处不通顺的地方。但在谈到抗日的形势时，我们可以感受到作者坚定的革命意志。

西安事变之后，国共两党进行了多次谈判。1937年9月22日，国民党中央通讯社发表《中共中央为公布国共合作宣言》；次日，蒋介石发表谈话，指出团结御侮的必要，事实上承认了中国共产党在全国的合法地位。至此，国共两党第二次合作正式形成。前面的这封家书虽只是一封普通的民间家信，却是“国共合作”的一个实物证明。

▲ 残破的信封

信封是用黄色牛皮纸制作的，正面和背面均裱有白色宣纸，邮票完好，邮戳清晰，邮路准确。

中式信封的正面左上角套红印有国民党“新生活运动”的宣传标志，标志下面的交叉的红色粗线和信封右边的细红线将信封分为三个区域。右栏书写“至江西雩都县桥头黄天□河北递转交”，中间为“钟学枫父亲大人查收”，左栏为“自陕西栒邑县□□”，销西安中转戳和江西落戳。

信背贴1931年单圈中山像二角邮票和1937年中山像北平加盖楷体壹分邮票各一枚，销陕西栒邑民国廿六年五月一日戳，残留挂号签条，符合当时双挂号（回执）的邮资规定。邮票右侧写有“请递勿误”，左侧写有“□之回音”。

此信于1937年5月1日寄出。当时，国共之间通信规定只能用“中华邮政”的邮票，盖“中华邮政”的地名戳。寄出地栒邑是陕甘宁革命根据地辖地，1937年3月红四师从三原县（八路军成立地）开赴栒邑（今旬邑）练兵；收信地雩都县（今于都）桥头乡是原中央苏区根据地，是红军长征主要集结地和出发地——“长征第一渡”。

（郭荣秋）

蔡炳炎：国将不保，家亦焉能存在

▲ 蔡炳炎

下面两封家书诞生于1937年淞沪会战的炮火硝烟中，是著名抗日将领蔡炳炎由常州赶赴上海阵地前写给夫人赵志学的亲笔信。搁笔四天之后，蔡炳炎即在与日军的拼杀中英勇殉国。“国难至此已到最后关头，国将不保，家亦焉能存在？”大敌当前，作为丈夫、军人，蔡炳炎选择了为国尽忠，用生命维护了中国军人的尊严。

家书原文

志学内子妆鉴：

新秋入序，暑气渐消，尤以夜间气爽，想皖地谅亦同此景象耳。沪战闻我军连日胜利，敌方大有恼羞成怒之势。昨日报载，又由日运来援军五万余口，果尔，则二次大战即将爆发。同时又据报载，上海汇山码头为我军占领，敌人虽有大部援军，无法登陆。虽多，亦奚以为！我等刻仍在此间休息，如沪寇日内再不解决，或即参加战斗也。前函家用账目由你管理，望即实行，无得疏忽，此为最要紧之事。保、亚、浙等儿辈均好吗？甚念。特此，敬颂

时祺！

洁宜于常州洪庙

八月十一日上午七时

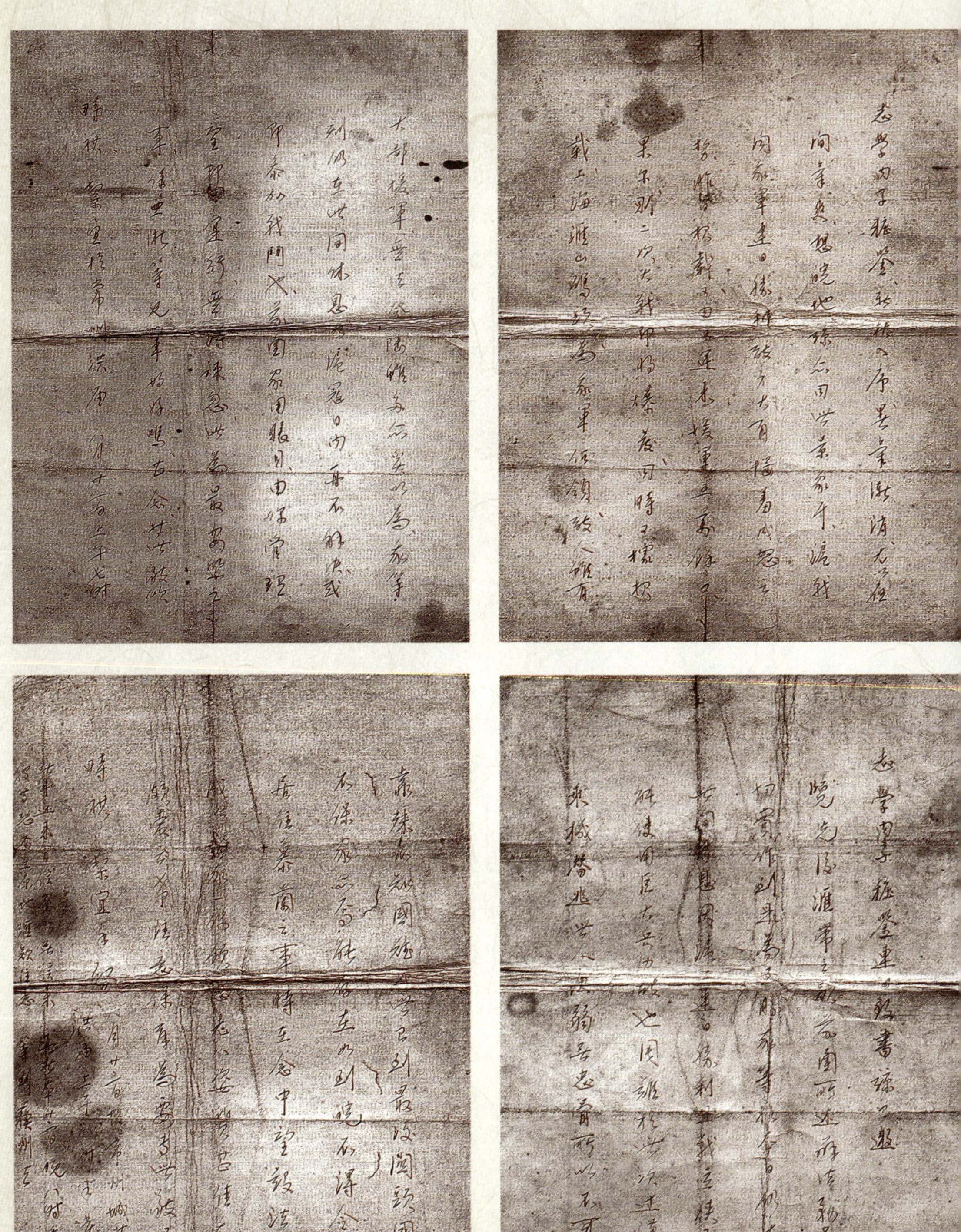

志学内子妆鉴：

连日致书谅已躬览，先后汇带之款，前函所述办法，务希切实作到，是为至盼。我等于本日仍在此间休息，因沪上连日胜利且战区狭，不能使用巨大兵力故也。周难于此次过汉，乘机潜逃，此人瘦弱无忠骨，所以不可靠。殊不知国难至此已到最后关头，国将不保，家亦焉能存在？如到皖，不得令其居住。慕兰之事，时在念中，望设法促成，以免我一件顾虑。老八资质甚佳，我颇爱之，希注意保育为要。专此，敬颂

时祺！

洁宜 手启

八月廿二日于常州城北之洪庙上午八时半发

姑母近来有信否？如无信来，再者本〈月〉廿二日晚八时我彼等恐不在原地，汇款注意，等到苏州去。

背景链接

▲ 蔡炳炎夫妇和儿子合影

蔡炳炎（1902—1937），名善举，又名丙炎，字洁宜，安徽合肥人。父亲蔡继彬，粗识文字，以农为业，母亲亦为农村妇女。蔡炳炎7岁启蒙读私塾，聪明过人。15岁学有所成，1923年去上海，次年初去广州，6月考入黄埔军校第一期步兵科。10月参加了黄埔学生军镇压商团叛乱的行动。11月结业，编入黄埔教导二团任排长。1925年2月至11月，参加了第一次和第二次东征，讨伐陈炯明，平定了滇桂军阀杨希闵、刘震寰的叛乱。1926年7月至1928年底，蔡炳炎参加

了第一次和第二次北伐。在东征、北伐诸战役中屡建战功，由排长擢升连长、副营长、营长、第九军军士教导大队上校主任、团长等职。1929年初调陆军大学特别班第一期学习。1930年初，陆大尚未结业，与同乡卫立煌同时调到江淮地区招募新兵，先后任卫立煌第三纵队指挥部少将参议、第一团团长。8月任卫立煌部第45师135旅268团团长兼徐州警备司令。1936年初，任第18军67师201旅旅长，调南京陆军军官学校学习三个月，5月晋升为陆军少将，7月调庐山军官训练团受训。

1937年8月13日，淞沪会战爆发，这是全民抗战开始后国民党军队与日军在上海及沪郊进行的大规模会战。会战中，日军被迫逐次增兵至22万余人，伤亡9万余人。国民党逐次增兵至70余万人，伤亡25万余人。淞沪会战悲壮而惨烈。战役共分三个阶段，8月13日至22日为第一阶段，8月23日至10月25日为第二阶段。蔡炳炎前面第二封家书的写作时间是8月22日上午8时半，当时正值会战第一阶段结束第二阶段即将开始的时候。

▲ 参加淞沪会战的中国军队

蔡炳炎率所部于8月22日晚进入沪郊，固守罗店以西前沿阵地，初战告捷。24日日军大批援军赶到。25日破晓，敌第11师团多田骏部队约3 000人由宝山小川沙河口登陆，在大批空军和军舰炮火掩护下，奔袭我罗店地区并占领了陆家宅、沈宅一

▲ 日军进攻上海

线阵地。蔡炳炎率五千健儿与敌血战一昼夜，我军伤亡严重。26日黎明，敌第二批援军又至，战斗更为激烈。敌人用优势的飞机、坦克、大炮把我军的后勤供应和增援部队阻隔，我军一次次展开肉搏战，打退了敌人的多次进攻。这时，相继传来我军主力402团团长李维藩和一些营连长阵亡的消息，蔡炳炎调整部署后下令道：本旅将士誓与阵地共存亡，前进者生，后退者死。时近中午，蔡炳炎亲率特务排和402团第三营冲向敌阵，杀敌多人。中午12时许，蔡炳炎不幸被敌弹横穿胸部，以身殉国。牺牲后，国民政府追认他为陆军中将。

▲ 上海守军的抵抗

1985年，安徽省人民政府追认蔡炳炎为革命烈士。1986年9月，蔡炳炎的灵柩迁葬于合肥市蜀山烈士陵园。据安徽省政协提供的资料介绍，蔡炳炎将军的夫人赵志学（多年侨居美国）将这两封家书用绫布装裱后一直带在身边，辗转半个世纪后仍保存完好。1987年6月，赵志学女士将这两封遗书连同蔡炳炎写遗书用的美制钢笔一起捐赠给中国人民抗日战争纪念馆。2014年9月，蔡炳炎被民政部列入第一批300名著名抗日英烈和英雄群体名录。

（王家森）

刻在灯柜上的抗战“遗书”

▲ 傅常

1937年9月，即将率军出川抗战的傅常将军给家人留下了一封简短的“遗书”，后被刻在灯柜上，得以完好地保存下来。这封特殊的家书也成为川军舍家为国、奔赴国难的历史证物，弥足珍贵。

家书原文

余奉命出川参加抗日战争，将奔赴前线。希汝等勿忘国难，努力学习，强我中华！

傅常

民国二十六年岁属丁丑八月

背景链接

这封家书的作者傅常时任第七战区长官部参谋长，书信全文雕刻在一个褐色的灯柜（床头柜）上，灯柜顶面的四角各刻有一个“福”字，顶面中部虽已开裂，然而上面刻写的字迹却历历在目，并刻有“傅常”印章。称其为“遗书”，因为这是傅常将军出征前写给妻子的家书，当时就是作为遗书来写的。

傅常，字真吾，1887年生于四川省潼南县（现为重庆市潼南区）大佛乡。1906年入四川陆军弁目队，因学、术两科成绩优异，1908年升入四川陆军速成学堂，在此期间参加了同盟会。毕业后傅常曾与梁渡、刘湘、侯建国等在四川陆军周骏第一师二团共事。后同盟会会员乔毅夫以速成学堂同学关系，说服傅常进入刘湘的第二军，属第九师杨森建制，任独立旅旅长，驻防内江。1927年傅常任驻京办事处处长，负责联络国民党各方面人士。此后，傅常长期为刘湘斡旋于蒋介石、张学良、杨虎城、各民主团体进步人士以及延安方面。1933年傅常任川康绥靖公署参谋长兼第21军参谋长。刘湘改组四川省政府时，傅常是其得力助手。傅常虽是刘湘的亲信幕僚，但其人一贯自恃清高，刘湘对他也十分尊重。

1937年“七七”事变爆发，刘湘通电请缨，吁请一致抗日。8月7日，刘湘飞赴南京参加国防会议，力主抗战。他表示：“抗战，四川可出兵三十万，供给壮丁五百万，供给粮食若干万石。”8月20日，刘湘任第二预备军司令长官，邓锡侯为副司令长官。8月26日，刘湘发布《告川康军民书》，号召四川军民为抗战做巨大牺牲：“全国抗战已经发动时期，四川七千万人民所应担荷之责任，较其他各省尤为重大！”

9月1日，第二预备军第一纵队先头部队出川抗战。9月5日，“四川省抗敌后援会”在成都市少城公园（今人民公园）举行“各界民众欢送出川抗敌将士大会”，万余人参加。第一纵队司令兼第45军军长邓锡侯在会上发表了慷慨激昂的讲演：“川军出川抗战，战而胜，凯旋而归；战如不胜，决心裹尸以还！”他还说：“我们是踏着先烈们的血迹前进的，后方的人民，要勇敢地踏着我们的血迹而来。前赴后继，一定能战胜敌人！”邓锡侯将军的一番豪情壮语，使

▲ 傅常将军灯柜细部

在场的将士热血沸腾，人人振奋。许多出川抗战的官兵都预立遗嘱，誓死报国。傅常将军也挥笔给自己的妻儿留下家信一封，权当遗书。

10月15日，刘湘任第七战区司令长官，傅常任长官部中将参谋长，负责督师抗战。1938年1月20日，刘湘在汉口万国医院病逝。他死前留下遗嘱："抗战到底，始终不渝，即敌军一日不退出国境，川军则一日誓不还乡！"很长一段时间里，前线的川军官兵每天升旗时都要同声诵读一遍这句遗嘱，这句铮铮誓言鼓舞了无数出川抗战的将士，他们奋勇杀敌，血洒疆场。其后，傅常调任军事委员会重庆行辕参谋长，后任国民参政会参议员。抗战胜利后，出任国民会议代表，参与制定《中华民国宪法》。1947年病逝于成都。

在抗日战争的烽火中，川军将士用自己对民族的忠诚、用自己的热血和生命，向世人展现了中华民族不畏强暴、勇御外侮的铮铮铁骨。川军先后参加了包括淞沪会战、太原会战、徐州会战、武汉会战和长沙会战在内的几乎所有重要战役，为抗战做出了巨大牺牲和贡献。除川军领袖刘湘病死前线外，还有多位川军高级将领以身殉国：1937年广德之战，第21军145师师长饶国华自戕殉国；1938年徐州会战，第41军122师师长王铭章于滕县阵亡；1943年常德会战，第44军150师师长许国璋以身殉职；1944年豫中会战，第36集团军总司令李家钰壮烈殉国……据记载：1937—1945年抗战期间，四川（包括西康省及特种部队和军事学校征的10万余人）提供了近300万人的兵源充实前线部队，占全国同期实征壮丁1 405万余人的五分之一强。

我们今天能够看到灯柜上傅常将军的遗书，归功于一位坚韧顽强的女性——傅常将军的妻子。将军出征后，妻子找来工匠，将这封家书按照丈夫笔体原样雕刻在灯柜上，一是教育后人报效国家，二是为长久地保存这封家书，让家书随灯柜陪伴自己，陪伴儿女，永远流传下去。

如今，傅常将军夫妇均已谢世，那封家书也已湮没无寻，然而刻有家书的灯柜历经磨难却完好地保存了下来。

2010年8月31日，中国人民抗日战争纪念馆和四川方面共同举办了“四川抗战实物暨抗战书画、国防教育图片展”，此灯柜在成都公开展出。前来参观的福昌木器厂厂主的后人赵昌熙老先生，一眼认出这是他们家生产的。福昌木器厂当时是成都最大的木器家具厂，那些刻在灯柜四角的福字图案，就是当年福昌木器厂的标记。这些福字在灯柜出厂时就已刻好，将军的家书则是后刻上去的。9月15日，四川巴蜀抗战史研究院院长、傅常将军之孙傅尧先生将灯柜等文物、书画捐赠给中国人民抗日战争纪念馆。2011年12月，该灯柜被评为国家一级文物。

（陈　亮）

倭寇未灭　誓不生还

1937年9月14日，国民革命军陆军第13师下士吴瑞在从陕西汉中至上海参加淞沪会战的急行军途中，连夜写下三封家书，安排家事，表达了抗战到底的决心，做好了为国捐躯的准备。

家书原文

父亲：

前月由汉中奉禀之信，谅已收阅了吧？现在回想一下，又是几多时不问候，抱愧已极！近来身体健康，饮食增加，精神百倍，定如私祝。儿在外面，幸脱〔托〕洪福，虽然跋涉千里，也觉平常。但是此次本师由汉中出发，经过秦岭时，因天雨，气候易〔异〕常之冷，本团弟兄虽有被水淹死、冻死和山崩裂压死等惨剧，可是儿很安静平安，这是很可慰的！其次矮〔倭〕寇占我平津，继又功〔攻〕击上海，因此我们忍无可忍，不能再让再忍了。所以我们的领袖蒋委员长决〈心〉率全国同胞，一致抗战到底。无疑的本师也在抗战之列，所以此次由汉中出发，步步推进，已于本月五日到达此地。现拟决于明日十五离开此地，向上海前进。候达到上海或南京之后，再函告禀。不过未去之先，不得不简单的将行踪报告，同时并乞保重玉体，以安儿心于征途和疆场。儿纵因杀矮〔倭〕寇而牺牲，可是有代价的，有光荣的，决不是平常之病死或亡国后被矮〔倭〕寇之铁蹄踏死。种种无价值之死，我觉〈得〉是无趣味的。所以这次我得到前线上去，我决心与矮〔倭〕寇拼命到底，所谓“矮〔倭〕寇未灭，誓不生

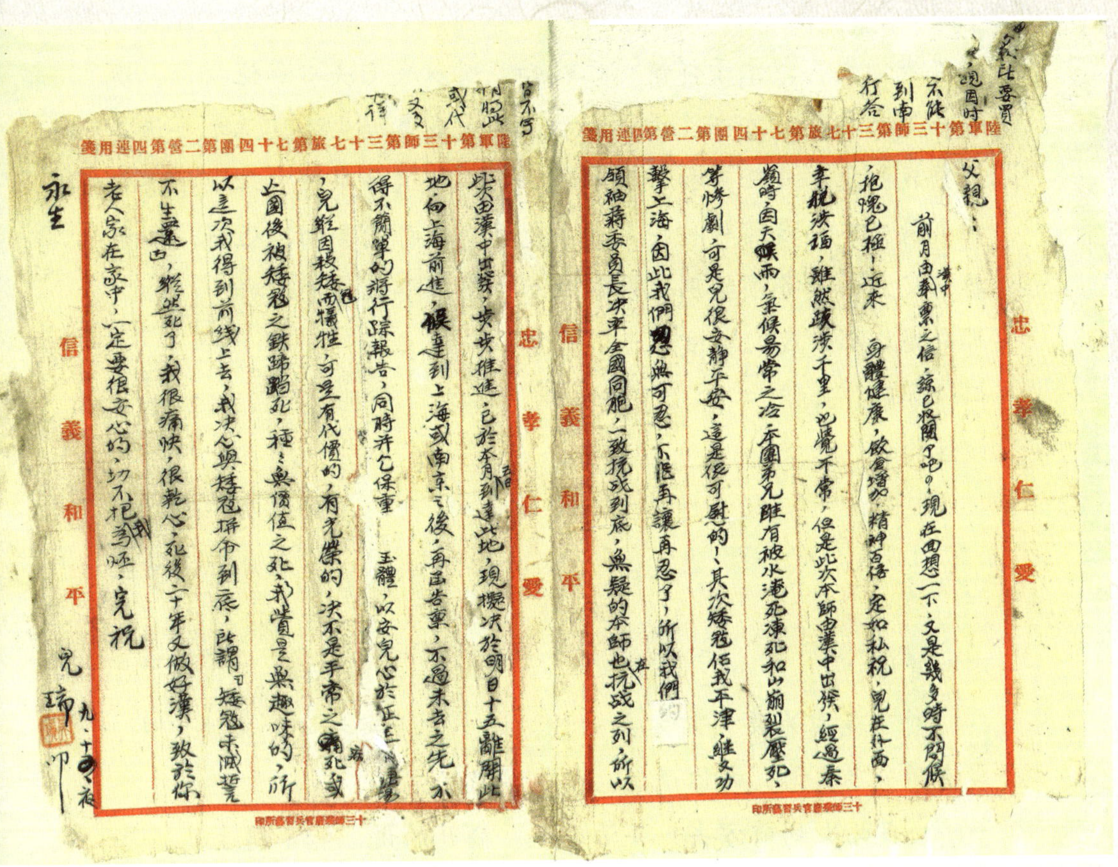

陸軍第十三師第三十七旅第七十四團第二營第四連用箋

忠孝仁愛

父親：

前月由漢中寄東之信，諒已收閱了吧。現在回想一下，又是幾多時不問候，抱愧已極！近來 身體健康，飲食增加，精神百倍，定如私祝。兒在外面，幸託洪福，雖然跋涉千里，也覺平常，但是此次本師由漢中出發，經過秦嶺時，因天晴雨，氣候易常之冷，本團弟兄雖有被水淹死凍死和山崩裂壓死，等慘劇，可是兒很安靜平安，這是很可慰的！其次矮寇侵我平津，繼又攻擊上海，因此我們想忍無可忍，不能再讓再忍了，所以我們領袖蔣委員長決率全國同胞，一致抗戰到底，無疑的本師也抗戰之列，所以此次由漢中出發，步步推進，已於本月[illegible]到達此地，現擬決於明日十五離開此地向上海前進，俟達到上海或南京之後，再函告稟，不過未去之先，[illegible]得不簡單的將行蹤報告，同時並乞保重 玉體，以安兒心於[illegible]。兒雖因抗矮寇而犧牲，可是有代價的，有光榮的，決不是平常之病死或亡國後被矮寇之鐵蹄踏死，種種無價值之死，我覺是無趣味的，所以這次我得到前線上去，我決心與矮寇拚命到底，所謂"矮寇未滅，誓不生還"，縱然死了，我很痛快，很甘心，死後二十年又做好漢，致於你老人家在家中，一定要很安心的，切不把我為懷，完祝

永生

兒 瑞 叩

九、十四夜

信義和平

還”。纵然死了，我很痛快，很干〔甘〕心，死后二十年又做好汉。致〔至〕于你老人家在家中，一定要很安心的，切不把我为怀。完祝

永生！

儿 瑞 叩

九〈月〉十四夜

极、元二位同胞：

我们国家存亡，民族是否复兴，在此一举了，同时我们手足之情，是否永久延长也在此一次，怎样呢？因为敌国矮〔倭〕寇

侮辱我们太甚，至于详情谅已略知。所以我们决心和他拼命，现在马上就要到前方去。至于去后，不管我是否生还，总之要请二位替我担负家庭任务和料理。故〔固〕然这种事情，二位早替我担负着，不过我因种种关系，不免再将这种任务向二位付托。尤其老父方面，务须特别尊敬和奉养，切不要像过去的行为。如果那样呢？那么我们实该万死了，完了。祝

二位和睦，并候

嫂侄均好！

预死弟　瑞　上

九月十四日夜

冬兰贤妹：

刻下我因为要到前方去〈与〉矮〔倭〕寇拼命，未去之先，我有两句忠实话，向你说说，须要牢记：

1. 我此次到前方去，淡泊的说，公开的说，能不能生还，是一问题。在我的决心，誓不生还的。不管生还否，对于家庭任务，完全是要你负担。

2. 对于父亲的侍奉，要比以前殷勤百倍，绝对不可怠慢一点。

3. 对于丽珍，须要好好扶育、教训，绝不要学普通一般卑劣习气，务要学古人孟母等辈之贤是我最企望你的！

4. 对于个人须要自作自保（自找自吃），我现毫不顾虑的了。你要知道，国家危亡，男女有责。在你身为女辈，不能到前方去杀敌，就应该担负家庭责任。同时要鼓动所有相亲的人们，都要如此，切不要有一点不好的观念。如果此次去杀贼不死，以后回家，敢说一句不比人弱就是。纵然死了，对于个人是很高兴、痛

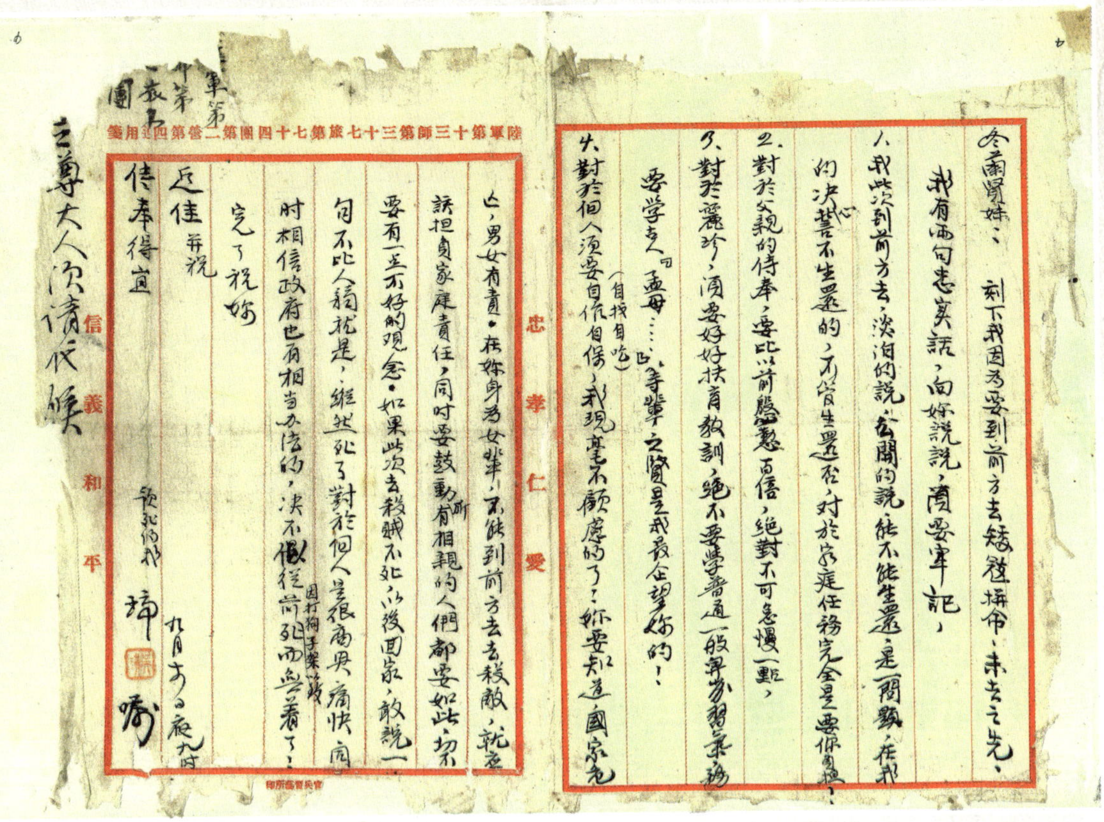

快，同时相信政府也有相当办法的，决不似从前因打狗子架以致死而无着了。完了，祝你

近佳，并祝

侍奉得宜！

预死的我　瑞

九月十四日夜九时　嘱

令尊大人须请代候。

背景链接

吴瑞，谱名世泽，字辑五，苗族。1913年4月3日生于贵州省三穗县滚马乡下德明村。父亲吴应江（1878—1953），读过私塾，曾任区长、族

长，修过宗谱，为当地名医。母亲翟冬秀（1876—1936），勤劳俭朴，艰辛持家，养儿育女，为丈夫的贤内助。二人生有四个儿子：世极、世宽、世元、世泽。二子早夭，长子世极和三子世元，读过四书五经，耕读传家。四子世泽，即吴瑞，幼入私塾读书，后进入城区两级小学。1931年考入黔东镇远联立中学，又称八县联立中学。1931年“九一八”事变后，镇远联立中学在吴会贤校长的支持下，组织了青年学生义勇军，上街游行示威。吴瑞参加了示威活动，立下报国之志，后因家庭经济困难，不得不辍学回家。

那时，日本帝国主义把侵略魔掌从东北伸向察、冀，妄图染指华北，“华北之大，已经安放不得一张平静的书桌了”。中华民族的命运，又一次面临严重的危机。吴瑞在家里想到的是国家和民族的兴亡，认为有志男子汉大丈夫，要干一番事业，“应以四海为家”。1936年3月9日，他不辞而行，向东出走，边走边问，六天后到达湖南宝庆（今邵阳）。当时国民革命军陆军第63师第187旅旅长李伯蛟在家乡设新兵训练处招募新兵，吴瑞报名参加被录用，从此投身军旅。经过两个多月的艰苦训练，吴瑞各种军事科目成绩优等，由列兵授予下士，后调入广东。不久，63师被整编，吴瑞等部分军人被编入13师74团2营4连。9月27日，13师奉调从广州北上，10月4日到达洛阳修建防御工事，后移师陕西咸阳。西安事变后，调至汉中地区留坝县驻防。1937年1月27日，吴瑞在家信中说：“我自离家庭，寄身军旅，时间数月，足迹几播全国。”

1937年1月3日，吴瑞在汉中留坝县给家中妻子杨冬兰的信中写道：“我们这次由咸阳出发，经终南山，一连走了十三天的雪地高山，白日走的是高山峻岭，喝苞谷汤和豆羹，夜晚睡的是雪地，连草也没有一根，人虽没有饿死，可是牲口跌死饿死无数，几乎我们都成神仙了！一直到石泉之后，方才看见朱红色的糙米，睡着黄金似的谷草，这是我来生也要牢记的。”同月27日，吴瑞在给双亲的信中，透露出军队对蒋介石打内战政策的反感。信中说：“每日除照常训练外，还要积极赶筑碉堡，构筑工事，以致不能达到目的，痛恨，痛恨！”打内战，劳民伤财，必然引起民众和军队的强烈不满，故吴瑞后来在信中称这种内战为“打狗子架”。

“停止内战，一致抗日”，是中国四亿多同胞包括军人在内的强烈愿望。“七七”事变后的第八天，在边远闭塞的留坝，吴瑞立即将此特大讯息告诉家里的两位哥哥。信中写道：“关于国际方面，日本人自本月七日在宛平县属之卢沟桥，因打靶与我二十九军发生冲突之后，虽经双方当局制止，始终仍无结果，以致数日以来，陆续增兵，并于昨日（十四）竟将北平包围，当经我驻平国军及保安队等以武力抵抗，同时我军政当局已派十六路军，计有十余师，从南北上，决以武力抵抗，誓不再以文明交涉。其次，我师现驻斯地，一方面赶筑飞机场，一方面积极准备。但将来能不能北上与倭奴一拼，还是惟命是从。如果本师北上，临行再告。”①在这封信中，吴瑞表达了个人的决心，准备北上，与“倭奴”决一死战，但是究竟是北上，还是驻军其他什么地方，信中最后留下“临行再告”的伏笔。

13师终于接到了赴沪抗日的命令。9月14日夜，在随部行军途中，吴瑞挂念家中的父母双亲、两位兄长、妻子等，挥笔写下三封家书，表达了誓死抗日的决心，并对家事做了安排。“决心与倭寇拼命到底”“倭寇未灭，誓不生还”，这既是吴瑞个人的呐喊，也是中国军人的铿锵誓言。中国军人以血肉之躯，义无反顾，视死如归地奔赴淞沪会战和其他各地抗日沙场。

▲ 淞沪会战中的中国军队

淞沪会战，始于1937年8月13日，是中日双方在全面

---

① 见1937年7月15日吴瑞致极、元二位哥哥家书手稿。

抗战初期进行的一次规模最大、战斗最惨烈的战役。中国军队投入70余万人，伤亡25万余人；日本军队投入22万余人，伤亡9万余人。其中，从陕西汉中调来的国民革命军陆军第13师，大约于9月底抵达上海，奉命在嘉定县（现嘉定区）陈家行—广福—孙家宅一带构筑防御工事，与日寇久留米师团对峙。日军认为13师立足未稳，立即向13师发动猛烈进攻，遭到顽强抵抗，伤亡300余人，尺寸未得。此后，敌增派第9师团第33、36联队，发起水、陆、空立体突击，阵地有的被突破，但我军组织反击，以血肉之躯收回。有的阵地白天丢失，晚上夺回，形成激烈的多日拉锯战。就这样，每日炮声隆隆，杀声震天，焦土一片，血染大地，双方伤亡惨重。13师75团“老虎营”、78团2营均全部阵亡，无一生还。13师74团2营4连坚守广福10余日，吴瑞等拼死抵抗，打得阵前鬼子陈尸累累，最后4连战士全部壮烈殉国，吴瑞时年25岁。

因13师伤亡过半，奉令换防，撤出战斗，转移至太仓、扬州休整和补充兵源，次年参加台儿庄会战。11月5日，日军从杭州湾登陆，迂回到中国守军侧后，合围上海。中国守军被迫撤退，12日上海陷落。长达三个月的淞沪会战中，中国军队是顽强的、悲壮的。事实证明，中华民族是不可征服的。日寇虽侵占了上海，但它付出了沉重的代价，疯狂叫嚣要在三个月内灭亡整个中国的计划遭到彻底的破产。

▲ 左起（以读者左右为准，后文同）第一排：吴瑞玄孙吴祖涛、吴祖波、吴祖骞、吴婧怡，侄玄孙吴佳惠、吴名珊；第二排：孙媳谢祥琼、孙子吴勋和、儿子吴绍祥、儿媳陈兴珍、孙子吴勋益、孙媳杨再琼；第三排：曾孙媳姜学英，曾孙吴华忠、吴华正、吴华钦、吴华玉，曾孙媳肖思娥，曾孙吴玉穗。摄于2015年8月28日

（吴展明）

谢晋元：为国而死　重于泰山

▲ 谢晋元

司马迁在《报任安书》中说："人固有一死，或重于泰山，或轻于鸿毛。"从此，泰山鸿毛之论作为一种生死观成为千古佳言，有气节的人都会做出自己的正确选择。80多年前，谢晋元率部坚守四行仓库，与敌血战四昼夜，抒写了一曲民族抗战的壮歌。

家书原文

萍舟吾兄：

九日示悉，昨日上函谅达。沪战两月，敌军死亡依情报所载，其数达五万以上。现在沪作战敌军海陆空军总数在廿万以上，现尚源源增援中，以现势观察，沪战纵有些微变化，决无碍整个计划，希释念可也。

弟十年来饱尝忧患，一般社会人情事〔世〕故，影响于个人人生观，认识极为清楚。泰山鸿毛之训，早已了然于胸，故常处境危难，心神亦觉泰焉，望勿以弟个人之安危为念。

维诚在目前环境下，绝对不能来汉。如蕉岭有危险，汉口则不可以言语计矣。抗战决〔绝〕非短期可了，汉口商业中心，更非可久居之地。倘维诚属个人行动，自较便当，以今日而论，幼民姊弟绝不能片刻无人照料也。望速将弟意转知维诚，不论如

京滬滬杭甬鐵路管理局

萍舟吾兄：

九日示悉、昨日已函諒達、滬戰開月、敵軍死亡依情報所載、其數達三萬以上、現在滬作戰敵軍、海陸空軍總數在廿萬以上、現尚源源增援中、以現勢觀察、滬戰縱有些微變化、決無碍整個計劃、希釋念可也。

信中上海擇援如寄八字樣或其他地名、亦可。

京滬滬杭甬鐵路管理局

弟十年來飽嘗憂患、一般社會人情事故、影响於個人人生觀、認識極為清楚、泰山鴻毛之訓、早已了然於胸、故常處境危難、心神亦覺泰然、請勿以弟個人之安危為念。

維誠在目前環境下、絕對不能來滬、如慈顏有危險、滬口則不可以言語計矣、抗戰決非短期可了、

京滬滬杭甬鐵路管理局

滬口商業中心、更非可久居之地、倘維誠等個人行動、自較便當、以今日而論、即民珊弟、絕不能說毫無人照料也、至遠婦弟意、我知維誠、不論如何、絕不能輕易離開家中、切盼

黃浦情形如何、此間係無所知、當加注意、款項只要可以容去、必盡各種方法、遵命離去、勿念、

京滬滬杭甬鐵路管理局

吾母擬滬後、想因店鋪放棄、而內心不安、吾兄維濟情形若何？倘有困難、希函知、以便設法援濟也、弟衣物此間購買方便、請勿麻煩可也、敬祝

冬祺

吾母大人以次請叩安好

仲民弟 十月十八日

何，绝不能轻易离开家中，切盼。

黄渡情形如何，此间何无所知，当加注意。款项只要可以寄去，必尽各种方法，遵命汇去，勿念。

岳母抵汉后，想因店铺放弃，而内心不安。吾兄经济情形若何？倘有困难，希函知以便设法接济也。弟衣物此间购买方便，望勿麻烦可也。敬祝

冬祺！

岳母大人以次敬叩安好！

中民弟

十月十八日

信由上海探投，勿写八字桥或其他地名，即可交到。

背景链接

谢晋元（1905—1941），字中民，广东蕉岭人，黄埔军校第四期毕业。对许多人来说，他的名字也许有些陌生。但只要提到“八一三”淞沪会战中的四行仓库保卫战，就不能不提到谢晋元。他就是四行仓库保卫战的指挥者，时任国民革命军第88师524团中校副团长。

一个偶然的机会，笔者收藏了谢晋元的一封家书，收信人张萍舟，是谢晋元的连襟兄弟。家书共四页，用的是京沪沪杭甬铁路管理局信笺，纸张呈淡黄色，仿佛在向我们轻声诉说80多年前的那一段历史。

▲ 印有谢晋元头像的邮票

1937年8月11日深夜，第88师师长孙元良命令谢晋元所在的524团开赴上海。部队到上海真茹站后，即跑步进入北站附近阵地。8月13日上午，日军发动进攻，524团立即还击。激战月余，日军从外围包抄

▲ 坚守四行仓库的我军战士

上海，10月26日大场防线失守，524团奉命掩护大部队撤退。

家书写于1937年10月18日，淞沪会战已进行了两个多月，大场防线面临失守，此时距10月26日谢晋元率部坚守四行仓库只有短短8天。

谢晋元在家书中说，当时“沪战两月，敌军死亡依情报所载，其数达五万以上。现在沪作战敌军海陆空军总数在廿万以上，现尚源源增援中”。在第一页信纸左侧，有一行小字，是谢晋元写完此信的补笔，他叮嘱回信邮寄“勿写八字桥或其他地名”。八字桥在虹口，曾是1932年“一·二八”和1937年“八一三”两次淞沪抗战的激战之地，双方伤亡极其惨重。后来日本人拍的战争纪录片《上海》，片头就是此地遭受战火劫后余生的一棵银杏树。谢晋元写这封家书的时候，敌援军已陆续进入淞沪战场，第88师奉命转攻为守，谢晋元率部撤离了八字桥。

▲ 四行壮士的指挥官谢晋元

谢晋元是极有操守的军人，从家书中可见一斑。“泰山鸿毛之训，早已了然于胸”，他用行动实践了自己的诺言。10月26日，谢晋元奉命率部坚守苏州河北岸的四行仓库，掩护部队后撤。战斗很快打响，谢晋元写下遗书：“晋元决心殉国，誓不轻易撤退，亦不作片刻偷生之计，在晋元未死之前，必向倭寇索取相当代价。余一枪一弹，亦必与敌周旋到底！”

▲ 战火笼罩的四行仓库

谢晋元率孤军浴血奋战了四昼夜，击退日军的数十次进攻，给敌人以重创。四行仓库巍然屹立，国旗高高飘扬。孤军的事迹为人传颂，被称为“八百壮士”（实际人数为四百余人）。后接蒋介石“珍重退入租界，继续为国努力”的手令，方于31日退入公共租界。

▲ 谢晋元烈士遗像

战事紧张，谢晋元在信中惦念着妻儿的安危，叮嘱他们不要轻易离开家乡。谢晋元与妻子凌维诚是在一次婚礼上结识的，当时两人分别是伴郎和伴娘。尽管凌母对在战争年代嫁给军人表示担忧，凌维诚还是不顾反对，于1929年在武汉与谢晋元结婚。婚后两人聚少离多，大多靠通信交流。1936年春节过后，谢晋元预料日军全面侵华战争必然爆发，亲自将寓居上海的妻儿送回广东原籍，临别时对怀孕的妻子说：“等到抗战胜利那一天，我亲自把你们接回上海。”谁知这一次分别竟成永诀。

部队退入租界后，谢晋元多次拒绝了日军的威逼利诱。1941年4月，他被日伪收买的叛兵刺杀，时年36岁。死后国民政府追赠谢晋元为陆军少将，上海十万民众前往瞻仰遗容。毛泽东高度赞誉“八百壮士”为“民族革命典型”。

（胡大勇）

▲ 谢晋元与其部下的四名连长

留得重逢相对流

▲ 唐仁玙

这是一位年轻军官写给后方妻子的一组战地情书，也是全面抗战初期国民党正面战场将士们同仇敌忾、共赴国难的历史见证。家国情，民族恨；儿女情，男儿志。国之不存，何以为家？家庭不稳，何以报国？家书作者用较为流利的文笔为我们描绘了一幅幅全民抗战的感人图景，琐屑家事中交织着一位抗战勇士的大道乾坤。

家书原文

亲爱的玉妹：

我现在又由安徽蚌埠开到定远来了，这个地方交通不大方便，多山地，气候较暖和。我们为防范敌空袭，行军多在夜间。为应付情况之变迁，时行时止，而无一定驻地。每到一地，见有由前方来之灾民，男女老幼，相携步行，形同赤他〔地〕，惨状不堪名言，足见日本遗〔贻〕害我同胞，良非浅鲜。所谓“匈奴不灭，何以为家”，现在可说“日本不灭，何以为家”。今后我尽力为国杀敌，一切自知谨慎，请放心。前寄你之相片及信件，你收到没有？我俩自分别以来，从未接你回信，甚念！现年关在即，家用吃紧，而交通不便，有钱莫能寄，奈何！不过我遇到有地方可以汇兑，马上寄归。在未寄你钱时，当然要忍苦勿躁，所谓“皇天不负苦心人”，苦尽甘来，天理循环，请要特别为我争气。文武两儿，务必要细心带他〈们〉、教他〈们〉，使他〈们〉

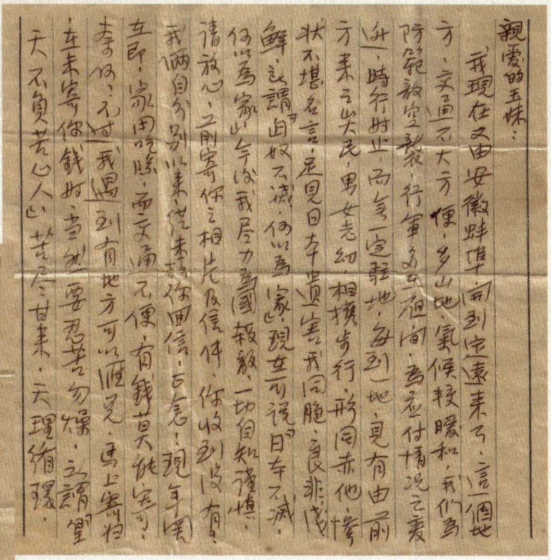

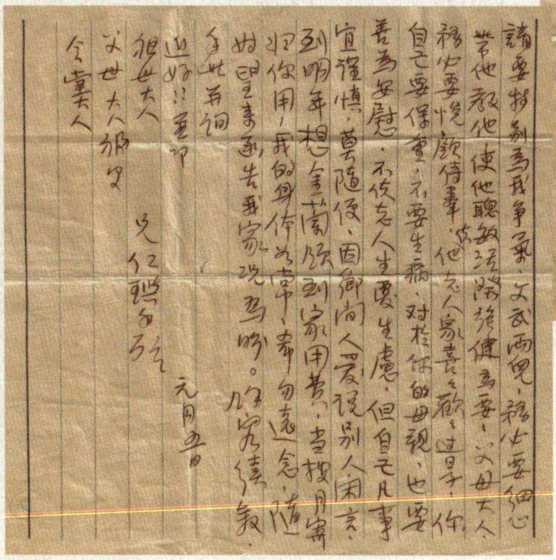

聪敏、活泼、强健为要！父母大人务必要悦颜侍奉，使他〈们〉老人家喜喜欢欢过日子。你自己要保重，不要生病。对于你的母亲，也要善为安慰，不使老人生忧生虑。但自己凡事宜谨慎，莫随便，因乡间人爱说别人闲言。到明年想金兰[①]领到家费用，当按月寄归你用。我的身体如常，希勿远念，随时望来函告我家况为盼。余容续叙，手此并询

近好！！并叩

祖母大人、父母大人、令堂大人福安！

兄　仁玙　手启

元月五日

---

① 金兰，广西人，唐仁玙的二太太，全面抗战初期在广西与其结婚，生一女，唐仁玙牺牲后，改嫁。

玉妹：

我今天没多话讲了，数月来都没接你一封回信，别人家里都寄到无数封信，你为什么不多寄信把〔给〕我？就准失了一封，你若寄了很多信，决不会一起失了。现在家里一切，我非常挂念，越想越担心，请以后多写信把〔给〕我吧！今天从简给你这些话，祝你

近安！并叩

祖母、父母、岳母大人福安！

兄　仁玙　手启

元月十六日

来信请写“探交”，举例如后：“安徽省定远县探交第五路军卅一军陆军一三八师四一二旅八二三团一营唐营长收”便是。

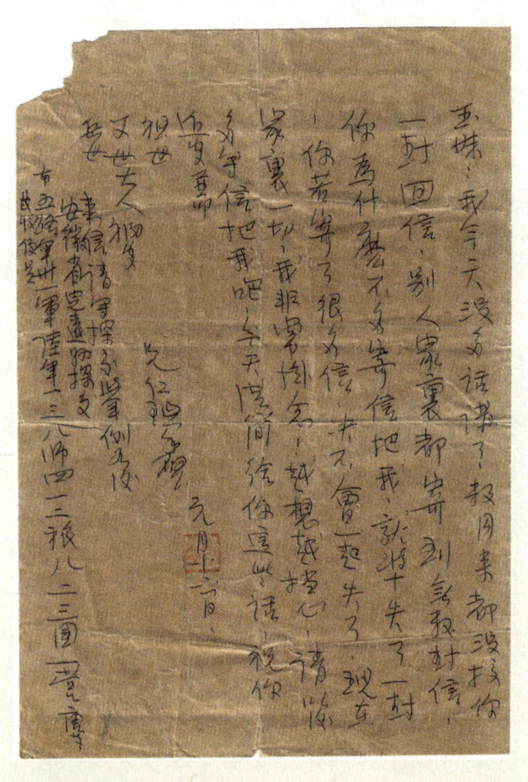

玉妹：

我每到一处，凡有投信的地方，都是寄了信给你，我想你是封封收到了。数月来可是没有接到你的信，固然是我军队行止无常、流动不定的关系，或许是你寄信把〔给〕我很少，也不无有原因。数百千里远征在他乡的我，对于你们在家里的人，生活怎样，我却很挂念。关于家里吃饭这问题，也是很关心！我从前在洛河派六吉和副官到寿州共寄你大洋陆百元，内琮弟有一百元外，余五百元统归你收用。于今有几个月了，还未见你来信。此笔款子有处化〔花〕没有？我很为念！最近金兰来信说，家用费可按月领取，过去不久她寄了一些款了，回来给你用，你收到了吗？我并且要她按月陆续不断的寄来把〔给〕你，她来信说是遵照我的话去做，可是我没有接到你的信，竟究〔究竟〕她照话去做没有呢？我也是不明白。你在家里身体健强吗？父母大人和祖母大人与令堂大人他们老人家都很康健吗？白弟在家做何工作？他的婚姻又怎样？满妹许人否？文武两儿在家读书勤学吗？其近况如何？我为了这些事，因久没有接到家信，一点都不明白，心内时时在念着不安！你在何日才临盆产儿呢？我也为念！请你自己好自保养，将来生出来，是男的命名为善韬，是女的命名为曼丽。我与琮弟均好，请转告花枝①弟媳放心，好好带〔待〕人是了。此后我军行止，仍是无常，请你多多寄信来给我，使我对家里放心，但注意来信时，不要用有官衔的，可用普通信封，以免中途扣留而遗失，外面仍可写我们的队号，要写“探交”字样，才可收得到。现我部于昨（廿九）日开到安徽太湖县设防，闻说近日情况又变化，或许日内又转移他方。总之现在军队行止无常，移动地点在事前谁也不能知道的，不过通常以敌情为标准。

---

①花枝，唐仁玙小弟唐仁瑞的妻子。

玉妹：我每到一處，凡有投信的地方，都是寄了信給你，我想你是封封收到了。數月来可是沒有接到你的信，固然是我軍隊行止無常，流動不定的關係，或許是你寄信把我很少，也不無有原因。數百千里遠，祇在他鄉的我，对於你們在家裡的人，生活怎樣？我都很掛念！關於家裡吃飯這問題，也是很關心！我從前在洛河派六吉和劉官到壽州共寄你大洋陆百元，内除弟有一百元外，仍五百元，統歸你收用。

於今有幾個月了，還未見你来信，此筆款子有無變化沒有？我很為念！最近金蘭来信說家用費可按月領取，过去不久她寄了一些款子回来給你用，你收到了嗎？我並且要她按月陸續不斷的寄来把你，她来信說是遵照我的話去做，可是我沒有接到你的信，竟究她照話去做沒有呢？我也是不明白，你在家裡身体健強嗎？父母大人和祖母大人與令堂大人她們老人家，都很康健嗎？白弟在家

做何工作？他的婚姻又怎樣？滿妹許人否？文武兩兒在家讀書勤學嗎？其近況如何？我為了這些事，因久沒有接到家信，一点都不明白，心内時時在念着不安！你在何日才臨盆產兒呢？我也為念。請你自己好自保養，將来生出来是男的，請由命名為善韜，是女的命名為曼麗。我與璟弟均好，請轉告花枝弟媳放心，好好帶人是盼。此後我軍行止，仍是無常，請[illegible]

信来給我，使我对家裡放心，但注意来信时，不要用有官銜的，可用普通信封，以免中途扣留而遺失，外面仍可寫我們的番號，要寫探交字樣，才可收得到。現我部於昨（艽）日開到安徽太湖縣設防，聞說近日情況又變化，或許日内又轉移他方，總之現在軍隊行止無常，移動地点，在事前誰也不能知道的，不过通常以敵情為標準。關於作战方面，我政府早具決心，抗战

到底，不问境遇如何，決不作城下之盟，在我們當此國難，身為軍人，只好本政府之策略，繼續不斷努力殺敵，来盡匹夫之責，一切我当謹慎，請放心吧？餘容後敘，专此祝你健康！並叩

祖母大人

父母大人 萬福！

岳母大人

你的夫 仁璞手啟 七月一日於安徽太湖

关于作战方面，我政府早具决心，抗战到底，不问境遇如何，决不作城下之盟。在我们当此国难，身为军人，只好〈遵〉本政府之策略，继续不断努力杀敌，来尽匹夫之责。一切我当谨慎，请放心吗？余容后叙，末了祝你

健康！并叩

祖母大人、父母大人、岳母大人万福！

你的兄　仁玷　手启

七月一日于安徽太湖

春玉爱妹：

来信收到，领悉种切。我兵工区，已改为团。师长已调别处任事。新委来之团长，姓农。现在新旧交接及编配，公务非常麻烦，万难请假；况当此国难临头，大战已经开始，我乃带兵职务，无论如何，不能离开，并非是我不肯应妹之请而不归。我团编配就绪后，日内或开柳州训练，倘到柳州能有较长时间驻，即函相迎来柳同住，或能请假归来亦可。金钱方面，我自当设法寄回与妹。欠人之款，准今年年底如数还清，决不使妹为难。妹现在务必调养病体为最重要。什么吃素修神这些无意识的话，不要说了。将来我能有办法，我想妹也有快乐的日子。你来这信是谁与你代笔，形容你的苦处未免过甚，我对你又未怎样。以后关于家里的困难以及你的委曲〔屈〕着实告诉我，不要说起抽象的话，我又未丢弃你。前次回去，是你自己再三要求，头次琮弟接你，又是你自己不肯来。你现在有什么困难？如果要钱，待我慢慢设法，用不着心急。如果要我回来长久住，而家庭无恒产。且现国难当前，人人都要出力才对，我们还能偷闲吗？事实上不可能。请你好好抚育两个小儿，千忍万忍，请你为我忍，切记不要生气伤神，更不要多忧。我现在很好，或者不久花枝回里，所有

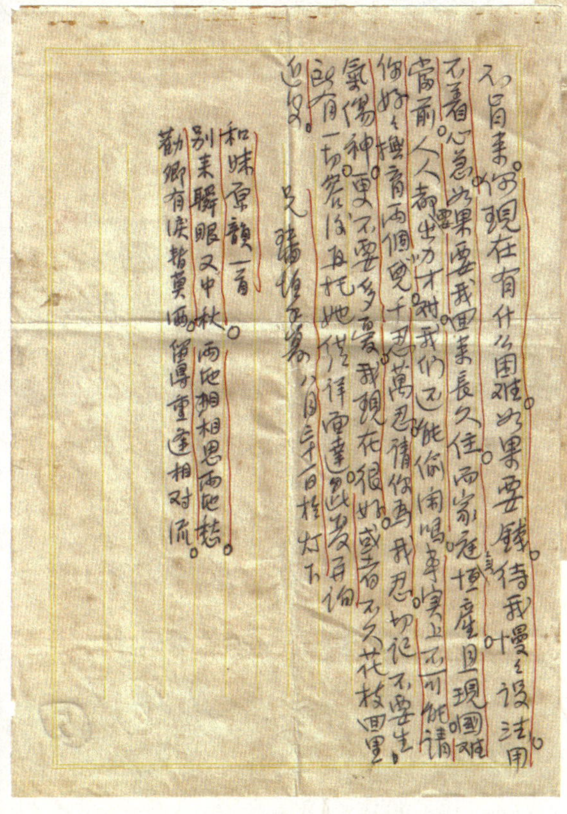

不日來。你現在有什么困难，如果要錢，待我慢々設法用不着心急。如果要我回來長久住，而家庭擔負且現國難當前。人人都出力才[illegible]。我們已能偷閑唱[illegible]，實在[illegible]可能，請你好々撫育兩個兒子。萬々忍[illegible]請你為我忍，切記不要生氣傷神，更不要多憂，我現在很好，或者不久花枝回里，所有一切容後再托她從詳面達。此復，並詢近安。

兄 璠垣手復 八月卅一日於燈下

和妹原韻一首
別來瞬眼又中秋，兩地相思兩地愁。
勸卿有淚暫莫洒，留得重逢相對流。

一切，容后再托她从详面达。此复，并询近安！

兄 播垣[1]手复

八月三十一日于灯下

和妹原韵一首：

别来瞬眼又中秋，两地相思两地愁。

劝卿有泪暂莫洒，留得重逢相对流。

---

①播垣，唐仁玓号潘瑜，又作播垣。

玉妹：

我营长职已交卸，现调第七军五一一旅参谋主任，一切均好，不劳远念。此后交通阻隔，音息或较前为疏，希好自爱重。对于祖母、父母与令堂，善为孝敬；对于儿辈，须加意教养为要。此询

近好！并叩

祖母、父母、令堂诸大人福安！

兄　玙　手启

十一月十五日

琮弟仍在原团任连长，一切很好，可转达弟媳。

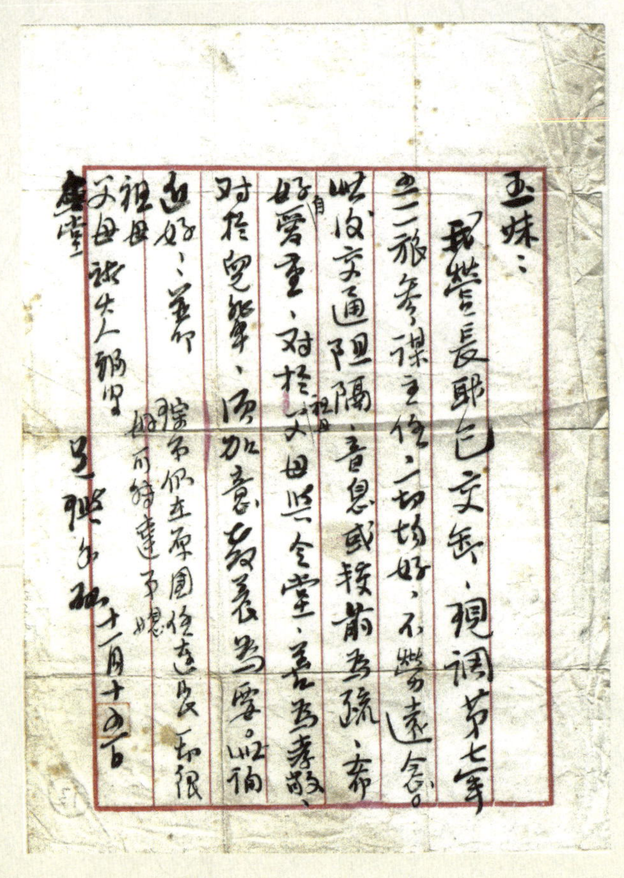

玉妹：

我營長職已交卸，現調第七軍五一一旅參謀主任，一切均好，不勞遠念。此後交通阻隔，音息或較前為疏，希好自愛重，對於祖母、父母與令堂，善為孝敬，對於兒輩，須加意教養為要。此詢

近好！並叩

祖母
父母　諸大人福安
令堂

琮弟仍在原團任連長，一切很好，可轉達弟媳

兄　璵　手啟　十一月十五日

亲爱的玉妹：

我先后共寄给你的家信，有七八封了，你收到没有？大约因我军队行止无常，你寄来的信或被邮局遗失了吗？总未收到你的信，我非常挂心你们，你现在和文武儿辈及令堂大人大家都好吗？

玉妹，现在我们的国家真正危险极了，南京、上海、苏州等这些地方都被日本占去了，要快到汉口来了。不过他恃其武力，野蛮横占，我们大家都觉悟，抗战到底，不要为他武力而屈服，总会得到最后胜利的。请你耐烦抚带文武两儿，尤其要严管文儿读书。对于寄钱的办法，已经在双亲大人信上和前寄你那封上说得很明白。我今天不多写了，请速回我信。此祝

安好！

你的远征要你挡〔担〕心的兄　仁玙　手启

十二月廿三日

另有三页送双亲问安。

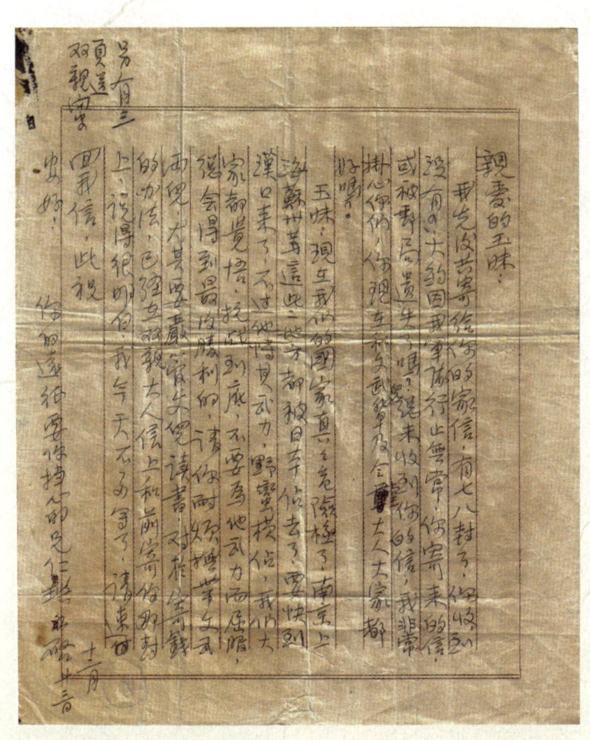

親愛的玉妹：

我先後共寄給你的家信，有七八封了，你收到沒有？大約因我軍隊行止無常，你寄來的信或被郵局遺失了嗎？總未收到你的信，我非常掛心你們，你現在和文武兒輩及令堂大人大家都好嗎？

玉妹，現在我們的國家真正危險極了，南京、上海、蘇州等這些地方都被日本佔去了，要快到漢口來了。不過他恃其武力，野蠻橫佔，我們大家都覺悟，抗戰到底，不要為他武力而屈服，總會得到最後勝利的。請你耐煩撫帶文武兩兒，尤其要嚴管文兒讀書。對於寄錢的辦法，已經在雙親大人信上和前寄你那封上，說得很明白。我今天不多寫了。請速回我信，此祝

安好！

你的遠征要你擋心的兄 仁玙 手啟 十二月廿三

另有三頁送雙親問安

玉妹：

我自国历四月间奉命随同我副军长出巡，整整三个月未能返旅，及到本月念〔廿〕日奉派为黄安县县长，廿二日接印视事。因此县县城为敌所占据，地方行政与经费均比较困难。我是军人，原来不想干的，上命难违，无可如何，勉为其难。昨天我的好友旅部副官主任曾荣炜兄来县任副总队长，协助我的工作，带来你给我的三封信，父母也给我有些信，我均一一过细看了。知道你们很好，惟金钱方面比较为困难，这是我力薄不能接济，对不起你们的地方，深为愧歉，仍请谅之！但并不是我置你们困难于不顾，确因交通阻塞的关系。现在准备专派员到潢川付邮，在未付到家时，只好请忍苦度日。金兰一切苦衷情形，亦已来信告我，并请要我见谅她。她对家庭绝没有恶意，更不敢有他心，她虽然略识文字，处世接物，可说万不及你，理家更谈不上，在她个人欠妥处，望勿计较。家用费因我们部队每月经费现改由直接隶属于中央，不向广西取，于今家用不论何人，一律停止，实属事实。金兰以前老账又何必要算，她总之也是我的老婆，决不至对我怎样？敢说我有把握，今后我设法陆续寄款回来，接济家用，请不要向她生气多生枝节，好吗？玉妹，说到这里，你一定说我又爱她又袒护她，确没有，你是我的元配，我的家是你现在住地，我还不知道顾虑吗？当然有钱时一定晓得顾虑的，请放心！所以要你不要再兴师问罪难〈为〉金兰，就是少闹笑话。你是爱我的，我想一定接受我提案的，如不说明白，又恐引起你的误会，对此事不得不如此重三倒四说一说。善文读书懒惰，深为痛恨！希从严责，儿与其不成器，不如没有。因我现在感觉读书太少，样样感觉不够，大有遗憾之叹！你谓〔为〕什么不送他到高小读书，还读不适合他年龄的旧书？他现在究竟读什么书？下次来信，从详叙明。武儿也应教他认字，光阴一去不复来，请你

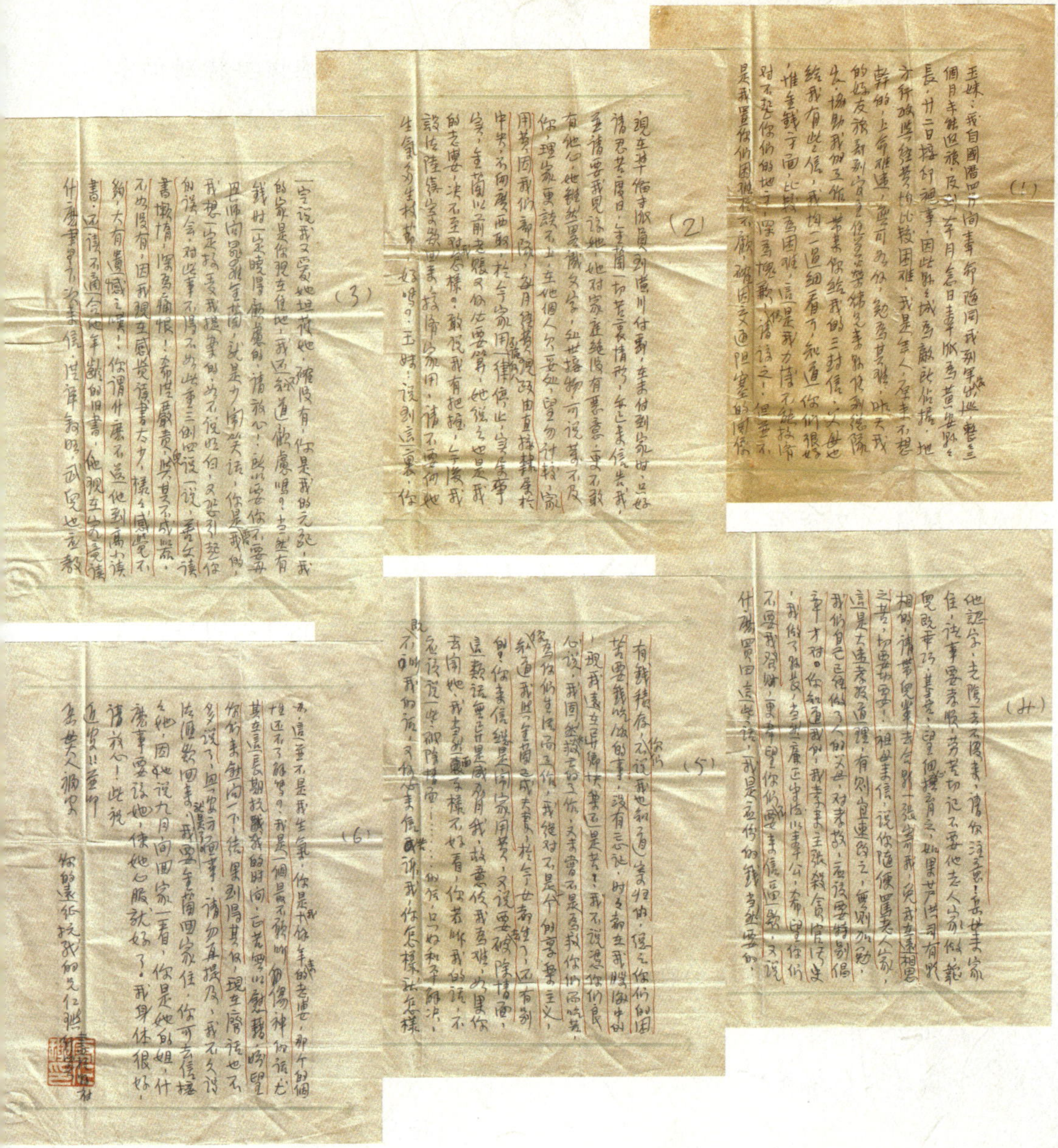

注意！岳母来家住，诸事要孝顺，劳苦切记不要她老人家做。韬儿既乖巧，甚喜！望细心抚育之。如果芦洪司有影相的，请带儿辈去合影一张寄我，免我在远相思之苦，切要切要！祖母来信，说你随便骂老人家，这是大违孝敬道理，有则宜速改之，无

则加勉。我们自己已经做了人的父母，对孝敬，应该要特别倡率才对。你知道我的，我素来主张杀贪官污吏。我做了县长，当然廉政守法以奉公，希望你们不要我发财，更希望你们不要来信逼款，又说什么买田这些话。我是应份的钱当然要的，有钱积存，你们不说我也知道寄归的。总之，你们的困苦要钱吃饭的事，没有忘记，时时都在我脑海中的。现我远在异乡快乐还是苦？我不说凭你们良心说，我固然做救亡的工作，又未尝不是为救你们而吃苦，为你们生活而工作，我绝对不是一个享乐主义。你知道我与金兰已成夫妻，于今女都生了，还有别的？你来信总是闹家用费，又说要去破除情面，这类话无异是威胁我，故意使我为难。如果你去闹她，我当然面子样不好看。你若听我的话，不应该说一些破除情面……的话，只好和平解决。既不听我的话，又何必来信告诉我，你怎样就怎样办。这并不是我生气，你是我十余年来的老婆，那个的个性还不了解吗？我是一个最不愿听伤神的话，尤其在这长期抗战的时间，正苦无以慰藉，盼望你们来慰问一下，结果到〔倒〕得其反。现在废话也不多说了，兴安方面事，请勿再提及，我不久设法汇款回来就是了。我要金兰回家住，你可去信接接她，因她说九月间回家一看，你是她的姐，什么事要谅她，使她心服就好了。我身体很好，请放心！此祝
近安！！并叩
岳母大人福安！

你的远征抗战的兄　仁玙
书于县府行署

背景链接

这组信件从落款上看，多半写于1937年至1940年间。信的收藏者是湖

▲ 唐仁玙，摄于1938年

南省社会科学院研究员、原历史研究所所长吕芳文先生。他多年跟踪研究这个家族的历史，数年前，因为偶然的机会得到这组信。

写信的人叫唐仁玙，生于1907年，是湖南省永州市东安县芦洪司镇伍家桥湾塘村人，国民革命军中央陆军军官学校南宁第一分校毕业。抗战全面爆发，唐仁玙参加部队，开始了他戎马倥偬的军旅岁月。1938年秋，日本侵略军攻占湖北省红安（即信中黄安）县城。年底，唐仁玙奉命出任湖北黄安县县长兼县军民抗日游击总队队长。据湖北红安现存的抗日资料显示，当时红安县城“为敌所占据”，抗战异常艰难，没有钱，也没有米，但是唐仁玙没有退却，他们把县府设在紫云乡三圣庵。主要执行上峰部署的战时军务，并赴各乡推行救亡政令，动员群众破坏公路、桥梁，阻止侵略军对武汉的突袭合围。此外，还创办了红安县抗日游击干部训练班，开展各种抗日救亡活动。

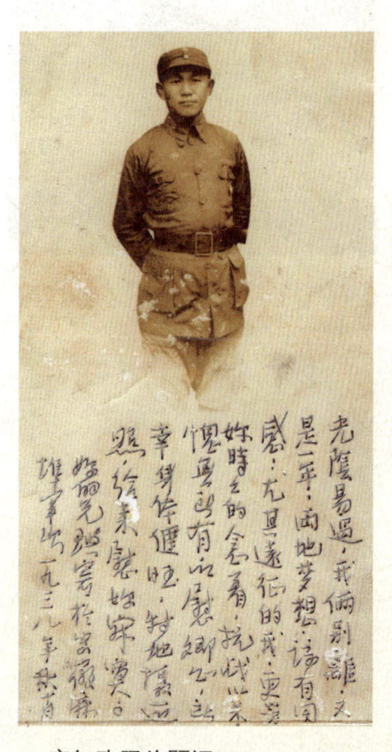

▲ 唐仁玙照片题词

1940年正月初二（2月9日），唐仁玙参加国民革命军171师在檀树岗召开的军政会议，正在做救亡工作汇报发言时，日本飞机突然轰炸，他来不及躲避，就被侵略者罪恶的炮火击中，年轻的生命再也没有苏醒过来。尸体被埋葬在县府行署三圣庵的后山上，173师中将师长钟毅为他的殉难深感悲痛，专门撰文吊唁。那一年，他年仅33岁。

据吕芳文先生调查研究，唐仁玙是唐生智的同族堂侄儿、黄埔军校第六期学员。当时黄埔军校刚好建立分校，因此唐仁玙来到国民革命军中央陆军军官学校南宁第一分校读书并毕业。该分校实际是个政治学校，建立于1926年春。第一期学生受训18个月，分步兵、工兵、炮兵3个科目。唐仁玙在这里受到严格的培训，培养出了一个军官的必备素质。抗战全面爆发后，他先后被编配至第5路军第19军陆军第57师第113旅第225团第1营、第31军陆军第138师第412旅第823团第1营、第7军第511旅、第7军第171师某团。

▲ 唐仁玙夫人唐春玉

唐仁玙出身当地望族，父辈中有的加入同盟会，很早就参加革命，有的跟着蔡锷出生入死，同族堂叔唐生智更是远近闻名的人物。十几岁时，唐仁玙到离家十几里地的小田竹冲唐家一个私塾读书，中午不能回家吃饭，父亲唐生泰就把他托付在拜把子的好兄弟唐礼故家吃中饭。在那里，唐仁玙认识了唐礼故的独生女儿唐春玉。唐春玉有一头乌黑亮丽的头发，两只眼睛像深潭一样，完全没有农村女孩的土气。美丽的唐春玉着实打动了唐仁玙，所以唐仁玙总感觉在唐礼故家的日子过得极快。

也许有父辈的友谊，还有唐仁玙自己的喜爱，不久唐仁玙如愿娶回了唐春玉这个同姓不同宗、祖辈并不共一祠堂的女孩子。她的一颦一笑、她的举手投足、她的美目流转完全俘获了唐仁玙的心。而他的男儿气概、纤细情怀，也是春玉托身的最好慰藉。唐仁玙对春玉的怜爱让其他的小姐妹们羡慕不已。

不久，身为唐生智卫兵的唐生泰请求唐生智帮忙，让自己的长子唐仁玙到黄埔军校读书。唐生智喜欢这个知书达理的同族侄子，让唐仁玙参加考试并交代自己的部属曹茂宗（后升任新七军军长）留意。唐仁玙不负众望，考进黄埔军校南宁第一分校，这才不得不依依惜别娇妻爱子。那时，他已经是两个孩子的父亲。此后，他们鸿雁传书，述说牵挂，无论在哪里，彼此都有一份深深的爱意。

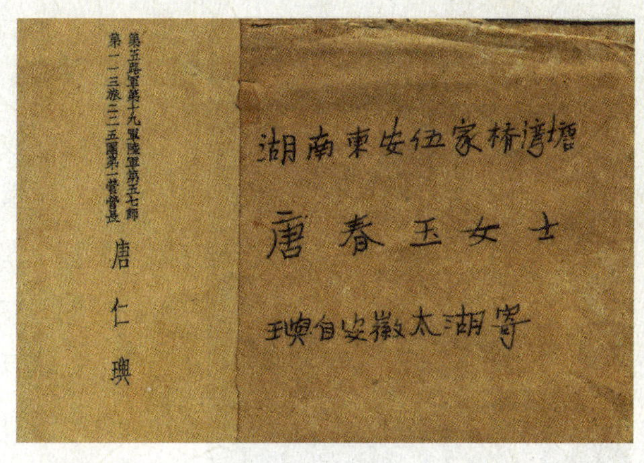

▲ 唐仁玙的信封和名片

由于长期征战，他们聚少离多，年轻的妻子唐春玉只能与两个幼儿做伴，两个儿子一个叫唐善文，一个叫唐善武（后来生了三子唐善韬）。自抗战以来，唐仁玙随部队转战台儿庄、上海、南京，迁徙于蚌埠、定远、太湖，最后在黄安得以扎营。一路走来，他也由连长、营长、旅参谋长，升至团长。艰苦的抗战生活也锤炼了一个年轻军官的心性。一路颠簸，他始终没有忘记家乡的亲人。从信中可以看出，因为部队以战事为要，出入行止无常，他常常接不到亲人的来信，无尽的牵挂跃然纸上。他特别关心两个儿子的成长，再三叮嘱妻子要教孩子们读书。他又是一位孝子，在信中批评妻子对祖母的态度，强调一定要懂得孝道。

▲ 唐仁玙戎装照

作为兄长，唐仁玙的言行对两个弟弟及家人产生了很大影响。

比他小两岁的大弟唐仁琮，中学毕业，就跟随他投笔从戎。抗战全面爆发，

▲ 唐仁玙（左）与弟弟唐仁瑞（右）

他被编入138师412旅822团4连，由班长、排长，升至少校连长。唐仁琮受唐仁玙的教诲和影响最深。他们两人的部队经常在一起，他们总是谈起家里的事，写信、寄钱常常一起完成。当仁玙被敌机轰炸阵亡的消息传来时，仁琮万分悲痛。同年7月8日，仁琮在安徽寿县淮南铁路战役中与日军厮杀肉搏，不幸遭敌机投弹殉难。

抗战全面爆发时，唐仁玙的小弟弟唐仁瑞刚刚结婚，新婚妻子是远近闻名的“白姑娘”。小两口恩爱甜蜜，整天缠绵在家。唐仁玙在外得知，甚为担心。他给家里写信，让小弟弟切莫玩物丧志，与其无所事事，不如到部队锻炼。在他的主张下，唐仁瑞终于告别家人，以学生兵身份参加抗战，被编入新编22师61团1连，不久晋升为准尉、排长。1939年11月，唐仁瑞随部队参加了争夺昆仑关的桂南大会战。11月16日，在克复南宁六圹大林村时，唐仁瑞与日寇败退残军遭遇，不幸中弹牺牲。

（吕　雁）

叔侄同荣效国命

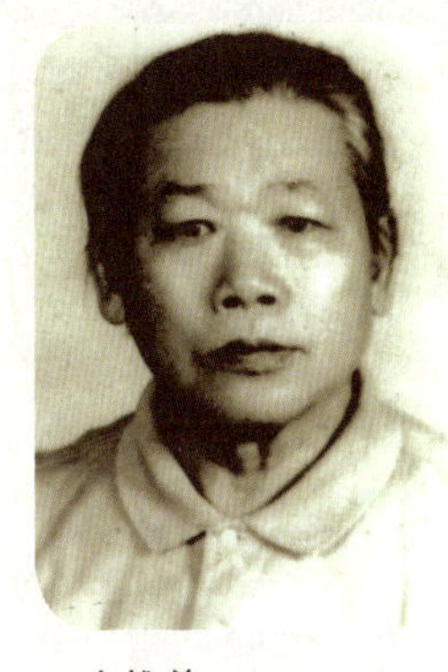
▲ 方惟善

一位在国家危难之时毅然投笔从戎的热血青年，一位在枪林弹雨中无所畏惧的青年军人，一位父母眼中孝顺的儿子——集三者于一身的方惟善，在其饱含深情的家书中，除了对家人的牵挂和问候，也不忘鼓励自己的侄子积极参加抗战，为国效力，以将来叔侄同赴抗战前线、同立战功互勉。

家书原文

父母双亲老大人膝下：

敬禀者，八月廿七日及九月一日所发手谕于九月廿三日均照收到，跪读一切，敬知福躬康太〔泰〕，阖家清吉，下怀甚慰。

连喜侄自周店分手后，五月廿三日抵并及征国民兵等敬悉。以男意见，谨呈于后，请大人采纳，转饬行进：(一）慷慨应征，为国效力，成功成仁，以荣宗祖，此为上策；(二）乘机投训，以立资础，或来男处，途远资艰，此为中策；(三）声请缓役，终为不免，致背抗令，有失民权，此为下策。

要为婚姻计，须看征兵之缓急及中千〔签〕与否？如未中千〔签〕不用声请手续，待男用一妥善方法再来男处。如万一中千〔签〕，急急入伍者不用甚么手续，令其入伍并嘱以“尽忠报国”“疆场效命”，免生致累，此为青年有所不免、雪耻复仇之良机也。如上峰不甚紧急，可以呈明理由，声请缓役，须经许可，结

父母亲老大人膝下敬禀者，八月廿日及九月一日两发手谕均九月廿三日均照收到，诵读一切敬知
福体康泰，阖家清吉，不胜甚慰，遑喜。但因店务手续[illegible]月廿三日抵[illegible]及徽国民兵等叙素，以男意见谨呈于后，请
大人采纳斟酌行进：（一）慷慨应征，为国效力，成功成仁，以荣宗祖，此为上策；（二）乘机授训，以立资础，或来男处谋远资眼，此为中策；（三）声请缓役，终为不免，致背抗令，有失民权，此为下策。要为婚姻计，须有缓兵之缓急及中千与

至若来中千不用声请手续，待男用一妥善方法再来男处，如弟一中千急急入伍者，不用甚么手续，令其入伍并嘱以尽忠报国，疆场效命，免生故累，此为青年有志不免雪耻复仇之良机也。如上策不甚紧急，可以等暇，理由声请缓役，续待许可结婚后再为入伍，致手续，后一节可无不可，总其喜假成真，难免[illegible]中。尔观在为军队国不分亲异，都以兄弟相看，只要肯吃苦肯耐劳，严守纪律，服从命令，就会青年军人都有出人头地，但男出门之时，可说无亲无友之倚靠，非只有立志自励，吃苦耐苦

现稍有地位，统非豪志，[illegible]虽然，伏乞
大人放心，将来叙任用荣为国效命，子孙可知，德和无知小人不与计较，任其胡作胡为，总报不迟，速速喜位，另另鼓励，男在外如常，请勿远念。尚征兵区员，祈以抗令可惜，男之优待军人家属证明，如草请即可证明，实为仰求
玉体时加珍摄，为祷。男在前方与敌相持已有四月，有时与敌方师部相距百余里，许来信件都是延迟，因路因交通断困，真说向见疑，时于速速喜位之进行，俯乞示道，[illegible]
并此肃敬，请
安
[illegible]曾克明克俊均此
男 唯[illegible]谨上
九月廿三

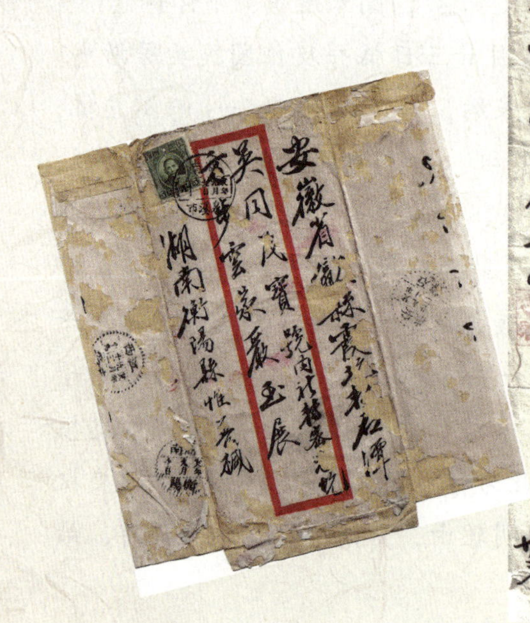
安徽省[illegible]
吴同民宝号内转[illegible]
湖南衡阳县 惟[illegible]缄

婚后再为入伍。至于填名一节，事无不可，恐其弄假成真，难免〈上〉峰申斥。

现在各军师团不分亲异，都以兄弟相看，只要肯吃苦，肯耐劳，严守纪律，服从命令，就合青年军人，都有〔能〕出人头地。但男出门之时可说无亲无友之倚靠，只有立志自励，忍劳耐苦，现稍有地位，终非素志，岂甘雌伏乎？望大人放心，将来叔侄同荣，为国效命，事后可知德和。无知小人不与记〔计〕较，任其自作自受，后报不迟。

连喜侄另函鼓励。男在外如常，望勿远念。倘征兵区员诬以抗令，可将男之优待军人家属证明书呈请，即可证明虚实。仰求玉体时加珍摄为祷。男在前方与敌相持已有四月有余，与后方师部相巨〔距〕百余里，所来信件都是延迟月余，因交通所困耳，望勿见疑。对于连喜侄之进行，俯乞示道，余容后禀。

专肃敬请

金安！

荣根、孝曾、克明、克俊均此。

男　惟善　上

九月廿三

父母双亲老大人膝下：

敬禀者，男在安福接奉手谕，跪读悉知，敬知福躬康泰，阖家清吉，下怀甚慰。

本师于八月廿八号奉命开往湖南省衡阳县，廿九号即由安福县出发向衡阳前进，男跟随营部步行于九月八号吉抵衡阳。身体较在安福强健，望勿远念。示复原照辎营部全衔男收可也，仰求玉体时加珍摄为祷。

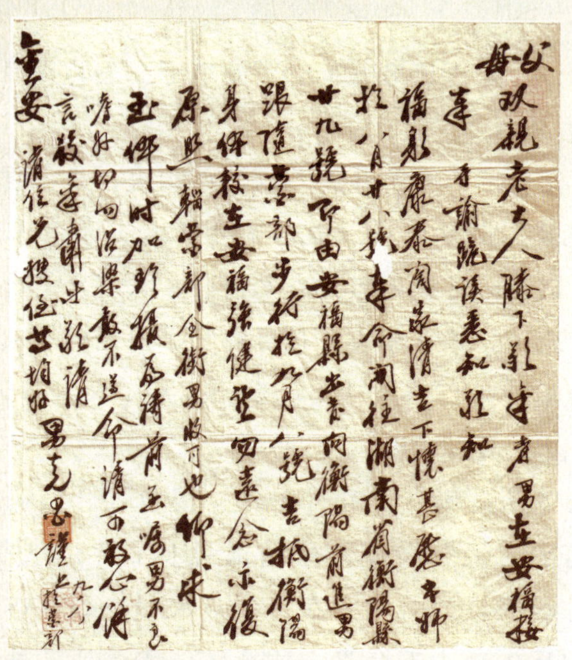

前函嘱男不良嗜好切勿沾染，敢不遵命，请可放心。余言后禀。肃此敬请

金安！

诸位兄嫂侄等均好！

男　克昌　谨上于营部
九、八

永裕堂支下：胞兄荣根、效曾[①]、克明、克俊；胞姐玉梅、玉爱；侄男连喜、友喜、连功、承祖、来继、素珠等：

祝你们大家好！（以后出生的侄男女辈，不知你们的名字，所以无法问候了。）克昌于民国二十七年七月间，因日本侵华，眼见国土沦陷、家破人亡，迫不得已遂投笔从戎，参加抗战救国行列。在外已历五十余年，从未见面，音讯杳无，午夜维思，转

---

①效曾，即前文所说“孝曾”。

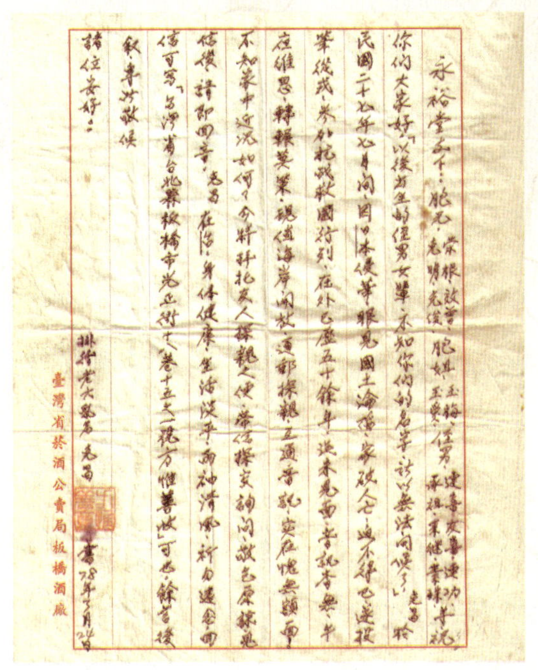
永裕堂各下：胞兄：宗根、致曾、志明、志俊，胞姐：玉梅、玉英，侄男：建章、文章、建功、華祝、承祖、秉健、叢林
你們大家好！以後出生的侄男女輩，不知你們的名字，請以無法問候了！克昌於
民國二十七年七月間，因日本侵華，眼見國土淪陷，家破人亡，逼不得已，從投
筆從戎，參加抗戰救國行列，在外已歷五十餘年，從未見面，音訊杳無，乎
庭維思，轉輾莫策。現值海岸開放，通郵探親，互通音訊，實在愧無顏面！
不知家中近況如何？今特拜托友人探親之便，帶信探交詢問，敬乞原諒。見
信後，請即回音。克昌在台，身體健康，生活淡平，兩袖清風，祈勿遠念。回
信可寫「台灣省台北縣板橋市光正街十八巷十五之一號方惟善收」可也。餘言後
敘，專此敬候
諸位安好！
排行老六乳名克昌 書 78年3月24日
臺灣省菸酒公賣局板橋酒廠

辗莫策。现值海岸开放，通邮探亲，互通音讯，实在愧无额面！不知家中近况如何？今特拜托友人探亲之便，带信探交询问，敬乞原谅。见信后，请即回音。克昌在台，身体健康，生活淡平，两袖清风，祈勿远念。回信可写“台湾省台北县板桥市光正街十八巷十五之一号方惟善收”可也。

余言后叙，专此敬候

诸位安好！

排行老六，乳名克昌　手书

1989年3月24日

春芳孙男青览：

于7月20日和9月25日的来信，均有收到。借知故乡逢时过节，都比从前过得繁荣，也是社会跟着时代的步伐。

像我们童年时代，过古历元月初一，那天早上，家家户户都要朝拜八老爷。由庙里接他出来，供在承德堂前面空地桌上，给

大家朝拜，然后送到祠堂里休息。而后再由青少年和值年者领队，由青少年将八老〈爷〉驮上，从祠堂出发，经江凹外坝地，上文头、竹岗岭，狐狸青兴、荷花形，游行一大圈，到祠堂停止。约在五时左右，再送到庙内安位，以保全村安宁。中秋节吗？大家吃月饼享月，青少年在外面空地上打百步，玩到午夜兴尽而休。现在呢？我在你的信上得知大要。

不知道现在家里环境如何，对于交通、卫生方面，是否有所改良？（对水源、公厕、照明等设备各如何？）

问我为何投笔从戎，说起来，也是一段历史。因为从1936年起，日本鬼子非常〈有〉野心，夺取我东北后，要以最短时间灭亡整个中国。自从卢沟桥事变后，日本鬼子大肆侵略，烧杀掳掠，残无可忍，政府迫不得已，发起全民抗战，极〔挽〕救中国。我在救亡图存的号召下，就决心参加救国工作，故于民国二十七年七月间投考中央第三分校十六期。毕业后，就参加江西南昌战役，以及湖南长沙第二、三、四次大会战和湘粤等地各战役，后随政府播迁台湾，现为荣民了。

本想回家团聚，心有余而力不足，只待两岸关系条约签订后再作行止。我在台一切正常，望勿远念！顺此即询

近佳！并祝

阖家快乐！

愚祖父　手谕

1990年10月21日

背景链接

叔祖父方惟善，是一位抗战老兵。祖籍皖南歙县昌溪乡密川村，是我祖父方尉文（乳名克俊）之胞弟，因我父亲过继于其房下，故亦称其为祖父。

旧时的密川村很美，它处于群山环抱、翠竹掩映之中。村中有古樟两株，形似姐妹，高耸云天，树冠十余亩，挡风遮雨，荫庇后人。南北两条小溪绕村而过，至村东水口观音庙前汇合，向东南方向直奔昌源河。村旁水田百余亩，形似盆地。数百年来族人种茶犁田，丰衣足食，人丁兴旺，达五百余众，可称世外桃源。全村皆姓方，据传北宋末年先族人方腊即从此出走至古徽杭路旁霞坡村率众人揭竿起义，仅三月余起义队伍就达十万余人，连克睦州（今浙江建德）、杭州、歙州（今安徽歙县）、婺州（今浙江金华）、衢州（今浙江丽水）等六州52县。

曾祖父名步云，字金海，生于1861年，清光绪初年秀才，年少习医，早年即在歙南石潭村做私塾先生，且为周围十里八村民众除疾解痛，一生济世行善，人称“金海仙”，1943年去世。祖父方尉文，1903年12月出生，排行老四，14岁随族人赴浙江宁波余姚一漆店学生意做伙计，1962年回乡，

1973年9月去世。叔祖方惟善，乳名克昌，排行老六，1911年6月出生。

叔祖身材魁梧，年少时随曾祖父习文读经学医，且尚习武，十三四岁即练就一身少林功夫，18岁时随曾祖父同做私塾先生。1936年5月赴徽州府歙县徽城民众教育馆学习新科学，接受新思想。卢沟桥事变爆发后，中华民族处于危难之中。在举国上下救亡图存进步思想的影响下，身怀报国之志的叔祖毅然投笔从戎，于1938年7月投考中央军校第三分校第十六期学习。从叔祖寄给曾祖父的家书中知悉，当年8月底毕业后其分配至某师营部，即随国民革命军部队参加了1939年3月江西南昌战役，后转战湖南长沙第二、三、四次大会战及抗战史上最为惨烈的衡阳孤城保卫战，还参加了湘粤等地战役。他在战斗间隙写给曾祖父的战地家书中，仍不忘鼓励侄辈方连喜慷慨应征，为国效力，成功成仁，并以积极参加抗战、救亡图存、效命疆场为己任，且以将来叔侄同赴抗战前线、同立战功互勉，体现了一个在国家危难之时满怀爱国热忱、精忠报国的热血青年军人形象。

1949年8月，叔祖随部队迁往台湾，后退役转业移居台北板桥市，与女儿一起生活。时隔五十余年后，叔祖在寄回的思乡家书中仍不失忧国忧民之情，常怀期盼海峡两岸统一、民族复兴的爱国愿望，实为吾等晚辈后人学习之榜样。

（方春芳）

抗战是我们伟大的母亲

▲ 王孝慈

"天下兴亡，匹夫有责"。在民族生死存亡之际，不知有多少英雄豪杰前赴后继！有一位名叫王孝慈的西北汉子，他把抗战视为伟大的母亲，以争取民族解放为己任。在他的影响及家人的相互鼓励下，儿子、弟弟相继投入抗日洪流。

家书原文

吾谦爱弟[①]：

来信收阅，备悉一切。"抗战"是我们伟大的母亲，她正在产生新的中国、新的民族、新的人民。我们要在战争环境中受到锻炼，我们要在敌人的炮火下壮大起来。抗战是我们的神圣职责。我们的健康、智慧及勇敢要在抗战中诞生，要在争取抗战胜利中光扬发大〔发扬光大〕，我们要为驱逐日敌寇出中国抗战到底，我们要为争取中华民族解放事业奋斗到底。

俊安说："他〔我〕至死也不愿退过黄河！"这句话令人听了如何兴奋、如何激动！这种意识不仅表现了他是我们的好子弟，并且表现了他是中华民族的好男儿，他是黄帝轩辕氏的好儿

① 收信人向宗圣(1920—1942)，王孝慈（原名向宗仁）的五弟，即信中的老五。原在家乡陕西渭南教书，在其兄王孝慈的感召下，于1938年底离开日寇从未染指的家乡，奔赴山西抗战前线，参加了八路军（贺龙领导的120师）。1942年5月23日，在山西忻县兰村与日寇的激战中被炮火击中，不幸牺牲。

①

吾谦爱弟：来信收阅，备悉一切。抗战是我们伟大的母亲，她正在产生新的中国、新的民族、新的人民。我们要在战争环境中受到锻炼，我们要在敌人的炮火下壮大起来。抗战是我们的灵魂。我们的健康、智慧及勇敢要在抗战中诞生，要在争取抗战胜利中去扩大。我们要为驱逐日敌寇出中国、抗战到底，我们要为争取中华民族解放事业奋斗到底。

你要说："他宁死也不愿逃过黄河！"这句话令人听了如何兴奋，如何激动！这种意识不仅表现了他是我们的好子弟，并且表现了他是中华民族的好男儿。他是

②

黄[illegible]的好女儿！他不仅是我们的儿子，同时他也成了我们的战友。因此我们更加关切他，爱护他。我[illegible]了你的[illegible]，鼓励他的工作了，祈你们勿念！

你是一位不满十七岁的青年，正应当走上人生的大道，努力前进！你现在度着教书的生活，我认为这是不利于你的前途的。我不愿你把你教师的生活继续下去。你应立即奔上抗日的战场，在战斗的环境中，创造你的新人生，开阔你的前途！你要是我们的孩子，我[illegible]谈的他的行为，这决不是无意味的谈。你了解吗？也希你打破庸俗人的见解，勇敢的走上民

③

族解放的战场，与我们，与何儿，与全中国抗战的儿女们，与全世界拥护正义的人士们，手携手的向光明、向真理的大道前进！

西娃念书是次要的问题，脱离旧乡村旧家庭，走上新的环境，新时代的大道，却是首要的事情。你了解我的意思吗？人是环境的产物，客观的环境是人们真正的学校。铁工厂里出铁匠，裁缝铺里出的裁缝师。宋家出的[illegible]，冯家出的[illegible]。封建的旧家庭产生的是家庭奴隶，大工厂产生的是资本奴隶，在阶级斗争的过程中产生无阶级解放的战士。在今

④

民族抗战的战场上，便产生了中华民族解放的英雄。以上的道理，你懂得吗？我希望你们能把西娃送到陕北边区去，或送到我这里来，或送到西安纱厂当女工去。这都是正当的办法。老实说一句话，西娃在家中待下去，[illegible]一定要变成家庭奴隶。我记得西娃在小时是那样的活泼而有生气，但在去年我见她时，她是那样的萎靡不活泼，真使我伤感。这不是某个人的罪过，这是时代的罪恶，这是家庭束缚的结果。你倘若要在家乡待下去，也要同西娃一样变成萎靡不活泼，所区别的不过男女性的分别而已。

"四月解冰，八月飞霜"，这是人们形容边塞气候的话。可是我们[illegible]的和顺，现在已是七月，早已下霜了。人们都需要穿棉衣，我们这里到冬天的时候就可想而知了。我不久要去河北省，特此告你。来信仍寄八路总部。

附及

这封信是一九三七年十月廿五日在和顺[illegible]写给老五的，距今已二十三年了。老五在[illegible]时[illegible]

一九六〇年六月二十三日 [illegible]记

女！他不仅是我的儿子，同时他也成了我的战友。因此，我当更对他关切、对他爱护。我托了朋友，抗战的朋友，照顾他的生活了，祈你们勿念！

你是一位不满十七岁的青年，正应当在人生的大道上努力前进！你现在度着教书的生活，我认为这是不利于你的前途的。我不愿你把你教师的生活继续下去。你应立即奔上抗日的战场，在战斗的环境中，创造你的人生，开辟你的前途！俊安是我的爱子，我既赞成他的行动，这决不是无意味的称赞。你了解吗？也希望你打破庸俗人的见解，勇敢的走上民族解放的战场，与俊安、与阿兄、与全中国抗战的朋友们、与全世界拥护正义的人士们，手携手的向光明、向真理的大道前进！

西娃①念书是次要的问题，脱离旧乡村旧家庭，走上新环境、新时代的大道，却是首要的事情。你了解我的意思吗？人是环境的产物。客观的环境是人们真正的学校，铁工厂里出铁匠，蒸馍铺里出的蒸馍技师，宋家出的吊粉的，冯家出的拧绳的。封建的旧家庭产生的是家庭奴隶，大工厂里产生的是赁银奴隶。在阶级斗争的过程中即产生阶级解放的战士，在全民族抗战的战场上，便产生了中华民族解放的英雄。以上的道理，你懂得吗？我希望你们能把西娃送到陕北边区去，或送到我处来，或送到西安纱厂当女工去，这都是正当的办法。老实说一句话，西娃在家中待下去，必定要变成家庭奴隶。我记得西娃在小时是那样的活泼，但在去年我见她时，她是那样的不活泼而无生气，真使我伤感。这不是某个人的罪过，这是时代的罪恶，这是环境束缚的结果。你倘若要在吾家乡待下去，也要和西娃变成一样的不活泼，所区别者，不过男女性的分别而已。

---

①西娃：指王孝慈的大女儿，1923年生。

“四月解冰，八月飞霜”，这是人们形容辽县气候的话。可是我们住的和顺，现在还是七月，早已下霜了，人们都需要穿棉衣，我们这里到冬天的寒冷，就可想而知了。我不久要去河北省，特此告你，来信仍寄旧地。

附及①：

这封信是一九三七年十月廿五日，在和顺石拐写给老五的。距今已廿三年了。老五在抗战时，在兰村战斗中负伤而后牺牲了。

一九六一年六月二十三日孝慈记

九叔及五叔：

我们的学校要移往翼城县，因战事的应〔影〕响，我们要组织游击队，要和日本鬼子拼一下，我们以后再见吧！请你们告诉我老祖父和祖母，叫他〈们〉老人〈家〉放心吧！我到翼城后我们再谈！五叔，我希望你在家乡要努力作救亡工作？现在战争已到第二期了，敌人这次的目的要打到潼关，并且在廿日以内要达到目的。我想我们的家乡也站在险要的地位，你们想敌人一到潼关，就等于到了西安，我们关中道就无法可当〔挡〕，希望你在乡村能组织起游击队更好！你们现在要知道，晋南成了收复华北的根据地，也就是收复中国一切失地的根据地，也就是保卫世界和〈平〉的根据地，再谈！

致民族解放万岁！

侄向俊安于2.26上午10时

---

①此封家书是用毛笔书写的，在信的末端有一段附及内容，是王孝慈20世纪60年代回家乡用钢笔字补记的，附及中说此信写于“一九三七年十月廿五日”，但信文最后一段说“现在还是七月，早已下霜了”，据此可知写信时间是七月，可能是阴历七月，也可能是阳历七月，但不会是十月。

九叔及王叔：

我们的学校要移往翼城县，因战事的影响，我们要組織游击隊，要和日本鬼子拚一下，我们以後再見吧！請你们告訴我老祖父和祖母叫他老人放心吧！我到翼城後我们再談！王叔！我希望你在家鄉要努力作救亡工作，現在战争已到第二期了，敵人這次的目的要打到潼関，並且在廿日以内要达到目的，我想我们的家鄉也站在險要的地位，你们想敵人一到潼関，就等於到了西安，我们関中道就無法可当，希望你在鄉村能組織起游击隊更好！你们现在要知道晋南成了收復華北的根据地，也就是收復中国一切失地的根据地，也就是保衛世界和的根据地，再談！

致民族解放敬礼！

侄向俊安於2.26上午10时

七叔：

我因到了曲沃敵人的飛机每日来該地轰炸初到校一切都沒有办好所以不能給你来信現在来到了翼城今天我要寫信报告給你

本月十六日上午五時咱们在西安离别本日上午十二時才由西安程車来晋本日晚就宿在潼関第二天七時許渡过黄河本日下午六時由風陵渡程了火車北上於十八日上午十二時曾在侯馬鎮下車又步行了廿五里路才到曲沃因战事的緊張我们学校才移到翼城昨天（廿六日）下午六時起程来翼城当晚十一点到了翼城我们的同学自动的組織游击大隊我也想去参加

致民族解放敬礼！　侄俊安於2.27上午7时

代向

七婶及弟妹们近日安好！

来信寄 山西 翼城 民大第四分校第五隊

七叔：

我因到了曲沃，敌人的飞机每日来该地轰炸。初到校一切都没有办好，所以不能给你来信。现在来到了翼城，今天我要寄信报告给你。

本月十六日上午五时咱们在西安离别，本日上午十二时才由西安程〔乘〕车来晋，本日晚就宿在潼关。第二天七时许渡过黄河，本日下午六时由风陵渡程〔乘〕了火车北上，于十八日上午十二时在侯马镇下车，又步行了廿五里路才到曲沃。因战事的紧张，我们学校才移到翼城，昨天（廿六日）下午六时起〔启〕程来翼城，当晚下一点到了翼城，我们的同学自动的组织游击大队，我也想去参加。

致民族解放万岁！

侄俊安于2.27上午7时

代问

七妈及弟妹们近日安好！

来信落山西翼城民大第四分校第五队。

背景链接

王孝慈，1905年6月29日生，陕西渭南人。1925年在西安上中学时就积极参加反帝反军阀的斗争。1927年入西安中山军事学校学习，同年加入中国共产党。1928年参加著名的渭华起义，曾担任延长县县委书记、宜川特区党委书记。1930年至1937年在北方从事地下工作，曾三次被国民党逮捕，入狱六年，遭受严刑拷打，但他始终坚贞不屈，保持一个共产党员的革命气节。

1937年9月，当王孝慈终于回到魂牵梦绕的老家，才得知家里母亲、妻子、女儿（小女儿）均已不在人世了，他的老父亲一个人带着三个年幼的儿孙（小儿子向宗圣、大孙子向俊安、大孙女西娃）艰难度日。10月初，王孝慈探亲后回到太原，杨尚昆把他介绍给陈赓（时任129师386旅旅长）。王孝慈跟着陈赓到了阳泉，被任命为正太路沿线特委组织部部长，率领阳泉矿工抗日游击队开展武装斗争。1937年10月，娘子关失守，日军占领阳泉。王孝慈带领阳泉2 000多名矿工组成的游击队向晋中转移，于11月初到达和顺县官庄村，与从平定撤出来的学生会合，组织成平定抗日游击队，王孝慈任政委。在八路军总部的关怀下，在官庄村隆重召开了平定抗日游击队成立大会，朱德总司令和徐向前到会讲话。这支游击队当时活动在太谷、榆次、昔阳、寿阳、平定一带，与当地农民一起同日寇展开斗争。

1938年后，王孝慈先后担任晋中地委组织部部长、冀西地委书记、太南区党委组织部部长。在此期间，他的儿子向俊安参加了八路军，走向抗日战场，父子并肩作战。1938年7月王孝慈给他的五弟向宗圣写信，鼓励他走出家乡奔赴抗日前线："你应立即奔上抗日的战场，在战斗的环境中，创造你的人生，开辟你的前途！"

1945年4月，王孝慈作为正式代表参加了中国共产党第七次全国代表大会。新中国成立后，他历任天津铁路局党委副书记、全国铁路工会副主席、北京铁道学院（今北京交通大学）院长、甘肃省副省长、甘肃省政协副主席和全国政协常委。1989年离休，1992年8月在北京逝世。

2009年7月1日，王孝慈的女儿向里南、女婿靳贝民夫妇将这三封珍贵的家书捐赠给中国人民抗日战争纪念馆。

（李文华）

刘中新：你在哪里？

一位经过长征走向抗日战场的热血男儿，为人民、为国家、为民族抛家舍亲，出生入死，最终也没能回到他日夜思念的家乡，甚至连一张模糊的照片也没能留下，留给亲人的只有这四封字句滚烫的家书和无尽的等待……

家书原文

母亲大人膝下敬禀者：

从我接到家中回信，不觉已有月之久了，也没有写信回来。对〔至〕于我，在甘肃省宫何〔河〕镇王家禄收〔休〕息了有半年之久，现在行动到了山西省侯马车站。现在要行动，不必回信，以后我来信再回信。你大小在家中要保养自己的身体，对〔至〕于我，在外面的身体是非常强健，你大小在家不必挂念。

现在是全国动员抗战的时非〔候〕，我在外都是为了抗日救国，不能在家来孝顺母亲大人，以后回家再来孝顺母亲大人。现在我在国民革命军第八路军一百一十五师政治部工作□□不必多说，以后再说。完。

儿　刘中新

九月七日①

母亲大人尊前敬禀者：

自因〔从〕去年在甘肃时接到家信一封，到现在以竟〔已

① 据推测，此信当写于1937年9月7日。

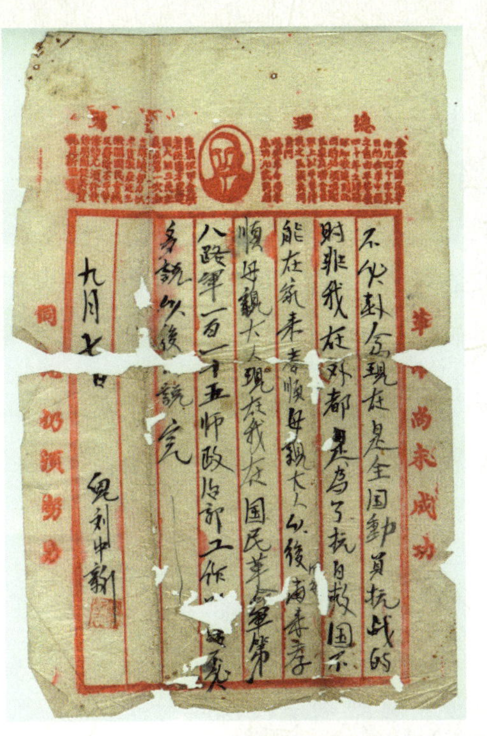

總理遺囑

革命尚未成功　同志仍須努力

不能斟念現在是全国動員抗战的时非我在外都是為了抗日救国不能在家來孝順母親大人以後侍奉孝順母親大人現在我在国民革命軍第八路軍一百一十五师政治部工作以後再多說以後再說完

九月七日

兒刘中新

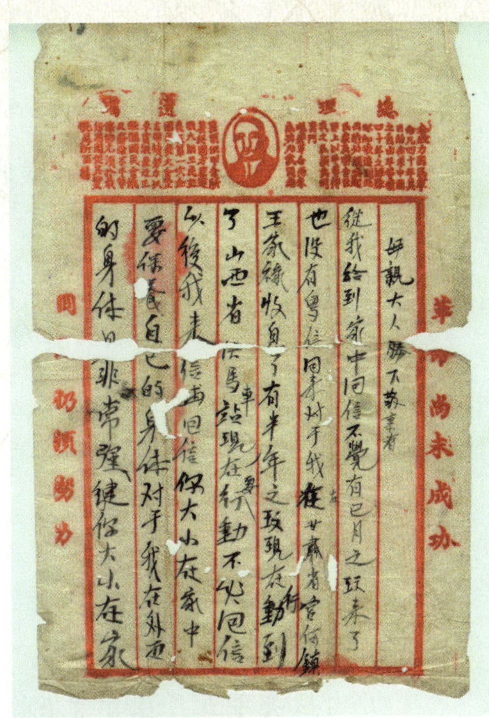

總理遺囑

革命尚未成功　同志仍須努力

母親大人膝下敬稟者

從我給到家中回信不覺有已月之致來了也沒有見信回來對于我在甘肅省官何鎮王家緣收自了有半年之致現在行動到了山西省侯馬車站現在行動不能回信要以後我來信再回信你大小在家中要保養自己的身体对于我在外面的身体非常強健你大小在家

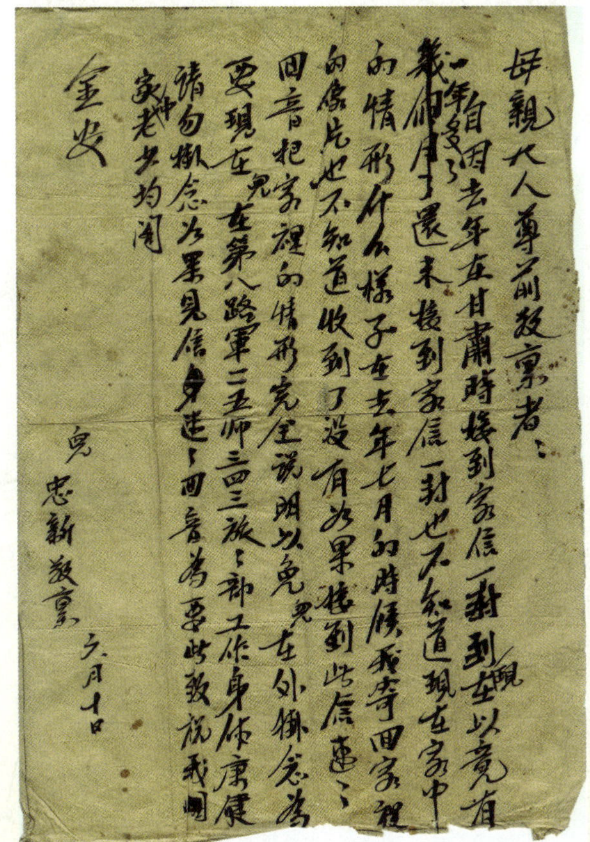

母親大人尊前叙稟者：

自因去年在甘肅時接到家信一封到現在以竟有一年多了還未接到家信一封也不知道現在家中的情形什么樣子在去年七月的時候我寄回家裡的像片也不知道收到了沒有如果接到此信速速回音把家裡的情形完全說明以免兒在外掛念為要現在兒在第八路軍二五师三四三旅旅部工作身体康健請勿掛念如果見信急速速回音為要此致祝我闔家中老少均閤

金安

兒 忠新叙稟

六月十日

经〕有一年多了，还未接到家信一封，也不知道现在家中的情形什么样子。在去年七月的时候我寄回家里的像〔相〕片也不知道收到了没有。如果接到此信，速速回音，把家里的情形完全说明，以免儿在外挂念为要。现在儿在第八路军一一五师三四三旅旅部工作，身体康健，请勿挂念。如果见信，速速回音为要。

此致，祝我家中老少均阁〔阖〕

金安！

儿　忠新　敬禀

六月十日[①]

母亲大人尊前膝下敬禀者：

儿自从去年五月在甘肃省的时候，接到家中回信两封，我还在原地休息，到八月一号开往山西侯马车站休息了两三日，儿又给家中写了一封，内有像〔相〕片两张。到第二天又坐火车开往河北省以来，又给家去了数十封信，始终未有接到家信一封，也不知道儿写给家〈的〉信收到了没？想念。现在也不知我弟昌柗还在家里没有？儿在外挂念。所以我不断梦见我妈妈和我的弟弟。在前天的夜里正在睡安觉的时〈候〉，然忽〔忽然〕见了我的妈妈，妈妈以竟〔已经〕老得不像了。我就大喊起来，忽然喊了一声，同我在一块儿睡的同志听着了，他就叫惺〔醒〕我，问我喊什么，我当时也说不出，仔细一想，原来是作了一个梦。到上午吃把〔罢〕午饭的时候，我正在房子里卧着看书，忽然有一位同志说道：送信的来了！我听道〔到〕了就连忙跑到外边去看，我见有好多的家信，我看了半天都是另〔别〕人的，原来没有我的一封。人家接到了家信，把家里的情形都知道了，可是我

---

①据推测，此信当写于1938年6月10日。

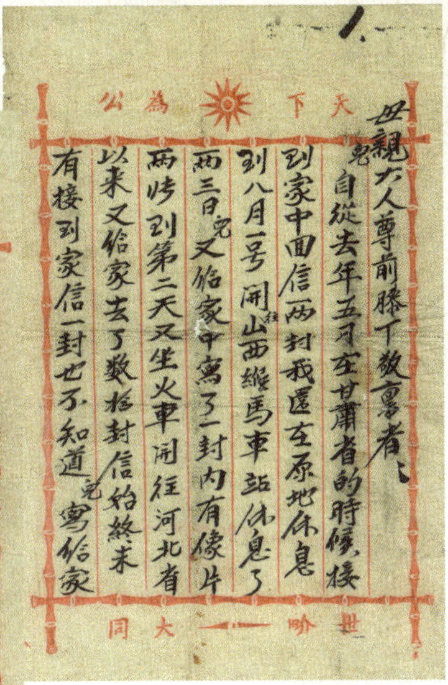

1.

天下為公

母親大人尊前膝下敬禀者：兒自從去年五月在甘肅省的時候接到家中両信両封我還在原地休息到八月一号開往山西繼馬車站休息了両三日兒又給家中寫了一封內有像片両時到第二天又坐火車開往河北省以來又給家去了數拾封信始終未有接到家信一封也不知道兒寫給家

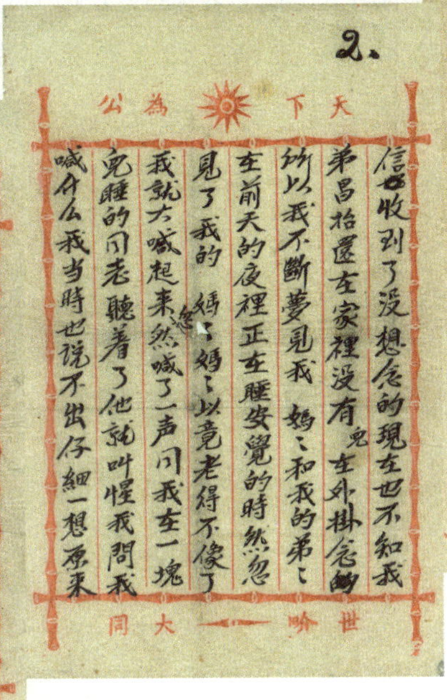

世界大同

2.

天下為公

信收到了沒想念的現在也不知我弟昌裕還在家裡沒有兒在外掛念的所以我不斷夢見我媽媽和我的弟弟在前天的夜裡正在睡安覺的時然忽見了我的媽媽以竟老得不像了我就大喊起來忽然喊了一声同我在一塊兒睡的同志聽着了他就叫惺我問我喊什么我当時也說不出仔細一想原來

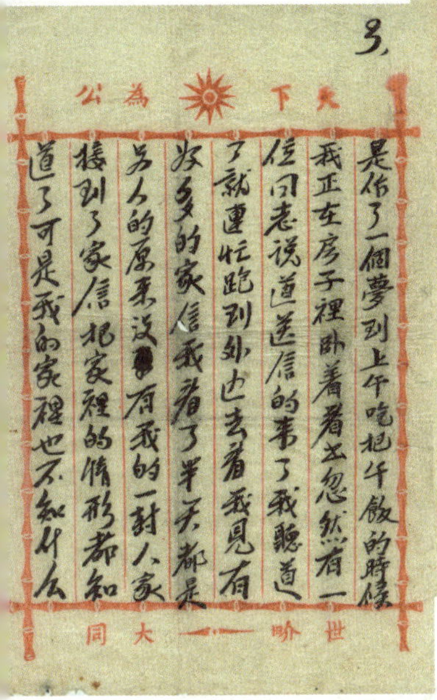

世界大同

3.

天下為公

是作了一個夢到上午吃把午飯的時候我正在房子裡臥着看書忽然有一位同志說道送信的来了我聽道了就連忙跑到外边去看我見有好多的家信我看了半天都是另人的原来沒有我的一封人家接到了家信把家裡的情形都知道了可是我的家裡也不知什么

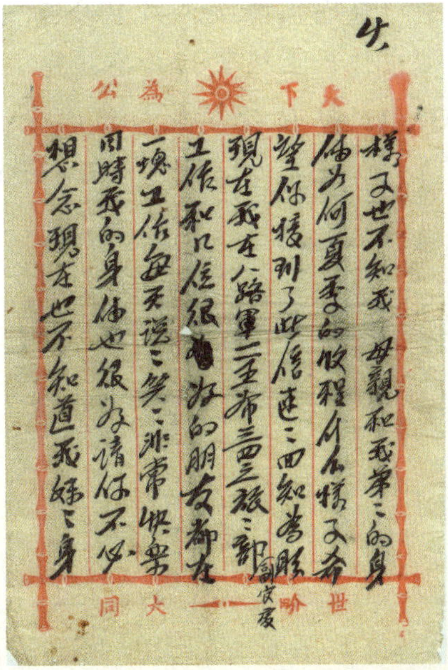

世界大同

4.

天下為公

樣子也不知我母親和我弟弟的身体如何夏季的收程什么樣子希望你接到了此信速速回知為盼現在我在八路軍一二〇師三五九旅三部副官處工作和工作很好的朋友都在一塊工作每天說說笑笑非常快樂同時我的身体也很好請你不必想念現在也不知道我妹妹身

世界大同

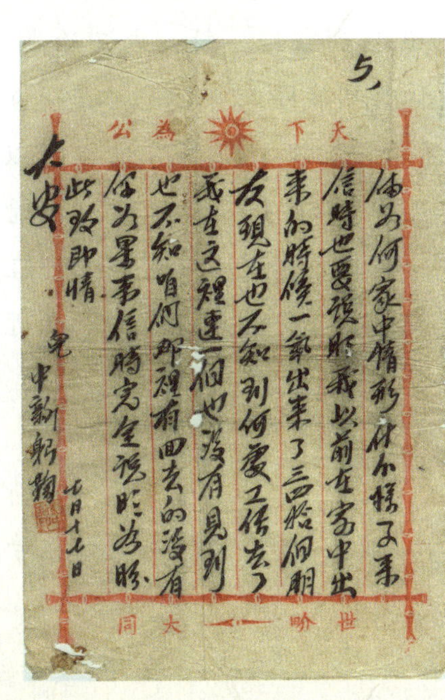

5.

天下為公

体如何家中情形什么樣子来信時也要說明我以前在家中出来的時候一氣出来了三四拾個朋友現在也不知到何處工作去了我在这裡連一個也沒有見到也不知咱們那裡有回去的沒有你們要来信時完全說明為盼

此致即情

大安

兒 中新 鞠躬

七月十七日

世界大同

的家里也不知什么样子，也不知我母亲和我弟弟的身体如何，夏季的收程〔成〕什么样子。希望你接到了此信速速回知（〔复〕）为盼。现在我在八路军一一五师三四三旅旅部副官处工作，和几位很好的朋友都在一块工作，每天说说笑笑非常快乐，同时我的身体也很好，请你不必想念。现在也不知道我妹妹身体如何，家中情形什么样子，来信时也要说明。我以前在〔从〕家中出来的时候，一气〔起〕出来了三四十个朋友，现在也不知到何处工作去了，我在这里连一个也没有见到，也不知咱们那里有回去的没有。你如果来信时完全说明为盼。

此致即情〔请〕

大安！

儿　中新　躬鞠〔鞠躬〕

七月十七日[①]

母亲大人尊前敬禀者：

自因〔从〕七月廿八号那天，儿接到家信一封，内云均悉，心中快乐至极了，并不挂念。不过你说叫我给家邮钱，可是现在我们的队伍住在敌人的后方，交通不便，不能邮挂号信，所以有钱也不能寄回来。请你们再等一个时期，将来交通便利的时候，儿即速把钱和眼药就寄回来了，请你不必关心。现在儿还在一一五师三四三旅旅部工作，住在山西省孝义县兑九峪一带，近来身体很好，请阁〔阖〕家老少勿念。此致并祝

金安！

儿　刘中新

七月廿八号

---

①据推测，此信当写于1938年7月17日。

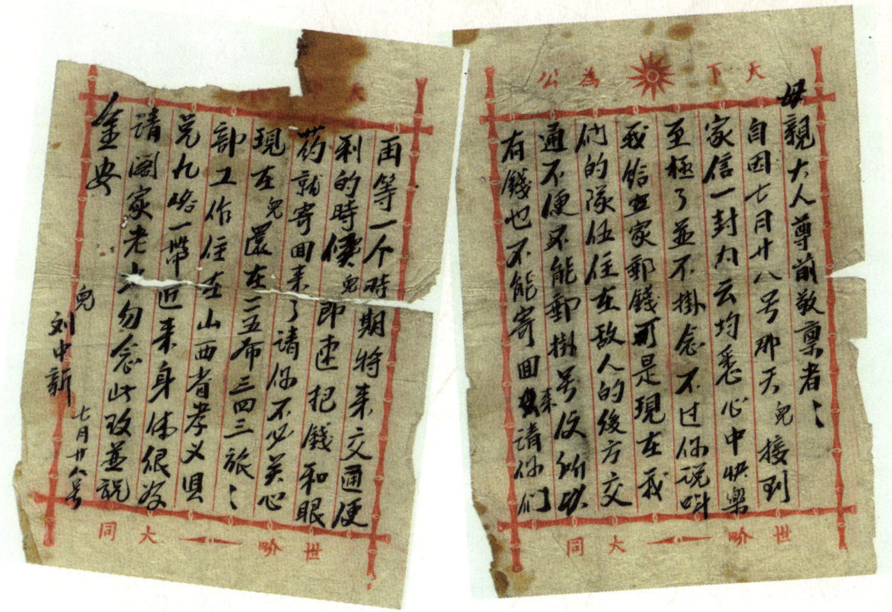
天下為公

母親大人尊前敬禀者：自國七月廿八号那天兒接到家信一封，內云均悉，心中快樂至極了，並不掛念。不过你说叫我給些家郵錢，可是現在我們的隊伍住在敌人的後方，交通不便，不能郵掛号信，所以有錢也不能寄回來，請你們再等一个時期，將來交通便利的時候，兒即速把錢和眼藥就寄回來了，請你不必关心。現在兒還在三五布三四三旅旅部工作，住在山西省孝义県兑九峪一帶，近來身体很好，請闔家老少勿念。此致並祝

金安

兒 刘中新

七月廿八号

世界大同

背景链接

笔者在搜集整理东固革命根据地相关史料时，发现了当时在八路军115师政治部（后在343旅）工作的八路军老战士刘中新（又名刘忠新）写给家中的四封家书。信中所流露出来的报国之志、思乡之情、孝老之心溢于言表，令人感慨万分。

刘中新在家乡的族谱名为刘昌榜，有一个弟弟叫刘昌桁。这四封家书是由刘昌桁的两个儿子刘发照、刘发熙保存下来的。

当年刘中新所在的东固区（今为江西省吉安市青原区东固畲族乡），曾有2 400多人参加红军，占全区总人数的24.29%。由于当时东固区扩红支前工作做得好，全区青年踊跃参加红军，出现了整营（二三百人）整连（100多人）去当红军的喜人局面。1930年10月攻克吉安后，曾有一次性两个营（500多人）参加红军的盛况，因此东固区曾被评为中央苏区一等模范区。据1934年的统计，在主力红军长征后，东固区青壮年劳力不足400人。新中国成立后统计，东固区有名有姓的烈士达1 400多人，无名烈士

就更多了，由此可见东固人民对中国革命所做出的重大贡献。

刘中新大概在20世纪20年代末期参加红军，经长征到达甘肃、陕北，后在八路军115师政治部和343旅工作。据初步考证，此四封信当写于1937年9月7日和1938年6月至9月间。其中的第一封家书写于山西侯马，当时红军刚刚改编为八路军，9月2日115师由陕西三原出发进入山西境内，在侯马稍作停留，即北上晋东北抗日前线，9月25日发起了平型关战斗。刘中新在这封家书中说："现在是全国动员抗战的时非〔候〕，我在外都是为了抗日救国，不能在家来孝顺母亲大人，以后回家再来孝顺母亲大人。"在第三封写于1938年7月17日长达5页的家书中，他详尽描述了梦中思念亲人和家乡的情景，以及看到别人收到家书而自己没有时的失落感。信中还特别写道："我以前在〔从〕家中出来的时候，一气〔起〕出来了三四十个朋友，现在也不知到何处工作去了，我在这里连一个也没有见到，也不知咱们那里有回去的没有。你如果来信时完全说明为盼。"对家乡战友的思念和牵挂之情跃然纸上。从现在已知的情况来看，战友十有八九是牺牲了，当时刘中新是一位幸存者。

据他的亲属讲，刘中新在新中国成立初期还给家里写过一封信，并寄来一张穿军官服的照片，但不知什么原因，最终未能与家人联系上，这张照片后来也下落不明。因此，寻找刘中新便成了全家人几十年的愿望。

刘中新这些家书保存了80多年，凝聚了刘家几代人的一片亲情。随着时间的推移，他们思念亲人的感情愈发浓烈，于是委托笔者代为寻找。十多年前，笔者将有关资料给了来东固寻根的陈东海同志，他的父亲陈光将军曾任343旅旅长、115师代理师长。陈东海回到北京后，找了一些曾在115师和343旅工作过的将士亲属打听情况，但尚无确切消息。笔者还通过梁兴初将军之子梁晓源继续打听有关情况。他们提供了部队演变的有关史料。

根据他们提供的信息，笔者又查阅了相关资料，发现343旅在1939年后分别演变发展，进入了三个部队。一是343旅686团1营、343旅685团新2营、343旅补充团，三部分演变为后来第38军的三个团。二是原属红一军团红二师后为343旅685团（缺2营），发展为八路军苏鲁支队，再演变为第43军的一部分。三是原属红一军团“模范红五团”的343旅685团2营，演变为八路军晋察冀军区第五支队，并与686团3营和旅部机关一起发展为第16军的某团。当年的343旅旅部机关在1938年9月改编成八路军东进抗日挺进纵队，并由肖华带队进入山东乐陵。新中国成立后，我军先后进行了多次改革，部队规模、体制编制不断调整，刘中新当年随343旅究竟进入了哪一个部队，尚需深入调查，希望知情人提供相关信息。

老红军、老八路刘中新：您在哪里？家里人、家乡人想念您！

（丁仁祥）

愿献头颅保中华

▲ 程雄

“天不怕，地不怕，愿献头颅保中华。”这是程雄《红岩诗草随笔》中的名句。为了民族、为了家乡，他毅然走向抗日最前线，在临行前写给父母的辞别书中，已做好为国捐躯的准备，同时又为不能尽孝而自责。家书发出三个月后，他就血染沙场，以实际行动实践了自己的诺言。

家书原文

双亲大人膝下：

在这里大概有一个相当的时间住吧！最近的工作情形，是分着两个方向进行，就是军队和民运。这当然是军队的工作要紧，但是民运方面虽然在军事上看起来比较是占次重的地位，而在这军民合作〈中〉，集中一切力量，来应付这第二期抗战对敌的反攻，以期达到抗战胜利，达到成功的目的。所以因这许多的重要焦点，我们这批政治工作同志，每天按时分布在各部队授课外，余下的时间，就是进行乡村的民运宣传工作，使当地的民众能达到和我们游击队的切实合作。

儿过去多半是担任内部的事情，对〔至〕于在外面工作的时间就很少。在今天一半是因为他们的工作分配不过来，一半是根据自己〈的〉兴趣，所以在上午就和一位胡同志赴第十一连里去讲了一堂课，该连住的地点是在佛祖岭（即新五祖庙）。对儿所讲的呢，也没有怎样的充分准备，不过随便同他们把抗战形势大双亲大人膝下：

在这里大概有一个月多的时间住了，每天的工作情形，是分着两个方面进行，就是军训和民运，这两种工作都是要紧的，从前的民运，都是学生们在做，现在[illegible]重要的地位，而在这里民众的集中，[illegible]。来这里第二期抗战的[illegible]的口号，"第二期抗战胜利"，这口号[illegible]

国的，所以因为许多的重要负责，我们[illegible]的工作同志，当天接收了[illegible]会[illegible]，除下乡宣传外，就是组织乡村的民众宣传工作，使当地的群众认识他们[illegible]的参加。

儿过去多半是担任内部的写作，对于在外面工作的时间很少，在今天一半是因为他们的工作[illegible]不过来，一半是根据[illegible]

兴趣，所以在上午就和一位女同志到第十一[illegible]去讲了一堂课，该连住的地点是在[illegible]相寺（[illegible]祖庙）对[illegible]所讲的呢，也没有怎样的充分准备，不过随便和他们把抗战形势大略分析了一下，所提出的几个重要要点：1.抗战的两大阶段，2.一期抗战失败的原因，3.二期抗战的主要条件。在讲这几个问题后，又补充几个救亡歌曲，而

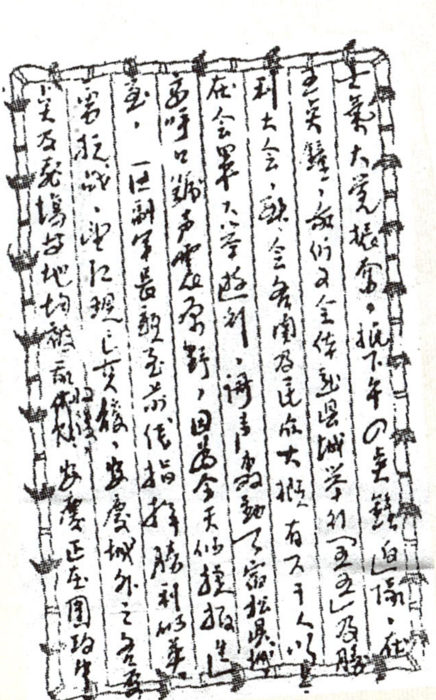

士气大为振奋。据下午的[illegible]，在这次[illegible]，我们又全体出发城举行「五五」及胜利大会，到会有民众大概有二千人以上，在会场[illegible]，讲者激动了[illegible]，高呼口号声震原野，因为今天他接[illegible]，一位副军长亲自在[illegible]指挥胜利的[illegible]。我抗战，[illegible]了，安庆城外之各要点及飞机场等均被我[illegible]，安庆正在围攻中。

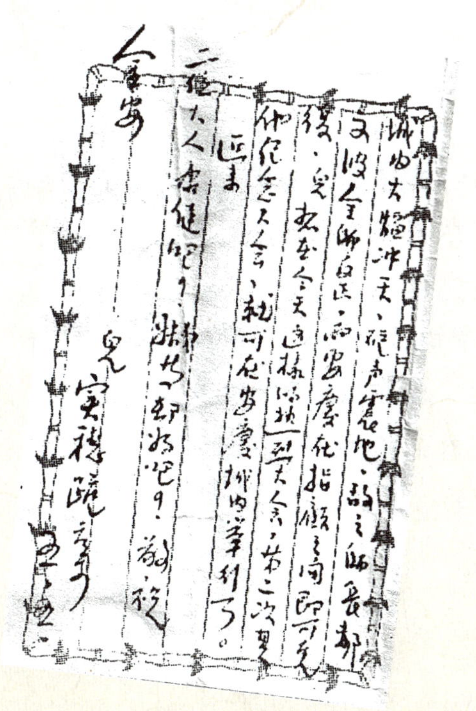

城内大炮冲天，枪声震地，敌之师长都又被全歼在此，而安庆的指挥之间即可见得。儿想今天这样的捷报到大人前，第二次更使大人高兴，就可在安庆城内举行了。

此上

二位大人安健吧？精神都好吧？敬祝

金安

儿 [illegible] 谨禀 [illegible]

略分析了一下，所提出的〈有〉几个重要点：1.抗战的两大阶段；2.一期抗战失败的原因；3.二期抗战的四大原则。在讲过这几个问题后，又补充几个救亡歌曲，而士气大觉振奋，抵下午四点钟返队。在五点钟，我们又全体赴县城举行“五五”及胜利大会，到会各〈机〉关及民众大概有六千人以上。在会毕，大举游行，歌声轰动了宿松县城，高呼口号声震原野。因为今天的捷报迭至，区副军长亲至前线指挥胜利的英勇抗战，望江现已克复，安庆城外之要点及飞〈机〉场等地被我收复。安庆正在围攻中，城内火焰冲天，炮声震地，敌之师长郝文波全师反正，而安庆在指顾之间，即可克复。儿想在今天这样的热烈大会，第二次其他纪念大会，就可在安庆城内举行了。

近来二位大人康健吧！兄妹等都好吧！敬祝

金安！

儿　实穗　跪禀

五、五①

亲爱的双亲大人膝下：

儿这次为了民族，为了阶级，为了可爱的家乡，为了骨肉相连的弟妹，求得生存和幸福，儿不得不来信辞别双亲大人。如果不能活着的话，双亲大人应保重玉体，抚育好弟妹。生活难度的话，可卖掉土地、房屋，把生命糊过来，到十年八年我们就好了，有饭吃、有衣穿、有房子住。现在儿就要离开大别山，走上最前线消灭敌人，保卫中华，望双亲不要悲伤挂念。儿为伟大而生，光荣而死，是我做儿子最后的心意，罪甚！罪甚！

---

①此信写于1939年5月5日。

背景链接

程雄是安徽省岳西县店前镇人，乳名实穗，又名世杰。1919年9月出生于一个贫苦农民家庭。1938年在店前参加省属26工作团，任委员，同年加入中国共产党。1939年到新四军江北游击纵队，1940年在该队举办的青年大队学习，4月上旬到路东省委驻地来安县半塔，后被分配到新四军任副政治指导员兼党支部书记、连长等职，1943年8月17日在江苏省六合县桂子山与日本侵略军作战中壮烈牺牲。

他的父亲程海波目不识丁，专为地主种地，深受压迫剥削。程姓在店前虽是大户望族，但由于他家世代没有一个读书的出人头地，除受地主欺压外，更受户尊的欺凌。程海波饱尝不识字的痛苦，拼命把大儿子实穗送到店前高等小学读书，实穗也深知读书机会来之不易，备加珍惜和努力。读书时，富家子弟有钱买纸笔学习，他家穷就用穷办法，以树枝当笔，沙盘当纸，竟练出一笔惊人的大字。十几岁即能写出漂亮的文章，常常受到老师的称赞。他经常告诫弟妹们说："做人要有大志，少年不努力，将来是废料；我们家虽穷，但志不能穷，财老过好日子，我们不想，也不要向他们伸手，自己动手动脑，勤俭持家，不愁没有好日子过。"

程雄在店前高等小学读书期间，听到"九一八"事变的消息，立志投军救国。为能掌握一些军事知识，在体育老师的指导下，他自制木枪、木手榴弹，在店前河滩上与同学们一起进行浅显的军事训练。一天，老师戏问他道："实穗，凭你那杆木枪能打死敌人？"他随即回答老师："有了木枪就不愁钢枪。"老师夸奖他说："这孩子有志气，事事不言愁。"

1937年夏，程雄小学毕业，本欲继续升学，无奈因家贫无钱，不能实现自己的求知志愿，心情非常沉重。一天晚上，他离家而去，草草地写了一封信，信一开头就讲："慈爱的双亲大人，儿因家贫无钱升学，立志离开家乡，远走高飞，寻找光明，罪甚！罪甚！……"他究竟跑到哪里去了呢？原来在1936年末，他秘密结识了红28军第一便衣队队长陈彩林，并要求参加红军。陈彩林见他年幼又在学校读书，怕荒废他的学业，劝他还是好好读书，将来革命胜利了，大量需要人才。经过这次接触，程雄的思想开阔了，常以诗言志。

这次出走，他本欲去投红军，但当他走至太湖县时，突然发现墙上贴着一张布告，上面写着："当此国难日亟，民族危亡之际，凡我本部同仁，愿意抗日者，一律到黄安七里坪集中。"下署："红二十八军政委高敬亭"。

一夜之间，风云突变，程雄感到很茫然，最后还是回到家乡。随后，他在报纸上看到日本侵略者一手制造卢沟桥事变，中国军队在爱国将领宋哲元将军的领导下，奋起还击，打击了日军的嚣张气焰。他感慨万千，在《红岩诗草随笔》中写下了"天不怕，地不怕，愿献头颅保中华"的联语。当时的岳西，由于交通闭塞，消息不灵，国民党县政府的官员们整天花天酒地，衙前街上看不到一张抗战的标语，听不到一句有关抗战的言论，以至于一些具有朴素爱国热情的青年，商量投奔抗日团体，但到何处去，又如何为国效劳，议论纷纷，莫衷一是。

1938年夏，第五战区安徽省动员委员会直属26工作团，在团长陈穆的率领下，到达店前镇，开展抗日救亡宣传。程雄如久旱的禾苗遇到甘霖一样，立即报名参加。于是，他活跃于司空山麓、店前河畔、杏花村中，动员广大民众积极投入抗日救亡运动。

1939年初，省动员委员会指示各县将所有抗日团体合并成政治大队，轮流到各县整顿抗日组织和地方基层政权，程雄被编入一大队，在岳西县先后转移到太湖、潜山、怀宁、宿松等地活动。

这年5月5日，在郝文波的配合下，各路抗日武装组成敢死队直插安庆城，取得毙敌百余人的重大胜利。程雄参加了庆祝这次胜利的大会，当天晚上怀着激动的心情给双亲写下了前面的第一封家书。

1940年3月，舒芜地委召集各地区来报到的共产党员和革命青年500余人开会，宣布成立青年大队，下分三个中队、一个女生区队。程雄在青年大队学习一个多月，于4月间到路东省委驻地半塔。5月，被分配到新四军第2师5旅13团2营3连任副政治指导员兼党支部书记。临行前，他又给双亲写下了前面的第二封家书，从信中可知他已经做好了为国家和民族牺牲的准备，同时又因不能为父母尽孝而自责。

1943年8月，秋风习习，稻谷金黄，眼看秋收在望。为保卫农民秋收，不让日寇抢收粮食，新四军第2师5旅13团及地方武装东南大队警卫营，在分区副司令员兼5旅副旅长罗占云的指挥下，从安徽的义涧开赴江苏省六合、仪征一带保卫秋收，并且伺机给进犯我根据地之敌以打击。当时从南京进驻八百桥之日军小田大队200余人，纠合六合县（现六合区）伪军300余人，趁秋收季节向我东北乡抢粮。8月16日，13团侦察参谋周本彦率侦察队一个班，抓获两名抢粮日军。驻在八百桥的日军听到枪声，倾巢出动追赶，与我侦察队相持于桂子山西侧丁家山头。

罗副旅长和团首长得知后，急令二营取道周营抢占丁家山头，一营取道杨庄打援，三营为预备队在上刘监视敌人。日军遭我一、二营突然袭击，慌忙抢占桂子山和丁家山头，进行疯狂反扑。

在这危急时刻，二营营长董万银令连长程雄率部与敌抢占丁家山头。程雄立即集中全连战士补充了弹药，沿羊肠小道向周营赶去。程雄率部至丁家山时，敌人的子弹、炮弹像雨点一样向我军阵地倾泻。经过反复争夺，我军终于抢占了丁家山头，完成了上级交给的任务，但连长程雄在战斗中壮烈殉国，年仅24岁。

（储淡如）

▲ 1945年4月，新四军独立旅出征皖江前合影

望妻进步共抗战

▲ 胡孟晋

1939年11月28日，新四军五支队司令部秘书胡孟晋，结束了在家乡舒城的两个月假期，即将返回前线。面对依依不舍的妻子张惠，他强忍离别的伤痛，写了一封辞别书："亲爱的，谁不愿骨肉的团聚，谁不留恋家庭的甜蜜……"

家书原文

★辭别书

最親愛的惠呵，我们又要离别了。當你聽了离别的声音，或者不高興吧。親愛的，谁不愿骨肉的团聚，谁不留念家庭的甜蜜，要知道國家民族重要，個人前途重要，因此又要别离親人，而遠征他鄉了。

為了你的寂寞，為了你的思念，千里外的我，暫時停了救國的工作，越津浦跨淮南，到達别离一載的故鄉來。二月來的团聚歡談，暢言國事，解釋问題，你的政治水準提高了，民族意識加强了，革命的陣營中，增加一位健將了。

辞别书

最亲爱的惠呵：

我们又要离别了！当你听了离别的声音，或者不高兴吧！

亲爱的，谁不愿骨肉的团聚，谁不留恋家庭的甜蜜。要知道国家民族重要，个人前途重要，因此又要别离亲人，而远征他乡了。

为了你的寂寞，为了你的思念，千里外的我，暂时停了救国的工作，越津浦，跨淮南，到达别离一载的故乡来。

二月来的团聚欢谈，畅言国事，解释问题，你的政治水准提高了，民族意识加强了，革命的阵营中，增加一位健将了。

畸形发展的中国，教育不普及，人民的知识简单，而妇女尤甚，只要家而不顾国。大难当头，应拥〔踊〕跃赴前线杀敌，而妇女们阻碍其夫或其子之伟志。希望你将无知识的妇女组织起来，宣传和教育她们，使伊等知道“皮之不存，毛何附焉？”“国之不存，家何在？”，使她们不致含泪终日，倚门遥望前线上的夫、子早日归来呢！（望胜利归来。）

惠，最亲爱的人，你是妇女中的先进者，对于我这次的外出，请不要依恋，要知道你爱人的走，不是故意的抛弃你，而是为着革命，为着独立自由幸福的新中国而努力奋斗的啊！

家庭经济之困难，生活之痛苦，我是深知的。要革命成功，须经过困难艰苦的阶段，当此环境中是要立定脚跟，具坚强之意志，任何之外诱，不可动摇的。“国危见忠臣”，在困难中锻炼成真正的革命者啊！

富贵反多忧。钱是要人用，不要给钱用了人。在此抗战时，多少富翁成寒士，由此看来，金钱不足恃也。对于穷人要客气，要同情他；对富人也要与对普通人一样；对于守财奴，少与之来往，因为他只认钱，不认人，这些人不要看起他，但与之面子往

時形發展的中國，教育不普及，人民的
知识簡單，而婦女尤甚，只要家而不
顧國，大難當頭，不擁躍赴前線殺
敵，而婦女們阻碍其夫或其子之偉
志。希望你將無知识的婦女組織起
来，宣傳和教育她們，使伊等知道

P8.
「皮之不存，毛何附焉」「國之不存家何
在」，使她們不致含淚終日，倚門遥望
前線上的夫子早日歸来呢！（必勝利歸来）
惠，最親愛的人，你是婦女中的先進
者，对於我这次的外出，請不要依戀，
要知道你愛人的走，不是故意的抛棄
你，而是為着革命，為着獨立自由

幸福的新中國而努力奮斗的啊！
家庭經济之困難，生活之痛苦，我
是深知的。要革命成功，須經过困难
艱苦的阶段，當此環境中是要立定
腳跟，堅强之意志，任何之外誘，不可
动搖的，「國危見忠臣」，在困难中鍛
鍊成真正的革命者啊！

P9.
"富貴反多憂"，錢是要人用，不要給錢用
了人，在此抗戰時多少富翁成寒士，由
此看来金錢不足恃也。对於窮人要
客氣，要同情他。对富人也要与对普通
人一樣，对於守財奴少与之来往，因為他
只認錢，不認人，这些人不要看起他，
但与之面子往来而已。

惠啊，我們要認清時代，為此革命
時（期）家庭衣食可維持就够了，不要有
其他念頭，要知道整千整万的難民，
千百万的勞苦大众，生活是多么的痛
苦啊！人生是要作偉大事業，而不是
做了金錢的奴隸啊！ 太看金錢重的
人是最污髒的，不要与之往来。

P10
愛人啊！你在無事的時候，多多閱讀书報，
可使你知识進步，多多想工作的方法，切
不要空想，也不要太掛念在外的我，勞
神傷身，於事無益。好好教養二个小
孩，切忌打罵，處家了，对外人，言語態
度等等，可參考我的日記和通信，要
切实的做，不要我的心思枉費了，請你
真正的做吧，否則，太对不起在外的人呢，

最親愛的人，你不要太念我，你的厚
情我是知道的，我不是個薄情的人，請
你放心，決不辜負你的熱情啊！
在外的我，身体自知珍重，一切當知
留心，請你安心在鄉努力婦女解放
的事業，成為女英雄，我在外对革命
之偉業亦更加努力啊！別了！別了！此致
敬礼
廿八.十二.廿八. 群於舒百.

来而已。

惠呵，我们要认清时代，当此革命时期，家庭衣食可维持就够了，不要有其他念头。要知道整千整万的难民，千百万的劳苦大众，生活是多么的痛苦呵！人生是要作伟大事业，而不是做了金钱的奴隶呵！太看金钱重的人是最污脏的，不要与之往来。

爱人呵，你在无事的时候，多多阅读书报，可使你知识进步。多多想工作的方法，切不要空想，也不要太挂念在外的我，劳神伤身，于事无益。好好教养二个小孩，切忌打骂。处家事，对外人，言语态度等事，可参考我的日记和通信，要切实的做，不然我的心思枉费了。请你真正的做吧，否则，太对不起在外的人呢！

最亲爱的人，你不要太念我，你的厚情我是知道的，我不是个薄情的人，请你放心，决不辜负你的热情呵！

在外的我，身体自知珍重，一切当知留心。请你安心在乡努力妇女解放的事业，成为女英雄，我在外对革命之伟业亦更加努力呵！别了，别了！

此致

敬礼！

廿八、十一、廿八

群　于舒百[①]

妇女抗敌协会讲演词

各位保长先生、各位来宾、各位妇女同胞：

今天是某保妇抗会成立的一天，此会在各位保长先生领导之

①群，是胡孟晋的化名；舒百，是指舒城百神庙。书信落款顺序遵照原文，未做规范处理。

婦女抗敵協会講演詞　益群

各位保長先生，各位來賓，各位婦女同胞！

今天是某保婦女抗敵協会成立的一天，此会在各位保長先生領導之下，在各位來賓幫助之下，和各位女同胞努力下，將來定有光明的前途。本人的知識很簡陋，沒有很好的話向各位談談，請大家原諒！

現在我來談談這次中日大戰中我們婦女同胞有沒有負起抗敵救國的責任

這次中日大戰，是中華民族生死存亡的關頭，中國要是打敗了，馬上就亡國，我們都是亡國奴了，亡國奴的生活痛苦得很，一時也說不完，中國要打勝了，就是個強盛的國家，將來就沒有外敵欺侮了。我們要中國打勝仗，必須全中國四万万同胞，都團結起來，同心合力的去打日本鬼子，才能把鬼子趕出中國。但是我們看看前線英勇殺敵的將士，大多是男同胞，我們婦

P2.

女同胞參加救國工作很少，尤其我們鄉村婦女同胞不但不上前綫救國，而且阻礙他的丈夫或是兒子去參加救國工作，這樣是減少了抗戰的力量，而無形中是幫助了日本。要知道救國是大家的事，日本鬼子來了大家都受姦擄燒殺之害，夫妻兒女失散，生命財產不保，種種痛苦很多。外國的婦女與中國就不同，在國難的時候，送自己的丈夫或是親生的兒子上前線，並且說：「不打勝仗不要回」。婦女同胞們，我們也要學學外國女子的長處，雖不能直接上前線救國，我們在後方可以鼓勵能上前方救國的人，不辜負我們婦女同胞對國家的責任。

婦女同胞們，我們要團結起來，將婦抗会組織起來，和健全起來，真正的做些抗敵救國的事，一致努力打走日本強盜，以求中華民族的獨立和幸福。

本人的知識很差，瞎說了幾句，請大家原諒。

講演注意事項

(一)首先要知道会場上各种人或團體，如有工作團或鄉長、保長，其他參加的人等，開口稱呼：各位工作團同志，各鄉長、各位保長、各位來賓、各位婦女同胞……

※註：各位、諸位，是指二个以上多數人之稱，只有一个鄉長或一个保長，只能稱某鄉長、某保長。

(二)說話要明白清楚，要慢點，不要太快。聲音不要太高，也不要太小，重要處聲音宜高點。一句句的說，不要太急。

P4.

(三)目光要注意全場，不要對某一處訂住。

(四)態度宜和靄，說到樂的地方要表示快樂，悲的地方要悲，才能感動人。

(五)不要怕醜，不要慌，胆子要放大。常說話就好了。

(六)要一句句的說話式的，不要像背書式的。

(七)說話不要太長，重要的要緊的說。

(八)聽人說的事，可發揮自己意見

(九)說話時可舉例子比譬，可引古語或俗語或文句故事來說。如說到日本姦擄燒殺事，可說出真真事實來。

又如說：「八十歲老媽砍黃稿……」送丈夫從軍

又如「木蘭從軍」故事等。

凡事與講演時有關係的事或文句或古語，均可引出。

(十)未講演之前要先預備材料，先從

P5.

先預備一个題目，然後再預備第一段說甚么，第二段說甚么，末尾說什么。例如講，日本為甚么侵略中國。然後就預備材料

第一段說：日本是帝國主義，必須向外侵略……

第二段：中國是物產豐富，又是个弱國……

末尾段：中國四万万人團結起來，武裝起來打日本……

(十一)自己練習：初講時私下多練習，在自己的屋內作会場，屋內東西當作許多人，看着講，就如開会時講一樣，多多練習，到正式開会時就能說了。

以上十一點是說个講演大概，如能將以上都做到，再看人家講演，學人家的長處，去自己的缺短處，多多練習，多多聽，大胆的講，將來可成為演說家了。

P6.

努力吧，婦女解放的先鋒！

練習吧，未來的演說家！

奮斗吧，革命的女英雄！

天下無難事，只要專心耳。

不怕困難，不怕失敗，不怕苦，

昇天下地皆可以！

——一九三九.十一.廿四.群 於[illegible]

下，在各位来宾帮助之下，和各位女同胞努力下，将来定有光明的前途。本人的知识很简陋，没有很好的话向各位谈谈，请大家原谅！

现在我来谈谈这次中日大战中，我们妇女同胞有没有负起抗敌救国的责任。

这次中日大战，是中华民族生死存亡的关头。中国要是打败了，马上就亡国，我们都是亡国奴了。亡国奴的生活痛苦得很，一时也说不完。中国要打胜了，就是个强盛的国家，将来没有外国敢欺侮了。我们要中国打胜仗，必须全中国四万万同胞都团结起来，同心合力的去打日本鬼子，才能把鬼子赶出中国。但是我们看看，前线英勇杀敌的将士，大多是男同胞，我们妇女同胞参加救国工作很少，尤其我们乡村妇女同胞，不但不上前线救国，而且阻碍她的丈夫或是儿子去参加救国工作，这样是减少了抗战的力量，而无形中是帮助了日本。夫妻儿女团聚虽好，要知道，救国是大家的事。日本鬼子来了，大家都受奸掳烧杀之害，夫妻儿女失散，生命财产不保，种种痛苦很多。

外国的妇女与中国就不同，当国难的时候，送自己的丈夫或是亲生的儿子上前线，并且说："不打胜仗，不要回。"

妇女同胞们，我们也要学学外国女子的长处，虽不能直接上前线救国，我们在后方可以鼓励能上前方救国的人，或做有益国家的事，才不辜负我们妇女对国家的责任。

妇女同胞们，我们要团结起来，将妇抗会组织起来和健全起来，真正的做些抗敌救国的事，一致努力打走日本强盗，以求中华民族的独立和幸福。

本人的知识很差，瞎说了几句，请大家原谅。

讲演注意事项

（一）首先要知道会场上各种人或团体，如有工作团或乡长、保长、其他参加的人等，开口称呼：各位工作团同志，方乡长，各位保长，各位来宾，各位妇女同胞……

注：各位、诸位，是指二个以上多数人之称，只有一个乡长或一个保长，只能称某乡长、某保长。

（二）说话要明白清楚，要慢点，不要太快。声音不要太高，也不要太小，重要处声音宜高点。一句句的说，不要太急。

（三）目光要注意全场，不要对某一处望。

（四）态度宜和霭〔蔼〕，说到乐的地方要表示快乐，悲的地方要悲，才能感动人。

（五）不要怕丑，不要慌，胆子要放大。常说话就好了。

（六）要一句句的，说话式的，不要像背书式的。

（七）说话不要太长，重要的、要紧的说。

（八）听人说的事，可发挥自己〈的〉意见。

（九）说话时可举例子比譬，可引古语或俗语，或文句故事来说。如说到日本奸掳烧杀事，可说出真事实来。又如说“八十岁老妈砍黄稿……”送丈夫从军，又如“木兰从军”故事等，凡事〔是〕与讲演时有关系的事或文句或古语，均可引出。

（十）未讲演之前要先预备材料。先预备一个题目，然后再预备第一段说什么，第二段说什么，末尾说什么。例如讲：日本为什么侵略中国，然后就预备材料：

第一段说：日本是帝国主义，必须向外侵略……

第二段：中国物产丰富，又是个弱国……

…………

末尾段：中国四万万人团结起来，武装起来打日本……

（十一）自己练习：初讲时私下多练习，在自己的屋内作会场，屋内东西当作许多人，站立着讲，就如开会时讲一样，多多练习，到正式开会时就能说了。

以上十一点是说个讲演大概，如能将以上都做到，再看人讲演，学人家的长处，去自己的短处，多多练习，多多听，大胆的讲，将来可成为演说家了。

努力吧，妇女解放的先锋！

练习吧，未来的演说家！

奋斗吧，革命的女英雄！

天下无难事，只要专心耳。

不怕困难，不怕失败，不怕苦，升天下地皆可以！

一九三九、十一、廿四

群　于舒百

背景链接

2004年11月，81岁的新四军老战士张轼专程到蚌埠看望90岁高龄的大姐张惠，相聚几日，姐弟交谈甚欢。

临别之际，大姐郑重地交给张轼一个小小的包裹，里面是一批已经残破的书信，绝大多数写于60多年前的抗战时期。这批书信的作者是张轼的姐夫、战友胡孟晋烈士。

回家后，张轼将烈士家书一封封精心整理，小心裱褙，逐字抄录，仔细品味，重温了与胡孟晋烈士共同度过的那段战争岁月。

▲ 张惠，摄于抗战前

胡孟晋，原名永荣，生于1912年，卒于1947年。原籍安徽庐江，后移居舒城百神庙钟

▲ 张惠与弟弟张轼，1978年摄于九华山

家畈。他自幼丧父，与其兄胡永林随母亲钟氏移居舅舅家，靠租种别人的土地维持生活。

胡孟晋8岁入小学，12岁考入舒城县立桃溪高级小学，在校期间学习勤奋，成绩优异。毕业后入舒城中学读书，后又高分考入安徽省立池州（乡村）师范学校（高级师范班），曾任该校校刊编辑。1936年毕业回舒城，在当地办学，推行陶行知先生的教育思想，倡导白话文。

胡孟晋在池州师范时，经朋友介绍，认识了张惠，双方情投意合，不久成婚，婚后生活甜蜜。胡孟晋内向细腻，温文尔雅，而张惠外向大度，为人直爽，二人性格互补，婚后感情甚笃。

1938年春，积极从事抗日救亡运动的胡孟晋加入了中国共产党。1938年底至1939年初，他任新四军四支队政治部战地服务团民运队五组组长，随军东进寿县、肥东、全椒，在全椒县城关协助汪道涵同志开展统战工作，组织群众救亡团体，成绩卓著。

1939年7月，新四军五支队成立时，他调任司令部秘书，随司令员罗炳辉、政委郭述申转战淮南津浦路一带。

11月28日，胡孟晋结束了在家乡舒城的两个月假期，即将返回前线。面对依依不舍的妻子张惠，他强忍离别之伤痛，尽力勉慰妻子，写下了一封《辞别书》。

1938年春胡孟晋抛妻别子，投笔从戎时，结婚才4年左右。夫妻离散，自是备感无奈和依恋。随后，胡孟晋在写给妻子的信中，既时时以

"舍小家，顾大家"的道理与妻子共勉，又不免在信中抒发对妻子的思念和对家中的关切。从这封《辞别书》可以看出，两个人的感情是相当亲密的。

▲ 张惠与弟弟张轼，摄于2004年11月

"我姐姐是个深明大义的人，和大多数别的妇女不一样。"张轼对笔者说。

张轼的祖父和父亲都曾教过书，父亲做过小学校长，并在广东汕头的《岭东日报》做过记者、编辑。张惠虽然没读过书，但也跟着祖父和父亲学了一些文化，更重要的是，相比于同龄女子，张惠具有更强烈的国家意识，她从小就知道史可法、文天祥、岳飞等人的故事。因此，胡孟晋参加新四军时，张惠是积极支持的。张轼说，这在当地并不多见。"一般妇女，不阻拦丈夫、儿子参军就已经很不简单了！"

正因为如此，胡孟晋对妻子寄予了更高的期望，他通过平日通信和难得且短暂的相聚时光，积极鼓励、支持妻子参加妇女抗敌协会的各项工作。

大约是在写前面这封《辞别书》的前几天，胡孟晋在家里精心为妻子张惠草拟了一份《妇女抗敌协会讲演词》。

毫无疑问，胡孟晋本人是一个坚定的革命者和爱国者。在那种白色恐怖的岁月，他冒着生命危险，鼓励爱妻积极从事抗日爱国活动，令人敬佩。为了让妻子的讲演达到最佳效果，胡孟晋还细致地在讲演词后附了"讲演注意事项"。写这篇《妇女抗敌协会讲演词》时，胡孟晋已经积累了大量的宣传工作经验，所以他告诉妻子的讲演注意事项，也可以看成是他本人宣传抗日救亡运动多年经验的一个小结，甚至可以看成是对新四军宣传工作的经验小结。

“这些讲演注意事项就是放在今天，读来也具有启发意义。”张轼说。

仅凭这个“讲演注意事项”，我们就可以想象胡孟晋是一位多么富有激情的讲演家啊！而张惠女士果然没有辜负丈夫的期待。据张轼介绍，张惠随后便在家乡投身于妇女抗敌协会的组织工作，在胡孟晋烈士逝世后又抚养几个孩子长大成才。

1942年，为坚持皖江地区的抗日斗争，胡孟晋奉命随张凯帆同志去巢湖以东开展工作，任湖东县中心县委委员、五区工委书记，长期与李本一师527团做斗争。1945年春，他调任湖东中心县委组织部任副部长。

抗战胜利，“双十协定”后，新四军第七师奉命北撤，胡孟晋随军开赴苏北，先后任苏皖边区政府民政厅干部科科长、中共边区政府直属机关党总支书记。此时他已身患重病，仍坚持工作。

1946年八九月间，国民党重点进攻解放区，华中分局和边区政府后方机关北撤山东，他随队北移，后又北渡黄河，驻冀南故城，直到1947年夏逝世。不久，张惠决定北上将烈士遗骸运回家乡。经舒城县人民政府函请山东省暨河北故城县同意，张惠仅用一床棉被，自行千里将烈士遗骸运回。县领导无不敬佩称奇，并给予一口棺材重新装殓，将胡孟晋安葬于故乡舒城钟家畈，立碑纪念。

（陈宏伟）

张自忠：尽忠报国　取义成仁

▲ 张自忠

张自忠是抗日战争中牺牲的职务最高的中国将领，也是第二次世界大战反法西斯阵营五十余国中战死的军衔最高的将领。从抗战一开始他就有“报国必死”的决心，每上战场，都打得英勇悲壮，而且每次战前都要写下一封信，回来的时候再把信撕掉。枣宜会战前夕，他留下了两封信，一封信致将士们，另一封信致他的副将，却没给家里留下只言片语。

家书原文

看最近之情况，敌人或要再来碰一下钉子，只要敌来犯，兄即到河东与弟等共同去牺牲。国家到了如此地步，除我等为其死，毫无其他办法。更相信只要我等能本此决心，我们的国家及我五千年历史之民族，决不致亡于区区三岛倭奴之手。为国家民族死之决心，海不清，石不烂，决不半点改变，愿与诸弟共勉之。

维纲、月轩、纶山、常德、振三、子烈、
纯德、铭秦、德顺、德俊、迪吉、紫封、
九思、作祯、亮敏、斡三、芳兰、之喆、
文海、春芳诸弟。

小兄　张自忠　手启

五、一[①]

---

①1940年5月1日，张自忠亲笔昭告各将领、各部队。该信现存台北历史档案馆。

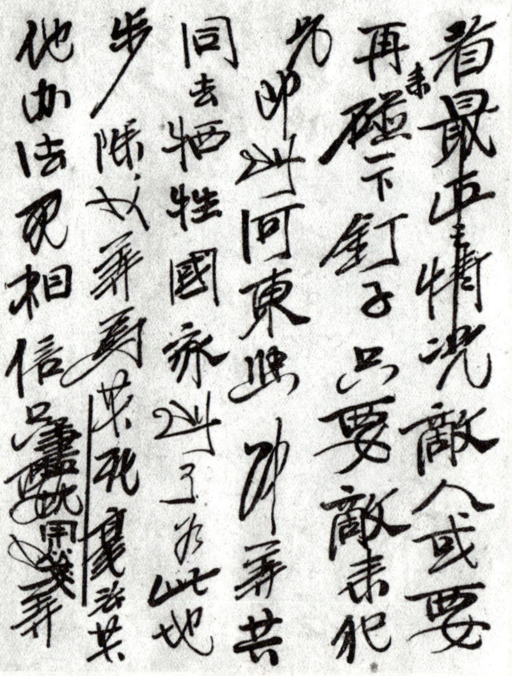

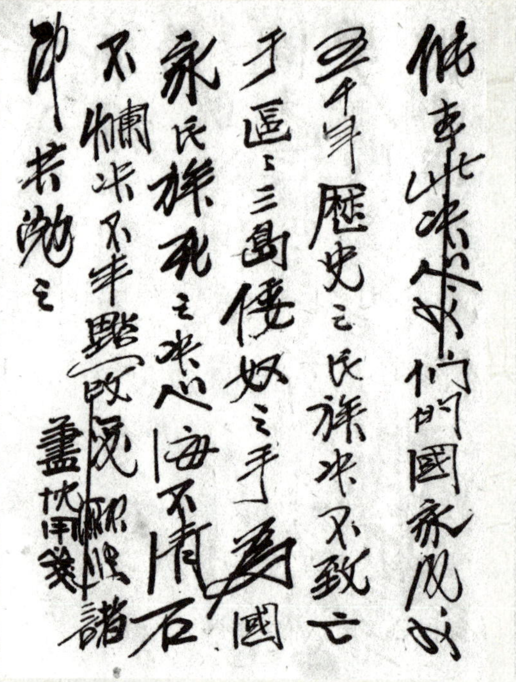

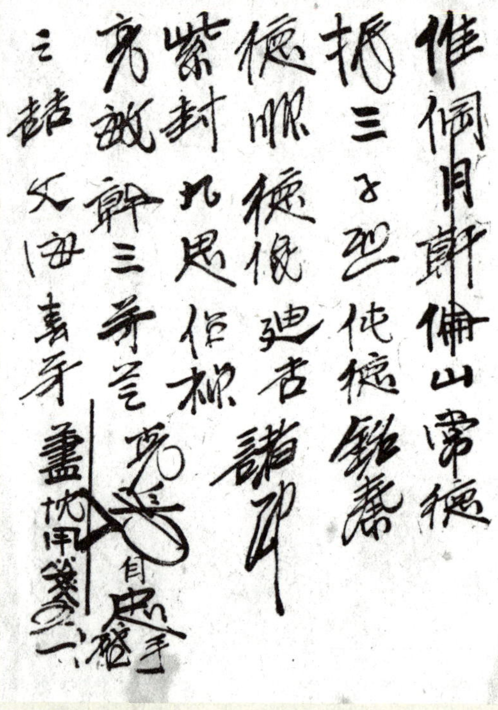

看最近情况敌人或要
再来扰下钉子只要敌来犯
我们即可同东北我弟共
同去牺牲国家到了此地
步队弟为我家其
他办法现相信只书弟

能本七八来我们国家成为
五千年历史之民族决不致亡
于区区三岛倭奴之手国
家民族我之决心海不清石
不烂决不半路改变诸
弟共勉之
书

作伺月解佛山常德
抵三子他德锐泰
德德建吉诸弟
紧封孔思信标
克识前三弟
之语父母書寄
书
自思手签

仰之[1]我弟如晤：

因为战区全面战事之关系，及本身之责任，均须过河与敌一拼，现已决定于今晚往襄河东岸进发。到河东后，如能与38D、179D（38师和179师）取得连〔联〕络，即率诸两部与马师不顾一切向北进之敌死拼。设若与179D、38D取不上连〔联〕络，即带马之三个团，奔着我们最终之目标（死）往北迈进。无论作好作坏，一定求良心得到安慰，以后公私均得请我弟负责。由现在起，以后或暂别，或永离，不得而知，专此布达。

小兄　张自忠　手启

五、六于快活铺[2]

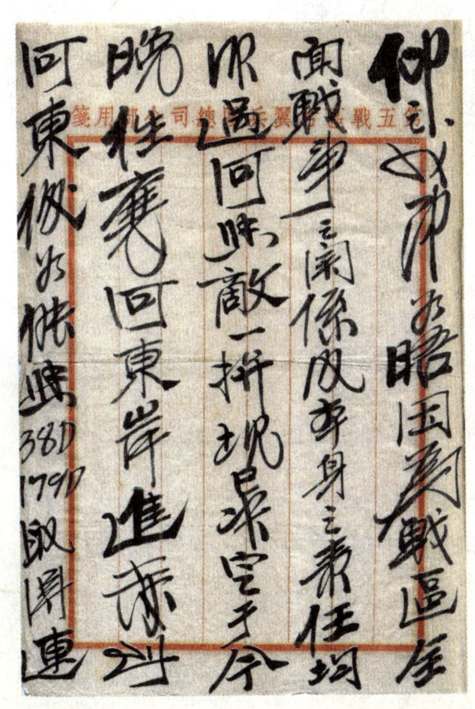
第五戰區右翼兵團總司令部用箋

仰之吾弟如晤：因爲戰區全面戰事之關係及本身之責任均須過河與敵一拼現已決定于今晚往襄河東岸進發到河東後如能與38D 179D取得連

---

① 指冯治安（1896—1954），字仰之，时任第33集团军副总司令，张自忠牺牲后，他接任总司令。

② 1940年5月6日，张自忠致第33集团军副总司令冯治安的亲笔信。该信现存南京中国第二历史档案馆。

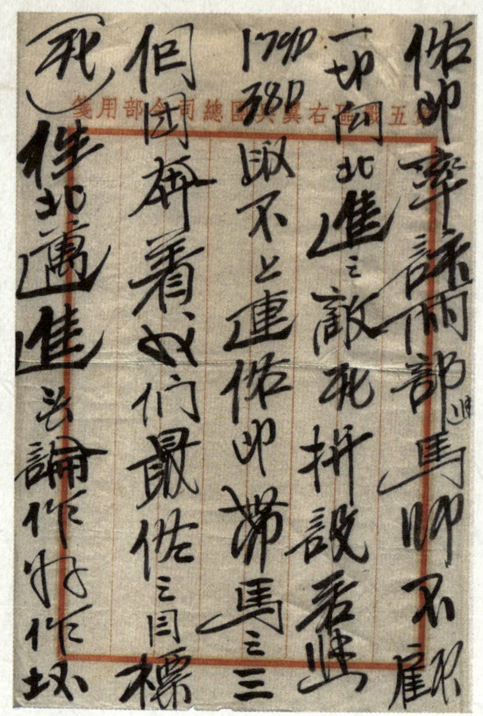

第五戰區右翼兵團總司令部用箋

我即率該兩部與馬師不顧一切向北進之敵死拼設若與179D 38D取不上連絡我即帶馬師之三個團奔着我們最後之目標（死）往北邁進無論作好作壞

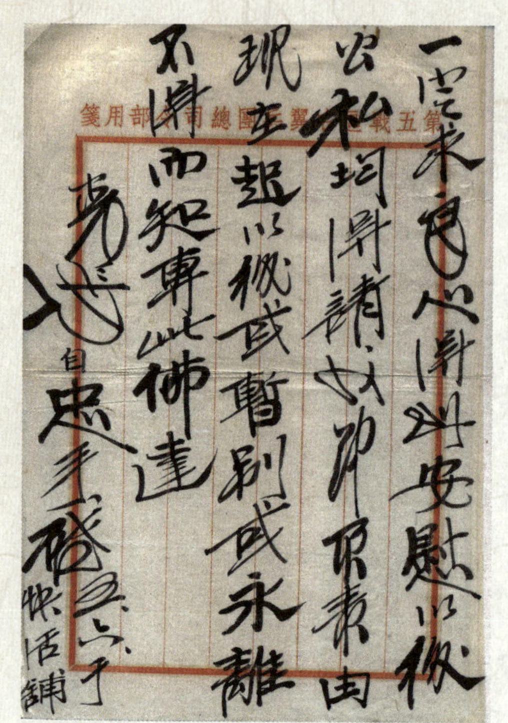

第五戰區右翼兵團總司令部用箋

一定求良心得到安慰以後公私均得請我弟負責由現在起以後或暫別或永離不得而知專此佈達

小兄 自忠手啟 五、六于快活鋪

背景链接

张自忠（1891—1940），字荩忱，山东省临清市唐园村人。著名抗日将领，革命烈士，原国民党第33集团军总司令。张自忠1917年入冯玉祥部，历任营长、团长、旅长、师长等职。1931年任国民党第29军第38师师长。1933年参加长城抗战，任喜峰口第29军前线总指挥，重挫日军，名声大振。1937年抗战全面爆发后，先后任国民党第59军军长、第33集团军总司令兼第五战区右翼兵团司令等职。

▲ 张自忠时任第33集团军总司令，摄于1938年

▲ 张自忠在天津任市长时的戎装照，摄于1936年

1938年2月，时任第59军军长的张自忠奉命沿津浦路南进，支援淮北于学忠部。在固镇指挥59军与日军血战七天，夺回曹老集、小蚌埠，稳定了淮河防线。3月，又奉命支援临沂庞炳勋部，指挥59军在临沂城郊与日军精锐板垣师团进行拉锯战。他抱定拼死的决心，曾致电鹿钟麟："战而死，虽死犹生；不战而生，虽生亦死。"经七昼夜鏖战，取得临沂战斗的胜利，为夺取台儿庄战役胜利奠定了基础。

同年5月中旬，在徐州突围时，奉命掩护友军撤退。在战斗人员不足的情况下，59军在萧县南部地区顽强阻敌。不久投入武汉会战，在潢川、大别山一带阻击敌人。10月率部安全撤回鄂西，升任第33集团军总司令。1939年11月，奉命率部攻击黄家集一带日寇，取得鄂北第二次大捷，荣获"宝鼎勋章"，并兼任第五战区右翼兵团司令。

1940年5月，日军为了控制长江交通、切断通往重庆的运输线，集结数十万大军发动枣宜会战。当时中国军队第33集团军只有两个团驻守襄河西岸。张自忠作为集团军总司令，本来可以不必亲自率领部队出击作战，但他不顾部下的再三劝阻，坚持由副总司令留守，自己亲率2 000多人渡河作战。出战前，他留下两封绝命书。一封写给第33集团军副总司令冯治安，一封写给全体将士，字字千钧，句句肺腑，舍己为国，感天动地。

5月6日晚，张自忠率2 000多人东渡襄河后，一路奋勇进攻。日军随后以优势兵力对其实施包围夹攻。张自忠指挥部队向人数比他们多出一倍半的敌人冲杀十多次，日军伤亡惨重。5月15日，日军一万多人分南北两路对张自忠率领的部队实行夹击。激战到16日拂晓，张自忠部被迫退入南瓜店十里长山。日军在飞机大炮掩护下，向中国军队阵地发起猛攻。一昼

▲ 29军大刀队

▲ 29军高级将领合影。前排左起：张维藩、张自忠、宋哲元、刘汝明、石友三；后排左起：郑大章、冯治安、赵登禹、佟麟阁。摄于1937年春

夜发动九次冲锋。张自忠所部伤亡人员急剧上升，战况空前激烈。

5月16日一天之内，张自忠自晨至午，一直疾呼督战，午时他左臂中弹仍坚持指挥作战。战至下午2时，张自忠手下只剩数百官兵，他将自己的卫队悉数调去前方增援，身边只剩高级参谋张敬和副官马孝堂等八人。他掏出笔向战区司令部写下近百字的报告，交给马孝堂说：“我力战而死，自问对国家对民族可告无愧，你们应当努力杀敌，不能辜负我的志向。”最后，浴血奋战，身负七处重伤，壮烈殉国。

蒋介石惊闻张自忠殉国，立即下令第五战区不惜任何代价夺回张自忠遗骸。100多名将士拼死抢回张将军的遗体，连夜运往重庆。当灵柩经过宜昌时，全市下半旗，民众前往吊祭者超过10万人。5月28日凌晨，灵柩运抵重庆储奇门码头，蒋介石亲临迎灵致祭，抚棺痛哭，并手书“英烈千秋”挽匾以资表彰。国民政府为张自忠举行了国葬，追授他为陆军上将。

▲ 1940年4月15日，张自忠（右三）在第五战区长官司令部驻地湖北老河口与战区高级将领合影

张自忠将军牺牲后，湖北民间开始流传这样一首《襄河曲》：“五月的炮火连天响，鬼子三路向西闯。十万铁军上战场，血战襄河保家乡！看吧！大洪山边，张自忠将军为国成仁，唐白河头，战死了钟毅师长。辉煌！辉煌！这是最后胜利的曙光！”

1940年8月15日，延安各界1 000余人隆重举行张自忠将军追悼大会，毛泽东、朱德、周恩来分别为张自忠将军题写了“尽忠报国”“取义成仁”“为国捐躯”挽词。朱德、彭德怀联名题词：“一战捷临沂，再战捷随枣，伟哉将军，精神不死。”周恩来称赞张自忠：“其忠义之志，壮烈之气，直可以为中国抗战军人之魂。”

新中国成立后，中央人民政府追认张自忠将军为革命烈士，将烈士墓扩建为张自忠烈士陵园。北京、天津、武汉等城市设立了“张自忠路”。为纪念张自忠将军，弘扬张将军的爱国精神，中共临清市委、市政府决定建立张自忠将军纪念馆新馆，1998年10月，新馆建成并对外开放，成为一处重要的爱国主义教育基地。2009年9月10日，张自忠将军被评为“100位为新中国成立作出突出贡献的英雄模范人物”之一。

（段明艳）

古来征战几人回

▲ 褚定侯

1941年12月下旬，日军重兵进攻长沙，与中国军队展开第三次长沙会战，褚定侯率全排官兵奉命坚守浏阳河北岸，阻敌南犯。在即将与日军决战的前夕，他提笔给大哥写了一封长达六页的信，表现了一位军人忠于国家和民族的崇高气节，读来令人荡气回肠。

家书原文

浩兄：

如握！

前日寄二书，不知收到否？弟已呈报告与团部，团长未能批准，云此非常紧急之时，不准弟请长假。弟部队已于昨日早晨出发进占阵地，而于昨日下午，师长亲自到弟阵地中侦察地形，改命弟单独守浏阳河北岸之村落据点，命弟一排死守此处，命弟与阵地共阵〔存〕亡。又云若在此能坚守七天，则可有办法。因此弟于昨日（廿五）晚率部到守地，连夜赶筑工事及障碍物，阵地之后五十公尺处即为大河，河扩〔阔〕水深，无舟无桥，此真为韩信之背水阵矣。本日情报：敌人已达汨罗江，计程三四日后能到此，然前线队伍，能毕力能抵，则能否到此，是为问题。加之本日湘北本年冬首次飞雪，则敌人之攻势，该稍挫缓矣。然吾军各师官兵均抱视死如归之决心，决不让敌渡浏阳河南岸来。弟告

平江裕同和布莊用牋

第一頁

澄兄如握：前日寄二函，未知收到否？弟已呈報告與團部，團長未能批准，因此非常悲恚之時。不准弟請長假，弟部依山於昨日早晨進佔陣地，而於昨日下午師長親自到弟陣地中偵察地形，旋命弟率獨守瀏陽河北岸之村落據點，命弟

平江裕同和布莊用牋

第二頁

一排兄守此處，命弟與陣地共存亡。又云若在此能堅守七天則可有辦法。因此弟於昨日廿五晚率部到守地，連夜趕築工事。及障礙物陣地之後五十公尺處即為大河，河極深，無舟無橋，此真為韓信之背水陣矣。本日情報敵人已達汨羅江，計程三

平江裕同和布莊用牋

第三頁

四日後始到此，然前鋒隊伍，始是少數，抵到始否到此是有問題。加之查湘北本年今首次戰爭，則敵人之攻勢，誠稍挫緩矣。然吾軍全師官兵均抱視死如歸之決心，決不讓敵渡瀏陽河南岸來。弟告部士兵，自不要他渡河，一句話，敵此次不來則已，

平江裕同和布莊用牋

第四頁

一來當拚一拚，弟若無恙則兄可勿念，若有不幸則請兄勿悲。古云：古來征戰幾人回，並請告雙親勿悲，生死有命，富貴在天。然弟一切自知自愛，務祈兄勿念。

兄上次寄來洋二百元悉數收到，祈勿念。

平江裕同和布莊用牋

第五頁

家中近來有信到兄處否？弟已久無告雙親矣，請隨時代去函告之，云弟安全也，時在陣地，一切不便，故不多作書。

待此次作戰后，則弟當函入滇，渴兄安好也。

兄希寫之言，信可寄回瀏陽轉

平江裕同和布莊用牋

第六頁

軍郵第一五〇號四一師一二一團二營六連轉收可也。時因北風兩寫字[illegible]紙亦[illegible]自愛。餘不一一，即請

冬好

保弟拜上

十一、二七。

部士兵“不要他渡河！”一句话，敌此次不来则已，一来当拼一拼。弟若无恙则兄可勿念，若有不幸则请兄勿悲。古云“古来征战几人回”，并请告双亲勿悲，生死有命，富贵在天，然弟一切自知自爱，务祈兄勿念。

兄上次寄来洋二百元悉数收到，祈勿念。

家中近来有信到兄处否？弟已久无告双亲矣，请能代书告之，云弟安全也。时在阵地，一切不便，故不多作书。

待此次作战后，则弟当入滇谒兄安好也。兄若赐言，仍可寄浏阳军邮第一五〇号四一师一二一团二营六连弟收可也。时因北风雨雪交加，关山阻绝，希冀自爱，余不一一。即请

冬好！

侯弟　拜上

十二、二七

背景链接

1941年12月8日，日本陆军第23军开始进攻香港。为使攻占香港顺利进行，日军大本营命令驻中国湖南地区的第11军向湘南进攻，以牵制中国军队的南援行动。第11军司令官阿南惟几接受命令后，于12月13日发布了第三次进攻长沙的命令。12月23日，

▲ 1941年底，第三次长沙会战中草鞋岭的我国守军机枪阵地

▲ 长沙会战中指挥第九战区部队三次参加长沙会战的司令长官薛岳（中）

日军在新墙河上游油港以北地区发起进攻，并扬言要在长沙度过1942年元旦，第三次长沙会战打响了。

中国方面迎战的是第九战区司令长官薛岳，他当时指挥的军队共10个军约30万人。守军上下同仇敌忾，战斗异常惨烈。陆军第41师121团2营6连排长褚定侯，奉命率部坚守浏阳河北岸，阻敌南犯。在坚守阵地的间隙，他提笔给远在云南昆明的大哥褚定浩（字经深）写下了这封信，书法潇洒飘逸，通篇贯穿着大敌当前、视死如归的紧张气氛与战斗豪情。

这封家书写于12月27日，当时日军已经渡过汨罗江，正在向南逼进。发出这封家书后不久，日军就进至浏阳河一线，在前有顽敌、后无援兵的困难情况下，褚定侯率部与日寇昼夜血战，直至全排官兵壮烈殉国，践行了“与阵地共阵〔存〕亡”的诺言。

褚定侯，字勇深，号相藩，1919年生于浙江省莫干山。1936年，他在杭州一中读书。“七七”事变后，回到了莫干山。不久，杭嘉湖地区沦陷，褚定侯终日在家，报国无门，感到十分苦恼。1939年，褚定侯得知天目山办起了战时浙西临时中学，就像在黑暗中见到了光明，欣然前往。那年冬天，周恩来和当时的浙江省主席黄绍竑一起来到学校视察，宣传抗日，给了褚定侯很大鼓舞，于是，他毅然投笔从戎，报考黄埔军校，进入黄埔军校二分校第十七期学习。

据褚定侯的弟弟褚召南回忆：二哥去军校报到以前，曾去天台县老家看望祖母，在短暂的宁静日子里，他和邻村的一位姑娘互生情愫。但是，在山河破碎的日子里，有志男儿又怎会耽于儿女私情？海誓山盟中，二哥对姑娘说，等抗日战争胜利了，我一定回来娶你。然后，他就义无反顾地走了。

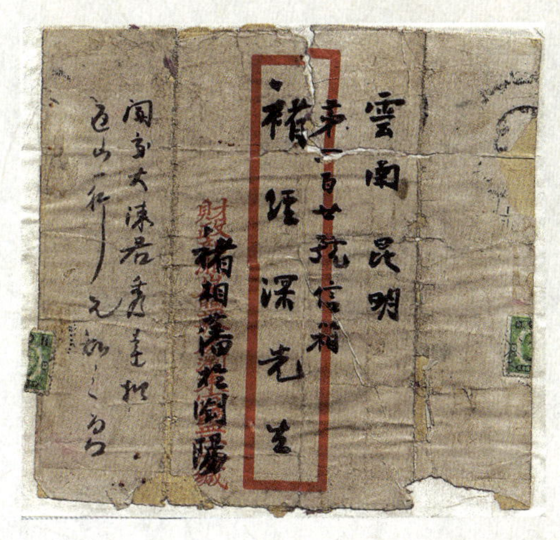

▲ 信封

褚定侯毕业后先是被分配到了军令部，但他向上级提出：自己读军校就是为了参加抗日的，故要求编入一线部队。于是，他被编入了国民革命军陆军第41师121团任排长，到职不久即投入了第二次长沙会战。这次战斗以后，他写来家信说：日本鬼子非常狡猾，他们化装成农民前来侦察，但均被我方识破、消灭。会战中，我方士兵表现得十分英勇，他们在自己身上绑上手榴弹，然后舍身炸毁敌人的坦克。

仅仅两个月之后，褚定侯就率部参加了第三次中日长沙会战。面对日军的疯狂进攻，中国军队进行了英勇的抵抗，与敌人展开了多次拉锯战。关于战况，《大公报》战地记者这样写道：

> 民国三十一年（一九四二年）一月一日在长沙真是一个顶大的纪念日，从这一天起，长沙城外的炮火连天，昼夜不停的一连四天，有人说从未有任何一年的爆竹能和那几天相比。敌人第一、三、六、四等师团番号的士兵的鲜血染红了大稻区的沃土。先攻东南城角，攻不动，再攻南门，又攻不动，最后攻北门，仍是屹然不动。敌人作梦也不曾想到它面对着的是它所自称为消灭净尽的战士。而这些人的代表者，在元旦那天便写了一千五百封家书寄交给家人道：“这一次不成功一定成仁。”哀兵必胜，何况敌人只携带了两星期的粮秣，从一日起就开始饿饭；而它们的上官却依然喝有名牌子的法国酒呢。我们的士兵在修械所高地创造出争夺至十一次的拉锯战，于是敌人溃退了。

▲ 长沙军民庆祝第三次长沙会战胜利

从中国守军元旦那天写就的1 500封家书，可见将士们勠力同心、视死如归的气概。1月1日夜，负责防守长沙南郊的预10师师长方先觉，在指挥战斗的间隙给后方的家眷写了一份遗嘱：

蕴华吾妻：

我军此次奉命固守长沙，任务重大，长沙的得失，有关抗战全局的成败。我身为军人，守土有责，设若战死，你和五子的生活，政府自有照顾。务望五子皆能大学毕业，好好做人，继我遗志，报效党国，则我含笑九泉矣！希吾妻勿悲。

夫　子珊

这封家书被师政治部代主任杨正华看到，决定在报纸上发表以鼓舞士气，于是拟了新闻稿连夜送给《长沙日报》。次日《长沙日报》头版刊出大字标题：“方师长誓死守土，预立遗嘱”。

该师29团中尉侦察排排长王维本后来回忆说，许多战士听说方师长立了战前遗嘱之后，十分感动，一些士兵和学校表示要“成则以功勋报祖国，死则以长沙为坟墓”，抱着必死的决心投入战斗，决不让日军越过防线一步。

到1942年1月中旬，由于我军官兵的合力抵抗，第三次长沙会战以中方的胜利而告终。这是自珍珠港事件以来，“二战”同盟国在亚洲战区唯一的胜利，也是自太平洋战争爆发后同盟国的第一次重大军事胜利。英国《泰晤士报》发表评论称：“十二月七日以来，同盟军唯一决定性胜利系华军之长沙大捷。”《伦敦每日电讯报》称：“际此远东阴雾密布中，唯长沙上空之云彩确见光辉夺目。”

（张嘉纹）

戴安澜：为国战死　事极光荣

▲ 戴安澜

在世界反法西斯战争的东方战场，中国不仅独自抗击了强大的日军，而且两次派出远征军，支援英美同盟国军队。1942年3月，戴安澜率所部第200师在缅甸同古（又译“东吁”“东瓜”）保卫战中歼灭日军5 000余人。后在北撤回国途中遭日军伏击，受伤殉国。戴安澜将军牺牲后，人们在他的皮包中发现了两封信，其爱国情怀、报国之志，催人泪下。

家书原文

亲爱的荷馨：

余此次奉命固守同古，因上面大计未定，与后方连〔联〕络过远，敌人行动又快，现在孤军奋斗，决以全部牺牲，以报国家养育！为国战死，事极光荣。所念者，老母外出，未能侍奉。端公①仙逝，未及送葬。你们母子今后生活，当更痛苦。但东、靖、澄、篱四儿，俱极聪俊，将来必有大成。你只苦得数年，即可有出头之日矣。望勿以我为念！又，我去岁所经过之事，实太对不起你，望你原谅。我要部署杀敌，时间太忙，望你自重，并爱护诸儿，侍奉老母！老父在皖，可不必呈闻。手此即颂

心安！

安澜　手启

三、廿二

---

①端公为戴安澜叔祖父戴端甫，知名爱国人士，是戴安澜人生道路上的引路人。1942年2月28日，端公于广西全州病逝，戴安澜因奉命远征，未能亲临送葬。

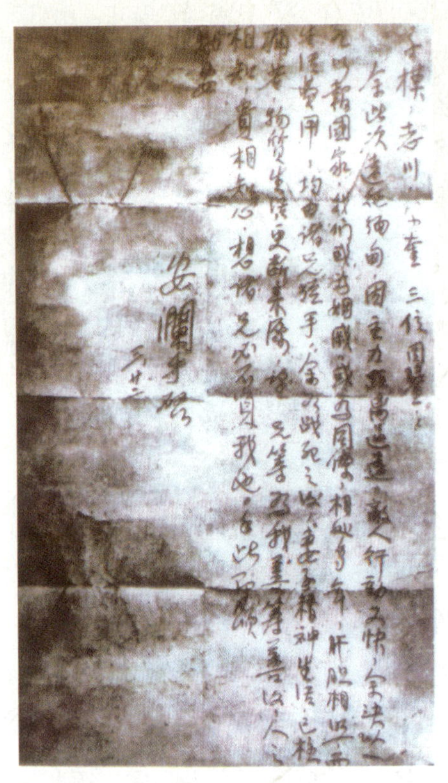

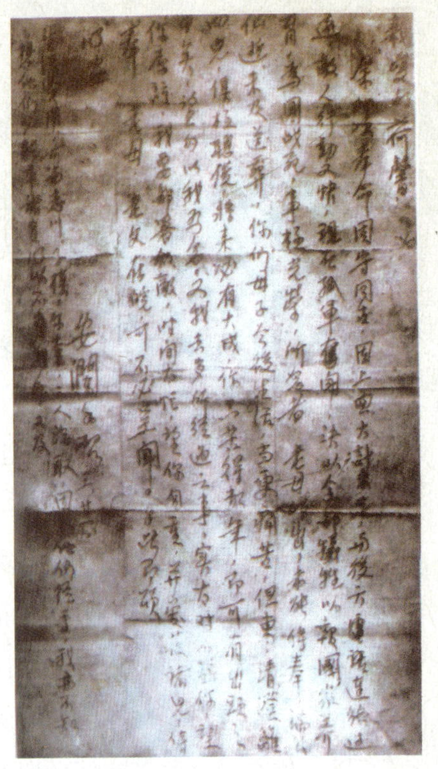

生活费用，可与志川、子模、尔奎三人洽取，因为他们经手，我亦不知，想他们必能本诸良心，以不负我也。又及

子模、志川、尔奎，三位同鉴：

余此次远征缅甸，因主力距离过远，敌人行动又快，余决以一死，以报国家！我们或为姻戚，或为同僚，相处多年，肝胆相照，而生活费用，均由诸兄经手。余如战死之后，妻子精神生活，已极痛苦，物质生活，更断来源，望兄等为我善筹善后。人之相知，贵相知心，想诸兄必不负我也。手此即颂

勋安！

安澜　手启

三、廿二

背景链接

▲ 戴安澜任73旅旅长时摄于庐山

戴安澜（1904—1942），字衍功，号海鸥，安徽无为（今属芜湖市）人。黄埔军校第三期毕业。曾任国民党第17军第73旅旅长、第89师副师长，第5军第200师师长。先后参加过长城抗战和台儿庄、武汉、昆仑关等战役。在昆仑关战役中，戴安澜指挥有方，重伤不下火线，击毙日军旅团长中村正雄，取得重大胜利。

太平洋战争爆发后，应美国和英国的一再请求，1942年初，中国组建了远征军开赴缅甸。戴安澜奉命率200师作为中国远征军的先头部队赴缅参战，“扬威国外，借伸正义”。

3月，戴安澜率领200师不惜冒孤军深入的危险，开进同古，逐次接替了英军的防务。为了掩护英军安全撤退，充分做好迎战准备，戴安澜率部日夜抢修工事，布下三道防线，阻击敌军前进。同古保卫战打响以后，200师全体官兵坚守阵地，勇猛还击。虽是孤军作战，后援困难，但师长戴安澜决心誓死抵御到底。

▲ 戴安澜将军、夫人王荷馨和孩子们合影

他在致夫人王荷馨的信中写道：“余此次奉命固守同古，因上面大计未定，与后方连〔联〕络过远，敌人行动又快，现在孤军奋斗，决以全部牺牲，以报国家养育！为国战死，事极光荣。”

“望勿以我为念！”可人

非草木，孰能无情？就在给妻子写了寥寥数语的绝笔信之后，戴安澜又悄悄地给三位亲友写了一封托孤信，信中流露的是一个普通的丈夫、父亲对家人的眷恋不舍：“余如战死之后，妻子精神生活，已极痛苦，物质生活，更断来源，望兄等为我善筹善后。人之相知，贵相知心，想诸兄必不负我也。”

戴安澜带头立下遗嘱：只要还有一兵一卒，亦需坚守到底。如本师长战死，以副师长代之，副师长战死以参谋长代之。参谋长战死，以某某团长代之。全师各级指挥官纷纷效仿，誓与同古共存亡。敌人的猛烈进攻，造成伤亡猛增，掩体被毁。戴安澜指挥将士利用残垣断壁、炸弹坑继续抵抗。他还采取百米决斗术，等攻击的敌人到达50米处时，才从战壕里一跃而出，或用手榴弹集中投掷，或用刺刀进行肉搏。同古保卫战历时12天，200师以高昂的斗志与敌鏖战，打退了日军20多次冲锋，歼灭敌军5 000多人，打出了国威。

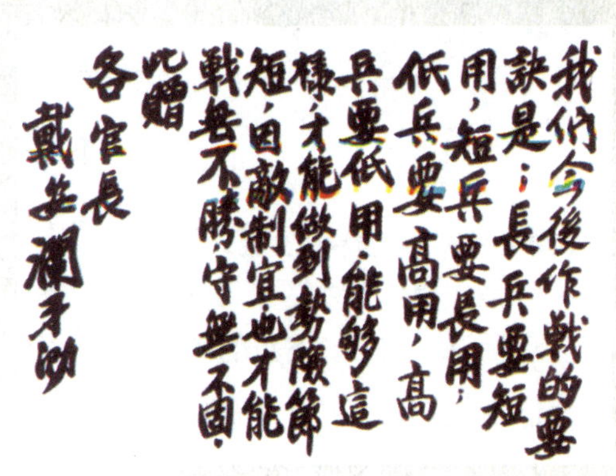
我们今後作戰的要訣是：長兵要短用，短兵要長用；低兵要高用，高兵要低用，能夠這樣，才能做到勢險節短，因敵制宜，也才能戰無不勝，守無不固。
此贈
各官長
戴安瀾手泐

▲ 戴安澜将军手迹

4月25日，戴安澜率部克复棠吉。5月初，中英盟军全面溃败。5月10日，远征军大部队退至胡康河谷，受到日军第56师团阻击。负责在温佐一带掩护撤退的戴安澜200师，一时与军部失去了联系。在后有追兵、前路不通的情形下，戴安澜决定带部队进入缅甸中北部山区打游击，并寻隙退回国内。

5月13日夜间，戴安澜率200师潜过曼德勒至腊戌的公路。5月18日傍晚，在通过细包至摩哥克的公路时，被敌人阻击于康卡村。当时雨雾浓密，200师官兵冒着弹雨，杀开血路。戴安澜率599团一营前往战斗最激烈的地方，忽然数颗子弹飞来，他的胸部和腰部各中两弹，柳树人团长、刘

▲ 黄埔军校第三期步科学生戴安澜，摄于1924年

杰副团长不幸牺牲。受伤后的戴安澜被参谋长周之再在草丛中找回，他仍然指挥部队突围。5月19日，全师撤出战斗，远离公路，深入山地。5月20日黄昏，部队从另一小道安全通过细摩公路。

5月26日下午，参谋长周之再、步兵指挥官郑庭笈问戴安澜如何把部队带回去。这时戴安澜已不能说话，示意他们拿出地图来，在地图上指示由原地附近的莫罗渡瑞丽江，向北前进回国。又示意卫士扶起他来，向北——祖国的方向凝望片刻后，38岁的戴安澜永远闭上了双眼。时间为下午5时40分，地点是缅北的茅邦村，距离中国云南不到100公里。

官兵们含泪将师长遗体简单火化，放在一口很小的棺材内。当地一位华侨知道后，痛心地说："这寿材这么小，怎么配得上将军的英名与地位？"于是捐出了自己的寿材。部下护送戴安澜灵柩历经艰辛，辗转从缅甸回到国内。当戴安澜将军的灵车抵达昆明后，数十万民众夹道垂泪致祭。

1942年10月16日，国民政府追赠戴安澜为陆军中将。29日，美国国会授权罗斯福总统追授戴安澜懋绩勋章（即功绩勋章，又称军功勋章，戴将军获得的是军官级）一枚。戴安澜将军成为第二次世界大战反法西斯斗争中第一位获得美国勋章的中国军人。美国总统罗斯福签署的命令中说："中华民国陆军第200师师长戴安澜将军于1942年同盟国缅甸战场协同援英抗日时期，作战英勇，指挥卓越，圆满完成所负任务，实为我同盟国军人之优良楷模。"

▲ 罗斯福总统颁发给戴安澜的懋绩勋章，现陈列于中国人民军事博物馆

戴安澜将军灵柩一路经昆明、安顺、贵阳到广西全州，厝于全州香山寺。1943年4月1日，在广西

全州，上万人为壮烈殉国的抗日英雄戴安澜举行隆重的安葬悼念仪式。国共两党领袖均亲撰挽词。毛泽东赋挽诗《挽戴安澜将军》：“外侮需人御，将军赋采薇。师称机械化，勇夺虎罴威。浴血东瓜守，驱倭棠吉归。沙场竟殒命，壮志也无违。”周恩来题写了挽词：“黄埔之英，民族之雄。”蒋介石的挽词是：“虎头食肉负雄姿，看万里长征，与敌周旋欣不忝；马革裹尸酹壮志，惜大勋未集，虚予期望痛何如？”

1944年，日军从湘桂路一路直下，形势所逼，只好将灵柩从全州转至贵阳，选山明水秀的花溪公园内葫芦坡为安葬之地。1948年，戴将军灵柩随家属从花溪东归，迁回故乡安徽芜湖。贵筑县（现贵阳市花溪区）县长唐棣依照花溪人民之愿，以将军生前穿戴过的皮靴、军帽在原葬灵柩处，兴建了衣冠冢。

▲ 王荷馨夫人与子女们合影，20世纪60年代摄于上海

1956年9月21日，中华人民共和国中央人民政府内务部追认戴安澜为革命烈士。2009年9月，戴安澜被中共中央宣传部、组织部、统战部等11个部门联合评为“100位为新中国成立作出突出贡献的英雄模范人物”之一。

（丁　章）

▲ 2015年4月4日，中央电视台《新闻联播》播出的“重读抗战家书”节目

“防空须知”最关情

从1938年9月28日日军飞机首次空袭昆明，到1944年12月26日最后一次空袭景东，云南遭受日机野蛮空袭长达六年零三个月。伴随着一次次空中惊魂和“遍地开花”，亲历者们怎样度过了那段梦魇似的岁月？仔细捧读下面的家书，你不难发现答案。

家书原文

家书第十五号

廿九年元月四日发

贤妻小后母如晤：

昨于十二月廿七日，寄回第十三号家书一件，信中声明大庄人杨绳祖由夫处汇用新币二十元，请二姨妈代行向他兑收。此刻，夫又交与何扬用去新币二十五元，收条上言明，请诚之叔代行垫还，或请二叔处转向大叔归还，亦无不可。此二柱收用后，夫又另行寄回，以备家用。近日夫在省照常清吉，望妻不必远念。空袭虽然紧张，可是防空司令部迁移圆通寺后，后背圆通山上，有三个石洞可以躲避，比较以前在宪兵司令部时安全得多，目前警报发过三次（十二月卅一，一月一号、二号），敌机只炸着铁路，损失甚微，昆明市上空，并未来到。此外，夫服务已达年半，组长宣布保夫阶级，并有加津贴之说，目前尚未实现。二姑妈案件，可请子平、持邦先到县署党部查问省之公文到达与否，然后才能准备到案。余容后叙，顺祝

健康！

各婶母、叔父、各弟兄辈、各亲戚处统此问安！

夫　亮采　手启

家书第十五号　廿九年元月四日发

贤妻如晤如晤：昨于十二月廿七日寄回
家书十二号一件，信中声明十二庄人
杨维祖由大公处汇用新币式拾元，请二姨
妈代向他最收，此刻未又交与何揭用去新
币式拾伍元，收条上之项，请识之未代
行垫还，现二千元需转向大未归还，二者不
可，此二种收用后，未又另行寄回，以备家
用。近月来在省昭常遭袭，贤妻不必
远念，空袭虽然紧张，可是防空司
令部要塞之秘密通寺后，后背圆通山上有
三个石洞，可以躲避，比较以前安全要多，
司令部特安全得多，目前警报发过
三次（十二月卅一、一月一号、二号），敌机只炸着铁路，损失甚
微，昆明市上空，并未来到。此外本服务
已达一年半，组未完全布保安防级，并有加津
然之说，目前尚未实现。二姨妈案件，可请
于平排印先到县党部查问，看之公文到达与
否，然后才能准备到案的答辩，顺祝
健康！！
多蝶安 钧此 多弟又繁
多多亲戚 众此问安
丈亮来手启

来信错字
原谅
舒服
生疮
无处
逼进
杨树回
阅时寄
交[illegible]
衣一件

启明大儿见字知悉：吾儿来信，为父已
经接着。父近日在防空部，昭常请去。空袭
虽紧张，防部后面有圆通山，山脚有石
洞，享度很厚，可以保险，望儿勿念。
前当与吾儿皮鞋穿，孰未知合脚不？
儿之亲事，依儿所言，就搁下来。张表
家这一头也好，不过汝母来信，前函言
已担成，准备压押举程，后函又言张表来
已准可，不过不许押举程，竟究情形男
何？望儿从速回覆，以便为父得介
瞭！！手艺一层，望儿暂且在表嫂家操
持，待出师后，为父负责替儿想办法！！目
前敌机四处轰炸铁路，凡火车经过下关
若遇警报，发出后，赶快躲过北头，要躲
人少处，有树木或田埂坑凹处，如高房大
屋及石碑旁边，切不可躲！！附寄防空须
知，及避难方法一份，望儿看在心头，告
诉表嫂及各同事，照此行为为要！！远
付下关及大理被炸，未知确否？速予
回信，以免为父焦心！！余再儿小心公执为要

另寄回
家中，望
儿回去取
用为要！！
吾儿每
寄信来
看字下
要註年
月！！

张表嫂及
各同事处 统此问安
父 亮来手 十月廿日

67
内有原信

启明大儿见字知悉：

吾儿来信，为父已经接着。父近日在防部，照常清吉，空袭虽紧张，防部后面靠圆通山，山脚有石洞，厚度很厚，可以保险，望儿勿念！

前带与吾儿皮鞋壹双，未知合脚否？儿之亲事，依儿所言，就提下来张表叔家这一头也好！不过汝母来信，前函言已提成，准备押准程，后函又言张表叔已准可，不过不许押准程，竟究〔究竟〕情形如何？望儿从速回复，以便为父得个明了！手艺一层，望儿暂且在表婶家操持，待出师后，为父自然替儿想办法！

目前敌机西上炸滇缅铁路，几次经过下关。若遇警报发出后，赶快躲过北头，要躲人少处，有树木或田埂坑凹处，如高房大屋及石碑旁边，切不可躲！附寄防空须知及避难方法一份，望儿看在心头，告诉表婶及各同事，照此行为为要！遥〔谣〕传下关及大理被炸，未知确否？速予回信，以免为父焦心！余望儿小心冷热为要！

张表婶及各同事处统此问安！

父　亮采　手谕

十月卅一日

【信眉补记】

来信错字：

原谅　舒服　生疮　无光　逼迫

杨书明回关时，寄交旧线衣一件，如寄回家中，望儿回去取用为要！

吾儿每写信，于名字下要注年月！

抄寄民众疏散避难方法

（1）避难以“疏散”“隐蔽”“镇静”为原则。

（2）空袭时离开市，愈远愈好。

（3）不着鲜艳衣冠，如“红”“白”等色。

（4）侧卧较坐立为好〔安〕全。

（5）隐蔽处所，不可人群聚集，以尽量分散为上策。切忌隐蔽于“高墙”“石碑”“牌坊”及“高大建筑物”暨“重要机关”之附近。

（6）卧于小树下，较避于大树下及丛林中为安全。

（7）伏卧于小防空洞（用人工挖成土坑）较大地洞为安全。

（8）出外隐蔽，宜轻装便服，并携带简单救济药品，不可多带杂物。

（9）既已隐蔽，不论敌机到达已〔与〕否，不可向外窥视、偷瞧，以免暴露。

（10）敌机若已在附近投弹，不可群起奔避，以免敌人用机枪扫射。

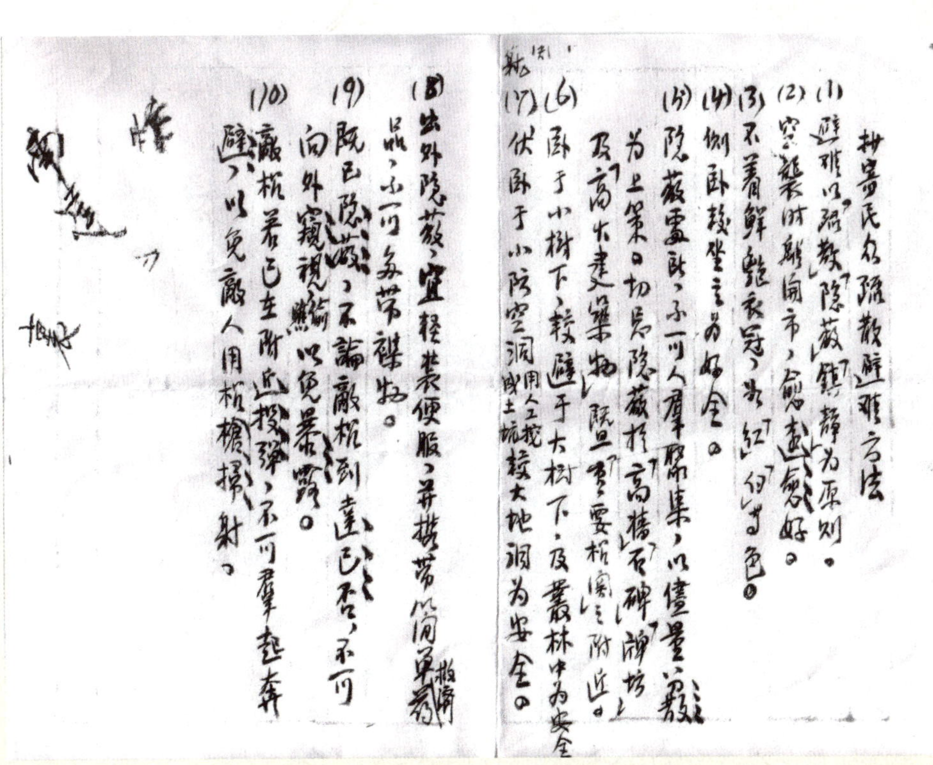

抄寄民众疏散避难方法

(1)避难以“疏散”“隐蔽”“镇静”为原则。
(2)空袭时离开市，愈远愈好。
(3)不着鲜艳衣冠，如“红”“白”等色。
(4)侧卧较坐立为好全。
(5)隐蔽处所，不可人群聚集，以尽量分散为上策。切忌隐蔽于“高墙”“石碑”“牌坊”及“高大建筑物”暨“重要机关”之附近。
(6)卧于小树下，较避于大树下及丛林中为安全
(7)伏卧于小防空洞用人工挖成土坑较大地洞为安全。
(8)出外隐蔽，宜轻装便服，并携带简单救济药品，不可多带杂物。
(9)既已隐蔽，不论敌机到达已否，不可向外窥视偷瞧，以免暴露。
(10)敌机若已在附近投弹，不可群起奔避，以免敌人用机枪扫射。

家书第十一号

卅一年四月十四日

贤妻启明母如晤：

夫于旧历二月十八日由家起〔启〕程，十九日由下关搭车，廿日清吉抵省，仍在防部照常服务，望勿注念！惟起省时，抛妻别子，觉着此次离别加倍伤感！在吾妻亦有同情也。启明此次结婚，事前已由贤妻料理一切，我两父子现成回家，在人面前，争着一点威光也，全赖吾妻内助得力。但办事以后，虽小有亏欠，我们父子慢慢苦还，望吾妻不必着急为要！此方小生易〔意〕销路虽有减色，不过陆续料理，每月也有赢〔盈〕余的！

夫起身时，目睹家庭苦状，兹由中国农民银行先行汇回国币叁百元正，系汇交与四叔何体礼兑收，俟兑着后，又向四叔取用。此款先行还与星庄赵老师一半，其余还与二叔保定老一点，留作家用一点，望妻处置可也。夫起身前日，吾妻手背忽而疼痛，未知近日好妥否？至以为念！崇保父处，夫已寄去一□□□□。赵表兄昆玉，严行劝告，一切痛苦情形，夫已照弟媳所言写去矣，望转知弟媳为要！此次夫所带礼物，不敷分配，又在昆明买上础石围屏一架，付价国币廿五元，车费用去国币壹百卅三元五角，住店及早饭午食，又去国币叁拾陆元零，连同雪梨膏及础石费用，共耗费国币伍百元零矣。启明儿处，成立铺面情形如何？日内夫当写信去问，俟回信后，又再告知吾妻可也。

夫此次下省，做事机会很多，内侄女天桂丈夫李南轩处，他也相约。李团长允恭处，也约夫当上校军需官。不过夫看防部如有照例加给米贴及生活借贷金等项，就在原位，也比别处相差不多。现航委会来一优待防空人员公文一件：略谓防空人员，有救护与保安人民责任。处此立体战争，前方作战部队，本属危险，但后方防空人员，其功用与危险性，无异于前方作战部队。同是为国家出力，则防空人员家属之免除使役与摊派款项，与前方作战部队，应置同等待遇等语。公家优待防空人员，有此明令，则今后我家如遇摊派使役，尽可援例免除。至摊派款项，以值此生活高贵，大帮小补，我们要承认一点，此意望吾妻告知二叔两位及子能大耶〔爷〕为要！

我们父子出门，家中人手单薄，望妻告知新媳妇少回家间几次，大家做〔作〕一个伴要紧，并且遇新媳妇回家，或者吾妻出喜洲间，要请二婶、四婶两位或其他老年人作伴要紧！此外我们住处旷野，早晚出进，关锁门户为要！南面围墙，俟动工时，一直围下，两家不要留门，由北面出进，方觉紧亲。

夫因生活关系，挣扎出门，望妻好好教育子女，待承儿媳。在儿媳也要好好拂〔服〕侍婆婆，彼此相敬相爱，就不会发生口舌了！儿媳所言招呼伊二哥一层，俟进行妥当后，又再通知可也。启慧已赴喜洲就学，小佑小周上，也要教他上学，好好叫喊，不要动辄发气，自家伤些精神！坟地，官庄二舅家如来提，价值在国币四千元外，就分与他，如出不上价，丢起他也不要紧！

我家所欠账目，夫随时在心，一有成款，自当汇寄归还，望妻宽心为要！

夫起家时，以心中伤感，不克进我院，向长辈辞行，望妻道达一下。大庄王子毅，尚未找着事，迟早几天，也有办法。喜洲阿公阿婆处，容缓数日，夫当写信去问安。此次我们办事，诸多仰靠岳家接济，这种情节，我们时刻挂在心的。子平处告知忍气为要！那些不良子弟，让他一步为高！启仁母处：告知要改脾气，父母上要尊敬，乃兄处于今日，思念大妈不少！二弟媳要耐心维持家事为要！余言不及，此祝健康！附颂

□□□□□！

夫　亮采　手启

第十一号　卅一年四月十四日

贤妻启收母出路之：吾于旧历二月十八日由家起程，十九日由下关搭车，廿日清晨抵省，仍在防部照常服务，望勿注念！惟起省时，抛妻别子，觉着此次离别加倍伤感！在吾妻亦有同情也。启收此次结婚，事前已由贤妻料理一切，来取父子现成田家，在人面前，亦觉争着（全靠贤妻帮助的力）了点威光也。但离家以后，虽小有亏欠，家们父子，慢慢苦还，望吾妻不必着

信内夹汇票两张，一张係大庄杨宪武汇用，请向杨係办，视厂址觅取，杨宪武言，代乃祖供买东西，急于汇用。另一张系大庄张老表

急为要！此方小生易销路，虽有减色，不过陆续料理，每月也有赢馀的！吾起家时，目睹家庭苦状，我由中国（中国农民）上海银行先借汇国币[illegible]百元正，系汇交母回去作[illegible]礼见收，后觉着后，又向四年取用。此款先行还母，星一庄赵老师一半，其余母二来，系定老一点，留作家用一点，望妻处置何也。吾起家前月，吾妻手背忽而疼痛，未知近日好妥否了？至以为念！家务多处，吾已寄去

房後张老家产有子，第张惠（就是托我何尝种子）（再托郭世汇用，俱附国币[illegible]元）买东西及服药，急于汇用。大大[illegible]共汇四国币[illegible]百元正

一切……起表兄昆玉，严行嘱告之一切家庭痛苦情形，吾已照弟媳所言嘱去矣，并转知弟媳为要！此次吾所带礼物，不敷分配，又在省所买上礁石圆屏一架，付便国币廿三元，车费用去国币壹百卅三元五角，住店及早饭等食，又去国币贰拾陆元零，来回雷架费及礁石费用，共耗费国币伍佰元零矣。启收究竟，或三铺面情形如何？日内去函告信去问，情形如何？又再告知吾妻

何也。吾此次下省，做事机会很多，内侄女夫桂文吾之弟子陶新云，他也相约，李国长允荐处，也约吾当册校军需官，不过吾看防部也有照例加给米贴及服装费，全等项，就在原住，也比别处，相差不多。现缩委会来一优待防空人员公文一件，略谓防空人员，有救护与保安人民责任，与战时之作战之前方作战部队之同属危险，但后方防空人员，其功用与危险性，并无异于前方作战

林莲家欠他新票六十元，壶一把，马蹬一支；水祥未借去土基廿个

部队，以是为国家出力，则对军人家属，免除伕役与摊派款项，与抗战部队，应照荣誉待遇等语，公家优待军人员，有此明令！则今后我家出过摊派伕役，便可援例免除，至摊派款项，以值此生活昂贵，大都帮小补，我们要承认一点，此意要吾妻告知二弟两位及子侄大郎为要！！我们男子出门，家中人手单薄，要妻告知新媳妇少回家间几次，大家做一个伴要紧，并

我家新欠之新币三百五十元，把他还去，是为切要！！国兴家借去土基四十八个

且过新媳妇回家或去吾妻出嘉洲间，要请四婶娘或其他老年人作伴要紧！！此外我们住处旷野，早晚出进，关锁门户为要！！南面围墙，仅剩二时，一直围下，我家不要留门，由北面出进，方觉紧观。吾因生活关系，挣扎出门，要妻好好教育子女，待承儿媳，在儿媳也要好好的侍奉婆婆，彼此相敬相爱，就不会发生口舌了！！儿媳新言招呼二哥一层，[illegible]进行要当返，又再

通知一下。启慧已赴嘉洲就学，小佑小周上，也要教他上学，好好叫唤，不要动辄发气，自当培些精神！！坟地，管庄二宅为家事，便佳在国币四仟元外，就分给他，收出不上佃，要赶他也不要紧！！我家所欠账目，吾随时在心，一有肉款，自当汇寄归还，望妻宽心为要！！吾起身时，以心中伤感，不克进家院，向长辈辞行，望妻另达一下。大庄王子毅，尚未找

着事，应速早觅天，也有办法。嘉洲阿婆处，容缓数日，吾当亲往去问安，此次我们办事，诚多仰靠岳家接济，这种情形，我们时刻挂在心头。子平处告知君宽为要！！那些不肖子弟，让他一步为高！！启仁弟处，告知要改脾气，父母上要尊敬，对兄处，务今日，思念大妈不少！！二弟媳要耐心维持家事为要！！启良不及此视

健康！！附颂

……！！

吉□□手致

【信眉补记】

信内夹汇票两张，一张系大庄杨克武汇用，国币四百元，请四叔向杨总办□厂处兑取。杨克武言，代乃祖母买东西，急于汇用。

另一张系大庄张老表房后张惠家在省子弟张惠（就是托我们带鞋子与他那个）汇用，国币壹百元，伊因买东西及服药，急于汇用。

本期共汇回国币柒百元正。

采莲家欠他新票六十元，壶一把，马镫一支，水祥叔借去土基廿个。

我家所欠之新币三百五十元，把他还去，是为切要！盛兴家借去土基四十个。

背景链接

上述几封家书是由云南地方文献收藏家宋辞先生捐赠的，他也不太清楚家书作者的具体情况。从家书内容可知，作者何亮采在云南省防空司令部任职。这几封信是从他的系列家书中选出来的，虽然并不连贯，但足可见其爱国爱家的丰富情感。他是一位井井有条、情感细腻的男人，上敬老人，下爱儿女，格外体贴夫人持家的辛劳，在家书中不惜笔墨对家事一一进行安排。

抗战时期，云南作为大后方，也常常遭到日军飞机的轰炸。何亮采在家书中透露了日军对云南的轰炸情况，作为亲历者，他也积累了丰富的防空知识，为我们保存了见证那段历史的宝贵资料。其中，最引人注目的是其写给儿子的信中附带的一份“防空须知及避难方法”，共有10条。何亮采在信中一再嘱咐儿子“看在心头，告诉表婶及各同事，照此行为为要”，其对亲人、朋友及同胞的关切可见一斑。

1937年7月7日，日本发动全面侵华战争。不到一个月，国民党政府即放弃北平、天津等地。8月13日，日军大举进攻上海，11月12日上海沦陷。国民政府迁都重庆，12月13日南京沦陷。到1938年上半年，华北地区几乎全部沦陷，华东、中南大部分地区也相继丧失。此时，云南处于全国抗战后方，内地和沿海沦陷区大批机关、学校、企业向西南后方撤退，有相当大一部分都集中在云南，云南也因此引起了敌军的注意。

日本从发动侵华战争开始，即把对中国城市滥施轰炸作为侵华战争的血腥手段，妄图以此“摧毁中国的抗战意志”，达到“迅速结束中国事变”的目的。自1938年秋，日军即依仗其空军优势，连续不断地对我后方城市空袭，在对我延安狂轰滥炸后，又相继对重庆、成都、贵阳、桂林等城市进行轰炸。9月28日，9架日机于琴横岛（位于广东珠江口外）起飞，首次入侵云南，空袭昆明市，此次轰炸导致无辜平民伤亡150余人，炸毁房舍190余间，这是日军空袭云南和准备进攻云南的开始。此后，日军对云南的空袭一发不可收拾。尤其是1940年10月至1942年，日机对云南的空袭迅速升级，使用其所谓疲劳轰炸手段，集中攻击主要城镇和交通线，企图截断滇缅公路国际交通线和唯一通向内地的滇黔公路线。在这两年零三个月内，日机进袭云南共199天，465批次，2 452架次，约占日军进袭云南总天数的71%，总批次数的92%，总架次数的68%。

据原云南省防空司令部统计资料显示，从1938年到1944年最后一次空袭，日机空袭云南共281天，508批次，出动飞机3 599架次。其袭扰活动范围几乎遍及云南全省，空袭了云南20多个市县的主要城镇，投弹7 588枚，造成无辜群众伤亡7 592人（其中死亡4 628人），毁坏房舍29 904间。人民生命财产以及城市建筑、交通运输、工农业生产等其他方面所遭受的损失远远不止上述统计数字。

昆明是云南省遭受日机轰炸最多、损失最惨重的城市。1938年到1944年间，日机进袭150批次，1 099架次，约占日机袭扰云南总批次的29.5%，占总架次的30.5%。敌人空袭地域由城区到郊区，北到沙朗村，南到呈贡县城，东到小石坝，西到龙潭村，在半径20公里范围内所有重要目标无一幸免。城区140余处被炸，北郊茨坝、西郊马街和海口工矿区以及当时唯一的石龙坝发电厂均遭袭。敌空袭昆明造成人员伤亡数量占全省遭敌空袭伤亡人数的46.4%，毁坏房舍占全省遭敌空袭毁坏房舍的70%。何亮采信中所提到的下关，即现在的大理，也是受日军空袭损失惨重的地区之一。

在频繁的空袭和多次血的教训之中，云南政府及民众对防空都有了较深的认识。1937年8月10日，云南成立省防空协会，10月14日组建云南省防空司令部，督导当地高射炮部队、防空情报机构及防护团。为更有效防止日机肆意破坏，1938年底，云南省防空司令部又将高射炮营扩编为5个连。

防空司令部的成立，特别是其防空警报系统的建立，对于指导和帮助老百姓应对空袭十分有效。据昆明抗战时期防空委员会防空总监部编印的《防空警报信号大纲》和《防空警报实施细则》记载，当时的防空主要警报信号有电动警报器、汽笛、手摇警报器，辅助警报器有警钟、警锣、军号、警报球（夜间球内置灯）、警报旗帜、传音筒。老昆明人记忆犹新的是“红灯警报”方式。《防空警报实施细则》附表中写道：“球之颜色采用红绿二色，夜晚球内置灯，球以竹篦或藤编成，外糊透明光之丝麻纱等材料，并涂以前二项之色彩，球之直径最小不得小于五十厘米。”“注意情报，挂一个红圆球（灯）；空袭警报，挂2个红圆球（灯）（上下串连式）；紧急警报，将球（灯）卸下；解除警报，挂长圆柱形绿球（灯）一个。”

在《防空疏散理论与设施》一书的“疏散与为疏散被炸损害”一节中记叙，“抗战人以消极的疏散人口便是积极参与抗战为中心”，阐述了“市民之错误心理与观念”（怠惰、幸免、萎缩、盲从心理）、“疏散实际问题之研究”，对“疏散设施、疏散后防空与市政之措施”等记载也都较为详细。如在“疏散后房屋建筑等级”中有“沿公路建筑房屋，应距离路边至少五十公尺，房屋顶面及其墙面，不得用红色或白色及其他显著颜色粉墙”。这些具体的措施在上述家书中也能得到印证。

1940年、1942年云南两次加强防空力量，为抑制敌机入侵起到了一定作用，尤其保护了石龙坝发电站，确保了昆明地区的用电。此外，昆明还积极增筑防空壕洞，添辟城门八处，方便城内居民迅速向城外转移，不致拥挤堵塞城门，并严密救护收容组织，修建疏散住宅区，发动舆论动员群众自由疏散。在一张《昆明市空袭时民众疏散区域分配图》上，我们看到，当时昆明城内有11处疏散民众的区域，以小西门、大东门、大西门、北门等13个城门口或缺口作为疏散民众的出口。在"出城外之办法"一栏中介绍昆明市民出城后到何处躲空袭，如"出大东门隐蔽于太和街马路附近及交三桥附近之防空壕穴内"。

因为云南防空司令部的积极应对，以及采取了预警和有效疏散民众的多种方式，构筑了防空穴、防空壕、防空洞、防空坑等，所以云南虽经敌军多次轰炸，但仍在较大程度上保证了重要机关和人民的生命财产安全，减少了战争的损失。

（戴　莹）

彭雪枫：枪林弹雨是军人们的家常便饭

▲ 彭雪枫

彭雪枫是抗日战争中新四军牺牲的最高将领，他文武全才，喜爱读书，被称为“一代儒将”。在他写给妻子的多封家书中，几乎每封都提到读书。在戎马倥偬的战争年代，能够坚持读书，难能可贵。下面这封信主要谈战况，反映了作者对打仗和时局的看法，不过信末也谈到了读书。

家书原文

裕群①：

托谢胜坤②同志寄你的两封信，不是说我要到前方去指挥作战吗？昨天——廿三日，亦即“我们的日子”的前一天，我“凯旋”了！胜利会使你为党为四师为你的伴侣而欢呼的！也许你已经听说了，就是王光夏被我们全部消灭了！淮泗游击司令李守宽（前八十九军军长李守维的堂弟）被我们生擒了，泗阳县长王迺汉活捉之后一同带来了。

信寄出的下午，以情况紧急，我出发了。先到泗〈阳〉县的界头，第二天——十七日北进老陈圩，十八日东渡运河，到

①裕群：林颖，彭雪枫的妻子。湖北襄樊人，1920年生，1939年到豫皖苏抗日民主根据地工作，1941年到淮北抗日民主根据地。

②谢胜坤：时任新四军第四师供给部部长。

裕群：远谢胜坤同志寄你的两封信，不是说我要到前方去指挥作战吗？昨天——廿七号，正即「我们胜了」的前一天，我们「凯旋」了！胜利会给你为党为四师为你的伟大而欢呼的：也许你已经听说了，就是王光夏被我们全部消灭了！泗游击司令李宗宽（前八十九军、上饶宁维的堂弟）被我们生擒了，泗阳县长王廼谦活捉了，这一回带来了。

信寄出的下午，以情况紧急，我出发了，先到泗阳县的要点(?)，第二天一十七日晚，北进老张圩，十八日东渡运河，到达部队围攻着的陈道口，王光夏全部集合全部兵力于两个围堡之内(?)陈道口，这是王集全部兵力之所在，费了十几年的时间构筑了极为坚固的寨围，四道壕沟，一丈五尺深和宽的好墙，老百姓们都说这是「连鬼都打不开的陈道口」，可是我们以三师二师四师的一部的兵力，将围围了三层，廿号之晚第一次总攻，依据三个两日(?)，廿一号之晚第二次总攻，全部拿下了。人喊马嘶，火光烛天，腾空中全部收拾了王光夏，计伤亡七八百人，缴获步枪七百余枝，重机枪两挺，轻机枪十挺，炮两门，无线电台两架，王光夏仅率残部一百余人窜逃了。老百姓欢欣若狂，到处传诵着我们的部队的神话般精彩，以不同的眼光钉着我们，在四千群众大会上，我给他们讲了话，大家赞美着我们的军，恨着韩德勤！

在指挥阵地上看着战士们那种勇猛直前奋不顾身的雄姿，使我深深的感动，为了执行命令而毫不吝惜自己的鲜血，我深深的热爱着他们！也许他们也在热爱着我吧，因为我离他们并不遥远，连望远镜都不需要，就是(?)和他们同冲锋而已。你该为我担心吧，当我们看着突击道路的窗地形的时候，仅仅距离敌人二十米远！一颗子弹打中了我们的藉以隐蔽的碉楼的枪眼的旁边，又一颗一颗子弹在我们面前卅米远落下，不要紧的，枪林弹雨是军人们的家常便饭，我们经常在火线上是惯了的。三年以来，惟有这次陈道口战役最为壮烈，从红军时代经过的大仗，的确，我已经上了瘾，此次确实是过了一次瘾，打游击战是不够意思的，打运动战才会使人感到够味。古人说身经百战，好像说了不起了，你的老老的红军干部却不止打过百次仗了呢！

在去陈道口的路上一十七号那天，解了一场冒险的，半途遇上了王光夏的第一支队长段玉波的支队部，和他的部队，硬着头皮通过了，只要一合他(?)，因为他与我们有音信(?)了，光曾经给我们写过信，可是谁知道他的心呢？终于会面了，他是八十九军的老课主任(?)，前为数着战斗并会精于射击，寒暄了晚以后(?)，外校日大队(?)，我并亲自慰劳他的部下一千元，给予感动，当下说要礼拜好合协助我们去消灭王光夏的第二支队陈俊，因为陈俊是李宗宽的，今夜了他(?)，主即令今日廿二日派两个营打陈，日合同了他，十四日在泽河之南三里的张衡(?)，李宗宽率宽清(?)，李宗宽即其亲信，"反宗"(?)之余人被俘，李宗宽今天伴着王廼谦同在半城，我们要利用他们，运用王光夏的秘书之类。

两大胜利使淮北苏皖边区获得极大的改观，首先制(?)的停止了反共军的前进，幻灭了韩德勤的投三计划(?)，而且援助了三团之众，又巩固了我们的北国防线(?)，巩固了淮北(?)了，同时使我们二师三师四师更为密切联络，使皖东北区淮海区苏皖边区打成一片，控制了运河（我们控制了运河

[illegible]

争取了主动，发动了群众，打大了我们的威信，这些都是此次胜利的伟大意义。

两个胜利，恰恰都在我们的「蜜月」之内，是我俩结婚后的第一次胜利，是我俩结婚的最优美的纪念！

你十四、十九两信都收到了，是在我回来以后的十分钟内，我急欲知道(?)，你常常头痛(?)，我精神上是好的，家人多不如的慰勉着，今夜才接读了你的信，一切都好，只有你的病！尤其是那个由于不良而引起的咳嗽病！我希望你信，可是你总依依着你的「健康」！这九天好了些吗？见了面我一定要教训你的！

原来拟回来之后到天井湖一带去旅驻地去慰劳他们的，因为宿松(?)还有空闲来看看的情形，加之你的欲如(?)十分紧张，使他们也都来信，令人头(?)，我们很为倒脱不去(?)，「陈道口战」，部队都着呢(?)，只剩下了十二天，还有很多结着的少女的心(?)，我们为着胜利及友谊的变化，本月底或者会和你见面吧？请你等待着！

你时时接到家信，这是你的幸福，杜甫有两句诗说「烽火连三月，家书抵万金」何况你，我已经分离(?)抚抗(?)

达部队围攻着的陈道口。王光夏全部保安第五、第六两个团并泗阳县府同守陈道口，这是顽王集全部兵民之力费了五十天的时间构筑了极为坚固的寨围，四道铁丝网，一丈五尺深和宽的外壕。老百姓们都说这是连鬼子都打不开的陈道口，可是我们以三师、二师、四师各一部的兵力，于围困了五天之后，廿号之晚第一次总攻，占领了一个西围子，廿一号之晚第二次总攻全部拿下了，人喊马嘶火光触天杀气腾空中全部收拾了王光夏。计俘虏七八百人，缴获步枪七百余枝〔支〕，重机枪两挺，轻机枪十挺，炮两门，无线电台两架。王光夏仅率残部二百余人窜逃了。老百姓欢欣若狂，到处传诵〔颂〕着新四军的“神话”，以特别不同的眼光钉〔盯〕着我们。在两个群众大会上，我给他们讲了话，大家爱着新四军，恨着韩德勤！

在指挥阵地上，看着战士们那种勇往直前奋不顾身的雄姿，使我深为感动，为了执行命令而毫不吝惜自己的鲜血，我从内心的热爱着他们！也许他们也在爱着我吧，因为我离他们并不远，连望远镜都不需要，就是没有陪他们一同冲锋而已。你该为我担心吧，当我们看突击道路侦察地形的时候，仅仅距离敌人六十米远，一颗子弹打中了我们所借以隐蔽的雕〔碉〕楼的枪眼的旁边，又一次一颗子弹在我们面前卅米处落下，不要紧的啊，枪林弹雨是军人们的家常便饭，习以为常，就以为在火线上是好玩的了。三年以来，唯有这一次陈道口战役较为壮烈。从红军时起经常打大仗，的的确确已经上了瘾，此次算是过了一次瘾。打游击战是不大有兴趣的，打运动战才会使人感到够味。古人说身经百战好像就了不起了，谁能数得过这些老的红军干部打了几百次仗了呢？

在去陈道口的路上——十七号那天，干了一场冒险的事，半途碰上了王光夏的第一支队长孙玉波的支队部和他的部队，硬着头皮送张片子要会他，因为他与王有矛盾事先曾经给我们写过信，可是谁知道他的心呢？终于会面了，他是八十九军的参谋主任，勇敢善战并精于射击。寒暄之后晓以合作抗日大义，并慰劳他的部下一千元。孙大为感动，当下说要里应外合协助我们去消灭王光夏的第二支队陈儒及李守宽。〈我〉答应了他，立即命令廿六团派两个营于次日会同他，十九日在洋河之南三里将陈儒、李守宽消灭了。李守宽及其副官长以下百余人被俘，李本人今天伴着王逦汉同在半城，打算要利用他们，还有王光夏的秘书之类。

两大胜利使淮北苏皖边形势整个为之改观。首先暂时的停止了反共军的东进，幻灭了韩德勤的援王计划，而且援兵三团之众，又被我廿九团及骑兵团在盐河击溃了。同时使我二师、三师、四师更为密切联络，使皖东区、淮海区、苏皖边区打成一片，控制了运河（我们搭了浮桥），争取了主动，发动了群众，扩大了党的威信，这些都是此次胜利的伟大意义。

两个胜利，恰恰都是我们的“密〔蜜〕月”之内，是我俩结婚后的第一次胜利，是我俩结婚的最优美的纪念！

你十四、十九两信都收到了，是在我回来以后的十分钟内。收发同志面带笑容，我猜中是你的信。客人多不好意思马上看，入夜才拜读了你的信。一切都好，只有你的病——尤其是那个由于衣食不小心的咳嗽病！我常常嘱咐你，可是你总依仗着你的“健康”！这几天好了些吗？见了面我一定要报〔抱〕怨你的！

原本于回来之后到天井湖一带五旅驻地去侦察地形的，因为家里许多电报未看事情未办，加上情况又不十分紧张，所以由张参谋长去了。我在准备着到淮宝去，应该去了，部队都看过了，只剩下了十一旅，还有等待着的“少女的心”！倘若没有意外的变化，本月底或者会和你见面吧！请你等待着。

你能接到家信，这是你的幸福。杜甫有两句诗说“烽火连三月，家书抵万金。”何况你我，已经处在抗日的烽火中一连三年了呢？请代“那个人”问妈妈的好吧，祝福她们老人家。为了安慰老人家的心，请你常常写信报平安吧。共产党员的家还是要的。

总想读点书，老是不会幐〔腾〕功夫，不知道你的时间如何？报章杂志尚堆满了一桌子，更谈不上理论书了，长此下去，将何以堪？！请你督励我。

你的字最近更走样了，有些草得很难认，比如“小”字你写“4”，“岔”字你写“[illegible]”，而且有些字又拉长了腿，我请求你今后更“正规”些！你怪我不客气吗？不会的！我们是同志啊！假若有机会，练习写字——行书字，也可以陶冶人的性情的，使人更不粗枝大叶。要求你详细研究中央的关于调查研究的指示。

泊生[1]同志为你买的笔，上面有你的签字，已由徐同志[2]带回来了，他又送你一套轻毛绒衣，过湖东去时，给你带来。

要我送哲学选集给××，还没有办到，因为哲学选集只有一部，是中央送我的。而主要还是我的一贯的不大惯于与女同志来往，无原〔缘〕无故送东西去，未免有点那个，可是有机会我会设法办到的。

秋风多厉，务祈珍重，珍重！

枫　写于"我们的日子"之夜[3]一时五十分

背景链接

彭雪枫（1907—1944），原名彭修道。河南南阳镇平县七里庄人。中国无产阶级革命家、军事家，中国工农红军和新四军高级指挥员，抗日战争中新四军牺牲的最高将领。1926年加入中国共产党。1930年被派到苏区，1934年10月参加长征，任军委第一野战纵队第一梯队队长、红三军团第五师师长等。1936年秋被派往太原等地，做团结各界爱国人士、联合阎锡山抗日的统一战线工作。抗战全面爆发后，任八路军总部参谋处处长兼驻晋办事处主任。1938年春调赴河南确山竹沟，任中共河南省委军事部部长，组织训练抗日武装。同年9月组建新四军游击支队，任司令员兼政委，领导开辟豫皖苏边区抗日根据地。后任新四军第六支队司令员兼政委、八

---

①泊生：任泊生，时任新四军第四师政治部联络部长。

②徐同志：指在上海做秘密联络工作的徐今强。

③此处指10月24日。彭雪枫与林颖于1941年9月24日结婚，24日就成为他们的结婚纪念日了。

路军第四纵队司令员。1941年皖南事变后，任新四军第四师师长兼政委。1944年9月11日在河南夏邑八里庄指挥作战时不幸被流弹打中牺牲，时年37岁。

彭雪枫在信中详细介绍了刚刚结束的程道口（即信中所说“陈道口”）战役的情况，这是新四军针对国民党顽固派所进行的一次自卫反击作战，意义重大。

1941年1月皖南事变后，蒋介石调集30万兵力，向华中各抗日根据地实施全面进攻。6月，汤恩伯率第31集团军占领了豫皖苏边区根据地。7月，国民党江苏省政府主席兼鲁苏战区副总司令韩德勤乘日伪军对苏北新四军发动“扫荡”之际，派保安第7旅旅长兼第3纵队司令王光夏率部侵占泗阳西北的程道口、史家集、仰化集等地，企图以程道口为中心，控制运河两岸，策应东犯的汤恩伯部，进而扼杀淮海、淮北、皖东北抗日根据地。

为拔掉王光夏这颗“钉子”，经中共中央华中局和新四军军分会研究决定，由新四军代军长陈毅组建前方指挥部，亲自指挥部队歼灭王光夏部。9月底，陈毅抵达淮海区，与军地负责人研究作战部署，确定采取“攻点打援，牛刀杀鸡”的作战方针。参战部队以新四军独立旅、第二师、第三师、第四师各一部为主，任命第四师师长彭雪枫为参谋长，参与指挥。

9月15日至19日，我军逐步肃清敌人的外围据点。20日17时，对程道口的总攻正式打响。经4小时激战，第7旅第19团顺利攻占西小圩子。21日傍晚，独立旅在军部炮兵连和第4旅第10团的支援下，再次发起攻打东小圩子的战斗。经过激战，至当晚9时许，王光夏的指挥部被我军摧毁，攻坚战胜利结束。王光夏趁天还没亮，带着两百余人从暗道逃走，一年多后在山子头战役中被新四军击毙。

程道口战役是皖南事变后新四军反顽斗争的首次重要胜利，粉碎了国民党顽军的东进计划，使淮南、淮北、淮海和盐阜抗日根据地连成一片，争取了华中斗争的主动。鉴于此次战役胜利的重大意义，彭雪枫刚从战场归来，就给新婚妻子写信，讲述战斗成果，分享胜利喜悦。战后陈毅也欣然赋诗："道口破重围，曾经弹雨飞。战场遗迹在，捷报迭来归。"

这次战役陈毅、彭雪枫等新四军领导靠前指挥，将指挥所设在距离程道口据点仅800米处，并亲自勘察地形，对各攻击部队做出具体指示。彭雪枫信中说，不用望远镜就能清晰地看见战士们冲锋，距离敌人最近只有60米。为防止妻子对自己安危的担心，彭雪枫谈了对打仗的看法，认为"枪林弹雨是军人们的家常便饭"，自红军时期以来，已经身经百战，习以为常了。

▲ 彭雪枫与妻子林颖在洪泽湖根据地

彭雪枫和林颖相识于抗战的战火烽烟之中，彭雪枫是新四军的将领，林颖为中共地方组织的工作人员。1941年9月4日，彭雪枫在写给林颖的第一封信中就表达了他理想伴侣的标准："我心中的同志，她的党性、品格和才能，应当是纯洁、忠诚、坚定而又豪爽。"① 9月24日，两人在淮北抗日民主根据地半城结婚。婚后，他们因为工作相隔较远，长期不在一起生活。据林颖回忆，结婚三年，共同生活尚不足半年时间，只能通过一封封书信互诉衷肠，又相互勉励。彭雪枫把对妻子的爱，倾注到家书的字里行间。

彭雪枫是有名的"儒将"，酷爱读书，学识渊博，擅长讲演，写得一手好文章，被誉为"文武兼备"的"一代英才""潇洒将军"。他牺牲后留

---

① 林颖．彭雪枫家书．北京：文物出版社，1985：1.

下了80余封家书，生动表现了这位“潇洒将军”的另一面。林颖曾深情地回忆说：“为了寄托对他的无限思念，我常常要取出我所珍藏的他写给我的信，细细阅读。这时，我又仿佛回到了那如火如荼的民族解放战争的年代……”①

（张颖杰）

① 林颖．彭雪枫家书．北京：文物出版社，1985：前言1．

“刘老庄连”李云鹏烈士家书

▲ 李云鹏烈士

新四军“刘老庄连”的82名官兵，在抗击日寇的进攻时，全部壮烈殉国。烈士们的英雄事迹，可歌可泣。透过“刘老庄连”指导员李云鹏烈士的家书，我们可以近距离地观察和感受英雄们的内心世界。

家书原文

父母亲大人大鉴：

自儿离家已经年余，记得曾在本年四月间，于泗县郑集寄家信一封，不知大人收到否？回音否？如家音回报，可惜我也不能等收了，我已离开此地转入本省淮阴了，以致家音不能等收，儿异常为念。不知大人身体近来健康否？不知家中生活情形和收成怎样？更不知当地情形如何？儿在外甚为惦念之。儿在外身体很好，生活也很好，而现在的我，比从前粗壮而高大了，请大人不要为念。儿还在这里工作，工作也非常忙碌，可是为了——所以我之工作精神也非常兴奋。此信至家不过慰问而已。因现无一定的地止〔址〕，儿现在心目中所最挂念者，以我年老悲慈之祖母。儿离家时，祖母曾染重疾。不知大人的病痊愈了否？身体健康否？不知祖母饮食起居怎样？儿心中非常挂念。希二大人将我之情〈形〉讲给她听，以免大人之悬念。这次离家，未报此恩反而离家，是我之罪过也。待风息波静，凯然而归，全家团聚，以报

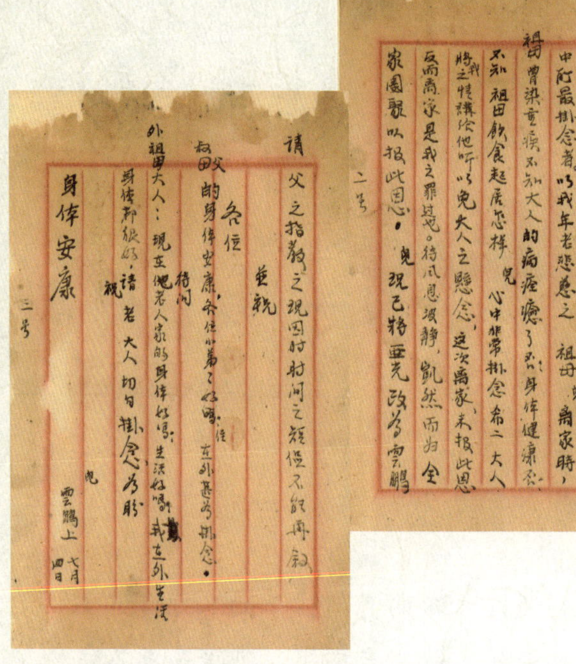

父母親大人大鑒：
自兒離家已經年余，記得曾在本年四月間於灿縣郵其寄家信一封，不知大人收到否？因當否？如家書回報可惜我也不能夠收了，我已離開此地轉入本省淮陰了，以致家書不能夠收；兒只常為念。不知大人身体近來健康否？不知家中生活情形和收成怎樣？更不知當地情形如何？兒在外甚為惦念之。兒在外身体很好，生活也很好，而現在的我，比從前粗壯而高大了，請大人不要為念。兒近在這裡工作，工作也非常

忙碌，可是為了——所以我之工作精神也非常興奮。此信至家不過慰問而已，因現無一定的地止，兒現在心目中所最掛念者，吗我年老慈悲之祖母。兒離家時，祖母曾染重病，不知大人的病痊癒了否？身体健康否？不知祖母飲食起居怎樣？兒心中非常掛念，希二大人將我之情講給他听，以免大人之懸念，這次離家，未報此恩，反而離家，是我之罪過也。待風息波靜，凱然而歸全家團聚，以報此恩。兒現已將亞光改為雲鵬

二号

請父之指教之。現因時間之短促，不能再叙。並祝
各位叔父母的身体安康。各位小弟弟好嗎？侄在外甚為掛念。
待問
外祖母大人：現在她老人家的身体好嗎？生活好嗎？我在外生活、身体都很好，請老大人切勿掛念為盼。
祝
身体安康
兒 雲鵬上
七月四日

三号

此恩。儿现已将“亚光”改为“云鹏”，请父之指教之。现因时间之短促，不能再叙。并祝

各位叔父母的身体安康！各位小弟弟好吗？侄在外甚为挂念。

待〔代〕问

外祖母大人，现在她老人家的身体好吗？生活好吗？我在外生活、身体都很好，请老大人切勿挂念为盼。

祝

身体安康！

儿　云鹏　上

七月四日

父母亲大人大鉴：

敬禀者男于前几日接大人清明之来信一封，洞悉家情，知家中遭此不测：三弟不幸夭折，吾祖母继又于六月间逝世。消息之传来，正如晴空霹雳，心中悲伤，恨不能插翅飞来。男从三月母亲去世，一切都由祖母照料，不辞劳苦，我把〔把我〕养活成人，不孝男竟弃年迈之祖母，踏上这浪流〔流浪〕的道路，像我这忘恩负义东西，真愧为世人！

父亲之嘱言，我紧〔谨〕记在心。现在我的性格与前也有些不同了。请大人放心，我在此处作工〔工作〕、生活都很好。工资也不多，只能作零用开支，不能剩余。我的身体也粗壮得很，起居饮食都很安宜，望大人切忽〔勿〕挂心。此处物质粮米都很昂贵，每人每日生活〈费用〉不下十元。此处地面荒乱，土匪猖獗，交通不便，“皇军”常常下乡扫荡与清乡，使儿也没有一定住所。待时局平靖一些，儿定回乡。此处到直〔直到〕徐州都是如此的慌乱，望大人切忽〔勿〕驾临为佳。因地面不平靖，交通不便，加之男又无一定之住所，又须许多经济，在途有很大的危险。男深感双亲为我之虑，

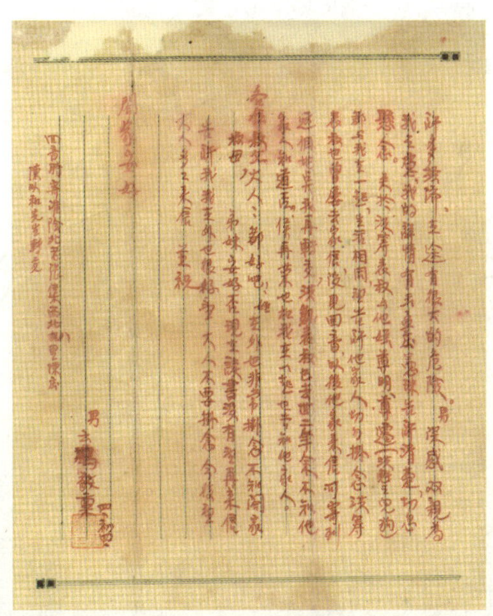

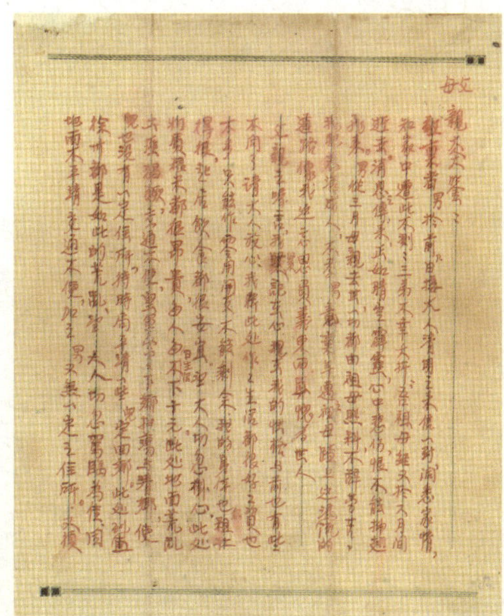

我的详情有王孟庄宪珠告诉清楚，切忽〔勿〕悬念。关于洪筹表叔与他侄尊明、尊迁（洪魁之儿狗）都与我在一起，生活相同，望告许〔诉〕他家人，切勿挂念。洪筹表叔也曾屡去家信，没见回音。以后他家来信可寄到这个地点，我再转交。洪凯表叔已去世二年余，不知他家人知道否？侯再荣也和我在一起，也告知他家人。

各位叔父、叔母大人：都好吧？侄在外也非常挂念，不知阖家弟妹安好否？现在读书没有？望再来信告诉我。我在外也很好，望大人不要挂念，今后望大人多多来信，并祝

阖家安好！

男　云鹏　敬禀

四〈月〉初四

回音时寄淮阴北老张集西北八里陈庄陈以和先生转交。

据李云鹏弟弟妹妹保存的家书复印件，四月初四信第二页背面为：

外祖母大人：

现在好否？身体康泰！望告知她老人家不要挂念我，就说我在外问她〈老〉人家好哩。把我的情形也告诉她老人家。如没有事时，常把她老人家叫到我家住几天。

男　启

四、四

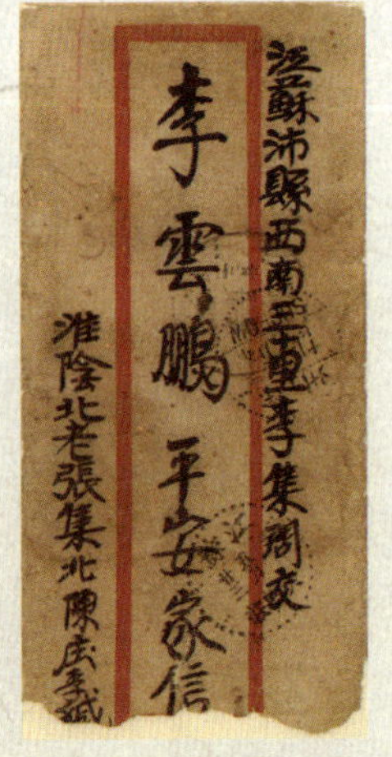

背景链接

1943年3月18日，日军第65师在盐阜一带遭我抗日军民痛击，被迫撤到淮海区，沿途连续对我军民进行残酷“扫荡”。当日凌晨，日军分几路向北进犯，矛头直指六塘河，企图寻歼我主力部队和党政机关。驻扎在淮阴刘皮镇西南刘老庄的新四军3师7旅19团2营4连发现敌情后，立即集合队伍，走出村庄，进入交通沟，还击敌人。不料，交通沟断绝，4连受敌包围。经几次突围，均未成功。于是，全连指战员誓死固守阵地，与敌决战。从拂晓到黄昏，4连顽强战斗，英勇杀敌，先后击退敌人6次进攻，毙伤敌370余人。终因敌众我寡，4连的82位英雄，全部壮烈殉国。

战斗结束后3天，淮阴人民收殓烈士忠骸，建起公墓，举行公葬，安息英灵。1946年春，淮阴人民在刘老庄修建了“八十二烈士陵园”，淮海区行署主任李一氓专门撰写了《淮阴八十二烈士墓碑记》，并在当时的《新华日报》副刊上发表，向82位烈士“致布尔什维克的敬礼！”。他们还从地方武装中挑选82位优秀青年重建新的4连，被新四军3师7旅司令部、政治部命名为“刘老庄连”。闻名遐迩的刘老庄，从此镌刻着82位英雄的名字，永载着一页抗日救国的不朽篇章。

1943年7月5日，新四军军长陈毅在《解放日报》上发文《新四军在华中》，深情悼念“刘老庄连”的英烈们。他写道：“我军将士坚不为动，乃从容将机枪、步枪拆毁，并将文件杂物付火，将忠骸掩埋后，乃集中未伤者廿余名，进行最后之突围。战至下午五时，终全部殉国。此我三师七旅十九团二营第四连全部，连长白思才，副连长石学富，政指李云鹏，文教孙尊明，排长尉庆忠、蒋员连、刘登甫等以下计八十二人，无一投降者，无一生还者，呜呼壮矣……”

陈毅文中提到的石学富、李云鹏、孙尊明、尉庆忠、蒋员连、刘登甫等皆为江苏省沛县人。

李云鹏，沛县王店乡李集村人，1920年3月20日出生，刚3个月，生母病逝。父亲李梦祥为小学教员。1939年初，李云鹏奔赴丰县、沛县交界的华山，参加了中华民族解放先锋队。不久，光荣地加入了中国共产党。同年，他先后被编入湖西人民抗日义勇二总队第五大队、八路军115师685团、苏鲁豫支队。后来，他被派往中国人民抗日军事政治大学（简称“抗大”）学习。1941年，苏鲁豫支队改编为新四军3师7旅19团2营4连。李云鹏在部队先后担任宣传员、文化教员、团政治处干事、连队政治指导员，从一名普通战士成长为一位文武双全的指挥员。

据李云鹏的父亲李梦祥老人回忆：“他参加八路军后，我到部队看望他时，他说：‘为了打倒日本帝国主义，虽然工作很累，生活很苦，但是精神很愉快。’还说：‘这回真是英雄有了用武之地了。’”李老先生说：“云鹏参军以后，很懂得保守军事机密。他离开家乡后，给家里来信，总是说：‘儿在外，工作很好，身体也很健康。’从不提到部队的行动和任务……”①

从前面第一封家书的书写格式来看，写信人是严格按照中国古代传统的书信格式行文的。他对父母亲等长辈的称谓采取双抬头、空格、另行等格式，以表示尊敬之意；提及自己，“儿”字则小写、退格。这说明李云鹏非常遵循我国古代传统，讲究孝道，尤其对抚育自己成人的祖母甚为牵挂，反复询问其身体状况。这封家书虽然只是一封普通的平安家信，但通篇充满了写信人的念家思亲之情。他想给亲人介绍一下自己的工作情况，但出于对家人的保护又不能明说。“儿还在这里工作，工作也非常忙碌，可是为了——所以我之工作精神也非常兴奋。”这句话寓意深刻，“为了”之后是一个破折号，从笔迹来看，作者当时极想

▲ 李云鹏父亲

① 这不单单是保守军事机密，因为他的家乡属于日伪统治区，通信往来受到严密监控，所以恐怕主要还是为了避免对家人的牵连。

介绍一下工作性质和目的，但有所顾虑，只好住笔，似又意犹未尽，所以还把破折号描了一下，然后话锋一转，说了破折号之后那句笼统的应付之辞。可见，在日本铁蹄蹂躏下的中国人民连通信自由和讲真话的权利都没有。

1942年清明节前后，父亲给李云鹏写了一封信，告诉他家中发生了几件不幸的事情：三弟夭折，疼爱他的祖母病逝。收信后，李云鹏异常悲伤，便在四月初四（公历5月18日）提笔写了一封回信。

写作这封家书距李云鹏牺牲不足一年，当时家里连遭不幸，特别是他时常牵挂的祖母不幸病逝，对李云鹏的打击很大。当时，父亲要来看他，他一再表示不能来，因为形势太乱，路途危险。李云鹏知书达理，信末对几位叔父、叔母也是问候再三。信中还介绍了他的几位同乡、亲友兼战友的一些情况，免得家里挂念，这也体现了“刘老庄连”里沛县人多的特点。

▲ 刘老庄连战士与李云鹏父亲合影，摄于1969年

信中提到的几位战友，靳宪珠、孙尊明同李云鹏一起在刘老庄战斗中光荣牺牲了。

“王孟庄宪珠”，经多方考证，此人叫靳宪珠，1919年生。在阎寨村当长工时入伍。后父辈迁至沛城镇苗林村叶庄。1938年参加八路军南进支队。

孙洪筹，又名孙异涛，沛县唐楼乡孙洼村人，1905年生。1938年入党，曾任解放军42军政治处秘书长，1951年在广州病故。李云鹏信中说他们在一起，可能同是19团的战友。李云鹏的第二封家信，就是1951年2月由孙洪筹所在的第四野战军某部从广东省湛江市转寄来的。

孙洪筹的侄子孙尊明与李云鹏同在4连，任文化教员，生前是一位非常乐观的19岁的共产党员。战斗间隙，他常给战友们编一些顺口溜，教唱革命歌曲。比如：“趁空吸上几口烟，杀敌立功勇当先。”“枪榴弹，威力大，火力点上开了花；曲射炮，不如他，鬼子个个都害怕，轰轰轰，打得鬼子回老家。”

孙洪筹的另一个侄子孙尊迁与李云鹏同在19团，不在一个连队，后为解放军35军103师2营班长，1949年在解放南京的战斗中牺牲。

孙洪凯，1907年生，1938年参加革命，同年入党。任八路军苏鲁豫支队排长，后编入新四军3师，1940年在宿迁阎湾战斗中牺牲，所以李云鹏在信中说“洪凯表叔已去世二年余”。孙洪筹兄弟叔侄四人为国捐躯，堪称满门忠烈。

侯再荣，曾任团护士队长、医生。1949年任湖西专署医院医生，后离休。

连长白思才，江西（一说陕西）人，红军干部，参加过长征和平型关大战。刘老庄战斗中，敌人的炮弹炸断了他的右手，苏醒后仍与指导员继续组织战斗，誓与阵地共存亡！

指导员李云鹏也全身多处负伤，面色苍白，成了浑身血迹斑斑的“血人”。在战火纷飞的战壕里，他写出了给营首长的战斗报告，并与白连长一起在报告上签了字，表达了他们誓与敌寇血战到底的英雄气概。

副连长石学富，排长刘登甫、蒋员连、尉庆忠、李道合，班长刘忠胜、王洪远、袁培臣等，都是沛县人。

夜幕降临，一切都平静下来，一场惨烈悲壮的喋血鏖战结束了。终因敌众我寡，弹尽无援，我82位勇士流尽了最后一滴血，全部壮烈殉国。

（独道生）

左权：别时容易见时难

▲ 左权

左权，抗日战争中八路军牺牲的职务最高的指挥员。他把年轻的生命献给了中国人民的解放事业。而他为后人留下的一摞鲜活生动的家书，让我们了解到这位威风男儿情感细腻的一面。80多年过去了，这些家书的纸张已泛黄，字迹也淡化了许多，然而，字里行间蕴含着的绵绵深情却永远震撼着我们。

家书原文

志兰[1]：

就江明[2]同志回延之便再带给你十几个字。

乔迁同志那批过路的人，在几天前已安全通过敌之封锁线了，很快可以到达延安，想不久你可看到我的信。

希特勒“春季攻势”作战已爆发，这将影响日寇行动及我国国内局势，国内局势将如何变迁不久或可明朗化了。

我担心着你及北北[3]，你入学后望能好好的恢复身体，有暇时

---

①志兰：左权将军夫人刘志兰，1917年生于北京，1992年去世。

②江明：1913年生，山东掖县（今莱州）人，北平师范大学肄业，参加过“一二·九”运动。1936年加入中国共产党，曾参与发起中华民族解放先锋队（简称“民先”）。后任民先山东省队部、中共鲁西南特委、中共中央北方局青委负责人，中共中央太行分局秘书长，中共太行八地委、冀南二地委书记。

③北北：即左权将军唯一的女儿左太北，1940年5月生于山西省长治市武乡八路军总部。因出生地武乡是太行山的一部分，叫太北区，八路军副总司令彭德怀以刘伯承的孩子叫刘太行，而建议左权的女儿取名左太北。左太北毕业于哈尔滨军事工程学院，先后在国家经委、国家计委、航空航天部等部门工作，曾任中国航空工业总公司计划司副司长，2000年退休，2019年去世。

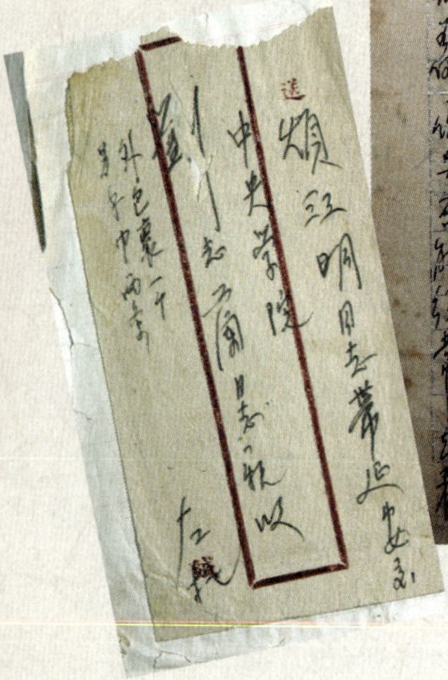

送
烦江明同志带延 中央党校(?)
中央党院
刘志兰同志亲收
外包裹一个
另书中两本
左缄

志兰：

趁江明同志回延之便再带给你几个字。

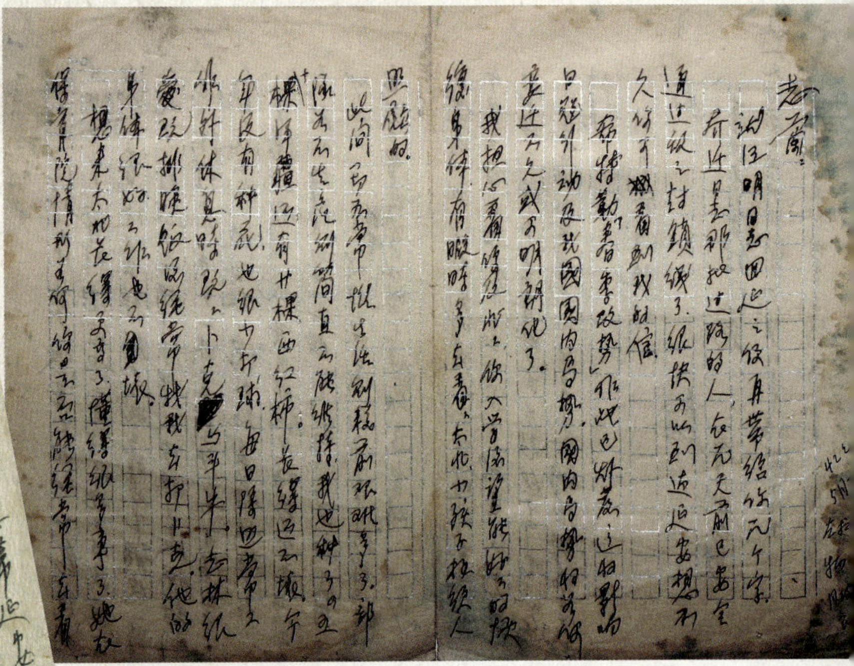

前些日是那批过路的人，在那里已安全通过敌之封锁线了，很快可以到达延安，想不久你可以看到我的信。

希特勒[illegible]苏联攻势，在此已感着这种影响日益扩大及我国国内的形势，国内的形势的[illegible]变迁不久或可明朗化了。

我担心着[illegible]，你入学深造能[illegible]，续与待有暇时多去看看太北，太行[illegible]

[illegible]的。

此间同志常常谈起张副参谋长了，部队[illegible]直至现在我都还[illegible]种子的五棵，[illegible]有廿棵西红柿，长得还不坏。今年又有种花，也很少打球，每日除照常工作外，休息时跳跳下[illegible]，与平米[illegible]，去林[illegible]。他的[illegible]，常[illegible]

[illegible]

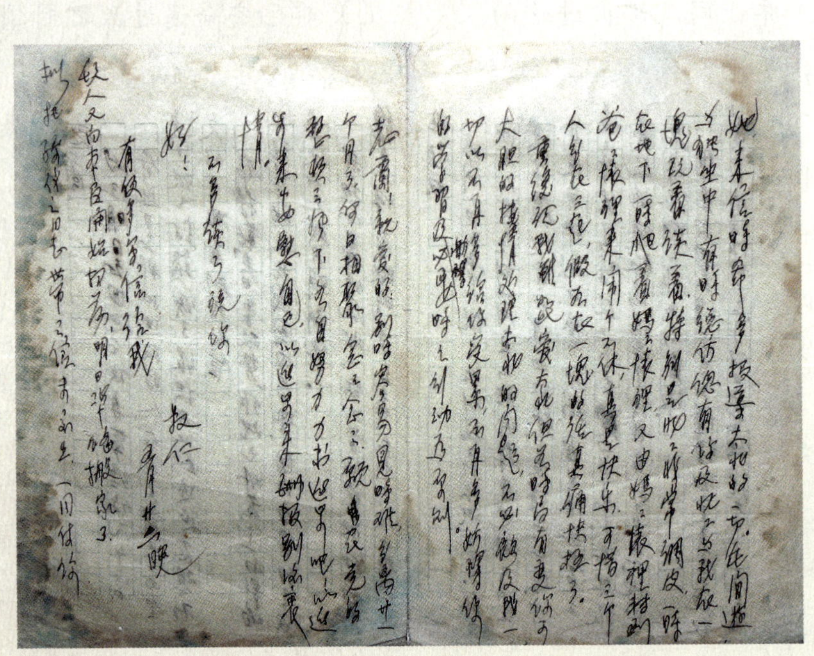

她来信时多多报导太北的一切，[illegible]一[illegible]坐中有时总有[illegible]，[illegible]一时在地下[illegible]，[illegible]又由妈妈怀里[illegible]，[illegible]来闹个不休，喜欢快乐，可惜[illegible]人[illegible]，[illegible]一块的[illegible]了。

[illegible]太北但[illegible]有更[illegible]你可大胆的[illegible]，不必[illegible]，[illegible]多[illegible]，[illegible]学习[illegible]。

志兰！亲爱的：别时容易见时难，分离廿一个月了，何日相聚[illegible]，[illegible]下[illegible]努力[illegible]，[illegible]自己，以[illegible]将来[illegible]情。

不多谈了，祝你

好！

叔仁
五月廿二晚

有便时多写信给我

敌人又向太行区扫荡，明日准备搬家了。

[illegible]之信来[illegible]，[illegible]

多去看看太北，小孩子极需人照顾的。

此间一切如常，惟生活则较前艰难多了，部队如不生产则简直不能维持。我也种了四五十棵洋姜，还有廿棵西红柿，长得还不坏。今年没有种花，也很少打球。每日除照常工作外，休息时玩玩卜〔扑〕克与斗牛。志林[①]很爱玩牌，晚饭后经常找我去打卜〔扑〕克，他的身体很好，工作也不坏。

想来太北长得更高了，懂得很多事了，她在保育院情形如何？你是否能经常去看她？来信时希多报道太北的一切。在闲游与独坐中，有时总仿佛有你及北北与我在一块玩着、谈着，特别是北北非常调皮，一时在地下，一时爬着妈妈怀里，又由妈妈怀里转到爸爸怀里来闹个不休，真是快乐。可惜三个人分在三起，假如在一块的话，真痛快极了。

重复说我虽如此爱太北，但是时局有变，你可大胆的按情处理太北的问题，不必顾及我。一切以不再多给你受累，不再多妨碍你的学习及妨碍必要时之行动为原则。

志兰！亲爱的：别时容易见时难，分离廿一个月了，何日相聚？念念、念念！愿在党的整顿之风下各自努力，力求进步吧！以进步来安慰自己，以进步来酬报别后衷情。

不多谈了，祝你好！

叔仁

五月廿二晚[②]

有便多写信给我。

---

①志林：刘志林，左权夫人刘志兰的弟弟。

②此信写于1942年。

又自本区开始"扫荡"，明日准备搬家了，拟托孙仪之[①]同志带的信未交出，一同付你。

背景链接

这封家书是左权将军壮烈殉国前三天写给爱妻刘志兰的最后一封信。

左权，原名左纪权，号叔仁，1905年3月15日生于湖南省醴陵市黄茅岭一个农民家庭。中学时他就参加了党的地下组织领导的社会科学研究社，阅读了《向导》等宣传马克思主义的读物。1924年考入广州孙中山大元帅府军政部主办的陆军讲武学校，编入第一队。他在校勤学苦练，受到教官和同学们的称赞。

1924年10月，左权参与镇压商团叛乱。11月陆军讲武学校一、二队学员转入黄埔军校。1925年1月，左权在黄埔军校由陈赓、周逸群介绍加入中国共产党，1927年9月到苏联伏龙芝军事学院深造。1930年6月回国，担任中国红军军官学校第一分校教育长，以后历任新十二军军长，红一方面军总前委参谋处长，红五军团第十五军政委、军长，红一军团参谋长等职。1934年10月，长征开始，红一军团是先头部队，左权经常参与指挥战斗，协助聂荣臻等指挥渡赤水河、过大渡河、夺泸定桥、攻腊子口等战斗和直罗镇战役。1936年，任红一军团代军团长，率部西征，迎接红二、红四方面军北上。

1937年8月，中国工农红军被改编为国民革命军第八路军，左权任八路军副参谋长。9月15日，左权同朱德总司令、彭德怀副总司令率八路军

---

① 孙仪之（1906—1986），安徽六安人。1933年参加中国工农红军，1936年加入中国共产党，参加了长征。抗战时期，任中国人民抗日军政大学校务部卫生处处长，军委卫生部副主任、主任，卫生部代部长、副部长，八路军前方总指挥部卫生部部长兼政治委员。中华人民共和国成立后，任中南军政委员、卫生部副部长兼中南军区卫生部部长，中国人民解放军总后勤部卫生部副部长、部长。1955年被授予少将军衔。

东渡黄河，开赴华北抗日前线。1938年4月，日军以108师团为主力三万余人分九路围攻晋东南根据地周围的博爱、邯郸、长治等地区，左权亲自率总部警卫团参加战斗，歼敌千余人，粉碎了日军的围攻，并收复了18座县城，扩大了晋冀豫抗日根据地。1940年5月，日军分三路围攻八路军总部驻地山西省武乡县王家峪，左权指挥部队警卫团打麻雀战，粉碎了日军的围攻。8月至12月，左权参与领导了著名的百团大战，共毙伤日伪军两万余人，破坏铁路、公路2 000余公里，拔除敌军据点3 000多处，取得了重大胜利。1941年11月，为保卫八路军黄崖洞兵工厂，他亲自选择地形，指导修筑工事，并指挥总部警卫团不足千人的兵力，采取“以守为攻”“以静制动”“杀敌致果”的原则与日军5 000余人激战八昼夜，毙敌1 200余人。中共中央军委称赞黄崖大捷为“反‘扫荡’的模范战斗”。

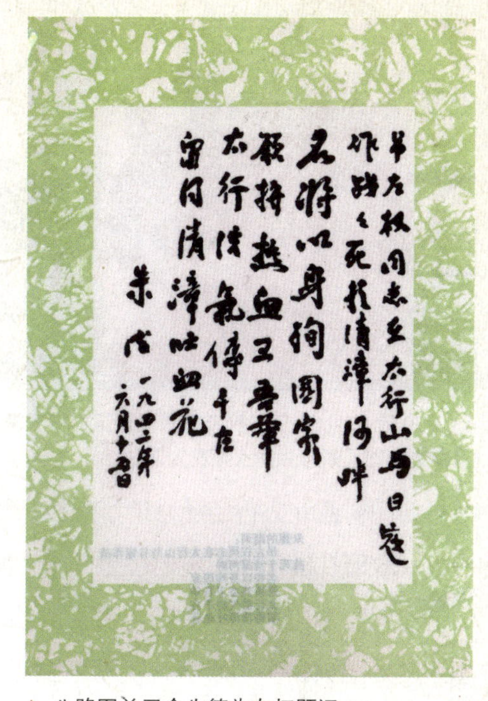
悼左权同志在太行山与日寇作战战死于清漳河畔
名将以身殉国家
愿拼热血卫吾华
太行浩气传千古
留得清漳吐血花
朱德 一九四二年六月十四日

▲ 八路军总司令朱德为左权题词

1942年初，日军接连向晋东南根据地发动“总进攻”。2月，日军采取“铁壁合围”“捕捉奇袭”等毒辣手段，不断向八路军总部所在地区辽县（今左权县）麻田镇一带增兵，进行“扫荡”，被我军击破。两个月以后，日军又纠集三万多兵力，进行空前残酷的“五月‘大扫荡’”。24日夜，八路军总部机关开始转移，左权亲自率领129师及警卫连部署突围计划，在突围中，由于后勤部门对形势估计不足，几千人马被阻滞在山西河北交界的十字岭，日军发现了目标，从四面合围，步步紧逼。25日，左权命令作战科长及警卫连长护送彭德怀副总司令转移至安全地带，自己坚持

▲ 1950年10月20日左权将军陵墓迁至邯郸晋冀鲁豫烈士陵园，刘志兰携女儿左太北执绋

指挥突围。在总部机关和老百姓转移完毕、掩护部队冲向敌人最后一道封锁线时，一颗炮弹在左权身边爆炸，他的头部被炮弹片击中，不幸牺牲，时年37岁。

1943年9月，晋冀鲁豫边区政府做出决定，将山西省辽县改名为左权县，并在涉县石门村西北太行山麓修筑了左权将军陵墓和纪念塔。1950年10月，中央人民政府批准将左权灵柩移至邯郸晋冀鲁豫烈士陵园。

左权将军可谓将毕生精力都贡献给了中国人民的解放事业，他为革命事业赴汤蹈火、军功卓著，撰写和翻译了大量军事理论文章和著作，但很少谈及自己。正因为如此，他留下的十几封家书便成为抗战时期八路军高级将领的家书代表作，这些出自左权将军内心深处的文字，细腻地勾勒出其婚姻生活和家庭生活的多彩世界。

除了左权写给母亲和叔叔的两封信写于1937年，家书中其余的信都写于左权与刘志兰1939年新婚后至1942年5月壮烈殉国前那戎马倥偬、战事频繁、炮火纷飞的21个月中。

▲ 左权与妻子刘志兰及女儿，摄于1940年8月

1939年2月，中共中央巡视团到达山西前线，巡视团成员、北平师范大学学生刘志兰随团来到山西后留在晋东南北方局妇委会工作。经朱德总司令牵线，左权与刘志兰结婚并于次年即1940

年5月生下了女儿左太北。

这批家书写作的时间正值百团大战前后，当时日军将八路军视为其在华北地区的眼中钉、肉中刺，为此进行了残酷、灭绝人性的“大扫荡”。面对险恶的战争环境，太行山抗日根据地天不雨、地久旱、人缺粮、畜缺草，八路军战士缺枪炮弹药，但是中国共产党人却对抗战胜利充满信心。家书透露出左权将军对刚刚投身革命的亲密伴侣无微不至的关心与呵护；面对刚出生几个月的女儿，这个沉默刚毅的军事指挥员在家书中一变而为慈父，字里行间凝结着对女儿深刻的骨肉亲情。

下面摘录几段左权家书中的内容，看看百团大战前后太行山抗日根据地人民的战时生活。

> 接何廷英同志上月二十六日电，知道你们已平安地到达了延安。带着太北小鬼长途跋涉真是辛苦你了。当你们离开时，首先担心你们通过封锁线的困难，更怕意外的遭遇。今天安然到达了老家——延安，我对你及太北在征途中的一切悬念当然也就冰释了……你们走后，确感寂寞。幸不久即开始了北方局高干会议，开会人员极多，热闹了十多天，寂寞的生活也就少感觉了。你们走时正是百团大战第一阶段胜利开展之时……（1940年11月12日左权致刘志兰第一封家书）
>
> 前托郭述申同志带给你的一包东西：有几件衣服，几张花布，一封信。听说过封锁线时都丢掉了。可惜那几张布还不坏，也还好看，想着你替小太北做成衣服后，满可给小家伙漂亮一下，都丢掉了，这怪不得做爸爸的，只是小家伙运气太不好了。（1941年5月29日左权致刘志兰第三封家书）
>
> ……半年来没接到你的信，时刻担心着你及北北的一切。……二月间我们全处在反“扫荡”中……敌人的残酷仍然如故，新的花样就是放毒……因为毒伤，老百姓很死了一些人，伤的很多。女县长刘湘屏中毒非常厉害，全身发烂，皮肤掉了三分之二，幸而医治较早，大

概可以不死了，其痛苦之极也可想而知。……亲爱的，时刻牵挂着你，你当同感，别后将两年了，不能不算久，愿共同努力，多多工作、多多学习，渡〔度〕过未来的两年吧。（1942年4月1日左权致刘志兰第九封家书）

▲ 左权与女儿左太北，摄于1940年8月

左权写于1942年5月22日的这封家书表达出对女儿的思念及渴望全家团聚的心情："在闲游与独坐中，有时总仿佛有你及北北与我在一块玩着、谈着。特别是北北非常调皮，一时在地下，一时爬着妈妈怀里，又由妈妈怀里转到爸爸怀里来闹个不休，真是快乐。可惜三个人分在三起，假如在一块的话，真痛快极了。"此信写完后仅三天，左权将军就壮烈殉国了。

1942年7月3日的《解放日报》发表了刘志兰撰写的《为了永恒的记忆——写给权》一文，其中有这样的文字："虽几次传来你遇难的消息，但我不愿去相信。自然也怀着这不安和悲痛的心情而焦虑着，切望着你仍然驰骋于太行山际。……在共同生活中，你有着潜移默化的力量，我更是一个热情、积极的、幻想很深的青年，在你旁边渐变得踏实、深沉，一面开朗地认识革命事业的伟大规模，一面体验到人生的丰富意义。……或许是重伤的归来，不管带着怎样残缺的肢体，我将尽全力看护你，以你的残缺为光荣……在任何困难之下，咬着牙齿渡

▲ 刘志兰

过去。有一点失望和动摇都不配做你的妻子……”

人的生命只有一次，然而，当一个人把有限的生命投身到革命事业中去，那他的生命就会得到永生。

▲ 左太北携儿女到麻田镇十字岭左权将军殉难处凭吊

（王家森）

衡阳保卫战余子武将军绝笔

▲ 余子武

这是参加衡阳保卫战的余子武将军写给妻子程俊璧的最后一封家书，写于1944年6月27日，辗转至7月26日家人才收到，而余子武将军已在7月21日与日军的血战中英勇牺牲。

家书原文

璧：

我十七晚上回到师部处理一切，下午廿二时到车站乘车。十八日上午三时卅〈分〉开车，下午六时到达衡阳。在衡阳驻了数日，现开到西南方——祁阳城。

长沙已失守，我军到湖南后仍未遇敌。湖南已沦陷七八县，老百姓扶老携幼逃难者不计其数，真是可怜！

周排长回来称你们于十八〈日〉早搬东西落船，中午开船。想你们已到仁化[①]并受许多苦楚矣！

曲江[②]如未沦陷，可暂在仁化住定。如曲江沦敌，你等可搬到长江东仁化住定。后可时着培根等时时步行至曲江取物，三日可以来回矣。

---

① 仁化：广东省仁化县，属韶关市管辖。
② 曲江：广东省曲江县，今韶关市曲江区。

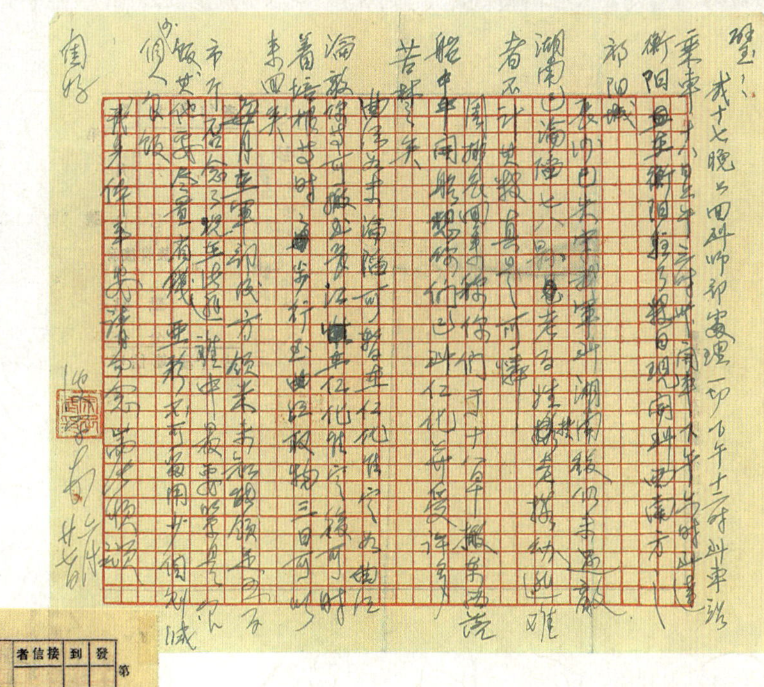

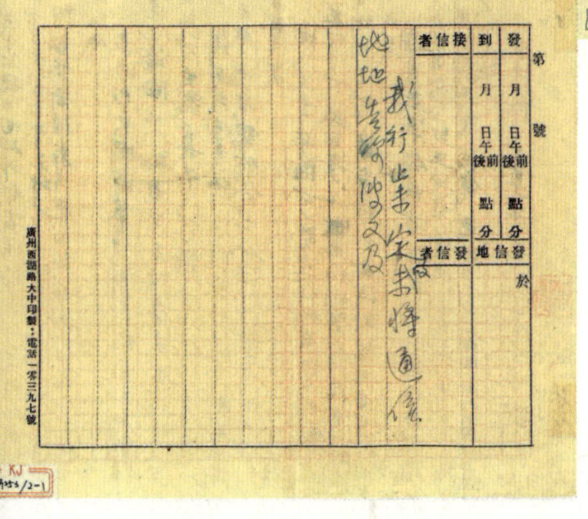

每月在军部后方领米未知能领足五百市斤否？念念。现在此逃难中，最要紧是食饭。其他要尽量省钱。亚彩不可留用，少个〈人〉则减少个人〈的〉食饭。

我身体平安请勿念。专此顺颂

闺好！

波字　顿首

六月廿七日

【信纸背面】

我行止未定，故未将通信地址告你。波又及。

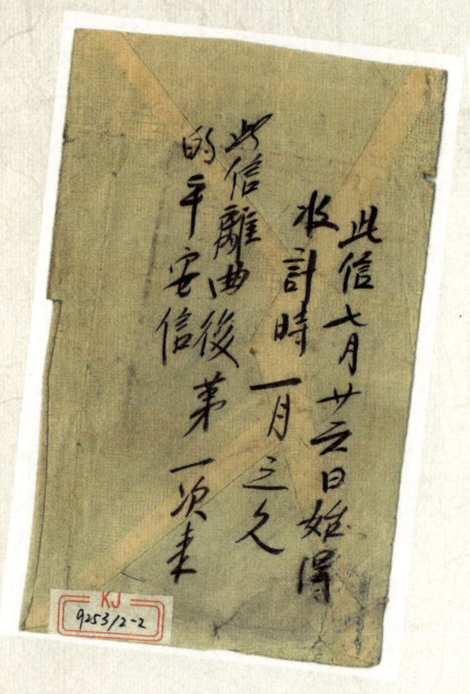
此信七月廿六日始得收，計時一月之久
此信離曲後第一次來的平安信

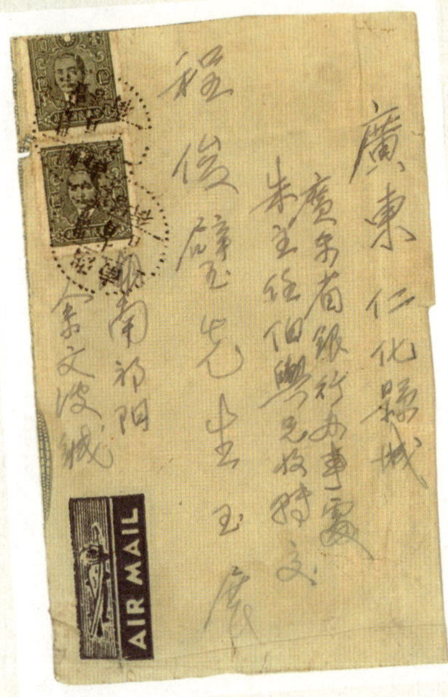
廣東仁化縣城
廣東省銀行办事處
朱主任伯興兄收轉交
程俊肇先生玉展
湘南祁阳
余文波緘

背景链接

余子武，生于1901年，号文波，广东省台山市白沙镇五围李园村人。牺牲时为国民党陆军第62军151师少将副师长。

余子武出身清贫的私塾教师家庭，自幼聪慧努力，1923年考入北京大学法学院，两年后入读日本东京政法大学，1926年入日本陆军士官学校20期骑科学习。1929年毕业回国后，入伍粤军，历任上尉参谋、少校连长、中校营长、上校团长等职。抗战全面爆发后，参加淞沪会战和南京保卫战，屡立战功，获得第三战区的传令嘉奖。1939年7月晋升国民党陆军第62军151师少将参谋长。1943年晋升为151师少将副师长兼政治部主任，并赴印度参加美国陆军部举办的高级将领训练班。

1944年6月下旬，10万日军侵犯仅有约1.8万守军的衡阳，敌我兵力悬殊，衡阳城危如累卵。余子武从印度集训回国后，奉命参加长衡会战。7月9日，余子武所在的151师与157师向侵犯衡阳的日军进攻，希望与城内守军呼应，夹击日军。余子武率部在衡阳西站与日军展开激战，反复冲杀，血战数昼夜，击毙日军联队长和少将以下数千人。不料日军增援部队赶到，于7月21日拂晓突袭了151师设在郑家冲的指挥所。为挽危局，151师师长林伟俦率453团占领附近的松山，余子武则带着直属部队坚守原地，不久被日军团团围住。在与日军的肉搏中，他的背部连遭三创仍奋战不止，最终因子弹击中腹部，为国捐躯。

噩耗传来，62军军长黄涛失声痛哭，悬金5万大洋，组织敢死队誓要夺回余子武的遗体，下令：不见余师长的遗体，不收兵回营！数日后，7名经过精心挑选的勇士组成敢死队，在夜幕掩护下潜入日军阵地，死伤过半，终于夺回余子武的遗骸。

国民政府为褒奖余子武的英勇抗日精神，为他举行了国葬。其忠骸经由桂林运往粤北时，军事委员会副总参谋长白崇禧、广西省主席黄旭初等率部于车站举行公祭仪式。沿途各地，国人自发祭奠者络绎不绝。灵柩抵广东韶关时，第七战区司令长官余汉谋亲为治丧并撰祭文。9月25日，余子武被厚葬于曲江县马坝南郊白芒山麓，人们树碑立传悼念他。

余子武壮烈殉国后，当时的《中央日报》《中山日报》均以大量的篇幅给予详尽报道，褒称余将军为“民族英雄”“国家忠骨”。1946年，美国华文报纸《少年中国晨报》连载刊出《余故师长子武将军事略》，引起强烈反响。1992年，民政部颁发证书，追认余子武为革命烈士。

余子武将军殉国后，留下发妻、老母及六名子女。在余汉谋的帮助下，其家人辗转各地，后赴美国定居。2007年之后，其女余美华女士陆续将收集到的父亲的文物、资料捐赠给中国人民抗日战争纪念馆，从而使余子武将军英勇抗日、为国捐躯的事迹得以完整呈现。

（任京培）

徐光耀：胜利的日子就快来了

▲ 徐光耀

这是“小兵张嘎之父”徐光耀抗战期间写给父亲的一封家书，字里行间既有朴素动人的人间亲情，又有伟大感人的国之大爱，表达了他坚决投身抗战的革命意志和对抗战胜利的信心与憧憬。

家书原文

父亲：

您的来信，和我姐姐的信一块接到了，使我很兴奋，简直是高兴的不得了。

听说您现在想开了，吃喝都增加了不少。这是非常好的，这样减去了您的烦愁和忧愁，使身体健康，也使我免去了惦记。

我的姐姐参加区里工作，更是让我兴奋的事，这就好像我俩站在一条〈战〉线上打日本一样。您有这样两个儿女，应该是很甘心了，您是多么光荣啊！

您放心，我一定按照您的教育去做，一定好好的学习与工作，一定和每个同志都和气亲爱，绝不辜负您老人家的期望。

爹！您耐心的等着吧！胜利的日子就快来了。今年就可以打败德国，明年就要反攻日本，那时候才是咱们团圆的时候！您不信，我姐姐会告诉您现在形势是多么有利。

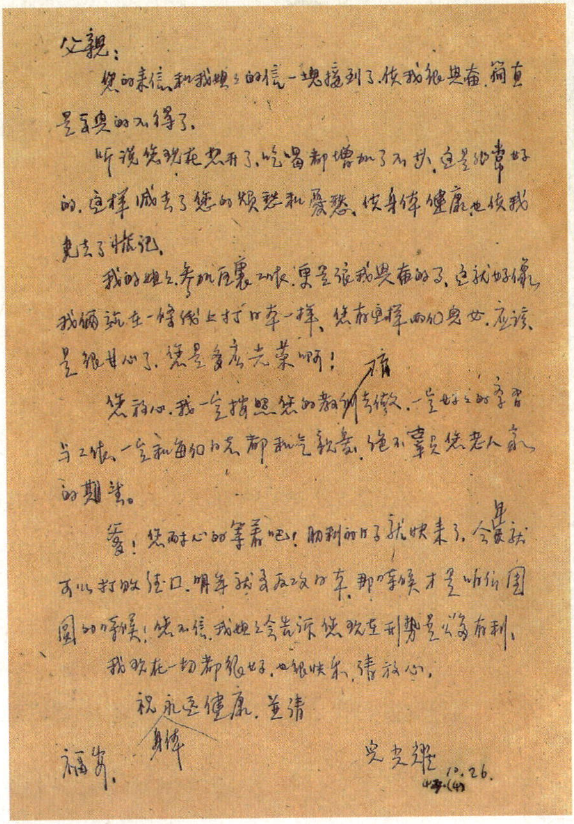

我现在一切都很好，也很快乐，请放心。

祝身体永远健康，并请

福安！

儿　光耀

43.10.26[①]

背景链接

徐光耀，1925年生于河北省雄县段岗村。9岁上初小，上完四年级，因家贫辍学，又上了几个月私塾。不久，卢沟桥事变爆发，私塾也关了。

---

① 此信写于1944年。

▲ 身着八路军服装的徐光耀，1945年秋摄于河北辛集部队驻地

1938年春，八路军开进段岗村，有一个班还住进了徐家。通过近距离观察和接触，徐光耀发现，八路军是一支不一样的军队，不仅纪律严明、官兵一致，而且对老百姓和蔼可亲，秋毫无犯，还帮老百姓挑水扫地。这年7月，八路军从村里撤走了，徐光耀依依不舍，一心想参军。尽管父亲百般不舍，但最后在姐姐的劝说下，还是答应了。这一年徐光耀13岁。

徐光耀参加的是驻扎在雄县昝岗的八路军120师359旅特务营，从此走上了抗日前线。徐光耀随部队转战南北，参加了许多重大战斗，表现优秀，当年就加入了中国共产党。1939年秋，部队整编，成立警备旅，徐光耀从特务营进入警备旅，在锄奸科当文书。在抗战最艰苦的时候，徐光耀被分配到了宁晋县大队当特派员，在那里战斗了3年，“围剿”与反“围剿”，在敌人眼皮底下活动，和死神一次次擦肩而过，取得了一个又一个胜利。

▲ 徐光耀（右）在宁晋县大队当特派员时与战友高常在合影，摄于1943年冬

因战争形势严峻，徐光耀有好几年没有跟家里通信。1944年10月24日，他同时收到姐姐和父亲的来信，反复阅读，激动万分。姐姐对这个当八路军的弟弟深感自豪，告诉弟弟自己也参加了革命工作。两天后，徐光

耀分别给父亲和姐姐各回了一封信。给父亲的信就是前面的这封，虽然不长，但内涵丰富，既有浓郁的亲情表达，也有对抗战胜利的憧憬。给姐姐的回信很长，有1 200多字，主要表达了对姐姐走上革命道路的欣喜之情，希望姐弟俩共同引导妹妹也参加革命。

▲ 徐志民（二排右二）与妇女自卫队队员合影，1946年摄于雄县妇联会大院

徐光耀5岁丧母，全靠姐姐养大，与姐姐的感情最深。姐姐叫徐志民，原本是一个旧式的小脚妇女，在弟弟参军两年后，她就参加了村里的妇女救国联合会（简称“妇救会”），当上了妇救会主任，还兼任妇女自卫队长。因抗日工作成绩突出，徐志民被调到县里的临时干部训练班学习，毕业时被评为优秀学员，分配到四区抗联做妇女工作。1945年8月15日日本宣布无条件投降后，徐志民率领妇女自卫队参加了对雄县城里负隅顽抗敌人的战斗，不久被调到县武委会任自卫大队副大队长。

▲ 徐光耀与父亲，1945年冬摄于辛集胡和营

徐光耀的妹妹在姐姐、哥哥的影响下，也追求进步。她因崇拜姐姐，自己改名叫徐敬民，进入白洋淀，找到姐姐，参加了革命，并且加入了中国共产党。

徐光耀的父亲徐殿奎，是村里有名

的木匠。他从开始不舍得儿子参军，到亲近八路军、支持抗日，思想转变是巨大的。1944年12月23日，徐光耀给父亲写了一封1 600多字的长信，给父亲汇报了八路军的生活，免得父亲挂念，劝说父亲学习岳飞精忠报国的精神："你不是常常称赞岳母的贤明吗？不是常常称赞岳飞的忠勇报国吗？现在日寇也来侵犯中国，亡国大祸临在每个中国人的头上，每个中国人都应该学岳飞。父亲，你也应该学岳飞啊！况且为国抗敌是何等光荣，为人夸耀。即使牺牲了，也是流芳千古。"[①]徐光耀继而指出，自己参加八路军，对敌抗战，既是尽忠，也是尽孝。"而是尽的大忠大孝。不仅孝敬了你，也孝敬了中华民族，孝敬了中国。这比小孝，比对个人的孝是有价值得多了、光荣得多了。"[②]在书信往还中，在子女的影响下，父亲的觉悟提高很快。1945年12月，老父亲忍着寒冷，辛苦跋涉几百里到辛集部队驻地来看望他。父子俩度过了一周的幸福时光，还照了合影，照片上老父亲面带微笑的表情透露出他对儿子现状的满意，临走时父亲还带回去一本《前线歌选》和一张消灭国民党3个军的捷报。多年以后，徐光耀仍念念不忘这段经历。

▲ 徐光耀与父亲、妹妹合影，摄于1951年

1946年9月中旬，徐光耀短期探亲就要归队了，父亲亲自为他备马，送他出村。"父亲、姐姐、妹妹在后头送我，一直送至小南关。他们让我上马，我停在一个坡上，父亲却要给我拉住马头，我推辞了许久，他终于牵住了。我窘羞地翻身

①徐光耀．徐光耀日记：第1卷．石家庄：河北教育出版社，2015：85.
②徐光耀．徐光耀日记：第1卷．石家庄：河北教育出版社，2015：85.

上马，在马上转了一圈，向南走下来，约30米，我调转马头，又回身向父亲、姐姐、妹妹环视一周，与他们辞别了。马跑着，我的心和身体，一块儿在马背上跳动着……”①

抗战胜利前夕，徐光耀离开了锄奸部门，到冀中十一分区（原六分区）司令部任军事报道参谋。1946年3月，调任政治部宣传科摄影记者，后到前线剧社任创作组副组长。1947年1月，到华北联合大学文学系插班学习。在这里，他学习了创作方法、语言运用等知识。学习期间，徐光耀发表了多篇作品，而且质量高，立了功，留校担任文学组组长。1948年8月，调至华北三兵团，担任《战场快报》编辑，后任新华社兵团分社记者。

1950年6月，徐光耀创作的长篇小说《平原烈火》出版，这是新中国成立后第一部反映抗战生活的长篇小说。小说讲述了在“五一大扫荡”的白色恐怖氛围下，冀中军民同仇敌忾、不怕牺牲、奋勇抗战的故事。小说出版后反响很大，引起了文坛和读者的广泛关注。

1950年10月底，徐光耀被选入正在筹建中的中央文学研究所学习，学习期间曾赴朝鲜战场采访8个多月，1953年他毕业于中央文学研究所。1955年调解放军总政文化部创作室任创作员。

抗战期间的火热生活在徐光耀的脑海中挥之不去，成为他创作的丰富源泉。1958年初，徐光耀在北京开始动笔写作抗战题材中篇小说《小兵张嘎》。仅仅两个多月，就完成了小说和剧本。作品发表在《河北文学》（1961年11、12月合刊）上。1962年5月，中国少年儿童出版社出版单行本。1963年，由徐光耀担任编剧的《小兵张嘎》被拍成电影在全国公映，引起轰动。小说和电影中聪明机智的抗日小英雄“张嘎子”被塑造得形象生动，让人印象深刻。至今，小说《小兵张嘎》的发行量，已超过1 000万册。同名电影也成为抗战文艺的经典，经久不衰。

---

①徐光耀．徐光耀日记：第1卷．石家庄：河北教育出版社，2015：195-196.

▲ 电影《小兵张嘎》海报

1959年，徐光耀调到保定市文联任编辑。1983年后历任河北省文联党组书记、主席等职。晚年出版了散文集《昨夜西风凋碧树》、10卷本《徐光耀日记》等。2024年11月16日，第37届中国电影金鸡奖颁奖典礼在厦门举行，徐光耀被授予中国文联终身成就奖（电影）。

（张嘉纹）

下篇

一位爱国绅士临刑前的诫子书

▲ 于登云

一位爱国绅士因为资助东北抗日义勇军而被捕，他自知难逃一死，在临刑前给其长子留下了这封遗书。信中这位慈父舐犊情深，谆谆教导，纸短情长，催人泪下。

家书原文

成儿知悉：

你年已不小，本拟父子天年，未想半途分别，你之命，父之运也！所望读书尽心，务必前途。侍母要孝，勿劳其生气，以便领你们兄弟子〔姊〕妹过日子。如你母有生气时，你要跪之请罪，以何时欢喜为止。兄友弟恭，妹妹之领导，你的责任太大。将来各地处，你要均应前往看看，以长经验。择友慎行。要者，如父有不好之日，你不要口出怨言，以免招祸，生此地无法也。勿得犯上为要。

至嘱　父[1]

① 此信写于1932年。

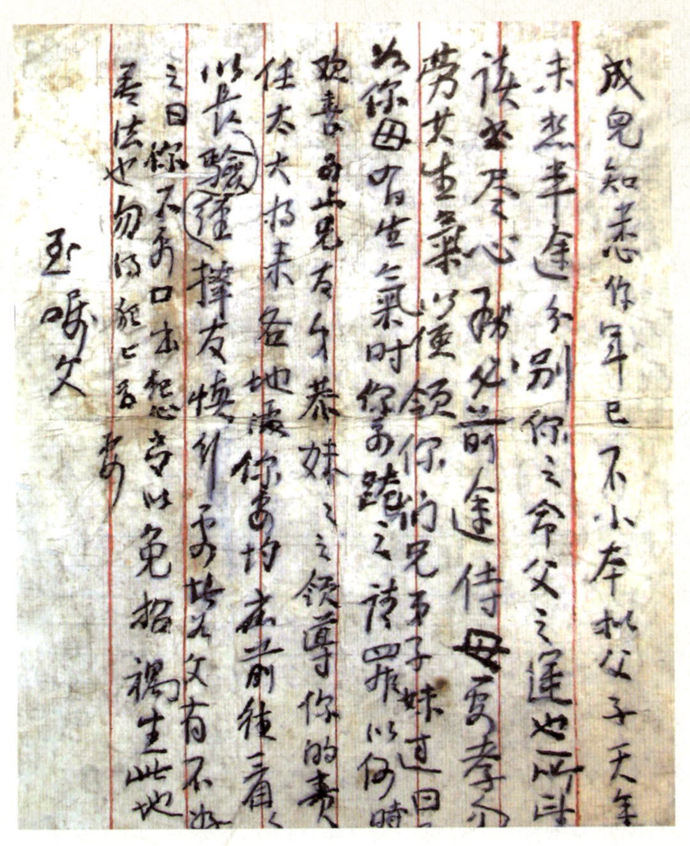

背景链接

写信人叫于登云，是一位爱国绅士。祖籍山东省文登大水坡，清朝时祖父迁居东北开荒，落户于吉林省磐石县（今磐石市）朝阳山镇。于登云自幼聪颖好学，20世纪20年代毕业于朝阳大学法律系。于登云主张革新创业、实业救国，曾任吉林省蛟河县（今蛟河市）税捐局局长。他思想进步，为了让儿女早日学到新知识，特意请来家庭教师教子女学习英语、语文等课程。

“九一八”事变后，日军很快侵占了辽宁各地，并大举进犯吉林省。1931年9月21日，日军占领吉林，23日侵占蛟河、敦化。于登云目睹日军肆意蹂躏自己的家乡和人民，悲愤异常。他虽然不能亲自上战场杀敌，却暗地里筹粮筹款，资助抗日人士。

1932年2月8日，在共产党员李延禄等的帮助下，吉林地方军阀王德林率部反正，举旗抗日，宣布成立“中国国民救国军”。于登云积极联络蛟河、敦化、吉林等地的农、工、商、学等各界爱国志士，为中国国民救国军筹集捐款，购买棉服，提供情报，支援军队攻打敦化等地。2月20日中国国民救国军收复敦化，至28日，又连克额穆、蛟河两城。3月，日军进攻蛟河，于登云等被日军驻吉林宪兵队逮捕关押。

于登云自知难逃一死，在狱中秘密给儿子于渤（乳名成儿）写下遗书，对父子半途分别深感遗憾，勉励于渤用心读书，孝顺母亲，做弟弟妹妹的表率，并要他增长经验，择友慎行，特别是不要口出恶言。于登云在当地颇有口碑，受人尊敬。看守钦佩他的抗日爱国精神，偷偷将遗书带出，交给他的家人。

3月23日，于登云等13名爱国志士被杀害于吉林城郊九龙口。于登云遇害后，妻子为免不测，带领子女逃亡关内，投奔北平的亲友。于渤本来生性活泼，非常淘气，自从父亲遇难，他仿佛一夜之间长大了。他遵照父亲的教导，努力学习，孝顺母亲，谨言慎行，以身作则带领弟妹，为母分忧。父亲的遗书他不知道读了多少遍，铅笔的字迹变得模糊不清，薄薄的信纸也破烂了，于渤用糨糊仔细将信纸托裱，又用钢笔照着父亲的铅笔字迹一笔一画地描摹清楚。

通过刻苦学习，于渤考上了国立东北中山中学。中山中学专门招收当时在北平的从东北流亡到关内的中学生，是抗战时期国民政府教育部直属的第一所国立中学。后来，于渤的妹妹于树玉考上了私立毓英小学。于渤兄妹不忘父亲的教诲，在校努力学习，同时积极参加抗日救亡活动，号召大家抵制日货，反抗日本侵略，收复东北失地。

1941年，于渤从辅仁大学毕业，考虑到年迈的寡母和年幼的弟妹无人照料，留居北平直至抗战胜利。1949年于渤考入华北企业部训练班，毕业后被分配到重工业部，为国家建设贡献自己的力量。2010年7月1日，于渤将保存近80年的父亲遗书捐赠给了中国人民抗日战争纪念馆。

▲ 逃亡到北平的于登云家人合影

（陈　亮）

不做时代的落伍者

▲ 韩雅兰复旦大学毕业照

今天我们可能很难理解，韩雅兰家庭条件优越，名校毕业，却背着父母偷偷跑到延安上了抗大。尽管抗大的物质生活相当艰苦，她却感到很快乐。天下兴亡，匹夫有责。“为国家民族求解放，作一点有意义的事业”，这就是那个时代青年的思想追求。

家书原文

亲爱的父亲、母亲：

儿过去曾寄过几次信给大人，想早赐阅矣。但至今未见大人的训示，想大人必因儿不告而走之故怪罪于儿，生气不理了，所以儿对此点终不能安心。

最近有友人从西安来此，听说父亲和母亲对儿之走很觉伤心，祖母恐怕更难过。儿听了也万分凄惨。大人平时最知儿之心情，也最疼爱儿的，这点儿早已深知，同时也是儿一往对家庭留恋的主要原因之一。当那年玉妹被捕之事发生[①]，大人连年节都不过了，星夜的赶到上海，为她设法，使儿等更感到父母爱儿女之心太迫切了。那时父亲回家后，曾给儿一信。嘱咐儿应安心读

① 指韩雅兰的弟媳杨玉珊，她于1927年加入中国共产党，1934年在上海被捕。当时因为韩雅兰的弟弟在国外上学不在家，其父得知这个消息后，赶往南京、上海，企图设法营救，但未果。

书，不要再像玉妹一样教大人担心睡不着。那时儿接读信后，难过了几天，想想我们真有点对不住父母之爱。此后儿是时刻都不会忘记父亲痛心的话。然而儿不愿作个时代的落伍者，不愿落人后，同时又被感情支配着，这极痛苦大人是不会了解的。谁料前年又遭受圣域这样的侮辱[①]。为了不让〔使〕大人难过，为了孩子的问题，忍耐一切痛苦到现在。但是从那时起，儿已认清自己应走的正大的光明的道路，更认清了一个女子不应只靠一个丈夫。若完全依靠丈夫，结果会落得求死不得求生不能的苦境。亲爱的慈祥的父亲母亲，假如儿没有大人的疼爱和体贴，假如没有求得一点不受人欺侮的知识，那儿现在也只有死路一条了。圣域他固然给了我苦头吃，然而他也毁灭了他自己。儿想，他所受的损失

① 此处指1935年韩雅兰的丈夫纳妾之事。

或者比儿还要大呢。儿已受够了痛苦，人不能就这样消沉下去，自己毁灭自己。儿要为改造不合理的社会而奋斗，为后来女子求幸福，也要和男人一样为国家民族求解放，作一点有意义的事业，总比被人家气死有价值的多。这就是儿此次来延安的主要原因，请大人想想，章乃器、沈钧儒他们都起来挽救国家[①]，儿受家庭社会的养育一场，怎能坐视不顾？所以儿决定来此学习一点真实学问，去应社会，求中国民族解放的方法。

大人爱儿也必知儿之性，对任何事，决不会轻举妄动，儿都经过长期的考虑过。这次到三原晓得了此地招生的事，儿曾经仔细地考虑过后才决定走的。因为时间的关系，不能回西安面商于大人。想大人看现在全国人民抗日的热情，也许会不再生儿之气。总之，儿不是不懂事的，盲目的瞎跟人跑的，跟人说的，儿现在所走的爱国的路，想必能得社会人士的谅解的。恳祈大人恕儿不告之罪，而仍以从前的爱儿之心来爱儿，则儿幸甚。

这里[②]的物质生活比较外面苦些，但精神方面则比外面快乐的多。什么话都可讲，很自由很坦白。凡是到这里来参观的没有不对这里发生好感的。前天来了两位大学教授，同时也是《申报》周刊编辑，他们参观的结果，印象非常的好，今天已经走了。最近外边到此地来的参观的非常多，时常有人来。

这里学校对于学习方面，教员讲的很好，同时很注重研究性质，学生能充分发表自己的意见，因此得的益处很多。儿觉得在这里的几月学习比外边学校几年的学习还要得的益处多。

---

①1936年11月23日，全国各界救国联合会的主要负责人沈钧儒、章乃器、邹韬奋、李公朴、沙千里、王造时、史良等七人因要求停止内战、一致抗日等被国民党政府逮捕，史称“七君子事件”。

②这里：指陕北延安和抗大。“抗大”即中国人民抗日军事政治大学的简称。

由西安来的学生很多，各地都有，赵师长的女和子①都在这里，好些熟人，所以请大人放心。不要以为儿作的不对。这样多的人都和儿所作的一样，此地的女生已有三四十人。敬祝健安。

飘泊的女儿②敬禀

4.18

背景链接

▲ 韩雅兰与丈夫王圣域和女儿韩蒲合影，20世纪30年代初于西安

这封家书是我母亲从陕北延安写给我外祖父、外祖母的，时间是1937年4月18日。

我的母亲叫韩雅兰，1905年生于陕西省蒲城县。20世纪20年代在陕西省立女子师范学校上学期间加入中国共产党。大革命失败后，1930年3月与我父亲一起赴上海，后入复旦大学中国文学系学习。1936年6月，母亲从复旦大学毕业，同年秋，由上海返回西安，

---

①赵师长：杨虎城部38军17师师长赵寿山。抗战期间，原杨虎城部被改编为38军和96军，赵寿山任38军军长。1941年底，经中共中央批准，赵寿山成为党员。解放战争期间，任西北野战军副司令员。新中国成立后，先后任青海省人民政府主席、陕西省省长等职。1965年6月因病去世。其女指赵铭锦，当时她也在抗大第二期第四大队女生区队学习，抗大毕业后，由罗瑞卿等介绍入党，组织“血花剧社”派往杨虎城部38军工作，后入学校学医，新中国成立后担任医生。其子指赵元介，抗大毕业，长期从事戏曲教育工作。

②因为韩雅兰在延安，信要寄往国民党统治下的西安，所以没有署名。韩雅兰从1930年离家到上海后，在外多年，后由于丈夫纳妾，她有家不能回，所以这里给父母写信就署了“飘泊的女儿”。

▲ 韩雅兰与父亲韩望尘合影，20世纪30年代初摄于上海

▲ 韩雅兰（中）和弟弟韩钝初、弟媳杨玉珊合影，20世纪30年代初摄于上海

在西安女子中学教书。1936年底，赴延安参加中国人民抗日军事政治大学第二期学习。抗大第二期是1937年1月开学到8月结束。我母亲是抗大第二期第四大队女生区队的学员。

母亲走之前没有将此事告知我的外祖父、外祖母，到延安后虽曾几次写信回家说明，但一直未接回信。她怕老人生气，故于4月18日写了一封信，详细讲述了自己去延安的缘由并介绍延安抗大的情况以便让父母谅解、放心。

1937年"七七"事变后，母亲奉党的指示返回西安从事地下工作，参加陕西妇女抗日救亡运动。后患病，于1943年6月病逝，终年38岁。

母亲自我3岁时就离开了家，与我长期不在一起生活，再加上当时处于国民党统治区，作为地下党员，根据党的组织纪律，她不可能把所从事的工作、担任的职务告诉我这个还在上初中的孩子，因此我对母亲的情况基本不太了解。母亲去世后，我外祖父和舅舅在西安南郊买了一块墓地安葬她。新中国成立后，1957年夏，因为公社化，村里要收回母亲的墓地，我赶回西安，把母亲的棺木迁往南郊三兆公墓（“文革”中许多墓被平，母亲的墓后来也找不到了）。因为要填写墓穴申请单，问了家里人及母亲生前的朋友，才知道母亲的具体生辰，并且听说母亲当时是中共地下组织西安市妇委委员。

▲ 韩雅兰、王圣域赴上海读书前夕与家人合影，摄于1930年

这封信母亲生前没给我看过，母亲去世后，外祖母把母亲的遗物交我保管。我在整理遗物时才发现了这封信，60多年来，我一直珍藏着这封信作为纪念。2010年听说中国人民大学家书博物馆正在收集民间家书，我已经是80多岁的老人了，不可能再把这封信长期保留在我的手边，捐给博物馆也许对后来的人研究当时的历史多少会有些帮助。

我的外祖父叫韩望尘，外祖母叫原蕙。外祖父生于1888年，早年参加同盟会，积极参加了陕西的反清革命活动。1913年东渡日本留学，1916年回国，参加反对袁世凯和北洋军阀的斗争。1918年在于右任靖国军总部工作，后到靖国军第三路军第一支队杨虎城部工作。从这时起，他与杨虎城结成莫逆之交，协助杨虎城部巩固和发展。西安事变期间，

▲ 陕西妇女界代表与丁玲（着军装者）合影，丁玲右后方为韩雅兰，抗战初期摄于西安

他积极支持张、杨的义举，响应共产党对西安事变和平解决的号召。西安事变后，杨虎城被迫离陕并被关押，杨虎城部遭受迫害，他不避危险，亲身参与处理善后事宜。他拒绝国民党为其恢复党籍，出任《西北文化日报》总社长，坚持宣传抗日救亡活动，帮助中共地下组织做了许多有益的工作。抗日战争胜利前后，他与杜斌丞、杨明轩一起参加中国民主同盟西北总支部的筹划和建立工作，担任总支部财务委员。新中国成立后，外祖父先后担任陕西省政府委员，省工商联主任委员，全国工商联副主任委员，民主建国会中央常务委员，全国人民代表大会第一、二、三届代表和西安市副市长。1971年9月21日因患脑血栓而逝，享年83岁。

信中提到的玉妹是指我母亲的弟媳，即我的舅母杨玉珊。她1904年生于蒲城。20年代入陕西省立女子师范学校读书，1927年8月加入中国共产党，任女师第一届党支部委员。大革命失败后，1928年末赴日本留学。1930年初，因参加中共与日共在东京举行的“银座暴动”，被日本警方逮捕，后被驱逐出境，返回上海。此后，她进入复旦大学教育系读书，同时在中共沪西区工委领导下，深入工厂，做女工工作。1934年被国民党政府逮捕入狱。1937年，“八一三”淞沪会战爆发后出狱。在党的领导下，参加西安的抗日救亡和妇女运动，如为《西北妇女》撰写抗敌支前的文章，同时在西安作秀女中、长安县（今西安市长安区）中、临潼县（今西安市临潼区）中任英语教员。1947年重新入党，回到党的队伍中来。

（韩蒲2011年口述，孙思怡记录整理）

乔秋远：执笔亦等于执枪也

▲ 乔秋远

日寇大举入侵，中华民族觉醒。保家卫国，人人有责，“凡为壮丁皆有从军之义务”。1938年春，中日军队正在台儿庄激战，一位战地记者走上战场之前写给父亲和叔叔的家书，颇有慷慨悲歌之气。

家书原文

父亲、叔父大人尊前：

廿八日所寄回之长信，一封论及家庭教育，不知收到否。

目前，战局集中在徐海一带。晋南、平汉、津浦南段，以及江南各战地均入于沉寂。敌军所留者仅为少数部队，皆在我游击部队包围袭击之中。现在，敌调数十万大军，集中焦点，由津浦北段进攻，袭取徐州。我军最精锐、新式机械化部队亦调集徐海一带。廿四日开始总攻击。数日来均在激战中。想在报端已可见及。现我军取阵地战、运动战、游击战三种自主取攻势的战略，对敌形成包围阵势。此一种有人比为欧战时法国之凡尔登大战，最低限度可以说与淞沪之战同样壮烈。若敌在此受挫，则其对华侵略之信念将根本动摇，故倾其全力来犯。委员长最近发表谈话，对各路军事进展极为乐观且对战争甚有把握。此为全国民众所当引为兴奋愉快者也。

报社近派儿为“特派战地记者”，拟赴徐州，与各军事长官

河南民國日報社用箋

父親
母親大人尊前：廿八日所寄四之長信一封諒已收到否。目前戰局集中徐海一帶，晉南平漢津浦南段以及江南各戰地均入於沉寂。敵軍既留老弱為少數部隊，皆在我淪陷東部邊區範圍之中，現在敵調數十萬大軍集中至津浦北段進攻，我取徐州，我軍最精銳新式機械化部隊亦調

中華民國　年　月　日

河南民國日報社用箋

集徐海一帶，廿四日向臨沂、徐東數日來均在激戰中，想在報端已可見及。現我軍取陣地戰運動戰游擊戰三種，自主取攻勢的戰略對敵形成包圍陣勢。此一種有人比為歐戰時德國之反攻大戰，其影響亦可以說與淞滬之戰同其壯烈。若敵在此受挫，則其對華侵略之信念將根本動搖，故傾其全力來犯，為其最嚴

中華民國　年　月　日

河南民國日報社用箋

近蔣表談話，對各路軍予鼓勵，極為樂觀，且對戰爭甚有把握，此為全國民眾所喜，亦為民族前途之光也。
報社近派兒為特派戰地記者，赴徐州與各軍長官取得聯絡，採訪前線戰事情報，撰寫通訊。同時在此人人應各盡所能挽救國運，凡為壯丁皆有從軍之義務。兒為壯年，從事文化工作，

中華民國　年　月　日

河南民國日報社用箋

能救國衛國，同保執章，亦善於執槍也。平日所寫社論，欲對國家前途與讀者以明確之指示，對抗戰期間之要求，尤其與以嚴正的督促，對政府之各種政策與所設施之建議與批判，兒此皆視為積極之工作。今若能將前線情形寫為通訊，傳給全省讀者閱讀，於激勵民氣於民眾之抗戰認識上當有裨益也。兒明日即赴徐

中華民國　年　月　日

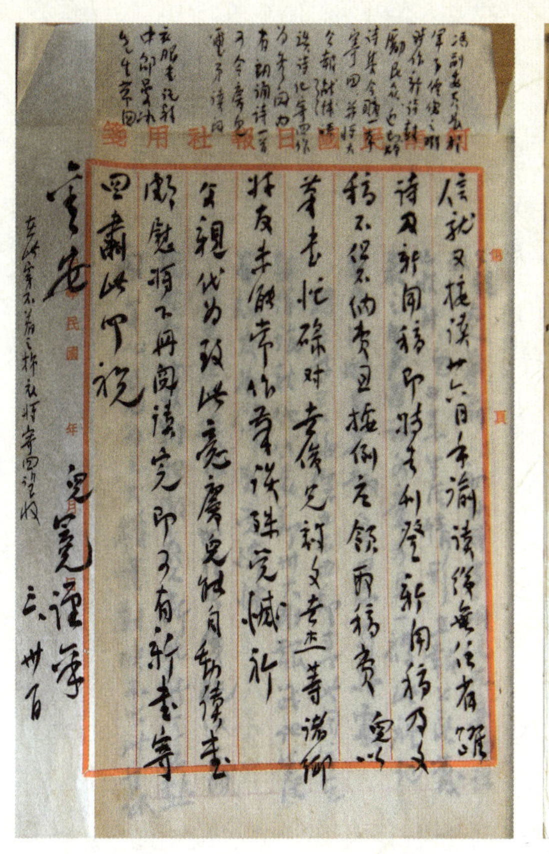

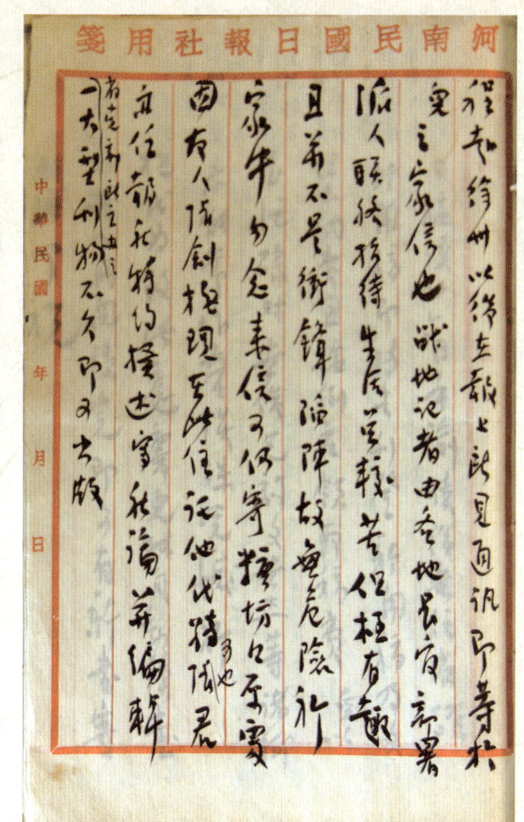

取得联系，采访前方战事情报，撰写通讯。国难至此，人人应各尽所能，挽救国运。凡为壮丁皆有从军之义务。儿为壮年，从事文化工作，虽未能持枪卫国，但执笔亦等于执枪也。平日所写社论，欲对国家前途与读者以明确之指正，对抗战期间之恶者、善者与〔予〕以严正的褒贬，对政府之各种政策与〔予〕以诚恳之建议与批判。然此皆较为消极之工作。今者能将前方情形写为通讯供给众多读者阅读，于激励民气，于民众之抗战认许上，将稍有裨益也。儿明日即拟起程赴徐州，以后在报上所见之通讯，即等于儿之家信也。战地记者由各地长官部署，派人联络，招待生活。虽较苦，但极有趣，且并不是冲锋陷阵，故无危险。祈家中勿念。来信可仍寄糖坊口原处。因友人

张剑梅[①]现在此住，托他代转可也。张君亦任报社特约撰述，写社论并编辑省党部所主办之一大型刊物，不久即可出版。

信就又接读廿六日手谕，读后无任省跃。诗及新闻稿即转去刊登，新闻稿及文稿不但不纳费，且按例应领取稿费。儿以笔书忙碌，对世俊兄、毅文、世杰等诸乡好友未能常作笔谈，殊觉憾，祈父亲能代为致此意。庆儿能自动读书，颇慰。将下册阅读完，即可有新书寄回。

肃此，叩祝

金安！

儿　周冕　谨禀

三月卅一日

在此穿不着之棉衣将寄回，望收。

【页眉文字】

冯副委员长于军事倥偬之暇，时做新诗鼓励民众，近已出版诗集。今购一本寄回，并将《大公报》“战线”所谈诗作寄回，以做参阅，内有朗诵诗一首，可令庆儿、玺弟读阅。衣服、书托县中邵曼冰先生带回。

背景链接

乔秋远（1909—1942）是我的爷爷，他的本名叫乔周冕，曾用笔名“冠生”“秋远”。我家祖籍河南省偃师夹沟乡，爷爷生于被称为“喜园”

---

①张剑梅（1916—1981）：原籍河南新郑，生于开封。先后就读于河南省立第一中学、第一师范高师部、河南大学文史系。曾任河南《民国日报》《大刚报》等媒体记者、编辑。抗战期间，任重庆《中央日报》记者，赴西北和绥远抗日前线采访报道。抗战胜利后，任上海《申报》特派员和驻北平办事处主任，全程参与当年对国共谈判和北平军事调处执行部（军调部）的采访。1949年后，转入教育部门工作，曾任《人民教育》杂志编辑，参与创办《教育研究》杂志。

的乔家大院，自小聪颖，喜读书，被家人认为是可教之才。1930年，爷爷考入开封第一师范学校，1933年毕业，毕业考试成绩全校第一，遂留师范附小教学。

▲ 乔秋远（中）与好友李蕤（右）、张剑梅（左）合影，1935年摄于开封

1936年7月，爷爷赴北平，准备考取北大注册生，入学深造。在北平一年，他经历了西安事变和北平大学生抗日游行活动，几次见到驻扎在平津的日本军队，借口“演习”穿城而过。日本军队在中国土地上那种耀武扬威的样子，深深刺痛了他的心。

1937年“七七”事变爆发，爷爷读书不成，辗转天津、烟台、徐州回到家乡。一路亲眼看见侵华日寇横行无忌，蹂躏百姓，践踏国土，他的心中留下了深刻印象。他报国心切，回家不久，便进入开封《河南民国日报》，担任评论员，专写社论、评论。

▲ 徐州会战时，乔秋远（右一）与新闻同行合影，右二的高个子是美国合众国际社记者白登恩，右三是《武汉日报》记者周海芹，最左边是南洋记者团秘书庄明棠

1938年4月，爷爷以“《河南民国日报》特派记者”身份，赴徐州会战前线采访。从此，他以“冠生”为笔名，发出多篇战场报道、人物专访、特写等。但是，爷爷的家信，落款一直用本名“周冕”。

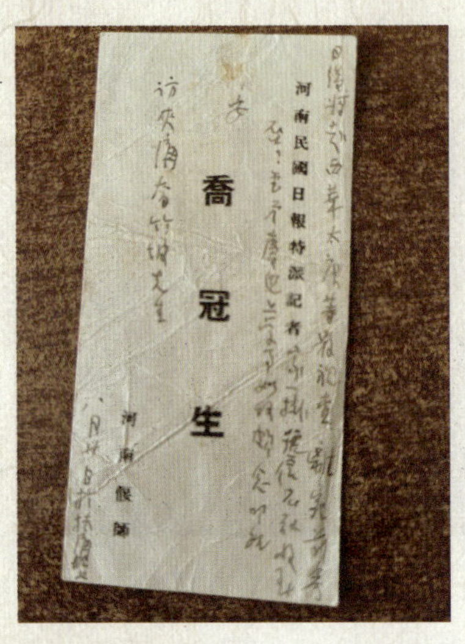

▲ 徐州会战前线采访时乔秋远使用的名片

徐州会战后，爷爷仍以特派记者身份赴黄泛区采访。当时黄河水灾千里，浮尸遍野，地方官员勾结匪类，侵吞救灾款项，鱼肉百姓；又卖身求荣，明里暗里为日本人做事。爷爷的采访屡屡受到刁难，稿件多次被扣押，甚至人身安全也受到威胁。万般无奈之时，他找到中共河南省委，经介绍去延安。

1938年11月，爷爷抵达西安，受到八路军办事处欢迎。1939年初，爷爷到延安，更名乔秋远。先在鲁迅艺术学院（简称“鲁艺”），后参加“华北战地服务团”，以国际新闻社特派记者、华北

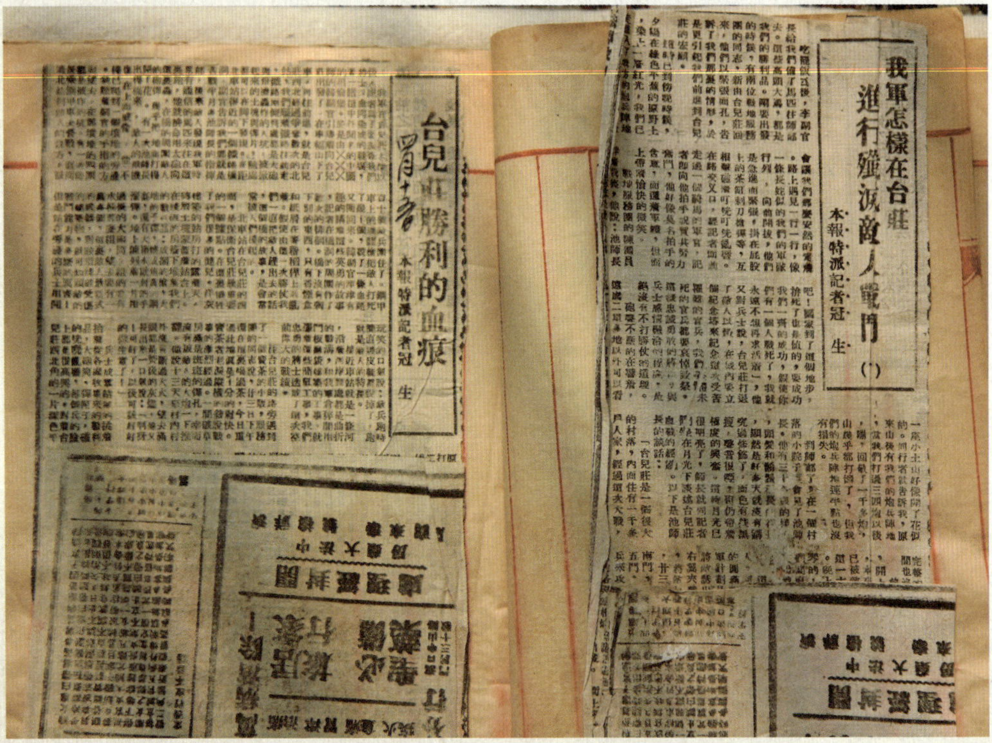

▲《河南民国日报》刊登的乔秋远撰写的战地报道，署名“冠生”

站主任、华北《新华日报》编辑身份，在华北抗日前线采访，报道八路军抗战，以及党的抗日根据地建设。到延安以后，爷爷的所有报道均署名“秋远”。日后，人们也以“乔秋远”称呼他。

1942年5月，日军在山西辽县“扫荡”，袭击八路军总部，爷爷在突围时不幸牺牲，时年33岁。1951年1月22日，河南偃师县人民政府批准爷爷为烈士。1982年5月10日，中华人民共和国民政部为爷爷颁发了革命烈士证书。

前面的这封家信，写于1938年3月31日，是爷爷赴徐州会战前线采访之前，给家里写的数封信之一。信中言辞激昂，颇有“中华儿女慷慨高歌上战场”的悲壮气势。爷爷不是那种容易激动的人，日常生活中，他是那种温文尔雅的小知识分子模样。在家乡，每当他从学校回家，邻里的女性总爱对自家孩子说“冕儿回来了，去看看冕儿走路的样子”，就是叫自家孩子看爷爷走路，学他儒雅温良的样子。爷爷的信写得如此“壮怀激烈”，可见他奔赴抗日前线的激动和急迫心情。

这封信不是爷爷手写的原件，而是他父亲、我的曾祖父乔荣筠从原件抄录下来的。

曾祖父乔荣筠自号“竹坡”，是一位乡绅、大家族的长门。他诗书传家，颇重礼义；不务农事，不理家务；担任县志编修，有几种著述；在乡里开馆授业，教私塾；每天吟诗作画，与朋友诗酒相聚，为村民题字作文。

1938年秋天，爷爷因报道黄泛区地方官员贪污腐败、通敌事伪、残害百姓等恶行，被当地官匪劣绅联合追杀，从黄泛区一直追到家乡，眼看性命不保。万般无奈之下，决定投奔延安，寻找一条生路。

临行前夜，曾祖父心里明白，他的儿子是去投共产党了。1938年，虽说已经“国共合作”，但是，国民党反共的力量仍然存在。而且，对一个乡间的读书人来说，投奔共产党，从观念和行为上都与当时所受的教育格格不入。与儿子这一分别，何时再见？能不能再见？这些都不能预料。为此，曾祖父叫儿子写下自己的个人“年谱”。彼时正值深秋，茫茫黑夜，一盏孤灯，曾祖父坐在桌旁，默默看着儿子一笔一画写着，从蒙学就读，一直写到当时。谁能知道这位老人那时的心情?

后来，爷爷遇难的消息传回夹沟，曾祖父惊呆了。他冲出家门，在田野奔走呼号，泪流满面，不断责骂自己，痛骂日本人。激愤之下，他拿刀抹了脖子……被抢救过来后，痛定思痛，这时他才深刻认识到“抗日”两个字的含义：对自己的家族来说，少有胜利的荣耀，更多的是惨烈的伤痛。此刻，曾祖父这位只会教授“四书”的乡间塾师，又能做些什么呢?于是，他开始整理儿子的日记、书信，亲自将一封封信重新抄录、裱糊、装订成册，他想以此留住儿子的手迹，留住儿子的历史，留住那一段血与火的岁月。

（乔海燕）

乱世做人，简直不是人

▲ 姚稚鲁

“慰儿，要知道没有了你们便没有了我……我虽然在外面，一颗心却天天在您身上呢！”这是上海沦陷后小学教员姚稚鲁奔波逃难时在家书里跟女儿说的话。说完这话不久，他就在忧愤交加中去世，但无人知晓他死于何处。只有他先后寄给妻子、女儿的十余封家书，成了这位年轻的丈夫和父亲留在世上的痕迹。

家书原文

慰儿：

“悲莫悲兮生别离”，古人早有此言，我为什么要舍却你们千里迢迢在外面奔走呢？但是，千不得已、万不得已，终究舍却你们到了温州，看着信如[①]追他的两个儿子，我又想起你们来了！到了南昌，看着明哉[②]祖孙三代那么快乐呢，我又想起你们来了！一家子弟兄，幸运之不同如此，我本来抱着十二分热望，图下半世快乐，自从你两兄夭亡后，人生之意义已尽，叫您慰瑾，就是有你可以安慰我，哪里知道，现在又舍却你们千里迢迢在外面奔走呢？现在我离开了上海，“几时亦回上海”这句话已经不在我希望之中了，但是难道和你们终不相会了吗？那么我仓皇奔走，究竟为了谁呢？究竟为些甚么呢？在我的意思，宁可带了你

① 信如：姚稚鲁哥哥的二儿子。
② 明哉：姚稚鲁哥哥的大儿子。

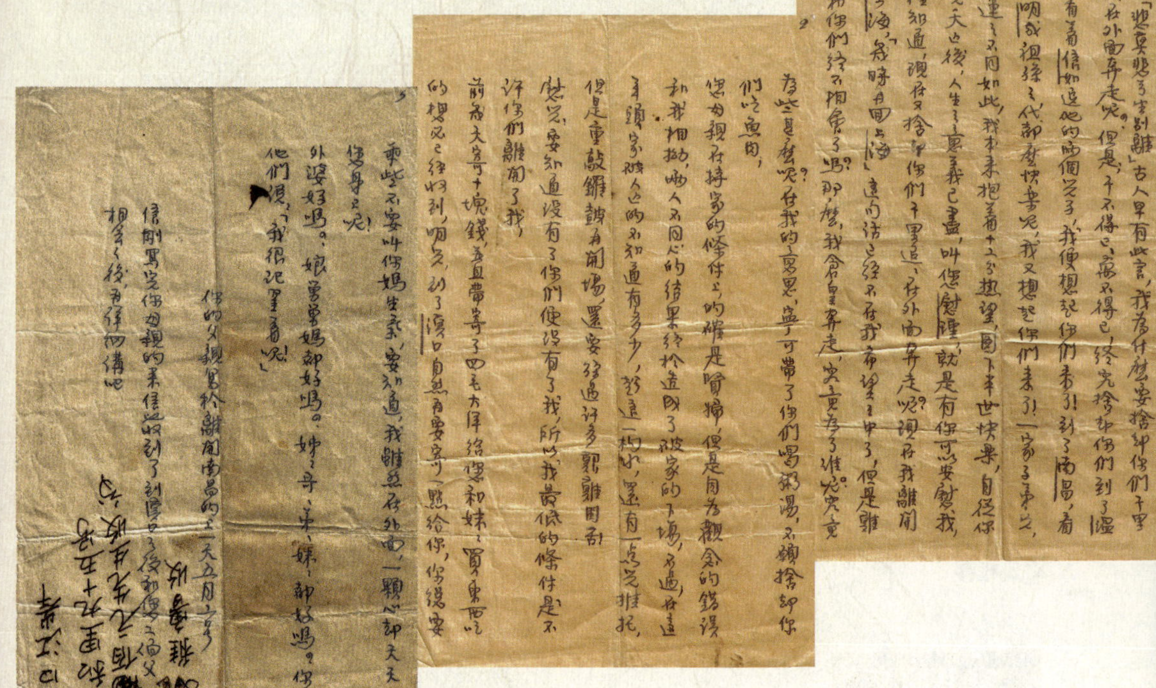

「悲莫悲于生别離」古人早有此言，我為什麽要捨却你們千里迢迢，在外面奔走呢？但是，千不得已，萬不得已，終究捨却你們到了溫州，看着信如逸他的兩個兒子，我便想起你們来了！到了南昌，看着明成祖孫三代都愉快異常，我又想起你們来了！一家子東西，幸運之不同如此，我本来抱着十二分熱望，圖下半世快樂，自從你兩兄夭亡後，人生之意義已盡，叫您慰懽，就是有你可以安慰我，那裡知道，現在又捨却你們千里迢迢，在外面奔走呢？現在我離開了上海，怎曉得回上海，這句話已經不在我希望之中了，但是難道和你們終不相會了嗎？那麽，我捨自己奔走，究竟為了誰呢？究竟為些甚麽呢？在我的意思，寧可帶了你們喝粥湯，不願捨却你們吃魚肉，

您母親在持家的條件上，的確是賢婦，但是因為觀念的錯誤和我相拗，兩人不同心的結果，終於造成了破家的下場，不過，在這年頭家破人亡的不知道有多少，趁這一杓水，還有一點兒推托，但是重敲鑼鼓再開場，還要經過許多艱難困苦！

慰兒，要知道沒有了你們便沒有了我，所以我最低的條件是不許你們離開了我，

前幾天寄十塊錢，並且帶寄了四毛大洋給您和妹妹買東西吃的，想必已經收到，明天，到了漢口自然再要寄一點給你，你總要乖些，不要叫你媽生氣，要知道，我雖然在外面，一顆心却天天在您身上呢！

外婆好嗎？娘舅、舅媽都好嗎？姊姊、哥哥、弟弟、妹妹都好嗎？你和他們說，「我很記挂着呢！」

你的父親寫於離開南昌的上一天五月二號

信剛寫完你母親的来信也收到了到漢口了後和你母親[illegible]相見之後，再詳細講吧

[illegible]

们喝粥汤，不愿舍却你们吃鱼肉，您母亲在持家的条件上，的确是贤妇，但是因为观念的错误和我相拗，两人不同心的结果，终于造成了破家的下场，不过，在这年头家破人亡的不知道有多少，趁这一杓水，还有一点儿推托，但是重敲锣鼓再开场，还要经过许多艰难困苦！

慰儿，要知道没有了你们便没有了我，所以我最低的条件是不许你们离开了我，前几天寄十块钱，并且带寄了四毛大洋给您和妹妹买东西吃的，想必已经收到，明天，到了汉口自然再要寄一点给你，你总要乖些，不要叫你妈生气，要知道，我虽然在外面，一颗心却天天在您身上呢！

外婆好吗？娘舅、舅妈都好吗？姊姊、哥哥、弟弟、妹妹都好吗？你和他们说：“我很记挂着呢！”

你的父亲写于离开南昌的上一天五月二号

信刚写完你母亲的来信也收到了，到汉口之后和你二伯父相会之后再详细讲吧。

汉口江岸永和里九十五号何佰元先生收交姚稚鲁收。

慰儿：

前寄大洋五角给您买东西吃的，您买了些甚么，可以告诉我。现在再给您二角新钞票，有二十只豆沙饼好买，你和妹妹一家十只，有十天好吃，我随后再好寄来。亚瑾想起我吗？想必忘掉了，我想起您们，我便愁起来了，我为什么这样穷，做穷爷是最难受的一件事啦。

给你妈的信随后再寄，因为有许多事难说。

你的父亲寄于汉口刘家庙永和里九十五号

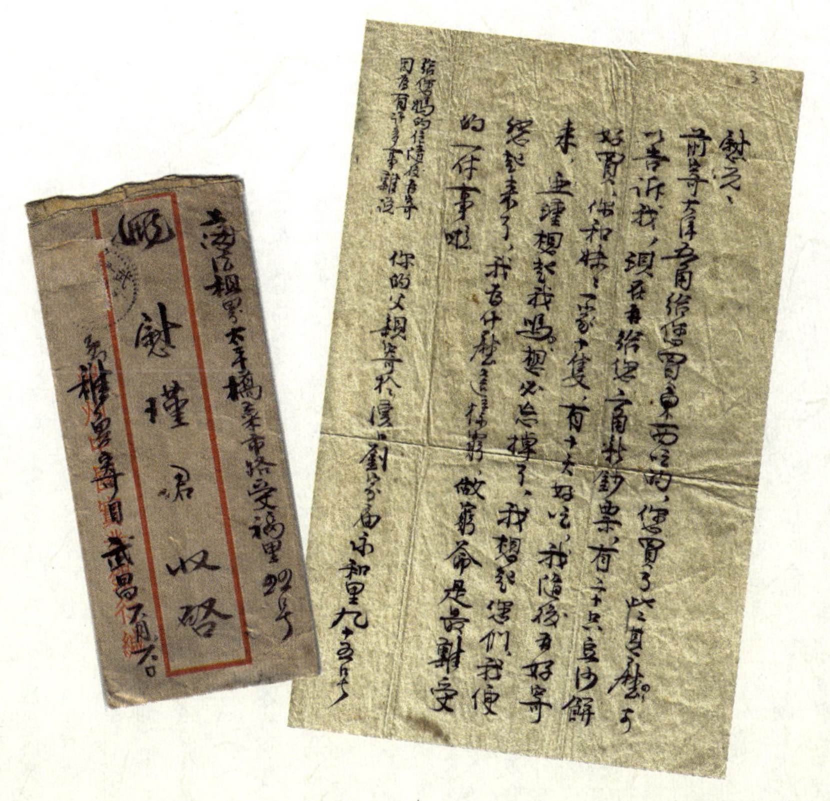

慰之、
前寄大洋五角給您買東西吃的，您買了些甚麼，可以告訴我，現在再給您二角新鈔票，有二十只豆沙餅好買，您和妹妹一家十隻，有十天好吃，我隨後再好寄來，亞瑾想起我嗎，想必忘掉了，我想起您們，我便愁起來了，我為什麼這樣窮，做窮爺是最難受的一件事啦

給您媽的信隨後再寄 因為有許多事難說

你的父親寄於漢口劉家廟永和里九十五號

离开上海两个月了，在这里只有忧愁苦闷，白白的吃了人家的饭、鱼啦肉啦，谁亏待了我呢？不过总是一个不自在，失业的痛苦，真够味哪！

在中原大会战的准备声中，武汉密布着恐怖空气，走啦！走啦！重庆、成都、香港、上海，纷纷地忙着奔波，我呢，满望到了汉口，或许在生活上有一点儿希望，如今可毁啦！不单舍却你们，在外面度那可怜岁月，而且要跟上四姊逃难哩！（几天之前，有一个职业该我做的，不过要到前线服务，要是薪水够你们开销，我便危险一点也不在乎，但是单单只有二十几块钱，我觉得太不值了，所以没有去干）到底怎样措施，现在还没有决定，到动身的一天我再写信告诉您们罢。前几天寄的信和钱想必都收到了，现在我也等不及你们的回信了，过后再说吧！总之，“来日

離開上海兩个月了，在這裏，祇有憂愁苦悶，白白的吃了人家的飯，魚啦肉
啦，誰虧待了我呢？不過總是一個不自在，失業的痛苦，真夠味哪！
在中原大會戰的準備聲中，武漢密佈着恐怖空氣，走啦！走啦！重慶，成都，
香港，上海，紛紛地忙着奔波，我呢，滿望到了漢口，或許在生活上有一點兒
希望，如今可毀啦！不單捨却你們，在外面度那可憐歲月，而且要跟上四姊
逃難哩！「幾天之前，有一個職業該我做的，不過要到前綫服務，要是薪水夠你們開銷，我便
危險一點也不在乎，但是單單祇有二十幾塊錢，我覺得太不值了，所以沒有去幹」
到底怎樣措施，現在還沒有決定，到動身的一天我再寫信告訴您們罷，
前幾天寄的信和錢想必都收到了，現在我也等不及你們的回信了，過後再說
吧！總之，「來日大難」過一天算一天就得啦！
你們在上海的情形怎樣？想必還是那樣子，我本來的希望，在離開您們
兩三月後，總得有一個辦法，照如今的情形看起來，真有點兒難說，可是
您們母子三個，老是靠着錫森，總不是事呀！也得想想法子纔好！
在武昌碰見了孟志傑，畢映泉，說到了上海的家中，祇有付之一嘆，盧
炳章也到了廣州，據說生意很不過差，不過前幾天，廣州遇到大轟
炸，不知道怎樣了，亂世做人，簡直不是人，遇到那裏就算，也憂急不了許
多，這幾天，這裡謠言很大，說要「轟炸武漢」，管他呢！「在劫不在數，在數
最難逃」，我便聽天由命吧！
寄上的小照是四姊去年在南京照的，她是走運的一個，可是現在腆着一
個大肚子要在輪船火車上儘擠，也很可憐的了，
岳母以下諸人想必都好
慰豆兩兄淘氣不淘，總望你少生一點氣，因為她們是最可憐的孩子哪
一件也趕人家不上，有你多痛她們些，也還罷了
前幾天化五分錢算了一個命，說今年該走運咯，有貴人相逢哩！可是命
裡少子嗣，要等人家（差不多年齡的）抱了孫子，我纔有兒子哩，好吧
我就在這裡等着！

[illegible]

大难”，过一天算一天就得啦！

你们在上海的情形怎样？想必还是那样子。我本来的希望，在离开您们两三月后，总得有一个办法，照如今的情形看起来，真有点儿难说，可是您们母子三个老是靠着锡森①，总不是事呀！也得想想法子才好！

在武昌碰见了孟志杰、毕映泉，说到了上海的家中，只有付之一叹。卢炳章也到了广州，据说生意很不差，不过前几天广州遇到大轰炸，不知道怎样了？②乱世做人，简直不是人，过到哪里就算，也忧急不了许多。这几天，这里谣言很大，说要“轰炸武汉”，管他呢！“在劫不在数，在数最难逃”，我便听天由命吧！

寄上的小照是四姊去年在南京照的，她是走运的一个，可是现在腆着一个大肚子，要在轮船火车上尽挤，也很可怜的了。岳母以下诸人想必都好。慰、亚两儿淘气不淘？总望你少生一点气，因为她们是最可怜的孩子，哪一件也赶人家不上，有你多痛〔疼〕她们些也还罢了。

前几天化〔花〕五分钱算了一个命，说今年该走运呢，有贵人相逢哩！可是命里少子嗣，要等人家（差不多年龄的）抱了孙子，我才有儿子哩！好吧，我就在这里等着！

稚鲁　手启③

---

①锡森：姚慰瑾的三舅。

②孟志杰、毕映泉及卢炳章，都是姚稚鲁的朋友。

③此信没有收信人，也没有署明时间，根据信的内容可知，收信人应为姚稚鲁的夫人马芳珍，时间应在1938年5月姚稚鲁到达武汉以后。

新娣[1]：

读三十日来信，知亚瑾出痧子[2]，已经好了。不过您又担了多少心事，为了多少难！

唉，争强要胜的我，现在竟弄到束手无策的地步。虽说您们的三哥三嫂看在自己同胞姊妹的面上，不会嫌恶您，可是教〔叫〕我哪里对得住他们呢？不但对不起他们，也对不起你。再说一句，我的妻子女儿叫人家养活，实在自己也对不起自己呀！我所以说，“死”是人所怕的，到了死，甚么都丢了，倒也干脆。像我活又活不了，死又死不成，这罪真够受哩！

不是我发牢骚，说那一套话，实在是太可怜了。自从四姊带了南筠、之光[3]到磊石塘以后，这里我和乃盛[4]住着，伯元[5]、二哥都尝受了孤独的生活。除了吃饭上饭店之外，洗脸哩，沏茶哩，洗澡哩，洗衣服哩，噜噜嗦嗦多少事，您想该怎么办？有钱还好，一切总容易解决，不过不便些罢了。想我该怎么办呢？

二哥他局里常常闹着解散，虽然要是武汉能是保卫的话，一时还不至于此，可是他的薪水一减再减，下个月起，只有五十块了。要是我再找不到一个职业的话，常此带累人家，终不是一个办法呀！因为我的处境困难，再想到你在上海不是同我一样么？亚瑾出痧子，这是免不了的，不过你们那里有许多小孩子，真该急死人咧！想我，想你，我真该自杀！所以你的来信说“今年这里瘟疫很重”，真是有这一回事么？那么我该祈求第一个瘟我。

衣服么？用不着寄来，我现在还是穿那老布衫绔[6]，一件线春

①新娣：姚稚鲁的夫人，即姚慰瑾母亲马芳珍的小名。
②痧子：麻疹，一种传染病的名称。
③南筠、之光：姚稚鲁四姐的两个孩子。
④乃盛：姚稚鲁四姐的大儿子。
⑤伯元：姚稚鲁的四姐夫。
⑥绔：同“裤”。

新娣：

讀二十日來信，知惠瑾出痧子已經好了，不過您又躭了多少心事，為了多少難，唉！唉！爭強要勝的我，現在竟弄到束手無策的地步，雖說您們的二哥二嫂看在自己同胞姊妹的面上，不會嫌惡您，可是教我那裡對得住他們呢？不但對不起他們，也對不起你，再說一句，我的妻子女兒叫人家養活，實在自己也對不起自己呀！我所以說，死是人所怕的，到了死，甚麼都丟了，倒也乾脆，像我活又活不了，死又死不成，這罪真夠受哩！

不是我發牢騷，說那一套話，實在是太可憐了，自從四妹帶了南翔之光到蘇州以後，這裡我和乃賢住着，伯元二哥都嘗受了孤獨的生活，除了喫飯飯之外，洗臉哩，沏茶哩，洗澡哩，洗衣服哩，嚕嚕囌囌多少事，您想該怎麼辦？有錢還好，一切總容易解決，不過不便些罷了，想我該怎麼辦呢？二哥他局裡常常鬧着解散，雖然要是武漢能保衛的話，一時還不至於此，可是他的薪水一減再減，下個月說祗有五十塊了，要是我再找不到一個職業的話，常此帶累人家，終不是一個辦法呀！因為我的處境困難，再想到你在上海不是同我一樣麼？惠瑾出痧子，這是免不了的，不過你們那裡有許多小孩子，真該忍耐些吧！想我想你，我真該自殺，所以你的來信說：「這今年這裡瘟疫很重」，真是有這一回事麼？那麼我該祈求第一個瘟我，

衣服麼？用不着寄來，我現在還是穿那老布衫袴一件，綠春單衫是我的出客袍了，要是謀到職業的話，這裡通行穿衣服，二哥給了我一套白斜紋制服，伯元有一套麥綠嗶嘰的制服料，可以使用，您放心好了，

我的病嗎？怕不會好了，因為這裡醫院不但是少，而且診費奇貴，沒有上海那麼便當，要是看一次就得四塊錢，叫我去得起嗎？——有沒有送診的醫院打聽不出來——就是在家裡，我自從到了這裡，沒有洗過一次澡，這裡的苦處想你總該明白，總而言之，我的病生在破家失業的時候，就是該死！我想要是早兩年生這毛病，怕不至於到此地步吧！

話又得說回來了，大劫數，遭遇不幸的，不是我一個，就像我們那裡住着一家姓鍾的，他們在泗涇有田地有房產，他自己在上海當教員，開戰之後，他一家子帶了千把錢逃難，一路出來，東西也丟了，錢也用得差不多了，他夫婦兩個帶上三個孩子，還有一位老丈母，住在小和里，看他們一家六口，每天限定吃一粥一飯，小菜嗎，祇過化幾分錢，真節儉極啦！但是少不了要用二十塊一個月，幸虧還有幾個親戚朋友在這裡，借借弄弄，挨了半年把，現在找到一個職業，二十塊錢一個月薪水，而且要到內地（澧江）工作，實在沒有法，在二十七日早晨走了，你想他們的苦處不是同我們一樣嗎？要而我到底還是服熟他們，因為事情是苦吃苦熬，還是靠了自己，自己的飯，比我好多了！　還有一位是在蚌埠開牙醫者的袁楊娘娘，逃難的時候和她的丈夫失散了，抱了一個小孩子，不過五六歲的光景，在點心店裡求乞，我想像這種情形的一定不少，那麼你比了他們好了！

稚魯寫於小和里

乱世做人，简直不是人

单衫，是我的“出堂袍”。要是谋到职业的话，这里通行短衣服。二哥给了我一套白斜纹制服，伯元有一套绿哔叽的制服料，可以使用，您放心好了。

我的病吗？怕不会好了，因为这里医院不但是少，而且诊费奇贵，没有上海那么便当〔宜〕，要是看一次，起码得四块钱，叫我出得起吗？——有没有送诊的医院，打听不出来——就是在家里。我自从到了这里，没有洗过一次澡，这里的苦处想你总该明白。总而言之，我的病生在破家失业的时候，就是该死！我想要是早两年生这毛病，怕不至于到此地步吧！

话又说回来了，天降劫数，遭遇不幸的，不是我一个。就像我们那里住着一家姓钟的，他们在泗泾有田地有房产，他自己在上海当教员。开战之后，他一家子带了千把钱逃难，一路出来，东西也丢了，钱也用得差不多了。他夫妇两个带上三个孩子，还有一位老丈母，住在永和里，看他们一家六口，每天限定吃一粥一饭，小菜吗？不过化〔花〕几分钱，真节俭极啦！但是少不了要用二十块一个月，幸亏还有几个亲戚朋友在汉口，借借弄弄，挨了半年吧。现在找到一个职业，二十块钱一个月薪水，而且要到内地（潜江）工作。实在没有法，在二十七日早晨走了。你想他们的苦处，不是同我们一样吗？然而我到底还是眼热他们，因为就是苦吃苦熬，还是带了妻子，自己吃自己的饭，比我好多了！还有一位是在蚌埠开洋货店的老板娘，逃难的时候和她的丈夫失散了，抱了一个小孩子，不过五六岁罢，在点心店里求乞。我想，像这种情形的一定不少，那么你比了他们好了！

稚鲁写于永和里

新娣：

当断不断，反受其乱，我一生就吃当断不断的亏。在预备到汉口之先，不是有一百块钱么？不是想要你一同走么？但是怕这样怕那样，终是疑而不决，末了到底我一个人走了。哪里知道有一百块钱的盘费，我们大小四个都够了。虽然这是陈话也是废话，可是现在看了慰儿出面写的一封信，平添了十二分的忧愁，又是懊怕又是着急，因此把陈话又提起来了。

你们母女三个，靠着三娘舅本来说不过去，而且孩子们又多，挤在一间屋子里太不兴〔幸〕了，所以接到你的信说“亚

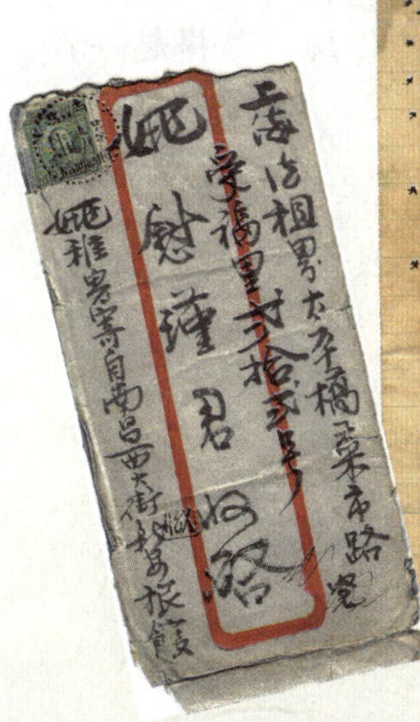

瑾出痧子”，我就怕，怕过了人才麻烦哩！现在小弟[①]也出痧子了，虽说小孩子终免不了这一关，可是总是我们亚瑾先出痧子的不好，要是您们不住在一块儿的话，哪有这会〔回〕事呢？现在我只有默默地念着：“希望小弟的痧子十二分顺当，而且请您立刻写信告诉我，使我放心。——快信寄汉口一德街平汉车务处运输课——

在这里我有几点困难：

Ⅰ.没有您，我不能住在二嫂一起。——白水

Ⅱ.没有您，我的病就不能常常敷药洗涤，以至于不会好。（来了三个月没有洗过一会〔回〕澡，您就该知道我的苦情了）

Ⅲ.钱的一方面呢，我这里要用，您那里也要用，弄得两头三计束手无策。

Ⅳ.四姊走了之后，弄得我留又不是，走又不是，走头〔投〕无路。

*六弟来过吗？他现在怎样了？

*春和[②]常来吗？我一到汉口就寄过一封信，到今朝连回信也没有，他跑街[③]生意好吗？

*元嫂那里您不见得常去吧！要是碰见的话，您不要忘了说“我望望她”。

*七月初二是我的爸爸二十八周年纪念，你向六弟提起一声，不要忘了，并且叫慰、亚两儿去磕一个头。

*慰儿要皮鞋吗？我明儿买了寄来，可是尺寸不大清楚，要是不合式〔适〕的话，您亦替她买一双，我总不愿意使她失望。——在我办得到的时候——

---

①小弟：姚慰瑾舅舅的儿子。

②春和：姚稚鲁的一个学生，也是邻居。

③跑街：方言，跑外，担任跑外工作的人。

*您很瘦，我在照上早看出来了。可是俗语说得好："张天师给娘打，有法没施处。"也是干着急罢了，要是觉得是病吗，在三嫂看病的时候带看几趟也好；要是心里忧急吧，那么请您看开些，因为在上海（你的周围）固然还多舒服的，除此之外，真有千千万万可怜的人群，比较上我们还是好一点的哩！再痛快的说一句：我要是在这时候找到了职业，也是不长的，反多一个周折多一个形迹罢了，您明白吗？

稚鲁　手启

七月十日

慰儿：

您要鞋子，我明天买了就寄（因为今天大雨不能出门）。不过邮局寄东西是很慢的，差不多要三个星期好到，你不要急，等着好了。

背景链接

这批家书纸张大小、质地不一，有的用钢笔写成，有的用毛笔和铅笔写成，可见作者当时处境的艰难。然而，它们真实记录了一位失去家园的难民辗转流徙、悲凉无助的人生轨迹，通篇贯穿着醇厚的父爱和亲情。

1937年10月26日至11月12日，中国军队终于抵挡不住日军的猛烈进攻，接受南京国民政府的命令，放弃上海，全线撤退。至此，历时3个月的淞沪会战结束，上海沦陷。对于上海的小学教员姚稚鲁一家而言，这也是噩梦的开始。

姚稚鲁家原在上海南市区，淞沪会战爆发不久，南市区老城厢很快陷于敌手，百姓纷纷逃难，姚稚鲁只得率妻子和两个女儿慰瑾、亚瑾逃往法租界妻子马芳珍的三哥家。面对纷乱的时局和越来越难以为继的生活，姚稚鲁与妻子反复商量，几经犹豫，第二年4月的一天，他最终决定抛下妻

▲ 姚稚鲁，20世纪30年代摄于上海

子和两个年幼的女儿，独自一个人揣着100元钱，到南昌、武汉等地谋生。谁也未曾料到，这一走竟是他与家人的永别！

“我当时还不到5岁，妹妹更小，什么都不懂。但我不会埋怨父亲，他当时选择自己一个人走，肯定有他的道理。”2005年，年逾七旬的姚慰瑾接受笔者采访时说。

对于当时只有5岁的姚慰瑾来说，父亲给她留下的记忆实在太少了，但是父亲走后，接连寄回的10余封家书则伴随了她一生。这么多年来，无论经历怎样的政治运动和颠沛流离，她都没有割舍这10余封饱含父亲血泪的家书。因为，从信中读出的有父亲迁徙流亡的苦难，而更多的是他对妻子、女儿的牵挂和挚爱。通过家书，父亲的形象和个性在她的心中越来越清晰，越来越丰满。

现存的家书比较全面地反映了姚稚鲁寄人篱下、生不如死的生活状态。

“父亲原是小学教员，为人耿直，疾恶如仇，对亲人、朋友具有爱心，非常爱国。他诗书画都很好，常为人书扇面、写寿字、做寿礼等。”姚慰瑾只是依稀从母亲和舅舅口中听到父亲的这些情况，知道父亲是个不愿意依赖别人生活的知识分子。

战事纷乱，上海能给姚稚鲁提供的工作机会实在太少了。他几乎只有一种选择——到内地投奔二哥和四姐，尽快安顿下来，然后接妻子、女儿团聚。

随后日军沿长江向内地长驱直入，击碎了姚稚鲁全家的团圆梦。

“听说我父亲是1938年8月去世的。”60多年后，一提起父亲，姚慰瑾还是伤感不已。她一直都不知道父亲去世的确切时间和地点，更无从寻找他的遗骨。“一下子人就没了，我母亲也是从别人那里听说父亲的死讯的。当时兵荒马乱，我们孤儿寡母的，又到哪里去找呢？”

▲ 姚稚鲁妻子马芳珍与女儿亚瑾（中）、慰瑾（右），1938年摄于上海

姚稚鲁流亡内地期间，正值中日几次大会战之际，华中兵荒马乱，难民如潮。他先后寄回上海的家书也能看得出写于匆忙之中，纸张大小不一，书信形式各异，落笔草草，仓皇之势显然。

据说，姚稚鲁离开上海后，经浙江到江西南昌，没谋到职业，但见证了战事。从前面的家书中，不难看出姚稚鲁临终前那几个月凄惶的生活和悲凉的心态。

他离家不久在途中所写的一篇日记里写道：“霎时误传警报，群众纷避，我方惊愕间，乃称并无其事，可笑也。余之生死，早置度外，飞机炸弹等闲视之。故余所至，如温州亦曾被袭，丽水于前数日间飞机光顾至二三十架之多。”

“我既没有享受到父爱，也很少享受母爱！”姚慰瑾说。

姚稚鲁死后的头两年，马芳珍竭尽全力维持着一家三口的生计，她摆过小摊，还跑过单帮——到郊区贩米。

“我母亲跑单帮时，曾被日本鬼子抓到过。日本鬼子把她和一个男人关在一起。母亲惦记着我和妹妹，决心想办法跑出来，和那男人商量，那男人却不敢，怕被日本鬼子抓到杀头。后来，我母亲瞅了个机会，果真跑出来了。一路狂奔到我二舅家，一进家门，便禁不住疲劳和惊吓而昏死过去。”姚慰瑾说。

还算幸运，两年后，马芳珍找到一份相对稳定的工作：在一家药厂洗瓶子。老板只招那些没结婚的和死了丈夫的女工。工作很苦，每天要干10多个小时。在姚慰瑾的印象里，母亲每天天不亮就上班，晚上很晚才回

▲ 姚稚鲁与女儿姚慰瑾，20 世纪 30 年代初期摄于上海

来，“母亲一回来就躺在床上，累得什么活也不想干，什么话也不想说，所以我和妹妹很小的时候就要做所有的家务”。

可是，马芳珍的工资并不足以养家。“记得我们当时吃的东西特别简单，每天只吃稀饭，吃不起菜，至多也就是自己做点咸菜，或者用酱油泡饭吃。家里也没什么家具，6 平方米的屋子，放了一张床，父亲留下的一个小书架，还有一个当桌子用的小柜子，别的什么也没有。”姚慰瑾回忆。为了补贴家用，姚慰瑾也要外出打工。母亲带着妹妹睡在床上，姚慰瑾在床边铺张席子睡觉，夏天小屋闷热难当，就睡到街上。

对于抗战时期的生活，姚慰瑾最强烈的感觉就是害怕。平时轻易不敢出门，怕遇到日本人。生病看医生也难，要坐小舢板过黄浦江出城，来回都提心吊胆。感冒发烧之类的小病就在家刮痧治疗，刮得脖子红红的，更不敢出门，“如果被日本鬼子看见的话，他们会怀疑你得了传染病而把你活埋掉”。

那段日子，姚慰瑾经常听舅舅们讲，日本鬼子又在什么地方干什么坏事了。

“反正见到日本鬼子就怕，就连狗见到日本鬼子也都怕得要命。后来我上学了，宁可绕很远的路也不愿意碰到日本鬼子。”姚慰瑾说，“是战争夺走了我的父亲。从这些信来看，我父亲的态度也许有些消极，但却反映了战争给一个人和一个家庭带来了多么大的灾难！”

（陈宏伟）

白衣天使抗击细菌战

侵华日军对浙江多地实施了令人发指的细菌战，成千上万的军民因疫情而丧命。为挽救同胞的生命，同济大学毕业生刘宗歆义无反顾地参加了红十字会医疗队，冒着生命危险救治百姓，消除疫情，而不幸被病毒击中，以身殉职。下面这组家书是我国军民抗击日本细菌战的铁证。

家书原文

四妹妹：

来信收到，谢谢您为二囡日夜操劳。这孩子的身体本弱，又遭灾难，如今还能平安归来，又寄居在尊府，这是她的造化，将来如能长大成业，她该向您表示无限的恩谊。

孩子的皮肤病，还是因为乳水不良的缘故。所以身体的抵抗力很差，夏天必多疮毒。根本治法，还在她的身体。最好请岳父就近雇一个听话细心的女雇人，来管理她，四妹妹只请不时的督察着就是了。最要紧的是要叫她一定的时候睡和起身，中午叫她睡午觉，一日三餐不可吃得过饱，蔬菜豆腐之类，对于她的身体较宜，肉食□反而不很好。一切的坏脾气不可养成，有则力改。夏天如有疮毒，赶早搽药水，一天数次（碘酒最好。我附上一纸处方，有便可请到大同医院去配，那边的医生认识我的），但若已出毒，就没用了。如发皮肤疹时，要紧的是减少她的食量，或完全素食。

我现在又加入红十字会医疗队了。大考已过，成绩还满意。两三天后，就动身到金华去。金华现在比较是算前方了，伤兵很

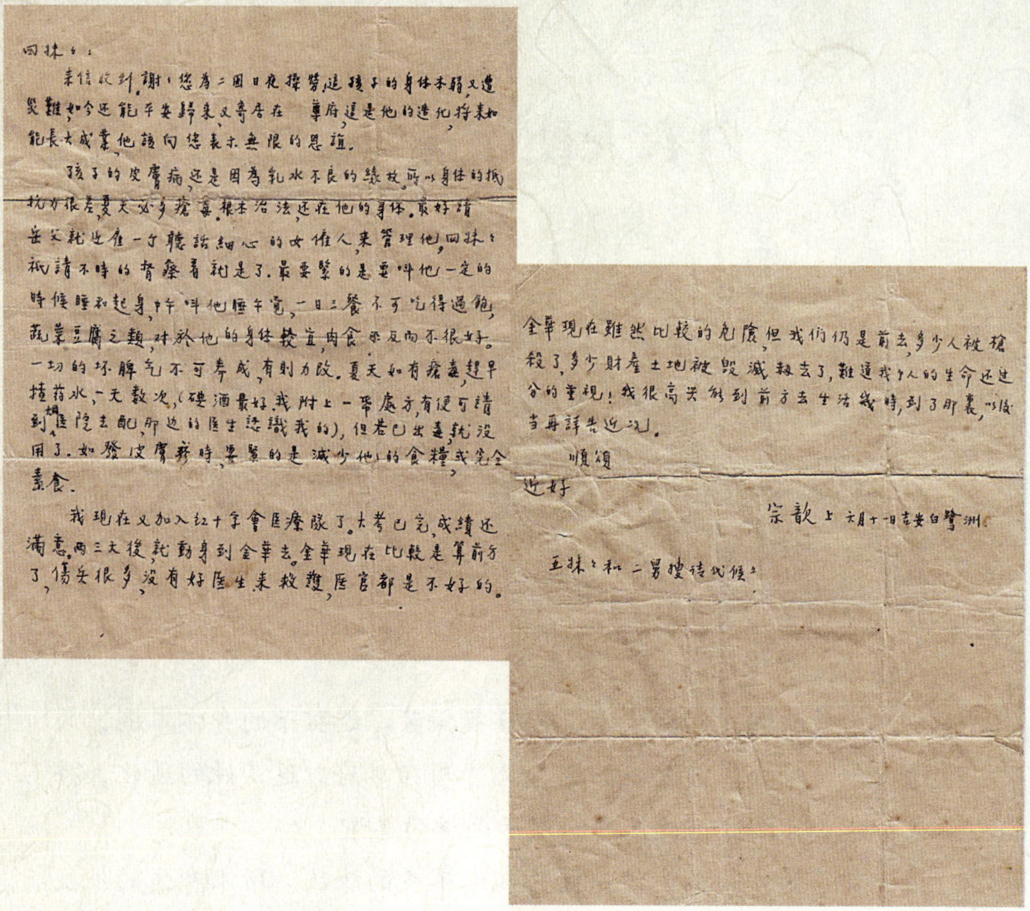

四妹妹：

来信收到。謝謝您為二個日夜操勞，這孩子的身体本弱，又遭災難，如今还能平安歸来，又寄居在　尊府，這是他的造化，將来如能長大成業，他該向您表示無限的恩誼。

孩子的皮膚病，还是因為乳水不良的緣故，所以身体的抵抗力很差，夏天必多瘡毒，根本治法，还在他的身体。最好請岳父就近雇一个聽話細心的女傭人，来管理他，四妹妹祇請不時的督察看就是了。最要緊的是要叫他一定的時候睡和起身，叫他睡午覺，一日三餐不可吃得過飽，蔬菜豆腐之類，对於他的身体較宜，肉食反而不很好。一切的壞脾气不可養成，有則力改。夏天如有瘡毒，趕早搽药水，一天數次，（碘酒最好，我附上一张處方，有便可請到仁醫院去配，那边的医生認識我的），但若已出毒，就没用了。如發皮膚病時，要緊的是減少他的食糧，或完全素食。

我現在又加入紅十字會医療隊了。大考已完，成績还滿意。兩三天後，就動身到金華去。金華現在比較是算前方了，傷兵很多，沒有好医生来救護，医官都是不好的。

金華現在雖然比較的危險，但我們仍是前去，多少人被槍殺了，多少財產土地被毀滅劫去了，難道我个人的生命还过分的重視！我很高興能到前方去生活幾時，到了那裏，以後当再詳告近況。

順頌

近好

宗歆上　六月十一日吉安白鷺洲

五妹妹和二舅嫂請代候候

多，没有好医生来救护，医官都是不好的。金华现在虽然比较的危险，但我们仍是前去，多少人被枪杀了，多少财产土地被毁灭劫去了，难道我个人的生命还过分的重视！我很高兴能到前方去生活几时，到了那里，以后当再详告近况。

顺颂

近好！

宗歆　上

六月十一日吉安白鹭洲①

五妹妹和二舅嫂请代候。

①1938年6月11日，刘宗歆给妻妹（陈丽）的信。

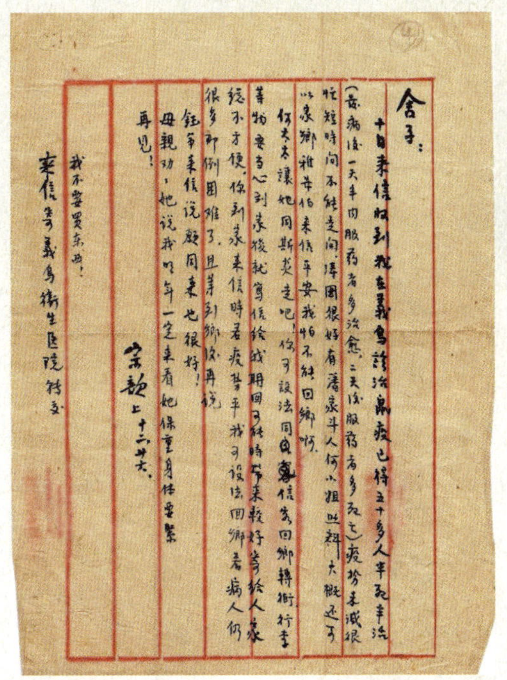

舍子：

十日来信收到，我在义乌诊治鼠疫已得五十多人，半死半活（发病后一天半内服药者多治愈，二天后服药者多死亡），疫势未减，很忙，短时间不能走开。涛囡很好，有潘家斗人何小姐照料，大概还可以。家乡雅世伯来信平安，我怕不能回乡啊。

何太太让她同斯炎走吧！你可设法同信客回乡转衢，行李等物要当心。到家后就写信给我，朋囡可能时带来较好，寄给人家总不方便。你到家来信时若疫势平，我可设法回乡，若病人仍很多那倒困难了，且等到乡后再说。

钰弟来信说愿同来也很好！

母亲劝劝她，说我明年一定来看她，保重身体要紧。

再见！

宗歆　上

十二、廿六①

我不要买东西！

来信寄义乌卫生医院转交。

---

①1941年12月26日刘宗歆写给妻子陈娟（舍子）的信。

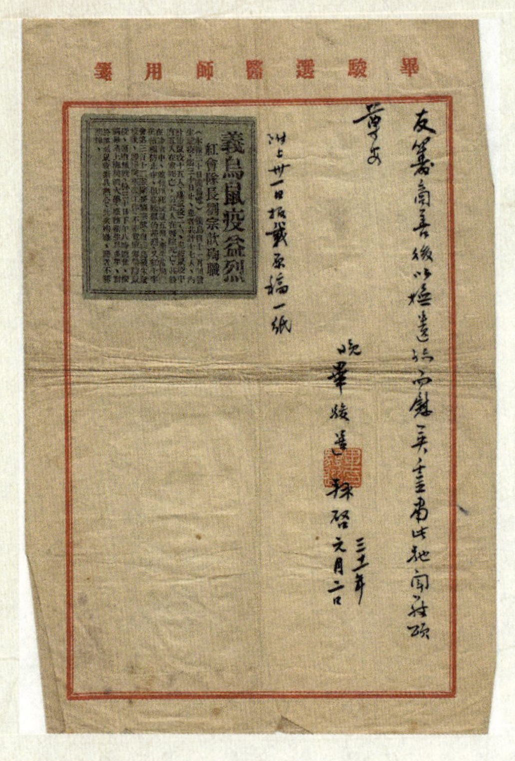
畢駿選醫師用箋

義烏鼠疫益烈

紅會隊長劉宗歆殉職

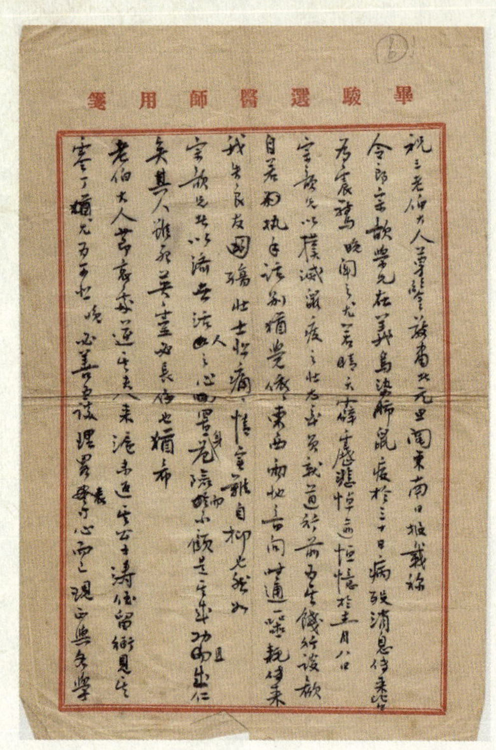
畢駿選醫師用箋

祝三老伯大人尊鉴：

敬肃者，元旦阅《东南日报》载称，令郎宗歆学兄在义乌染肺鼠疫，于三十日病殁。消息传来，皆为震惊，晚闻之，尤若晴天霹雳，悲悼逾恒。忆于十二月八日宗歆兄以扑灭鼠疫之壮志，率员就道，行前为其饯行，谈欢自若，执手话别，犹觉依依。东西两地，音闻时通，噩耗传来，我失良友，国殇壮士，悲痛之情，实难自抑也。然如宗歆兄者，以济世活人之心，置身危险而不顾，是其成功且成仁矣，其人虽死英灵必长存也！犹希老伯大人节哀处逆，其夫人来沪未返，其公子涛侄留衢，见其零丁尤为可悲，晚必善为谈理，略表寸心而已。现正与各学友筹商善后，以抚遗孤，而慰英灵。肃此驰闻，敬颂尊安。

晚　毕骏选　拜启

三十一年元月二日①

附上三十一日报载原稿一纸

①1942年1月2日，红十字会毕骏选写给刘宗歆烈士的父亲刘祝三的信。

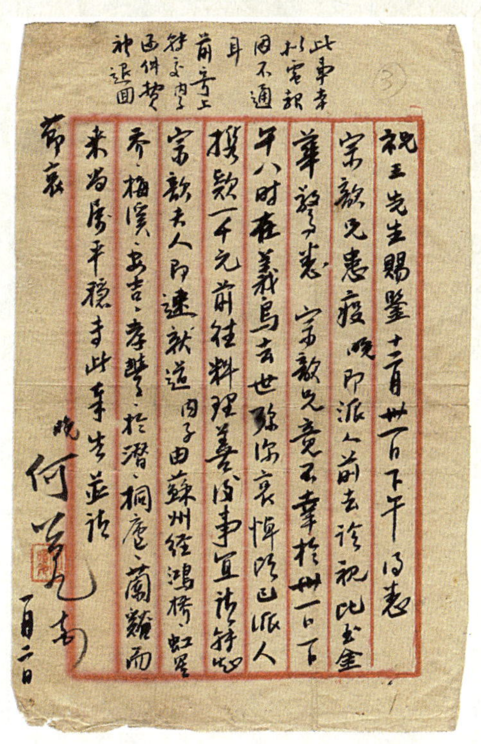

祝三先生赐鉴：

十二月卅一日下午，得悉宗歆兄患疫，晚即派人前去诊视。比至金华，惊悉，宗歆兄竟不幸于卅〔一〕日①下午八时在义乌去世。弥弥哀悼，既已派人携款一千元前往料理善后事宜，请能允宗歆夫人即速就道。内子由苏州经鸿桥、虹星乔、梅溪、安吉、孝丰、于潜、桐庐、兰溪而来，尚属平稳，专此奉告并请节哀。

晚　何鸣九

一月二日②

附言：此事本拟电报，因不通耳，前寄上转交内子函件费神退回。

---

① 刘宗歆去世的时间是12月30日。

② 1942年1月2日，红十字会医疗大队队长何鸣九写给刘宗歆烈士的父亲刘祝三的信。

背景链接

刘宗歆，1912年6月出生于浙江省上虞县（今绍兴市上虞区）横塘乡，后被在上海一家银行工作的父亲接到身边读中学。父亲希望他今后学习金融专业，刘宗歆却认为中国医学落后于世界，更愿意学医。

“九一八”事变后，全国掀起抗日救亡的群众运动。刘宗歆上学期间就参加过两次学生赴南京请愿活动。1933年他考取同济大学医学专业，1937年5月至7月参加教育部举办的全国医药学生集训队训练。训练期间，他们三分之一的时间学习军事，其余时间学习公共卫生知识、军事医学，为成为军医做准备。

集训之后，正值“七七”事变爆发，抗战全面开始，1938年刘宗歆和同学们提前从同济大学毕业。他在给妻妹陈丽的信中，除了感谢岳父家人为他照顾孩子外，还表示毕业后要参加红十字会，到前线去。1938年6月13日，刘宗歆加入红十字会第31医疗队。1940年12月28日，中国红十字救护总队调派他为672队医务队长。这期间他曾随医疗队到新四军军部医院工作，后因皖南事变爆发，回到救护总队。

1941年6月20日，刘宗歆被聘为浙江省衢县（今衢州市）临时防疫处隔离医院医务主任。日军在浙江义乌、金华等地，播撒鼠疫细菌，对中国手无寸铁的百姓实施细菌战。刘宗歆想方设法抢救百姓，他摸索着进行鼠疫治疗，有了一些成果。刘宗歆在写给妻子陈娟（舍子）的信中说：“我在义乌诊治鼠疫已得五十多人，半死半活（发病后一天半内服药者多治愈，二天后服药者多死亡），疫势未减，很忙，短时间不能走开……”很快就到了年底，刘宗歆忙碌了一天，正在吃晚饭时，来了一个人，说家中有病人。他没顾上仔细穿好隔离服，就赶紧跟随来人去诊治病人，不幸染上了鼠疫，很快发病，不几日就去世了。

1986年，民政部给刘宗歆家属颁发了烈士证。2013年，刘宗歆烈士的女儿、女婿将这批珍贵的家书捐赠给中国人民抗日战争纪念馆。

（乔玲梅）

华侨爱国代代传

▲ 王雨亭

“七七”事变爆发后，全国抗日救亡运动不断高涨，旅居海外的华侨纷纷毁家纾难，踏上归国的路程。1938年10月，旅居菲律宾的华侨王雨亭先生，送自己年仅15岁的儿子王唯真回国参加抗战。途经香港和儿子分手的时候，他在儿子的纪念册上留下了自己的临别赠言。短短的几句话，舐犊情深，一位父亲对儿子的期望，以及对祖国和民族的热爱跃然纸上。

家书原文

真儿：

这是个大时代，你要踏上民族解放战争的最前线，我当然要助成你的志愿，决不能因为“舐犊之爱”而掩没了我们的民族意识。

别矣，真儿！但愿你虚心学习，勿忘我平时所教训你的“有

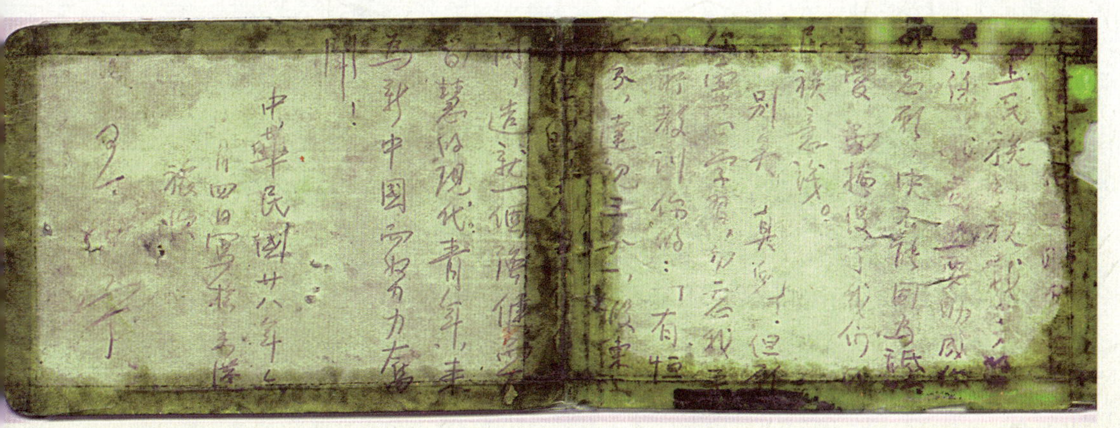

恒七分，达观三分”，锻炼你的体魄，充实你的学问，造就一个强健而又智慧的现代青年，来为新中国而努力奋斗！

中华民国廿八年六月四日写于香港旅次

王雨亭

背景链接

写信人王雨亭（1892—1967），福建泉州人。1908年赴马来西亚谋生。早年加入同盟会，曾受派运送武器回福建，支援辛亥革命和讨伐袁世凯。1932年王雨亭和著名侨领庄希泉一起在菲律宾创办《前驱日报》，由他担任总编辑，当时，《前驱日报》与法国《救国时报》和美国《华侨日报》同是坚决支持中国抗战的华侨报纸。

收信人王唯真，生于1923年3月，1933年11月随父亲到菲律宾读书。幼年即深受父亲影响，积极投入各项抗日救国活动中，还经常帮助父亲把《前驱日报》带到海轮上寄给欧美的两家报社。

“七七”事变爆发后，王雨亭受廖承志和成仿吾委托，先后介绍上百名华侨青年回国到延安陕北公学和中国人民抗日军事政治大学学习。当时王唯真还不满14岁，眼看父亲把一批批来自宿务、怡朗市和马尼拉的华侨青年介绍到延安，他心急火燎，一再恳求父亲允许他同行。

1938年10月，王雨亭陪同儿子踏上了北去的客轮，那年，王唯真才15岁。当他们来到香港时，广州已经沦陷，直到1939年6月王唯真才踏上去延安的路途。父子终于要分别了，王雨亭看到成长起来的儿子，心中充满了自豪，他提笔在儿子的纪念册上写下了这段话。这肺腑之言，字字句句都充满了对祖国的无限热爱和对儿子的殷切期望。

带着父亲的祝愿，王唯真离开香港，经越南北上，踏上了抗日的征程。归国的路途艰辛坎坷。王唯真跟随一个30人左右的华侨司机归国服务团，他们驾驶着海外华侨捐赠给八路军、新四军的22部美制大卡车和宋庆龄女士赠送的一部漆着红十字的大救护车，途经越南的海防、河内到广西边陲重镇凭祥，车上满载着华侨捐赠的药品、纸张和汽油等。在广西、云南、重庆、西安等地八路军办事处的一路接力安排下，1939年8月他们终于来到了西安，被安排在西安西北的安吴堡青年训练班（简称“青训班”）学习。青训班在抗战初期同陕北公学、延安抗大并列为中国共产党的三大学府，它是我党设在国统区的一所青年学府。青训班为华侨青年和港澳青年举行了盛大而又热烈的欢迎会。青训班每期华侨学员至少有三四人，在他们这一期中，专门成立了“华侨排”，排长是泰国归侨罗道让，王唯真被任命为排政治干事。

▲ 1942年菲律宾归侨青年王唯真与陈萍夫妇在延安

四个月的学习结束后，他们终于来到了延安。王唯真服从组织分配，到泽东青年干部学校如饥似渴地学习，并在“青年剧团”美术组做些力所能及的工作。1940年10月7日，作为延安“青年剧团”唯一的华侨青年，王唯真光荣地加入了中国共产党。不久，王唯真收到叶剑英转来的一封信，信里说：“你父亲托庄希泉先生带一支‘派克’笔到重庆八路军办事处，嘱转给你。见信请来我处领取。”通过这封信，他非常惊喜地得到了父亲送给他的钢笔。

1941年8月初，因有绘画才能，王唯真被推荐到延安《解放日报》画战争形势图。一个偶然的机会，王唯真被发现英语不错，而新华社正缺乏英语人才。1941年11月，他从解放日报社调到新华社工作，先后担任英文翻译和广播科国际新闻编辑。一到新华社，王唯真就被那里紧张的工作气氛吸引了，架设在山上的简陋天线和土窑洞里的收报机，白天黑夜不停地收听东西半球各大通讯社发布的新闻。这些新闻，是处在延安山沟里的党中央和八路军总部及时掌握世界战局、交战国政情动态和宣传动态的主要信息来源。

1947年春，蒋介石命胡宗南军队进攻延安，中共中央有组织地从延安撤离，王唯真随新华社社长廖承志东渡黄河。廖承志正是他父亲入党的引路人，当廖承志告诉王唯真他父亲是共产党员时，王唯真高兴之情溢于言表。当年分别之时，父亲没有告诉他自己的身份，以致王唯真在延安入党填写履历的时候，把父亲写成是"随时代前进的人"。

1949年北平解放，王雨亭陪同陈嘉庚从香港来北平参加筹备第一届全国政治协商会议，父子在京重逢，格外高兴。当王唯真把10年前的"临别赠言"拿给父亲看时，王雨亭感慨地说："唯真，当年你选择奔赴延安的路走对了！"

新中国成立后，王唯真一直在新华社工作。1961年，他从相继工作了多年的香港、越南新华分社卸任，赴巴西担任新华社驻里约热内卢特派记者。那时中巴两国还没建交，巴西时局很动荡，他回国休假时对家人说：这次再去里约热内卢，很有可能回不来了。临别时，夫人陈萍第一次当着子女与他拥抱吻别，三个孩子也都默默地依次上前亲吻了他，他就这样带着家人的牵挂离开了祖国。果不其然，巴西发生军事政变，与中国友好的古拉特政权被推翻，中国派往巴西从事新闻、贸易、纺织、交通和文化等工作的九位同志，被巴西当局突然逮捕，关进了监狱，制造了一起国际政治大冤案。在狱中，他们遭受了严刑拷打，并被判30年监禁。他们为此绝食抗议，并用塑料牙刷把雕刻了九颗心，表达了对祖国坚贞不渝的决心。由于得到巴西各界友好人士的舆论支持和法律援助，以及世界上爱好和平的国家和人民的声援，更得到祖国给予的全方位营救，一年后，他们终于被巴西军政府释放。

1967年1月，王唯真任新华社第一副社长，主持工作，同年9月被任命为新华社代理社长。他利用这个机会，使新华社的照片档案在“文革”中得以完整保存下来，并尽力保护受到冲击的老干部。1970年以后，王唯真因被错误点名定性而长期受到审查、批斗和关押，后于1981年被另行分配工作。1982年，新华社党组对王唯真1978年的审查结论进行了复查，中央书记处批复同意了新华社党组对王唯真的复查结论。1982年，王唯真被安排担任新华社党组纪检组副组长，1988年3月离休。

2006年5月6日王唯真因病在北京逝世，享年83岁。

（段晓微）

跟这个伟大的时代向前走

▲ 符克

一位家资充裕的华侨青年，甘愿放弃舒适的生活，投身前途凶险的抗日战场，在有限的生命里一直在海内外为抗日救国奔忙，最终用鲜血和生命实现了自己的人生理想。死得伟大，重于泰山。我们不该忘记他——符克，一个25岁的年轻生命，因为他是我们民族的骄傲！

家书原文

亲爱的双亲、大哥嫂和弟弟们：

你们别挂心吧！我已于五日早上安然抵达了。回忆前日我们共聚一堂，这是何等难得的机会和共叙天伦的乐趣。如今，我孤零零一个人，远离了你们回到祖国来，踏上艰险的程途中去，未免使你们难舍与挂念的。只是我也是一样的。不过，我为了自己的前途谋出路，我不得不放下一时的感伤，所以，说来我的心肠总是比你们粗一点的，硬一点的。幸得你们了解我的归意与决心，故能在那经济拮据与多事的环境中供给川资〈让〉我回来，这是值得我特别感谢的！

我此行，虽然是预备在艰险的环境中渡〔度〕过生活的，当然是使得你们担心的。不过，我是大了的人，同时也是受过相当教育的人，无论如何，我总会设法顾全生命的安全。你们时常说危险，不肯我归来，你们的意想是对的。不过，你们要明白：我

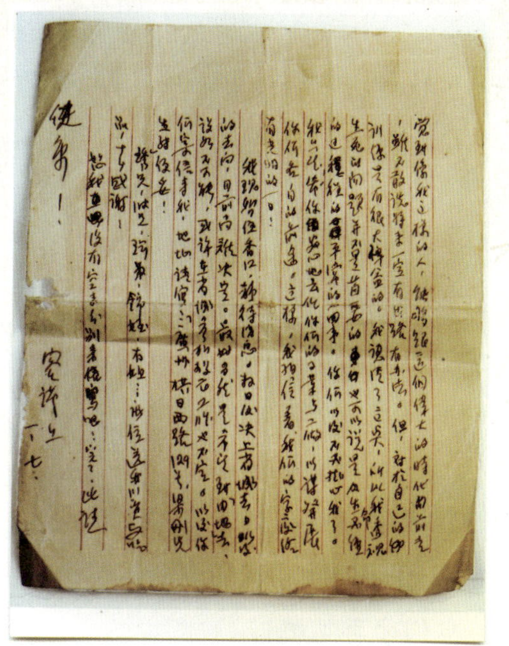

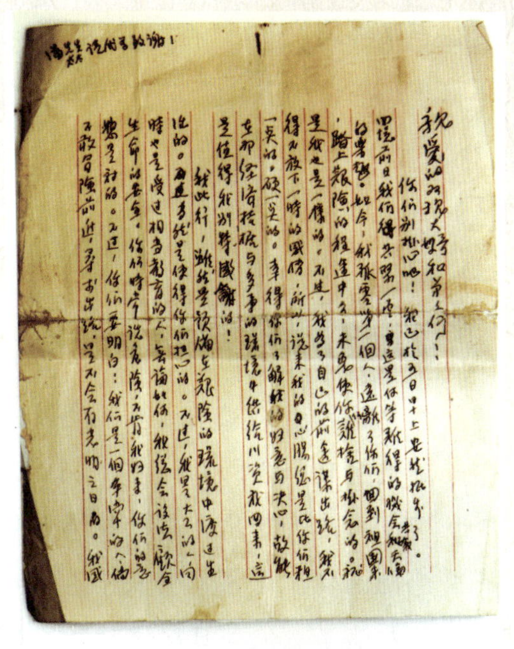

们是一个〈个〉平常的人，倘不敢冒险前进，寻求出路，是不会有光明之日的。我感觉到像我这样的人，能够跟这个伟大的时代向前走，虽不敢说将来一定有出路有办法，但，对于自己的训练是有很大裨益的，我认清了这点，所以我透视生死的问题并不是首要的，也可以说是生命必经的过程的平常的一回事。你们以后不必挂心我了。我只希望你们安心地去作你们的事业与工做〔作〕，以谋发展你们各自的前途。这样，我相信着我们的家庭终有光明的一日！

我现暂住香江，静待消息。数日后决上省城去。以后的去向，目前尚难决定。最好当然是希望到内地去，设如不可能，或许在省城参加救亡工作也不定。以后你们寄信来我，地址请写“广州拱日西路129号梁刚先生转”便妥！

秀兄、张兄、瑜弟、锦侄、有姐……诸位送我川资与吃品，十分感谢！

恕我没有空来分别来写吧！完了。此请

健康！

客　谨上

一、七①

爸爸和哥哥：

我已于前星期由琼返港了。连日来诸事纷繁，应接不暇，故不克早日函告，请谅之！

本来我这次是拟赴越南一行的。但来港后得接好友来信，深感越南环境恶劣，对我个人行动异常不利，因此，我的期行不得不打消了。俟异日环境好转的时候，我们才再见吧！

我抵琼后，曾到家去一次，家中情况依然如故。但自祖母归寿后，祖父患病卧床，精神衰颓，头晕目花，我想年老的祖父将与我们永别了。

近闻越南救亡总会②一些腐败份〔分〕子，竟乘机乱事破坏与攻击我，这简直是非法的行动。关于我所携带回之款，已有详单开支送会，手续具清；又说我脱离香港总会了，竟为捏造事实。这事除我去函敬告他们外，同时希勿□□。你们要了解我个人的人格，不是千数百元所能出卖的，谁的忠诚为乡国，终必有一日为历史所证明的。

---

①此处收录的三封家书均写于1940年。

②越南救亡总会：越南琼崖华侨救国会。1938年，符克受中国共产党的派遣前往越南发动华侨支援祖国抗战。他奔走于大街小巷，宣传抗日救亡。经过他的艰苦努力，越南琼崖华侨救国会成立，符克任常委。

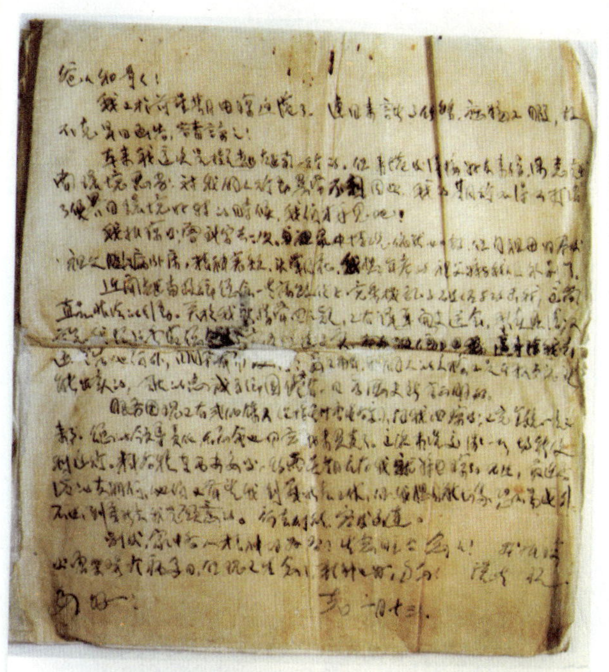

服务团[①]现已有贰佰余人（包括星洲、香港各处），自我回琼后，已完全统一起来了。总的领导责任，总会也同意我来负责了。这次来港交涉一切均能便利进行。料各种东西办妥后，约两星期左右我就将回琼了。不过，最近香港的朋友们，他们又希望我到华北工作，但我想困难甚多，恐不易成行。不过，到华北去我是愿意的。何去何往，容后函达。

别后，家中各人精神均好否？生意旺否？念念！我抵琼后曾染发冷病多日，但现已告愈，精神也好，勿念！谨此，祝

安好！

克

一月十三

---

① 服务团：琼崖华侨联合总会回乡服务团总团。20世纪30年代末至40年代初成立，由新加坡、泰国、越南、马来亚等地侨胞组成，活跃在琼岛各地，成为一支宣传抗日、战地救护、输送抗日物资的重要力量，符克任团长。

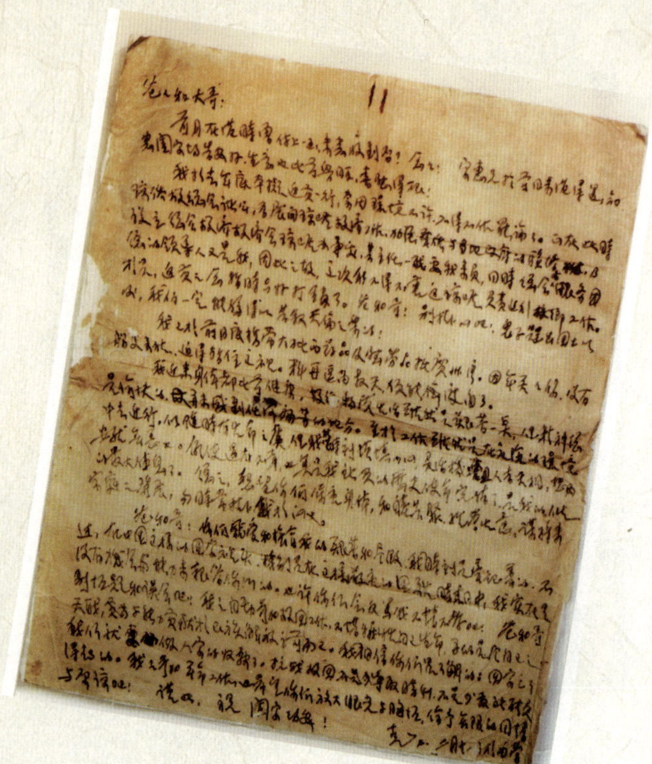

爸爸和大哥：

前月在港时曾付上一函，来书收到否？念念！家惠兄于前日来港得遇，知阖家均告安好，生意也比前兴旺，喜慰得很！

我于去年底本拟返贡一行，曾因环境不许，不得不作罢论了。正在此时琼侨救总会诸公，为展开琼崖救济工作，加强华侨与当地政府的联络，乃设立总会救济会琼崖办事处，其主任一职要我来负，同时总会各服务团总的领导人又是我，因此之故，这次能不得不重返琼崖，负责进行救亡工作。于是，返贡之念暂时只好打消了。爸和哥！别挂心吧！鬼子赶出国土以后，我们一定能够得以共叙天伦之乐的！

我已于前月底携带大批西药品及慰劳品抵广州湾，因年关关系，没有船只来往，迫得暂住这里。料再逗留数天，便能渡海了。

我近来身体都比前健康，故物质生活虽然是艰苦一点，但精神总是愉快的，并未感到任何痛苦的地方。至于工作虽然是在危险的环境中去进行，似随时有生命之虞，但我能时刻谨慎小心，灵活机警且人吉〔吉人〕天相，想必安然无恙也。假使遇有不幸，也算是我所负的历史使命完结了，是我的人生的最大休息了。总之，恳望你们保重身体，和睦共聚，经营生意，谋将来家庭之发展，勿时常挂我于心也。

爸和哥：你们宠爱和抚育我的艰苦和尽职，我时刻是牢记着的。不过，在中国这样的国家里头，特别是这样严重的国难时期中，我实在是没有机会与能力来报答你们的。也许你们会反骂我不情不孝吧。爸和哥别怀疑和误会吧！我之自动参加救国工作，不惜牺牲自己生命，为的是尽自己之天职与能力贡献于民族解放之事业而已。我相信你们是了解的：国家亡了，我们就要做人家的奴隶了，抗战救国争取胜利，不是少数〈人〉所能负得起的。我之参加革命工作，也希望你们放大眼光与胸怀，给予无限的同情与原谅吧！谨此，祝

阖家均安！

克　上

二月十一日于西营

背景链接

海南岛是中国著名侨乡。琼崖侨胞素有爱乡助乡的优良传统。20世纪30年代末至40年代初，琼崖华侨联合总会回乡服务团总团活跃在琼岛各地，成为一支宣传抗日、战地救护、输送抗日物资的重要力量。符克就是“总团”首任团长。“总团”在符克的领导下，分成若干工作队，在文昌、琼山、琼东、定安、儋县（今儋州市）、

▲ 符克，1936年摄于上海

國立暨南大學
僑民教育師資訓練班
學員證
入校年月 25 年 9 月
學號 師14
姓名 符家客

▲ 符克（原名符家客）在暨南大学的学员证

澄迈、万宁等地开展抗日救亡宣传活动，组织战地救护、救济难民和为农民群众送医送药等工作，为抗战做出了巨大贡献。

符克，原名符家客，1915年2月4日出生于海南文昌（今文昌市昌洒镇东泰山村），与宋庆龄家族同镇。1927年符克参加了昌洒乡童子团，并任团长。1933年侨居越南任小学教员，1935年考入暨南大学。“七七”事变后，日军发动全面侵华战争，符克积极参加抗日救国运动，在上海、南京、绥远、山东等地进行抗日活动。1938年初赴延安陕北公学学习，并加入中国共产党。同年秋，党中央为了动员和组织华侨抗日救国，选拔一批优秀共产党员和青年学生组成海外工作团，到东南亚各国开展华侨工作，符克参加该团，受党的派遣到越南发动华侨支援祖国抗日，任越南琼崖华侨救国会常委。1939年2月，日军入侵海南岛，符克率领40余名旅越琼侨进步青年偷渡回琼参加抗战。年底在香港，由宋庆龄任名誉会长的琼崖华侨联合总会批准，符克被任命为联合总会救济部驻琼办事处主任兼回乡服务团总团长。

▲ 1938年春，符克赴延安途中留影

1940年8月，符克和国民党琼山县参议、琼山县三区区长韦义光（中共地下党员）一起前往定安县翰林墟，向国民党琼崖守备司令王毅、广东省第九区督察专员兼保安司令吴道南提出停止内战、团结抗日的要求，并商谈慰劳孤岛抗战物资的分配和加强琼崖国共合作避免内战等问题。吴道南却命令手下在符克、韦义光返回的路上将他们杀害，制造了轰动海内外的“符韦血案”。符克牺牲时年仅25岁。

▲ 1938年，符克（三排右一）在延安陕北公学学习时和同学的合影

符克在离开越南之前，就做好了为国捐躯的准备。他把有纪念意义的照片、毕业证书、由众多知名人士题词的珍贵纪念册都交给了五弟符家寰。符家寰将哥哥的这三封家书和他留下的遗物小心地珍藏至1993年，才从胡志明市（原西贡）转道香港，亲手寄给符克的女儿符曼芳保存，并一再叮嘱其一定保管好，不要随便交给任何人，希望能够把这些信安全地交给国家，用于教育后代。

1939年2月，3岁的符曼芳和妈妈陈梅卿随中央海外工作团从文昌到越南西贡。此时符克已经组建了华侨服务团，正在进行思想和物质等各个方面的集训，准备启程反乡抗日。符克为了抗日救国，放弃了安逸的生活和天伦之乐，离开了亲人，冒着生命危险，返回祖国抗战。

1951年，原中共琼崖特委书记、琼崖独立总队总队长冯白驹将军为符克烈士题词：生为民死为民，生伟大死光荣。

（时晓明）

侨批中的抗战故事

1937年7月7日抗日战争全面爆发后，海外侨胞在民族最高利益面前凝聚在一起，纷纷加入抗日救亡的行列，成为祖国军民坚持抗战的强大后盾，为抗战最后胜利做出了极其重要的贡献。在一户旅菲华侨家族的侨批中，有两封涉及热血青年返国抗日和捐赠款项的内容，真实反映了海外侨胞在民族危亡之时的爱国情感。

家书原文

浅姊：

自握别以来，转瞬已逾数载，时深思念，遥想阿姊身体定然康健，能如小妹之所祝。

前日，環侄整装乘舟返国，但他此行不是回家省亲，乃是为国当兵服务而去。妹初闻此事亦曾竭力劝其勿往，无奈侄儿志已决，是我人力所不能挽回，他终而去。据云，侄儿此去并不即上前线打仗，须经在我国内地再受训练五个月，然后派往乡村各地当教练，组织民众都成武士，使全国人民都武装起来，一致反日，对日宣战。阿姊你也不必伤心，这是无所谓的，我们只有候待，只有预祝他成功。

我们在这里一切安好如常，勿介。家中一切诚望阿姊照料，妹甚然感激。顺轮便寄上国币拾大元，请即收纳。此祝

安康！

妹　树　上

民廿八、四、十七[1]

---

①1939年4月树妹致浅姊侨批。

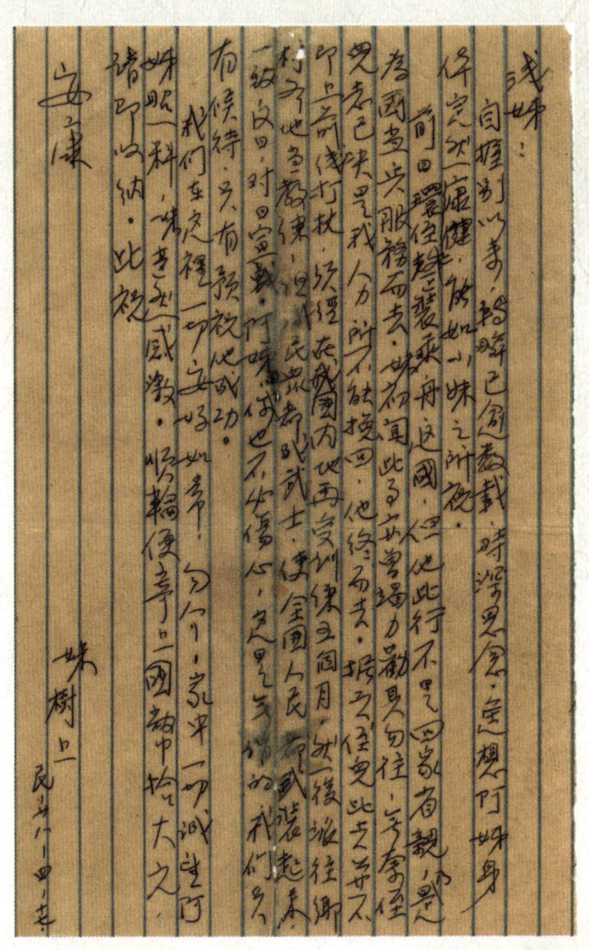

我妹：

自握别以来，转瞬已一週载，时深思念，至想阿妹身体安然康健，能如小妹之所祝。

前日环侄趁装乘舟返国，但他此行不是回家省亲，而是为国为民服务而去。妹初闻此多少曾竭力劝其勿往，无奈侄儿志已决，是我人力所不能挽回，他终而去。据云侄儿此去并不即上前线打仗，须经在我国内作受训练三个月，然后派往乡村做些宣教工作，使民众都成武士，使全国人民都武装起来一致抗日，对日宣战。阿妹，你也不必伤心，这是无谓的，我们只有候待，只有预祝他成功。

我们在此处一切安好如常，勿介。家中一切诚望阿妹照料，诸些感激。顺轮便寄上国币拾元大元，请即收纳。此祝

安康

妹 树上

民廿八，一，四，夜

君哲亲爱的妻：

读你来书，知道你为慎重起见再行信调查确实才能把三百元取给三婶作家费。亲爱的，你如有便，当全数取给她，因我已经告诉她了。那三百元，我按要作一年的家费，因为在此抗敌时期，除起捐助战费外，生活是要力求简单，所以那数目并不大。

你要来宋等等手续可来坑东设法，因我有通知三婶托人代办手续，并护送你来厦（今天你母亲再电迫你）。

亲爱的，你不可犹豫不决，一切我自有把握，望你决意动身，不可迁延时间。否则，我们相会遥遥无期。

再者，放行证来坑东自有办法。一切应做的事，我前信已详

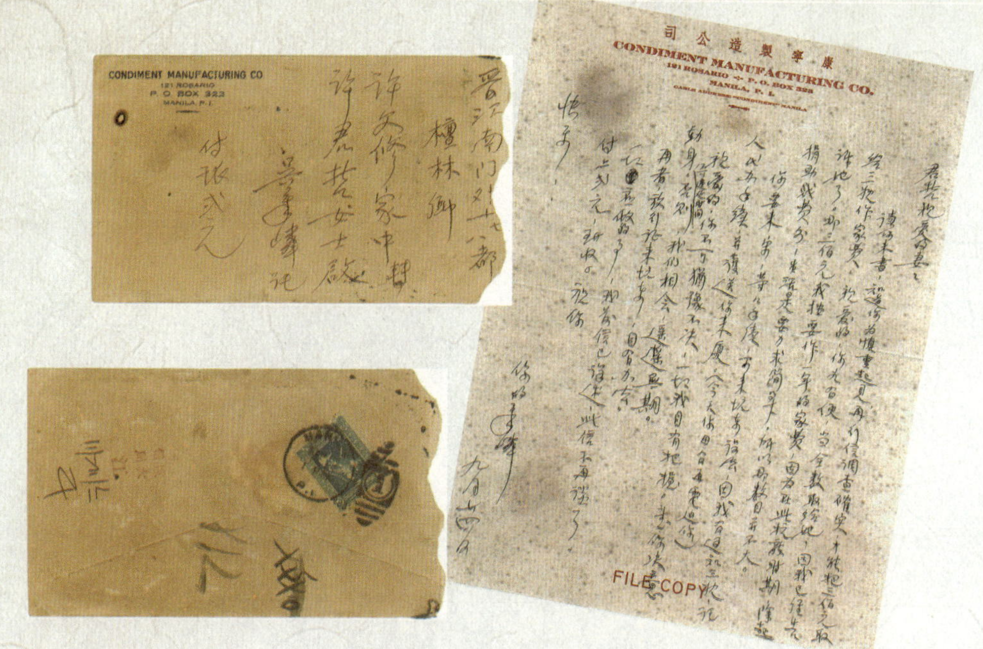

述，此信不再谈了。附上二元，到收。祝你快乐！

你的章嶙

九月廿四日[1]

背景链接

侨批俗称“番批”或华侨银信，是海外华侨与祖国乡亲的“跨国家书”，也是中国家书中不可忽视的重要组成部分。侨批中蕴藏着丰富的时代信息。在抗日战争时期的侨批中，有不少涉及海内外中华儿女积极抗日、饱受战争苦难及如何应对恶劣的战争环境等的内容。

这两封为同一家族的侨批，均从菲律宾马尼拉寄至福建省晋江南门外十七八都檀林乡（一个自然村，今晋江市龙湖镇福林村）。从该户侨批的其他资料可知，“树妹”为许文修之妻，一家人在菲律宾马尼拉开“义隆木厂”，从所寄款项金额看，应该属于比较富裕的华侨家庭。“浅姊”居住在晋

① 1938年9月24日菲律宾马尼拉吴章嶙寄晋江檀林乡妻子侨批。

江，她的“環侄”在马尼拉随姑父许文修在工厂做事。这位热血青年于1939年在菲律宾华侨组织的号召下毅然回国参军，投身于抗日救国的队伍之中。

华侨是中华民族在海外的支系。抗战前夕，中国在世界各地的侨胞有1 100多万人，其中超过600万人集中分布在东南亚地区，他们大多数是为生活所迫而离开家乡的，在帝国主义、殖民主义和种族主义的社会环境下饱尝了异邦谋生的苦难，深感祖国的兴衰存亡与自己的命运休戚相关，这造就了他们强烈的民族感和爱国心。中国抗战全面爆发后，东南亚各国华侨普遍建立了抗日救亡组织。在各地救亡团体的组织和帮助下，许多青年华侨放弃自己的学业，辞掉工作，告别家中的亲人，离开了温暖的家庭，踊跃回国救亡，参加抗战。其中，仅广东籍华侨就有4万多人，而从东南亚回国服务抗战的南侨机工也达3 000多名。

在菲律宾，“菲律宾华侨救国义勇队”（简称“义勇队”）就是侨胞回国参加抗日的重要团体。我们虽不能确定这位“環侄”是不是“义勇队”成员，但从家书所写“侄儿志已决”“他终而去”可知，“環侄”一定是回国参加抗日的青年华侨中的一员。

1937年12月，中华民族武装自卫委员会菲律宾分会（简称“民武分会”）在报上刊出广告，征召华侨青年回国参加抗日，华侨青年中工人、学徒、店员等踊跃报名，六七十人参加了学习训练。“民武分会”派得力干部沈尔七训练这支队伍，挑选精干队员28人，组成“义勇队”。“义勇队”于1938年1月乘船回国，与祖国人民并肩战斗，共同抗击日本法西斯的侵略。该队后更名为“菲律宾华侨回国随军服务团”。团长沈尔七曾在新四军政治部民运部工作过一段时间，又先后三次奉派返菲，组织菲律宾华侨青年回国参战。按照时间推测，“環侄”应该是参加第二批之后的抗战队伍回国的。

这封记述了热血青年返国抗日的侨批，语句优美，简短精练，信息量丰富。

第二封侨批中的许君哲是许文修的堂亲，常住在娘家，与许文修家相邻，她的丈夫吴章嶙是石狮坑东人，在马尼拉经商。吴章嶙在致妻许君哲的侨批中说到他还要赡养他的三婶，一次性寄给300元，要作为一年的家费，同时强调“在此抗敌时期，除起捐助战费外，生活要力求简单”。在祖国全面抗战，急需经济支援之时，海外侨胞将捐助战费作为第一保证，压减赡养费用，要求家人生活节俭。这充分体现了海外侨胞克己为国的崇高境界，表达了海外赤子的爱国之心。

打仗需要有经济实力做后盾，华侨从经济上对祖国抗战的援助，为抗日战争的胜利做了重大贡献。广大华侨通过捐款、购债、侨汇、投资和捐献物资等支援方式从经济上支援祖国抗战。南洋各地组织的华侨救亡团体，在宣传开展筹赈捐款、劝募公债等活动中做了大量工作。

1937年8月15日，新加坡中华总商会召开新加坡侨民大会，成立了南洋第一个统一的华侨救亡团体——马来亚新加坡华侨筹赈祖国伤兵难民大会委员会，陈嘉庚被推选为大会主席。在菲律宾，“木材大王”、晋江籍华侨李清泉发起成立了“菲律宾华侨援助抗敌委员会”，以“策励侨众开展爱国运动，以人力物力援助政府抗敌御侮”为宗旨，并在各地设立分会。

1938年10月10日，来自南洋各地的华侨代表168人，代表南洋各地区45个救亡组织，聚集在新加坡南洋华侨中学，成立“南洋华侨筹赈祖国难民总会”（简称“南侨总会”），作为南洋救亡斗争的最高领导机关。“南侨总会”选举陈嘉庚为主席，庄西言、李清泉为副主席；通过了《南洋各属华侨筹赈祖国难民会代表大会宣言》，号召海外侨胞“增筹赈款，推销公债，以救济中国之难民”，要“各尽所能，各竭所有，自策自鞭，自励自勉，踊跃慷慨，贡献于国家”，“使国家得借吾人血汗，一洗百年之奇耻；得借吾人物力，一报九世之深仇”。

在“南侨总会”统一领导下，华侨节衣缩食，以常月捐、特别捐、娱乐捐、航空救国捐、购公债、义演、义卖、献金、献机等多种形式，踊跃为祖国捐款捐物，创造了惊人的成绩。据统计，1937—1940年，“南侨总会”共募集支援祖国抗战的义捐约5亿元，寒衣50万件，还有价值250万元的药品。另有资料显示，至1941年12月，海外各地华侨逐月义捐1 350万元，其中南洋华侨月捐数达734万元，为全世界各地华侨月捐之冠。

常月捐是一种最常见且最见成效的华侨捐款形式。一般店员和其他职工，捐出薪俸的10%，厂主、店东酌其财力，分为十等捐，从10元到1 000元，优等无限。

在认购公债方面，广大华侨想祖国所想，急祖国所急，在海外各地成立了华侨公债劝募委员会，掀起了广泛的购债活动。

国民政府在抗战期间先后发行了6期救国公债，每期5亿元，共30亿元。第一期救国公债，海外各地侨胞就认购了半数以上。以后国民政府发行的救国公债，华侨也尽力认购。据统计，1937—1940年，华侨认购救国公债5 115万元、国防公债626.5万元、金公债291.6万元又22 924金镑；到了1941年夏，共购债6.82亿元；至1942年，购债总额已达11亿元国币之巨，占国民政府发行公债总额的三分之一强。这些公债战后国民政府并未偿还，华侨认购公债与捐款无异。

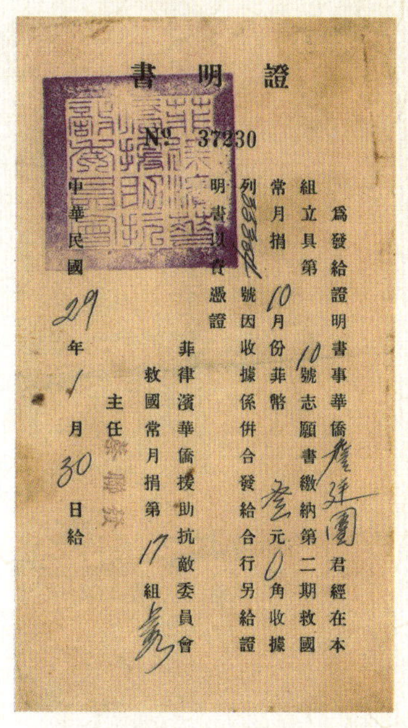
證明書

No. 37230

爲發給證明書事華僑詹廷團君經在本組立具第10號志願書繳納第二期救國常月捐10月份菲幣叁元0角收據列[illegible]號因收據係併合發給合行另給證明書以資憑證

菲律濱華僑援助抗敵委員會
救國常月捐第17組
主任

中華民國29年1月30日給

▲ 1940年1月30日菲律宾华侨援助抗敌委员会为菲侨詹廷团开具的常月捐证明书

为了向侨眷宣传购买救国公债，在公债发行期间，邮政局在接收海外侨批后，会在侨批封上机盖“请购救国公债”的宣传日戳，提示侨眷购买。可见，在当时全民抗日的形势下，鼓励民众认购救国公债的宣传力度是很大的。

（黄清海）

▲ 1937年9月发行的伍拾圆面额“救国公债”

徽商家书里的抗战

▲ 吴之骧

“国破山河在，城春草木深。”在日寇魔爪下的中华大地，除了抗日军民在战场上浴血奋战，普通百姓又在承受着怎样的痛苦？这里所发表的一组徽商家书，涉及从泾县保卫战到皖南事变的一系列历史事件，留下了平民商人的愤恨与无奈，也留下了皖南百姓被战争扭曲的生活。

家书原文

之骧族长台鉴：

顷奉大函，敬并启者，通和两岸被敌机轰炸，幸我店屋及住宅均无损失，但不知后去如何，亦难逆料之中。现在我村敌机不时亦来盘旋，甚高，闻系侦察河路之说。然我村之人民逃走者甚多，现在侄亦搬移住〔往〕老圣公会舍妹之宅上暂住。承悉，一店中所存之米，夜承商寿徵表弟托代放去亦甚妥。二可照此办，毋庸计议也。昨王平章由查村到我处暂住，准明日仍回查村。梅崇青近日到山里店搬运菜籽，一时无假〔暇〕到青阳。昨日九江源茂来函，嘱发夏尖、莲芯各拾觔〔斤〕，每包一觔〔斤〕，侄因邮政包裹未曾寄过，或请阁下返里一走，以便商量店事，亦可商决源茂茶事。如阁下到青阳时，望至王会昌索取葵扇款子三十余元。再侄前次存王会昌皮箱一只，白麻一件，望交担夫带下。如担子轻不好挑，可望代买兰花大肥皂壹箱，配担挑下亦可。再店

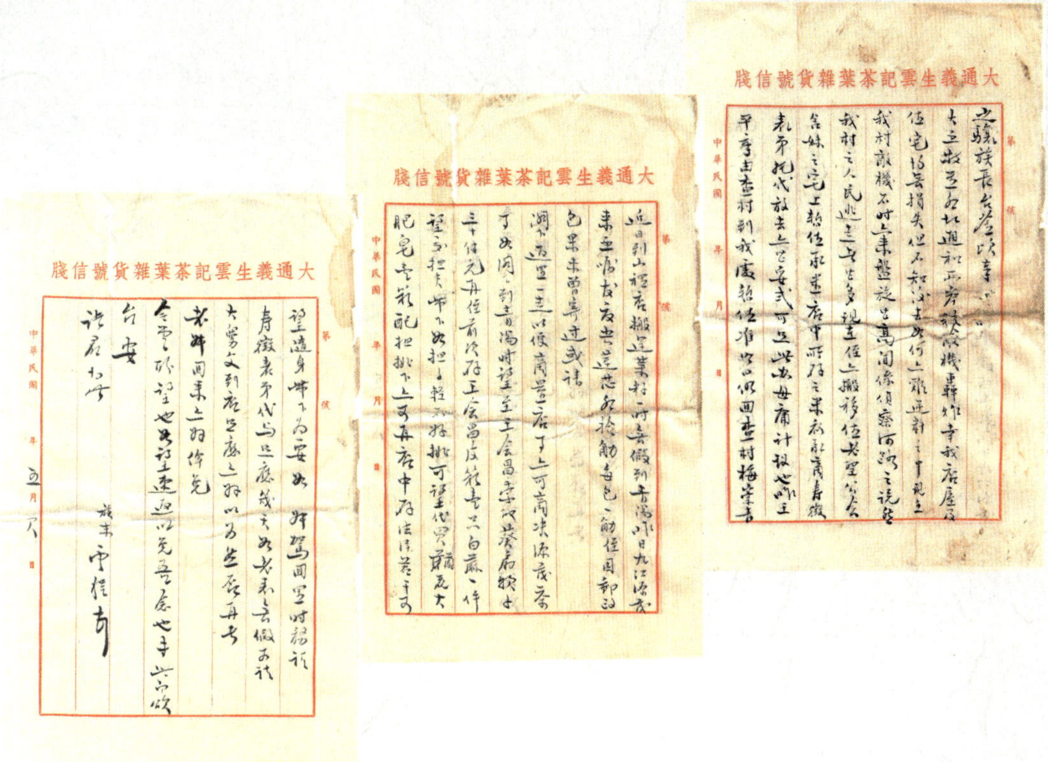

中存法洋若干，可望随身带下为要。如叔驾回里时，务请寿徵表弟代与照应几天；如老表无假〔暇〕可请大舅父到店照应亦好，以为然否？再者老叔回来亦好，避免令云盼望也。如望速返，以免吾念也。

专此即颂

台安！

诸君均此！

族末　云程　顿首

五月六日

之骧族长台鉴：

前上一缄，谅邀音鉴矣。今庚传闻前方继续之战，大局如斯，而人心不定，各店无继续之营业，以致我店今庚更且不能定夺。如前方消息之恶劣，今正同人亦不作定，只好临时请各位代与帮忙而已。务望将葵扇、纸张、浏边全红细茶叶并各重要物件，可嘱林之亮及仝育祺二人去毛坦请大舅父或大表弟，代与□挑夫至通运各件至毛坦，原借寄存之处暂且推〔堆〕存如何？或请老叔酌的可也，如果重大件以及粗茶可推〔堆〕客房之中，封锁贴封条为要，前楼亦要封锁，店门或锁，可望托张松林或查宗涛兄代与照应，言定每月或津贴数元。再请老叔代表余对各位同人发表意见，只好暂且请各位先以回家，否则每人给川资数元，容俟平靖，再请各位同人帮忙为荷。前方战争如何？店中各事务乞示知，以俾所念，如得好消息再望赐示，余再来通会商，老叔

再可到江北收账，亦可也。此请

春安！

宗涛、之亮二君均此！

族末　吴云程　启

古元月初六日

岳父母大人尊前敬禀者：

　　前月寄呈一缄，谅早台阅矣，近想泾县平靖贵府清善为颂无量溪地。是农历一月二十六日中膳，敌机四架投弹卅余枚，零抛硫磺弹多枚，损失房屋十余间，人民十余个，伤心惨大。敝号屋上瓦及玻璃皆破，不过同人均安，就此小损失可算万幸。春寒不一，保重为祷。肃此敬请

春安！

婿　唐志高　叩上

一月二九日

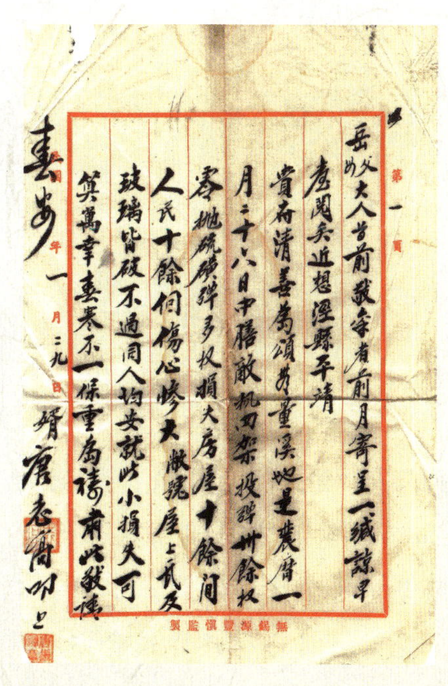

第一頁

岳父母大人尊前敬禀者前月寄呈一緘諒早
台閱矣近想涇縣平靖
貴府清善為頌無量溪地是農曆一
月二十六日中膳敵机四架投彈卅餘枚
零拋硫磺彈多枚損失房屋十餘間
人民十餘個傷心慘大敝號屋上瓦及
玻璃皆破不過同人均安就此小損失可
算萬幸春寒不一保重為禱肅此敬請
春安　一月二九日
婿唐志高叩上

無錫源豐慣監製

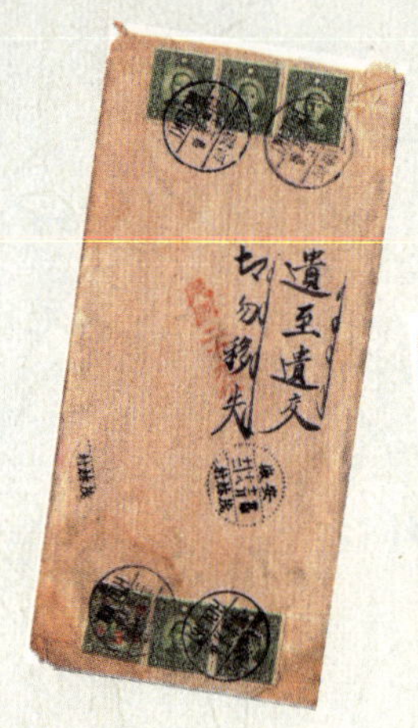

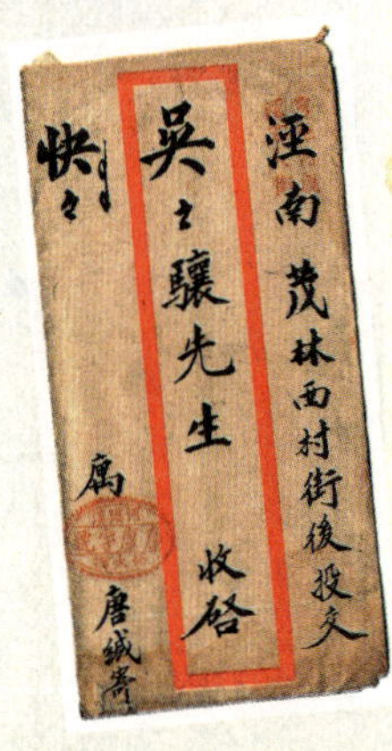

岳父母大人尊前：

敬禀者本拟修笺问候，忽颁训谕，展诵之下，敬悉潭第康宁，福躬安吉，如颂为慰。乃承问婿病体，更是感激。此次之恙，甚非危险，饭量不进，寸步难以。本月初二日由石至溪，当请名医诊治服药，见效，目已全痊。饮食亦照前原，不过精神尚未复还，计耗去洋六十余元。如此调养，略无大碍矣，请勿锦念。前拟返舍，因庆大祥经理人去世，亦有几位老人事，腊月内婚媾，新加同人初次至地，忽又年关迫近，此处规理不懂，故而不得分身之痛苦。但婿不日返石，刻下宁地米价每元三斤，食盐每元十二两，亥每元市秤壹斤，柴火担两元余，花〔化〕妆物品高昂不说，如此生活程度高升，未知茂林照是否？且又国家战争急烈，前次敌军侵犯泾县，闻听被我友军奋勇击溃，南乡未遇之难，可算不幸中之大幸也。溪地市面甚为萧条，敌机常来侦察扫射，机枪如秋风落叶之像。我们天天防其，营业抛弃。前阅报纸，敌人有退之势，究竟未知真假如何也。但期冬季千祈保重，余容后禀。肃此奉复，敬请

福安不一！

叔岳父母大人尚祈代叩

钧安！

婿　叩言

古十月十五日送

岳父母大人：

前上一示，未知收到吗？闻茂林、唐村、石井、高坦一地，发生内战，炮弹如雨，卧地逃命，至今尚未定战，未知府上及我家如何？非常焦急，时刻不安，本欲动身来泾，路中青年实难通行。在此当中，无法想。此信至后，立刻赐音，感激得很，一切情关，不多告吧。敬祝

平安！

婿　唐志高　匆言

仝月二十二日[①]开班

---

①指农历腊月二十二日。

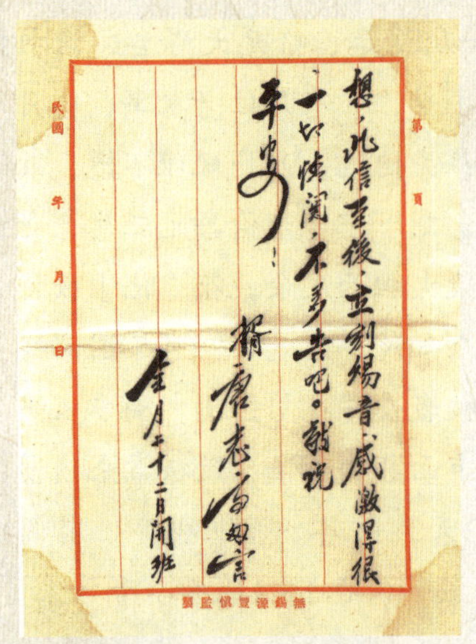

想，此信至後，立刻賜音，感激得很。
一切情況，不多告吧。敬祝
平安！
婿 唐志西 敬言
全月二十二日閘班

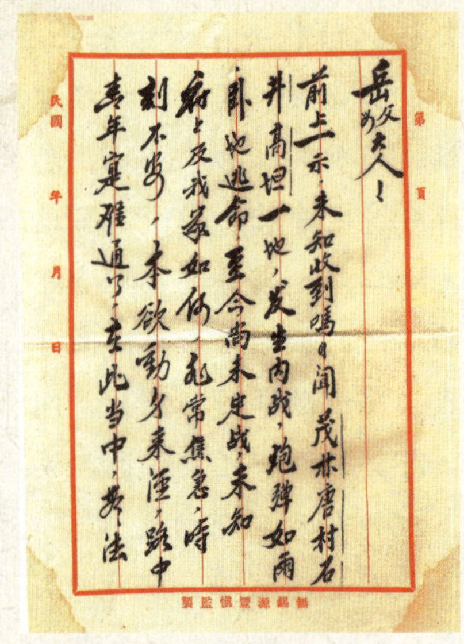

岳父大人：
前上一示，未知收到嗎？日聞茂林唐村石
井高坦一地，發生內戰，炮彈如雨，
臥地逃命，至今尚未定戰，未知
府上及我家如何，非常焦急，時
刻不安，本欲動身來涇，路中
青年塞難通了，在此當中，無法

背景链接

我的家乡茂林，提起它，可能人们立刻会想到皖南事变。其实，它还是一个文化积淀丰厚的历史名镇。

茂林镇位于皖南泾县西南部山区，距县城36公里，风景优美，历史悠久，文化底蕴深厚，人才辈出。村落树木茂盛，翠竹丛生，遂名茂林。曾出土过新石器，发现过汉墓群，并有古代采铅铸铁遗迹。史籍记载，此地自唐宋即为泾县吴姓聚居繁衍之地。及至明清，文风大兴，科第举仕代不乏人。同时，商贾云集，市场繁荣，遂发展成商宦昌盛之地，大贾显贵纷纷建造轩、园、府、第。横街正街商铺鳞次栉比。故有“小小泾县城，大大茂林村”之说。

清朝康乾时期，茂林的发展达到鼎盛。茂林的商贾和乡绅，对社会公益事业和环境治理也有一定的投入。除了办学、建桥、救灾和购买义冢地外，还修建了较大的水利工程——东溪十里长堤和许多绕宅水道，故茂林有“活水绕村”之说。茂林的建筑更是令人称奇。旧有七墩（小土堆)、八坦(小广场)、九井、十三巷、三十六轩、七十二园、一百零八大夫第之说。从现存的河帅第、尚友堂、吴氏宗祠等府第来看,其格局之迥异,工艺之精湛,数量之多,规模之大,亦一般村镇之少见。太平军将领初到茂林时,叹道:“这是江南第一村!”

家乡茂林的历史上,人才辈出,远的不说,近现代的“三吴”就是其中的典型代表。“三吴”指吴作人、吴组缃和吴玉如,分别在美术、文学和书法等领域享有盛誉。

以上几封家书的收信人均为我的祖父吴之骧。他又名吴兆贵、吴荣庭,1893年出生于茂林镇的一个平民家庭。家中祖产只有一亩三分薄田,其父早逝,唯一的姐姐出嫁他乡。祖父在读过几年私塾之后,十四五岁就早早地承担起家庭的全部责任。他的出路和同时代茂林中下层社会的青年一样——外出学徒、经商。

在毫无家庭背景的情况下,祖父从学徒开始,靠着自己的努力、勤奋、精明、诚信和才干,到抗战前,祖父已经做到商号经理的位子。那是距茂林两百里外安徽铜陵大通和悦洲的一家大商号,名叫“和记云升茶庄”,是

▲ 姑母吴平权,姑父唐志高,父亲吴锡璋。此照为姑母姑父订婚照

▲ 茂林十三牌坊

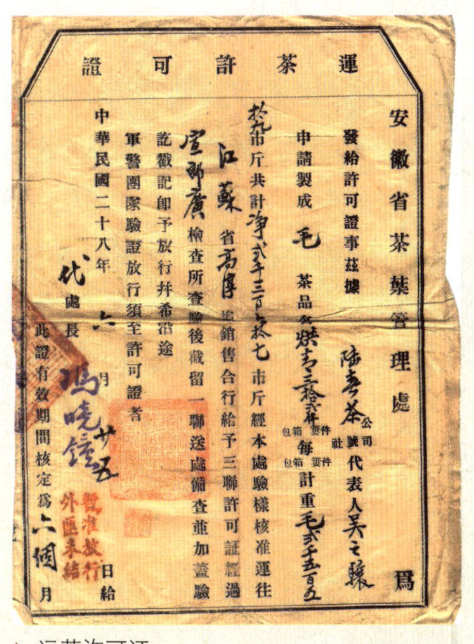

運茶許可證

安徽省茶葉管理處 為

發給許可證事茲據 陸香茶 公司/號/社 代表人吳之驤

申請製成 毛 茶品 [illegible] 每 包箱/簍件 計重 [illegible]

[illegible] 市斤共計淨 [illegible] 市斤經本處驗樣核准運往

江蘇 省 [illegible] 銷售合行給予三聯許可証經過

[illegible] 檢查所查驗後截留一聯送處備查並加蓋驗

訖戳記即予放行并希沿途

軍警團隊驗證放行須至許可證者

中華民國二十八年 六 月 廿五 日給

代處長 [illegible]

此證有效期間核定為 六個 月

▲ 运茶许可证

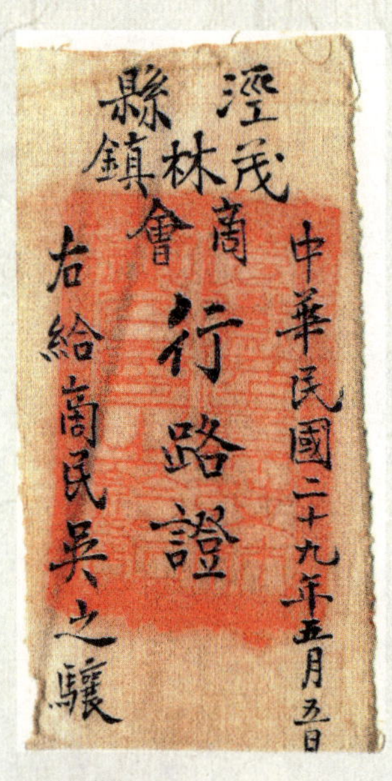

涇縣茂林鎮商會

行路證

右給商民吳之驤

中華民國二十九年五月

▲ 行路证

由茂林老乡开的，祖父的职位仅次于东家。

“和记云升茶庄”在当地算是规模较大的商号，店里有十几名员工，店里负责员工的伙食，每天都有荤菜，有一只卤锅常年保留着卤汁。该店主营茶叶，兼营其他杂货，每逢有什么重要的新商品上市的时候，还要请当时比较少见、相当时髦的西洋乐队来店门口演奏，进行广告宣传。从那张“运茶许可证”上的文字来看，在当时的运输条件下，祖父一次就要从茂林运两千多斤茶到江苏的高淳，可见生意已经做得很大了。

祖父常年在铜陵经商，和家里的联系主要有两个渠道：一是书信，二是经常在茂林和铜陵之间进行货物运输的毛驴驮队。我家保留下来的几百封书信，有些是通过邮局投递的，有些则是由运送货物的熟人传递的。祖父在外经商挣钱养家，祖母和曾祖母在家抚养和教育小孩。书信和随毛驴驮队带回茂林的一些钱物，维系着这个家庭的核心人物即祖父和其他家庭成员之间的物质生活以及精神慰藉。

抗战全面爆发后，家里的生活发生了变化。

随着日军的进攻，大通和悦洲的店铺已经很难维持。东家吴云程经常自己待在茂林老家，店里的事情全权由祖父打理。由于前方战事日紧，市面萧条，店铺已难以为继。东家不得不写信嘱咐祖父，把店里贵重的货物转移到青阳县（在茂林和大通之间，佛教名山九华山所在地）的毛坦，还嘱咐祖父遣散店里的店员。一个曾经相当辉煌的店铺，由于日军的入侵，现在要关门息店，东家和伙计们的心情是何等无奈！

民国二十九年（1940年）十月十五日，身在宁国的姑父唐志高在写给我祖父的信中提到：此次生病较为严重，请名医花了大洋六十余元才治好；年关虽近，由于店里的老人有事，新人不谙业务，自己恐不能即时返泾看望双亲大人；宁国市面物价高涨的具体情况。在信中，姑父还提到了一个重要的历史事件，即叶挺指挥新四军击溃日军对泾县进攻的泾县保卫战。是役中，国民党驻军闻风而逃，新四军在叶挺将军的指挥下，利用有利地形在汀潭猛烈狙击敌人，打得日军丢盔弃甲，逃离泾县，从此日军未踏进泾县境内一步。泾县成为华南抗战的重要根据地，当时的很多市县政府（芜湖、繁昌、南陵等）都迁至泾县茂林，使茂林成为一个距日军占领下的南京不远的抗战中心。茂林的抗日救亡运动空前高涨，茂林的经济在抗战期间也得到畸形的发展。这封家书最后还提到，日本飞机不时对宁国街道进行侦察扫射，像秋风扫落叶一样，自己的店面也不能幸免。

讲到茂林作为抗战的中心，我又想起抗战期间发生在茂林的一个小故事。其时，有很多下江人举家逃到了相对较为安全的茂林。在新四军的带领下，茂林的抗日救亡运动非常火热。每到晚上，在茂林的万人运动场都会举行各种各样的抗日宣传和演出活动。有一天晚上，演出到激动人心处，一个下江的十来岁的小男孩，脱掉身上的新棉袄，跳上舞台用稍显幼稚的童声，唱起了“我的家在东北松花江上”，使演出达到了高潮。就在人们沉浸在这动人的气氛里时，小孩的家长万分焦急地哭了起来。旁人一问才知，小孩脱下的新棉袄不见了，而棉袄里缝进了他们家逃难时全部的家当。弄清情况后，观众又发起了捐助活动，帮助小孩一家人渡过难关。

▲ 祖母和大伯父一家人合影

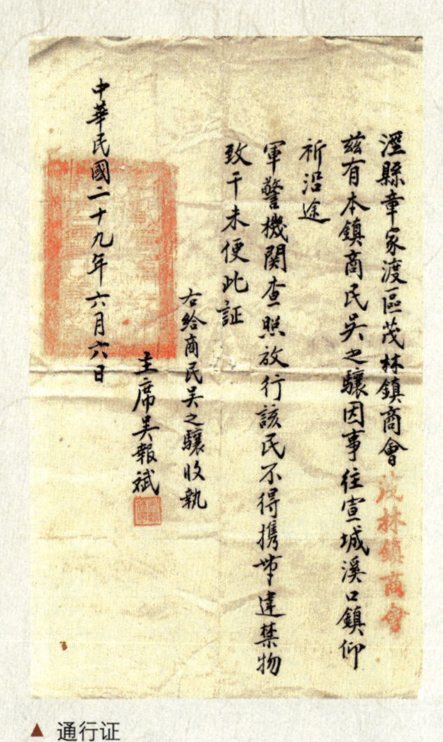
涇縣章家渡區茂林鎮商會 茂林鎮商會
茲有本鎮商民吳之驤因事往宣城溪口鎮仰
祈沿途
軍警機關查照放行該民不得攜帶違禁物
致干未便此証
右給商民吳之驤收執
主席吳報斌
中華民國二十九年六月六日

▲ 通行证

1941年元旦过后，泾县茂林还发生了一件震惊中外的大事，那就是皖南事变。这个历史事件在姑父写给我祖父的家书中也有反映。

姑父的信写于民国二十九年腊月二十二日（公历1941年1月10日），距离事变发生仅仅4天。这封家书上只有一个内容，就是听说茂林唐村、石井、高坦等地发生了非常激烈的内战。信中用了“炮弹如雨，卧地逃命”等字眼。而这一带既是他岳父母家的所在地，也是姑父自己家的所在地，他非常关心，专门修书一封给岳父大人报平安。

皖南事变的历史真相是：1940年10月，国民党掀起了第二次反共高潮，命令在长江南北和黄河以南坚持抗战的新四军、八路军在一个月内全部开赴黄河以北。1941年1月4日，驻皖南泾县的叶挺、项英率新四军9 000多人开始北移。项英执行了王明的投降主义路线，将中共中央“乘顽军尚未部署就绪，迅速率部北移，防止遭暗算突然袭击”的指示置于脑后，却同国民党将领顾祝同商定新四军的北上路线。1月6日，当新四军3个纵队到达泾县茂林地区时，遭到早已部署就绪的顾祝同、上官云相的国民党军队7个师8万多人的突然袭击。新四军英勇奋战7昼夜，除傅秋涛的后续部队千余人突围外，其余终因弹尽粮绝，大部分壮烈牺牲。1月13日，军长叶挺冒死去与国民党军队谈判停战，竟被无理扣押，副军长项英遇害。这就是震惊中外的皖南事变。1月17日，蒋介石宣布新四军为“叛军”，取消了新四军的番号，并进攻在华中与华北的八路军、新四军部队。中国共产党严厉驳斥了蒋介石的反动命令，粉碎了国民党的军事进攻，任命陈毅为新四军军长，张云逸为副军长，刘少奇为政委，重整并扩大了新四军的主力。

▲ 中排左三为祖母，左一为母亲；后排左三为大伯父吴锡尧，左四为二伯父吴维新，左一为父亲吴锡璋。摄于1965年

（吴　浓　吴文君）

大轰炸下的亲情传递

一位是祖父，一位是侄孙，同在远离家乡的大后方为抗战奔忙。耳闻一阵阵刺耳的警报声，面对不断落下的日军炸弹，他们经历着怎样的心灵磨难？烽火三月，家书万金，祖孙两人在硝烟中传递着绵绵的亲情。

家书原文

华林贤孙如晤：

接三月二十四日自成都来函，借悉荣迁新职，领略沿途风光，甚为喜慰。报务员有几等，汝系何等位置？每月薪金若干，成都生活程度较之重庆孰低孰昂？约计月入除用费外盈余多少？能否按月汇寄家中收用？家书是否时时往还？统望于便中叙及。

此间生活较渝城尤高。愚每月薪水一百三十元，津贴一百二十余元，除寄三斗坪数十元外，其余仅敷寓中之用。米一大斗值五十二三元，柴每斤七八分，猪肉一斤二元八角，盐每斤一元四角，真薪桂米珠也。刻下天气时冷时热，未知成都如何，尚望随时珍重为要，莹姑现在江北兵工子弟学校充当教员，并以附告。

此询

近佳，仍盼回音！

南陔　手泐

四月七日

華林賢孫如晤接三月二十四日自成都
來函藉悉
榮遷新職領略沿途風光甚為喜慰報務員有幾
等汝係何等位置每月薪津若干成都生活程
度較之重慶孰低孰昂約計月入除用費外盈
餘多少能否按月匯寄家中收用家書是否時
時往還統望於便中敘及此間生活較渝城尤
高愚每月薪水一百三十元津貼一百二十餘元
除寄三斗坪數十元外其餘僅敷膳中之用米
一大斗值五十二三元柴每斤七八分豬肉一斤二
元八角鹽每斤一元四角真薪桂米珠也刻下
天氣時冷時熱未知成都如何尚望隨時珍重
為要瑩姑現在江北兵工子弟學校充當教員
並以附告此詢
近佳仍盼
回音
南陔手泐 四月七日

華林賢姪孫左右接閱
來書承探示家慈及善夫下落甚感惟內云三姑
婆照料一節三姑婆係何人仍請於下次來函敘明日
前愚有一函內附洋一元郵票一角請先購鷲臍合
編一本並另開選購書目請向書店議價未識到
達否至此次交通部交通機關改隸運輸統制
局係為指揮便利對於人事當無問題本公
司乃國民政府特許成立應否改隸尚未確定
但部令云在未確定改隸以前員工不得自行離
職將來如何俟後函告吾孫係專門技術人才更
無慮也此間亦得足雨農田可望秋收惟近來酷熱
未知蓉城如何日寇擾害家人飄零老母年近
八旬孑身故土衣食費用如何取給每一念及心腸
俱裂真所謂父子不相見兄弟妻子離散此種不幸
時事不圖於我華親見之也以後如有續得消息
務希隨時見告為感耑此即詢近佳 南陔白 七月二日

华林贤侄孙左右：

接阅来书，承探视家慈及善夫下落，甚感。惟内云三姑婆照料一节，三姑婆系何人，仍请于下次来函叙明。日前愚有一函内附洋一元，邮票一角，请先购《惊脐合编》一本，并另开选购书目，请向书店议价，未识到达否？

至此次交通部交通机关改隶运输统制局，系为指挥便利，对于人事当无问题。本公司乃国民政府特许成立，应否改隶，尚未确定。但部令云：在未确定改隶以前，员工不得自行离职，将来如何，俟后函告。吾孙系专门技术人才，更无虑也。此间亦得足雨，农田可望秋收。惟近来酷热，未知蓉城如何？日寇扰害，家人飘零，老母年近八旬，子身故土，衣食费用如何取给，每一念及，心肠俱裂，真所谓父子不相见，兄弟妻子离散，此种不幸时事不图于我辈亲见之也。以后如有续得消息，务希随时见告为感。

专此即询

近佳！

南陔　白

七月二日

祖父大人尊前：

上月廿九日寄出廿七日所写之信，想已收到。此间自廿七日大轰炸后又连日发生警报，现已恢复常态，请勿以为念。

廿六日之手示，因内蓉间公路桥梁被水冲坏，以致延至今（五日）日始行，收到法币拾元，及附抄二件，一并收到，请勿念。大人来示字体一笔不苟，令孙欣佩，但字里行间对孙太过于谦逊，使孙不安。至亲骨肉，祈勿庸客套。关于医书一事，据云吴君已曾派人送至土桥，因不知大人名讳，故未探得。盖以书面

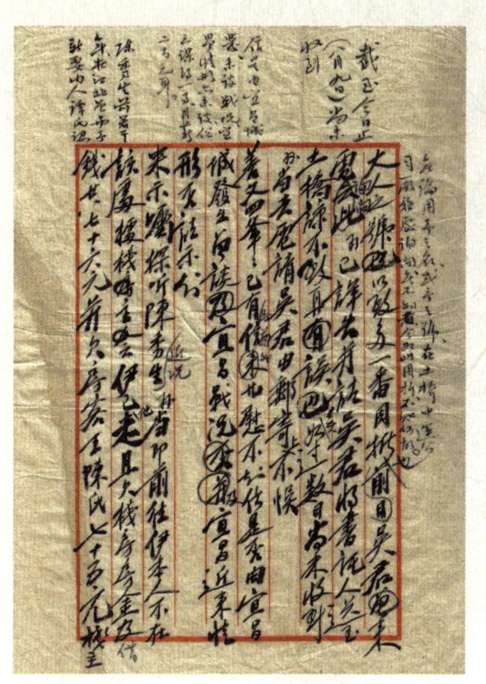

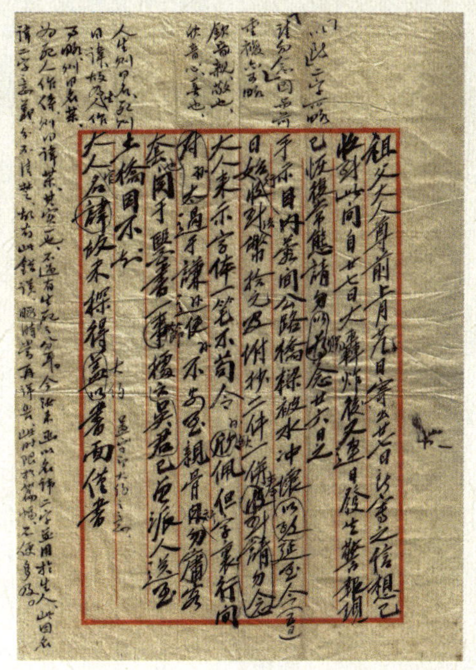

仅书大人之号也，以致多一番周折。前日吴君曾来电云此，孙已详告，并请吴君将书托人送至土桥，谅不致再有误也。如过数日尚未收到，孙当去电请吴君由邮寄上不误。善父四爹爹已有信来，甚慰。不知信是否由宜昌城发出，曾谈及宜昌战况否？并及宜昌近来情形否？请示知。

来示嘱探听陈秀生近况，孙当即前往，伊本人不在该处。据栈房主人云，伊已走且欠栈房房金及钱共七十六元，并欠房客王陈氏七十五元。栈主与孙谈话之间，对伊之怨言甚多，不知何故？又，陈秀生者究系何人？请示知。

专此布复，顺请

福安！

孙　华林　叩

八、五

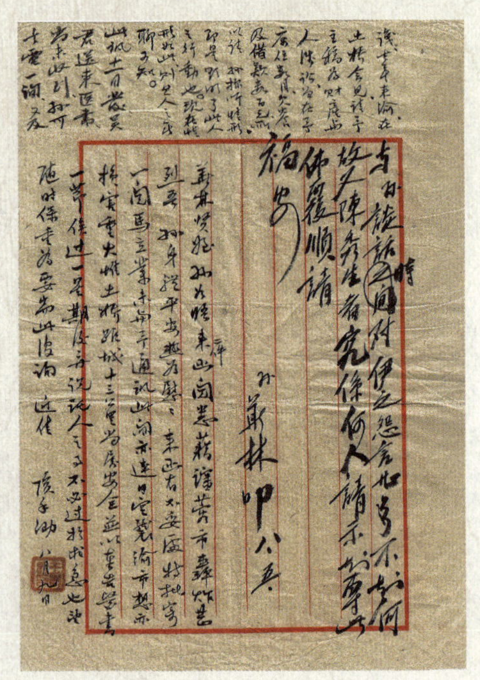

【信眉批注】

“以至”二字可略。“请勿念”因与前重复，亦可略。钦音亲，敬也。欣音心，喜也。

人生则曰名，死则曰讳，故为生人作事略，则曰名某，为死人作传，则曰讳某，其实一也，不过有生死之分耳。今汝来函，以名讳二字并用于生人，此因名讳二字意义分不清楚，故有此错误。暇时当再详告。此时限于篇幅，不便多及。

无论用予之名或予之号，在土桥中运公司厂务处询问，无不知者，今如此周折，不知何故也。

华林贤侄孙如晤：

来二件函，阅悉。藉□蓉市轰炸甚烈，吾孙身体平安，极为慰慰。来函有不妥处，特批寄一阅。马立业未与予通讯，此间亦连日空袭，渝市想亦损害重大，惟土桥距城十三公里，尚属安全，并以奉告。医书一节，俟过一星期后再说。托人之事，不必过于求急也。望随时保重为要。

专此复询

近佳！

陔　手泐

八月九日

【信眉补记】

截至今日（八月九日），尚未收到。

信是由宜昌城发，未谈战况，宜昌情形亦未谈，但云谋得一事，月薪二百元耳。

陈秀生前若干年在江北曾与予新娶内人谭氏认识，去年来渝，在土桥会见，请予主稿为财产与人涉讼，曾在予寓住数月，欠伙食及借款数百元，所以请孙探听情形，即是欲明了此人之行动也。现在情形如此，则其人之无聊可知。

此讯十一日发，吴君送来医书，尚未收到，孙可去电一询。又及。

背景链接

以上四封家书是北京收藏家林京宁先生提供的，只有信纸，没有信封，也没有关于家书作者和收信人的相关背景介绍。好在还有一份《四川省电信管理局无线电第二电台现有职员名册》和《四川省电信管理局指令》，把家书和这两份资料相对照，才判断出写信人的身份和年龄等基本情况。

两位写信人是祖孙关系，老家都在湖北宜昌三斗坪（即今三峡大坝所在地）。祖父王南陔在国民政府交通部下属的中国运输股份有限公司工作，侄孙王华林（即职员名册中的王丹芳）曾是成都某单位报务员。笔者将职

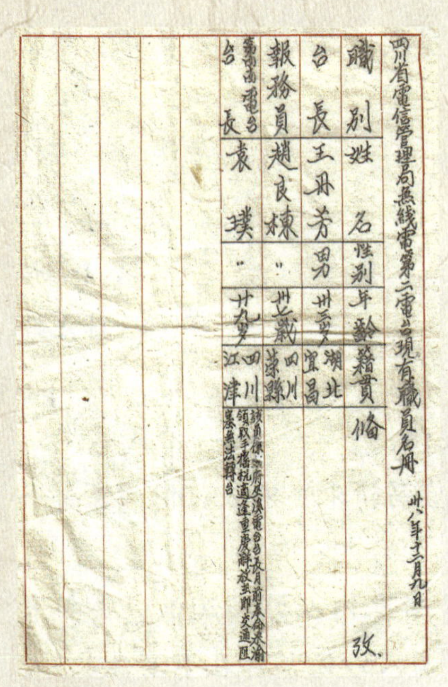

四川省電信管理局無線電第二電台現有職員名冊　卅八年十二月九日

職別	姓名	性別	年齡	籍貫	備攷
台長	王丹芳	男	卅三歲	湖北宜昌	
報務員	趙良棟	〃	卅七歲	四川榮縣	
前□□電台台長	袁璞	〃	廿九歲	四川江津	該員係□府交通電台台長，月前奉命來渝領取手摇機，適逢重慶解放，致該台無法轉台

▲ 插图 1

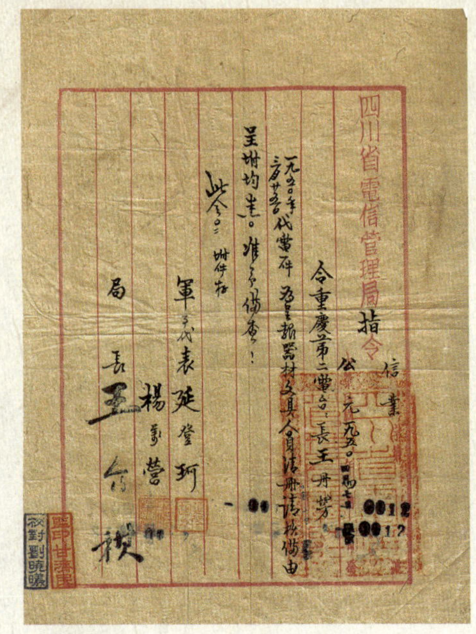

四川省電信管理局指令　信業　公　一九五〇　四月七日

令重慶第二電台台長王丹芳：

一九五〇年三月廿三日代電為呈報器材文具人員清冊請核備由

呈件均悉。准予備查！

此令。附件存

軍事代表　延登珩　楊勇營

局長　孟□

▲ 插图 2

员名册与家信内容相印证，从年龄、工作性质、籍贯和姓氏四方面推断，1949年，33岁的王华林担任了四川省电信管理局无线电第二电台台长。

四封家书均写于1940—1941年，其中三封是王南陔写给侄孙王华林的，另外一封是王华林写给祖父王南陔的。王南陔4月7日的信中虽未直接言及抗战，但他介绍了自己的薪金标准和当时重庆郊区土桥一带的物价情况，比如米、柴、肉、盐等生活必需品的价格，是研究抗战时期人民生活的重要史料。7月2日的信中谈到附钱买书一事，受资料所限，《惊脐合编》一书未知其内容。王南陔在信中表达了对家乡的思念及对日寇的痛恨，特别是对家中年近八旬的老母亲的无限牵挂，“衣食费用如何取给，每一念及，心肠俱裂，真所谓父子不相见，兄弟妻子离散”。

信中还提及国民政府交通部改制问题。抗战全面爆发后，国民政府被迫内迁重庆，政治、军事、经济中心也随之转移到西南。而西部各省以公路交通为主要运输方式，远远不能保证战备物资的供应。为了统一协调运输部门，确保战时物流畅通，1940年4月，国民政府在重庆成立了运输统制局，隶属军事委员会，它是抗战时期国民政府最重要的交通运输管理机构，对战时交通事业的发展、保证前线所需人力物力的运输起了重要作用。王南陔在信中透露了这次改制对自己工作的影响："在未确定改隶以前，员工不得自行离职"。

王华林给祖父的信中提到的"廿七日大轰炸"是指1941年7月27日日军对成都进行的大轰炸。早在1939年11月8日，日军就出动18架飞机袭击成都，在外北机场及外南机场投弹百余枚，在南门炸死卫兵1人，炸伤3人。15日又在外北机场投弹数十枚，炸死1人。1941年7月27日，日军对成都的轰炸达到抗战以来的最高点，制造了"七二七"惨案。当日，日军从运城机场和汉口机场起飞108架飞机，分4批每批27架对成都进行连续轰炸。成都被炸地点主要是少城公园、盐市口、春熙路一带，中弹街道达82条。日本人共投弹358枚，炸死成都百姓575人，炸伤632人，毁坏房屋3 585间。这是抗战中成都遭日军飞机轰炸损失最惨重的一次，给成都人民带来了极大的心灵创伤。所以，当时正在成都工作的王华林写给在重庆的王南陔的信中首先就提到了这次"七二七"大轰炸。王南陔复信中首先也对此表示关切，知道王华林安然无恙，才放下心来。

从王南陔的书法、文风来看，他具有较为深厚的国学根底，时时以家书为教材，指导这位侄孙提高文字水平。不仅在侄孙写的书信的正文中改正错别字和不通顺的句子，还在信笺的周围空白处写满了他的批语，谆谆教诲，令人感佩！

（段明艳）

日寇侵犯汝南纪实

▲ 宋子英

这是抗战期间河南汝南六中国文教员宋子英写给长女宋秀玉和女婿赵悔深的两封家书，记录了当时普通百姓的困苦生活，以及日寇侵犯汝南，他和家人仓皇出逃的情形。

家书原文

一週又不忍耽误学生遂勉强上课胃痛便
日日發作改文又痛甚步蹶又痛服药难止以天又
犯近几天因青年节停课我得服药休养又有
人送我普洱茶一块饮了几杯两日不痛啦
量大增精神如旧了你又访问谁有再一块饮饮
疟疾治好又犯现尚未愈因她好吃大量
及残东西你母病血症十来天又好了我不须挂念
要惦念彦玉上学很好一班百余儿童他居队
长又是优秀分子写字尤其有法不似小孩笔
迹二女往长沙去了三女仍留桃源信阳敌西犯
这里亦惊报频仍幸未投弹不要忧虑
目昨中日报悔深送一份因为都说材料丰
富我尤喜看他的文字他真进步的快他的文
体雅而不秽清而不寂通俗而不粗俚劲悍而不暴
慢你为我向他作贺 父笔并候
悔深也好 七号灯下

…………

一周又不忍耽误学生，遂勉强上课。胃痛便日日发作，改文也痛，走步路也痛，服药虽止，明天又犯。近几天因青年节[①]停课，我得服药休养，更有人送我普洱茶一块，饮之极妙，两日不痛，食量大增，精神如旧了。你也访问谁有，弄一块饮之。姥姥[②]疟疾治好又犯，现尚未愈，因她好吃大荤及硬东西，你母[③]病血症，十来天也好了。我不须钱，莫要惦念。白玉[④]上学很好，一班百余儿童，他为队长，也是优秀分子，写字尤其有法，不似小孩笔迹。二女[⑤]往长沙去了，三女[⑥]仍留桃源。信阳敌西犯，这里警报频仍，幸未投弹，所忧咱处耳。《阵中日报》悔深[⑦]送一份，同事都说材料丰高。我尤喜看他的文字，他真进步的快。他的文瞻而不秽，清而不寂，通俗而不粗俚，劲悍而不暴慢，你为我向他作贺。父笔。

并候

悔深近好！

七号灯下[⑧]

---

①青年节：1940年5月4日。

②姥姥：宋子英继妻的母亲，宋秀玉的姥姥。

③你母：宋子英的继妻，宋秀玉的继母。

④白玉：宋白玉（1932—2003），生于汝南，宋子英的独子。1940年8岁，在汝南读书。1943年父亲病逝后，随大姐宋秀玉在南阳南都中学读书。1947年参加解放军，参加过广西剿匪和抗美援朝战斗。后因公伤转至湖南衡阳电池厂任厂长。

⑤二女：宋蕴玉（1917—2010），生于开封，毕业于开封女师。全面抗战初期参加32军话剧团，后来到重庆进入共产党领导的“国际新闻社”，开始记者生活。1943年5月在重庆与高天（高紫瑜）结婚。新中国成立后在北京的河北省立北京高级中学任教。

⑥三女：宋怀玉（1921—1999），生于开封。全面抗战初期参加32军话剧团，后参加由中共地下组织领导的妇女救国联合会。在重庆考入武汉大学外语系，抗战胜利后回武汉继续读书。1948年6月，在武汉大学“六一”事件中被国民党通缉，与当时学生会主席唐正乾（后成为宋怀玉的丈夫）一同奔赴开封解放区。新中国成立后在河南省政府政策研究室工作，在开封五高、五中、一中任教。

⑦悔深：宋秀玉的丈夫赵悔深（1911—1998），笔名李蕤，生于荥阳，现代作家。1939年秋至1940年秋在洛阳第一战区军报《阵中日报》任编辑。

⑧1940年5月7日写给长女宋秀玉（残破）。

悔深、秀玉：

汝城于正月初二上午十时沦陷，咱家于初一日午后搬至城北十五里之赵庄，次日移至城东四十五里之张寨，敌人追击团队向东北，而我已超出东南十里，未受惊扰，住一老医生家。至初七，赵庄马车已回，我昂价雇小车三辆，推至三里桥闫仲衡家，至廿七日始由仲衡派佃户牛车送还。

此次贼来迅速，城中财物不及搬运，富家大族自李闯王以来三百年积蓄焚掠一空，损失当在千万元以上。六中校具被毁颇多，校舍未焚，今日已宣布开学。咱家锅口碗盏、年节食品损失约在百元以上，而逃出路线恰为敌寇所未经，此亦不幸中之幸也。吾此次逃出，仅带法币十一元，前途茫茫，不堪设想，所幸到处有人招呼，有人馈赠，二十六七日间花钱壹百五十元，从未张口向人借贷。此皆二十余年热诚教人医人之结果也，然而险矣。

吾二十三日早起咳痰带血，日益增剧，不能握管，凝思前托唐绍昆[①]与尔写信，接到否？今痰中已带红色，而身体软弱尚待休息，此症虽不至立刻要命，然不可根治，吾从此益衰矣。汝宁中学之事，任重而薪薄，本不可干，吾所以承许者，以赋闲洛阳之非酬也。今既有事，可辞此便作罢。

去冬寄去银器一包，价五十元，申报社转交，迄今无回执，数次函问，汝等亦未提及，究竟收到否，速告我，以便查究。父属。

三月一日下午书[②]

背景链接

家书作者宋子英（1882—1943）是我的外公，前面的两封家书是写给我的父母亲的，父母保存了很多年。

外公是河南邓县（今邓州市）人，名豪，毕业于河北保定蚕桑学校，曾任汝南蚕桑学校教员，1920年到汝南第六中学任国文教员，直至去世。1935年，外公集资兴办私立汝宁中学，任校董，开县内中学男女同校的先河。他懂得医术，兼免费行医。著有《六书释例》《墨经释义》等。

外公有三个女儿，一个儿子。他思想开明，不让三个女儿缠脚扎耳，并供她们读书，让她们婚姻自由。三个女儿都成为有文化的职业女性，并走上革命道路。

抗战全面爆发后，据中共汝南革命斗争史记载，由宋子英、温光宇等创办的汝宁中学成为中共地下组织主要活动基地。

---

①唐绍昆（1917—2009），又名唐适宇，河南汝南县人，是汝南六中宋子英的学生。1939年加入中国共产党，在豫鄂边区银行工作，1949年任武汉市税务局局长，1962年至1979年任武汉市城市建设委员会副主任、武汉市人大常委会委员。

②1941年3月1日宋子英写给宋秀玉和赵悔深。

▲ 1936年冬，赵悔深与宋秀玉摄于汝南家中

▲ 1937年夏，宋秀玉（中）、宋蕴玉（右）、宋怀玉（左）三姐妹在汝南驻军106师师长沈克家门口合影

我的母亲宋秀玉（1913—2013）是外公的长女，字映雪，生于河南邓县，母亲早亡，随父亲到汝南。1935年毕业于开封女子师范学校，1936年回汝南替生病的父亲在汝南六中代课，并在私立汝宁中学教书。1937年抗战全面爆发后，汝南“青年救亡会”和“妇女救亡会”成立，谢延祥担任“青年救亡会”主席，母亲担任“妇女救亡会”副主任委员，和谢延祥组织宣传队、歌咏队，母亲的两个妹妹也参加了宣传剧团。母亲还筹款举办了两期“妇女救护训练班”，在迎送过境的中国军队伤病员时，送茶送水，送药裹伤，很好地帮助了伤病员。

外公对三个女儿参加抗日活动的行为很赞许，曾写过一副对联：“慰我心情唯四玉，壮人胆气有二山。”四玉，指儿女四人（秀玉、蕴玉、怀玉、白玉）；二山，指文天祥（字文山）、谢枋得（字叠山，南宋诗人，曾率兵抗元而死）。

因“宋氏三姐妹”在汝南城小有名气，1937年夏天，汝南驻军106师师长沈克邀请她们到家中做客。沈克夫人专门为她们拍了一张合照。

1938年6月，我父亲赵悔深被《大刚报》遣散，来到汝南我母亲的家中。当时汝南局势也很紧张，汝南六中准备迁到南阳。外公决定让父亲带着母亲往南阳迁移，自己带着妻儿和岳母回邓县老家。临分手时，外公预感到这次分手，或是永诀，他给女儿们读了陆游的《示儿》诗：“王师北定中原日，家祭无忘告乃翁。”父女洒泪而别。

▲ 1938年秋，宋蕴玉和宋怀玉在武汉参加了32军话剧团

1938年8月29日，在山河破碎中，我的父亲与母亲在南阳简单举办了婚礼。他们在结婚纪念册上写下誓词：“在祖国遭受着空前的苦难，全民族和敌人作殊死决斗的现在，我们把相爱五年的两心，结上了坚牢的结子。现在，迎在我们面前的，不是满地鲜花，而是残破河山；交织在我们心中的，不是鸟语虫声，而是拍天怒浪。光明与丑恶，屈辱与自由，我们正置身在分水的激流中……”

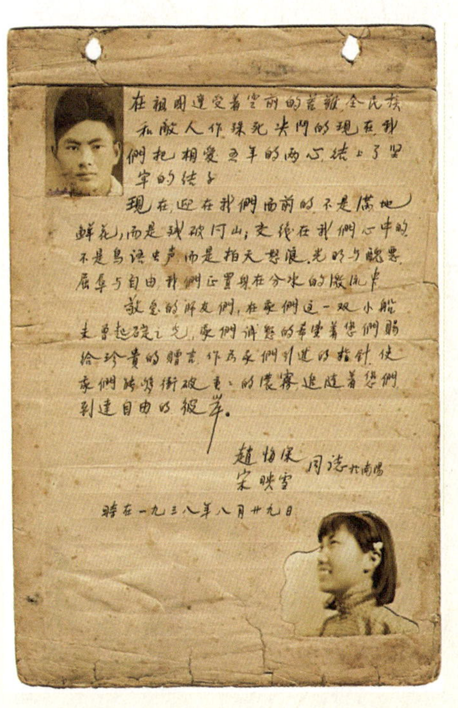

在祖國遭受着空前的苦難全民族和敵人作殊死決鬥的現在我們把相愛五年的兩心結上了堅牢的結子

現在迎在我們面前的不是滿地鮮花，而是殘破河山；交織在我們心中的不是鳥語蟲聲而是拍天怒浪。光明與醜惡屈辱與自由我們正置身在分水的激流中

敬愛的朋友們，在我們這一雙小船未曾起碇之先，我們誠懇的希望着您們賜給珍貴的贈言作為我們前進的指針，使我們勝利衝破重重的障礙追隨着您們到達自由的彼岸。

趙悔深
宋映雪　同誌於南陽

時在一九三八年八月廿九日

▲ 1938年8月29日，赵悔深、宋映雪在河南南阳结婚时的誓词手迹

外公一家随着汝南六中暂住新野。1939年5月“新唐事变”后又迁到淅川，之后又回到汝南，他继续在汝南六中和汝宁中学教书。

在前面第一封残缺的家书中，外公谈到他在汝南六中和汝宁中学抱病上课的情景，也谈到家庭情况和二女儿宋蕴玉、三女儿宋怀玉在湖南的动向，还夸赞长婿赵悔深在洛阳《阵中日报》上写的文章。

1941年元月底，日寇先后侵犯西平、遂平、确山、汝南、上蔡、正阳、泌阳，县城沦陷。前面第二封信中记述了日寇侵犯汝南，外公带着家人仓皇出逃的情形。他们走后，汝南城遭到日军严重的烧杀抢掠。临行前，外公仅带有11元法币，外出27天，居然侥幸平安回家。因他教书行医几十年，广结善缘，所到之处，才有人接待和关照。

1943年4月30日，外公在汝南去世，享年62岁。汝南各界在后龙亭举行了隆重庄严的追悼会，他的学生、病人及慕名而来的群众多达千人，挽联、挽幛多达数百副。落葬仪式由他的学生郭玉堂主持，竖立了“三十年国文教员邓县宋豪之墓”，由庄玉亭撰写的葬礼过程在《汝南日报》发表，学生们还为他的家人捐了一笔生活费。

（宋致新）

钟敬之：国敌家仇铸在心

▲ 钟敬之

钟敬之是新中国高等电影教育事业的奠基人之一，他早年离家，参加革命，后赴延安领导文艺工作。1941年9月，他写给远在湖南祁阳的弟弟一封家书，倾诉了家园遭日寇焚毁的悲愤心情以及对亲人的无限牵挂。

家书原文

吾弟①如见：

将此信试探高仑②先生转你，不知能收到否？

传闻家庭巨变，房屋遭敌寇烧尽，人虽幸免于难，但衣物、器具悉付火中。思念及之，不禁泪下。我家何此不幸？本来生活艰难，已不堪其苦，今罹此种灾祸，日后怎能设想？况母亲已近花甲之年，年来又不断遭劫，其中痛苦，自可想见。愚兄身虽在数千里之外，心则无日不为慈亲而不安，而难过，而歉疚！徒以景况不济，势难救助，为之奈何！所幸吾弟现已安然逃出，希望即能就业，埋头技术学习，好好锻炼数年，将来总能为社会家庭出些力量。况你曾亲身经历此次浩劫，苦难算已受够，国敌家仇，铭铸在心，他日当不致有负慈母及愚兄之厚望也！

---

① 收信人钟敬又，系写信人钟敬之的胞弟。新中国成立前参加江南游击队，新中国成立后长期从事文化工作，离休前为中国电影家协会干部。此信是1941年钟敬又自敌占区流亡至湖南祁阳后收到的哥哥钟敬之寄自延安的家书。

② 高仑是钟敬又的大姐夫钱祖恩的别名，钟敬之为蒙蔽国民党特务，故意将收信人的真实姓名隐去。

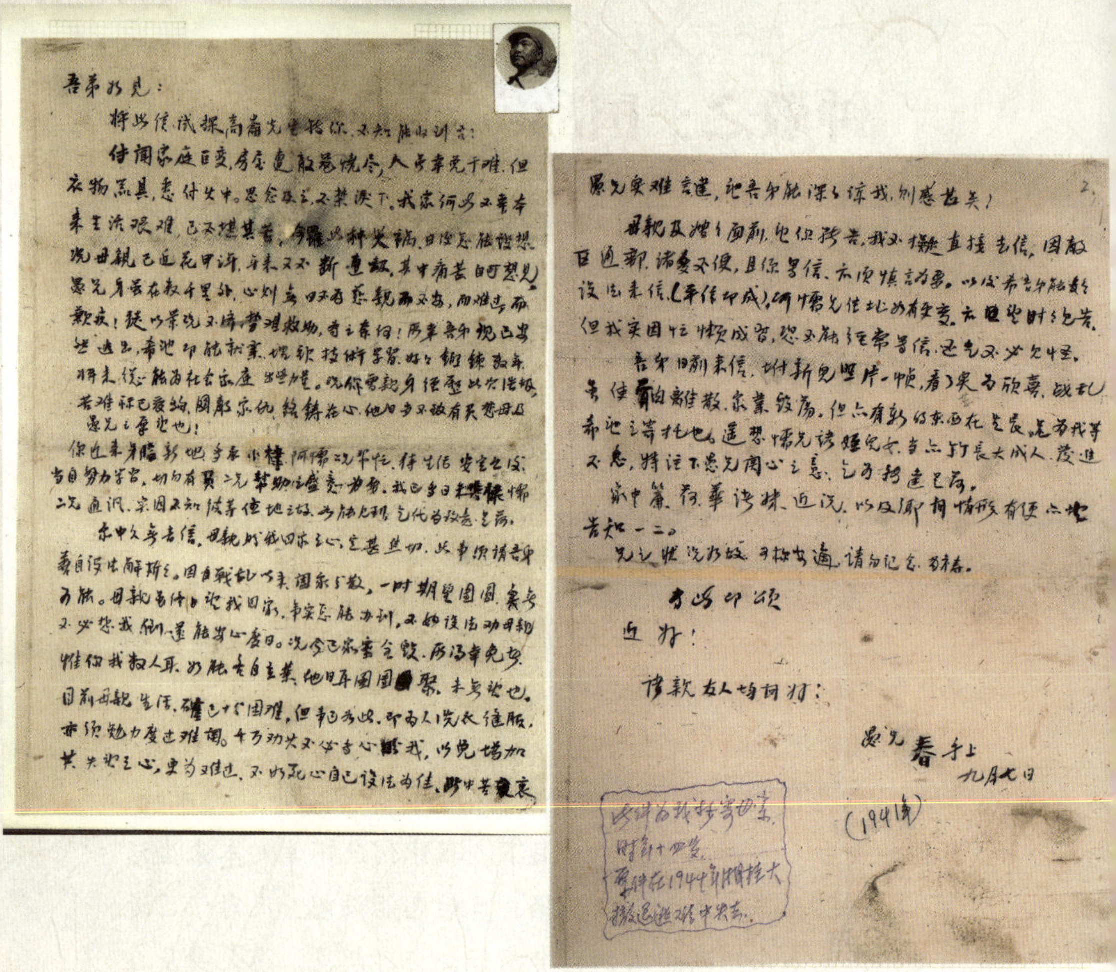

你近来身临新地，多承小棣、阿懦二兄[①]帮忙，待生活安定之后，当自努力学习，切勿有负二兄帮助之盛意为要。我已多日未与棣、懦二兄通讯，实因不知彼等住地之故，如能见到，乞代为致意是荷。

家中久无音信，母亲盼我回家之心，定甚焦切，此事须请吾弟善自设法解析之。因自战乱以来，阖家分散，一时期望团圆，实无可能。母亲虽终日望我回家，事实怎能办到？不如设法劝母

① 小棣、阿懦二兄，分别是钟敬又大姐夫钱祖恩和大姐钟湘霞不为外人所知的小名，皆因白区的特殊环境而隐去其真名。

亲不必想我，倒还能安心度日。况今已家室全毁，所得幸免者，惟你我数人耳。如能各自立业，他日再图团聚，未无望也。目前母亲生活，确已十分困难，但事已如此，即为人洗衣缝服，亦须勉力度〔渡〕过难关。千万劝其不必专心盼我，以免增加其失望之心，更为难过，不如死心自己设法为佳。此中苦衷，愚兄实难言达，望吾弟能深深谅我，则感甚矣！

母亲及嫂嫂面前，望你转告，我不拟直接去信，因敌区通邮，诸多不便，且你写信，亦须慎言为要。以后希吾弟能多多设法来信（平信即成），阿懦兄住址如有更变，亦望时时见告。但我实因忙懒成习，恐不能经常写信，还乞不必见怪。

吾弟日前来信，附新儿照片一帧，看了甚为欣喜。战乱虽使骨肉离散，家业毁荡，但亦有新的东西在生长，足为我等希望之寄托也。遥想懦兄诸侄儿女，当亦个个长大成人，发进不息，特注下愚兄关心之意，乞为转达是荷。

家中簾、荷、华诸妹近况，以及乡间情形，有便亦望告知一二。

兄之状况如故，可称安适，请勿记念，为祷。专此即颂

近好！

诸亲友人均问好！

愚兄　春[1]手上

九月七日

背景链接

1941年4月，日本侵略军发动宁绍战役，侵犯浙东大片地域。占领绍

① 信末落款“春”是钟敬之的小名“春郎”的简称。

兴县城后，百余日寇从诸暨窜入嵊县（今嵊州市），一路大肆烧杀抢掠，奸淫民女。敌机每日空袭轰炸，城镇居民天天躲避空袭，无法安生。

4月23日，敌寇窜入我家所在的甘霖镇，先在车站截住三辆过路的运载难民的汽车，将汽车内的难民全部烧死，继而冲向街道纵火，焚毁半条街近百家商铺和民居。这天下午，镇上居民猛听得机枪声爆响，一阵急过一阵，人们纷纷四散逃奔至附近山上。忽见山下镇上火光腾起，黑烟直冲天空。乡民们在山头上，屏息凝望自己家园升起熊熊大火，不敢回去救援。

▲ 被日寇焚毁的家园废墟

大火整整焚烧了一夜。待天色微明，人们急忙冲下山奔回镇上。往日熙来攘往的热闹街市，一夜之间被烧成一片废墟。余烬未熄，烟臭刺鼻。我们的家园只剩下一堆瓦砾。我家菜园子里三间狭小的柴房未被焚毁，家人将肮脏的猪圈改造成卧室，把厕所里的粪缸移往别处，将厕所改作厨房。我母亲只得在这小破屋里栖身，直至家乡解放。

我家自哥哥远行，失去主要经济来源，生活本已十分困顿，而今遭此劫难，衣食几陷绝境。母亲已近花甲之年，靠小菜园中种植丁点杂粮，难以糊口。我当年14岁就背井离乡，踏上流亡大后方的征程。到湖南祁阳大姐家后，我随即写信给在延安鲁艺的哥哥，告以家乡遭日寇侵袭、家园被焚毁、母亲孤苦无依的惨境。9月的一天，意外收到哥哥回信，并附小照一帧，信封上书写：

湖南　祁阳　宝塔街二十号　钱祖恩先生乞转

高　　仑　　先生　　收

陕西肤施桥儿沟　寄

发信地址中的“肤施”即延安，“桥儿沟”是当时哥哥工作的鲁迅艺术学院所在地。收到这封珍贵的家书后，我当即抄寄一份给远在故乡的母亲。不久，我到广西柳州铁路机厂当徒工，仍陆续寄信给延安的哥哥，却如泥牛入海，再无回音。此时正值国民党发动皖南事变后掀起反共高潮之际，重兵封锁陕甘宁边区，邮路已告断绝。

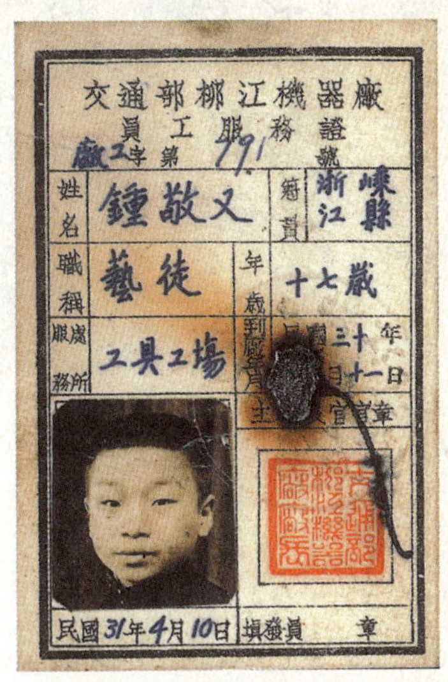

交通部柳江機器廠
員工服務證
廠工字第 791 號
姓名 鍾敬又　籍貫 浙江嵊縣
職稱 藝徒　年歲 十七歲
服務處所 工具工場　到廠年月日 民國三十年 月十一日
主管長官章
民國31年4月10日　填發員　章

▲ 钟敬又的员工服务证

1944年夏，日寇发动豫湘桂战役，从河南长驱直下湖南、广西，国民党军队节节溃败，造成震惊中外的湘桂大撤退。大姐一家从湘南逃难到桂林、柳州，我和大姐一家随同百万难民，从广西徒步逃难到贵阳，再到重庆，行囊衣服尽毁于战火。哥哥寄自延安的这封家书原件也在逃难途中遗失。流亡到重庆后，我通过有关渠道与在延安的哥哥取得通信联系。时值国共谈判后我党在北平创办公开的《解放》报，哥哥通过在《解放》报工作的蔡若虹同志（新中国成立后任中国美术家协会副主席）中转，将信从解放区经北平转寄到四川合川我就读的国立二中，由此我们得以互通书信多封。后来内战全面爆发，《解放》报被国民党查封，通信又告断绝。

日本投降后，我回到故乡省亲。在母亲珍藏多年的家信中，发现了当年由我抄寄给母亲的这封延安来信，如获至宝。以后虽历经劫难，却一直悉心保存。

▲ 解放上海的入城式，在军管会文艺处的车上，前排右起夏衍、钟敬之、蔡贲、于伶，摄于1949年5月

哥哥钟敬之生于1910年，1934年参加革命，同年加入左联和左翼剧联。1938年加入中国共产党。先后任延安鲁艺实验剧团、鲁艺美术工厂（研究室）主任。新中国成立后，曾任上海电影制片厂常务副厂长，北京电影学院党委书记、常务副院长，是新中国高等电影教育事业的奠基人之一。

哥哥长期从事戏剧工作，1946年起，转入电影岗位，先后担任延安电影制片厂、东北电影制片厂领导成员。1949年4月，人民解放军渡过长江，解放宁沪杭。哥哥从东北奉调随大军南下，进驻上海，任军管会文艺处副处长，参与对国民党官僚资本电影机构的接管工作。6月中旬他给在家乡的老母亲寄去了一封信，母亲意外得到雁逝音消12年的大儿子亲笔写来的家书，不啻喜从天降，随即奔赴上海与哥哥相见。当时，我在安徽屯溪部队驻地，偶然从《解放日报》上看到钟敬之抵沪的消息，欣喜莫名，当即致信解放日报社查询，不久就收到了哥哥于7月1日从上海军管会文艺处写来的一封信，并附有他的照片。

不久，哥哥将母亲接到上海居住。年逾花甲的老人终于结束了十多年来苦难频仍、骨肉离散的悲惨生活。以后，哥哥调至北京工作，母亲随同来京与全家团聚，安度晚年。

▲ 钟敬又从皖南部队去上海时留影，摄于1949年9月

▲ 钟氏全家福，右一为钟敬又，右二为钟敬之。1952年冬摄于北京

（钟敬又）

平安信背后的劳工血泪

这是被俘劳工李二妮的最后一封家书，此后家人再没收到他的任何消息，音讯全无，生死未卜。就是这样一封普通的平安家书，却见证了侵华日军野蛮掳掠并残暴虐待中国百万劳工的一段历史。

家书原文

叩禀父母亲老大人尊前膝下：

万福金安，玉体双立〔健〕，敬希饮食如常，希望大人身体强壮。儿在外身体强壮，免大人不必挂念。后并千万来回音，交锦州省阜新市太平矿三坑劳工办事处张方良交九六一九号斗。并问合家人等各好！

三十年九月廿一，不孝儿李二妮　叩拜

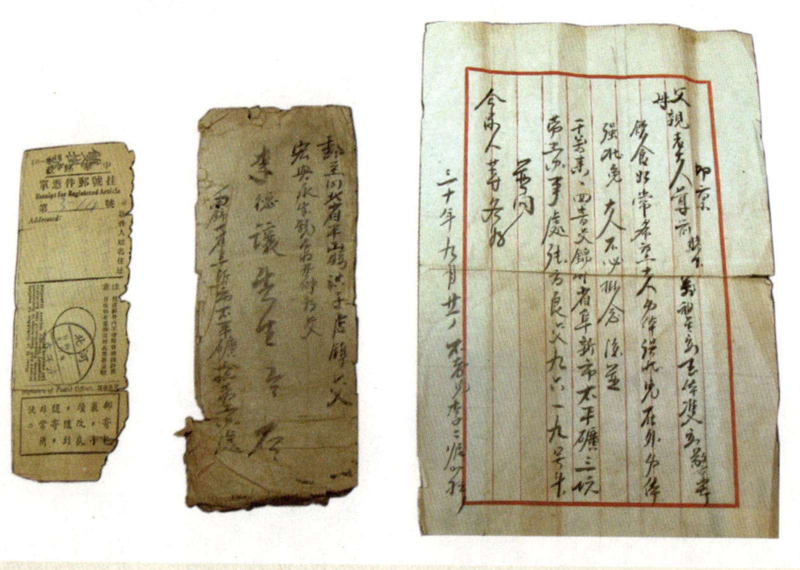

背景链接

侵华战争期间，为了以战养战，日本加紧掠夺中国的资源，成立了很多专门机构，伪满阜新矿业所就是其中之一。1932年3月伪满洲国傀儡政权成立。1934年5月，日伪当局管理经营东北煤矿的机构伪满洲炭矿株式会社（简称“满炭”）成立。1936年10月1日，“满炭”在阜新成立矿业所，统一经营阜新煤矿。到1939年，伪满阜新矿业所已管辖8个采炭所，计有生产斜井44个、露天3座，在建斜井2个、露天2座，成为“满炭”系统最大的煤矿。1941年12月太平洋战争爆发，日本对煤炭的需求更加紧迫。为增加煤炭产量，满足战争需要，日伪当局决定让伪满阜新矿业所与“满炭”脱离，改组成立具有准特殊法人资格的独立会社——伪满阜新炭矿株式会社。

随着日军侵华战争的扩大，伪满洲国的劳动力变得十分缺乏。1941年初，华北汉奸组织“新民会”与日军冈村宁次部队共同策划，向伪满洲国的“国防产业战线”遣送“特殊工人”，即将日军各部队在战场上俘虏的中国官兵、在根据地抓捕的干部群众，以及各地宪兵队、警察署等处收容的“犯罪可疑分子”，用同乡人编为一组的方法，每十几人或几十人编为一班，选出一人担任班长，负责押送和指挥本班人员，几个班编为一个大队，分批押送到东北。这些“特殊工人”被分派到日本关东军的军事工程和日伪指定的为战争服务的重要产业，充当苦役。

据调查资料统计，阜新煤矿劳工主要由以下几部分人组成：一是被俘的八路军、游击队指战员和抗日的国民党官兵；二是没有暴露身份，被日军作为“抗日通共”嫌疑分子抓起来的共产党抗日救亡干部；三是贫苦农民、工人和小商贩。李二妮属于第三种。

李二妮又名李二秉（炳），河北省平山县白家庄人。1941年7月到8月日军对平山县进行“大扫荡”。千余名日军对东黄泥、东柏坡、西柏坡、通家口、南庄、北庄、盖家峪、燕尾沟、西沟、白家庄和陈家庄11个村庄的群众进行了血腥的屠杀。日军用机枪向村里扫射，群众听到枪声，赶紧向村外转移，没想到日军在村外预先设下关卡，部分群众落入日军罗网。日军将落网的群众围逼到一个土岸上，让他们并排站立。手端刺刀的日军一起向群众身上乱刺，手无寸铁的群众相继倒地，土岸上的群众被日军挑死后，又一个个被踢到岸下。有的群众逃到后山山洞里躲避，日军进村搜查扑空后，就到后山一带搜查。为了保护洞里的老人、妇女和儿童，一些身强体壮的男人隐藏在草丛中，当日军靠近时，故意向其他方向跑去。这些人有的被日军开枪射死，有的被日军抓住后送去当了劳工。李二妮就是这样被抓住的，被日军送往伪满阜新矿业所当劳工。

对这些劳工，伪满阜新矿业所实行企业管理和军事镇压相结合的管理方式。每栋房子住百余人，炕用水泥抹成，炕上没有席子，很少烧火。宿舍外围筑起高墙，墙外用电网圈着，大门由矿警持枪把守。劳工每天在井下劳动12个小时以上，高者可达15～16个小时，最高可达18个小时，而且有日本监工手持战刀、镐把进行监督，稍有懈怠便是一顿暴打，有的甚至被当场打死。劳工的伙食主要是高粱米和玉米面，菜很少。日本侵略者采取“要煤不要人”的野蛮开采政策，不考虑安全措施，冒顶、瓦斯爆炸等事故频繁发生。有时明知可能冒顶，仍逼着劳工下井采煤，矿井恶性事故频频发生。生病或受伤的劳工得不到有效治疗，往往被送到病号房，很少能有人活着出来。当时传染病流行，劳工成批死亡。减员—增加劳动时间—劳工死亡加速—再增加劳动时间—更多的人死亡，这就是日伪压迫下中国劳工的命运轨迹。从1936年到1945年的10年间，日本从阜新掠走1 500多万吨煤，同时造成了数十万中国劳工的死亡。

1941年9月，李二妮刚到伪满阜新矿业所后给家里写了一封报平安的信，此后家里再也没有收到任何关于李二妮的消息。2007年，李二妮的亲戚杨学东把这封保存了60多年的珍贵家书捐赠给了中国人民抗日战争纪念馆。由于它是日本侵略中国、掠夺中国矿山资源、残酷奴役剥削中国劳工的有力见证，故而被定为一级文物。

（任京培）

劳工中的幸存者

▲ 高御臣

2005年6月，年逾八旬的高御臣老人来到抢救民间家书项目办公室，带来了一封60多年前的家书，那是他自己写给祖父祖母的。他说，每当看到这封家书，就会想起在伪满洲国当劳工的一段往事。

家书原文

祖父母大人膝下：

敬禀者孙儿离开家，跟着大车经过几道日本卡子，还算顺利（没挨打），第三天到达烟台。正赶上有一条大船，即托人买票，在船上两天两夜到达浪头，很快找到润身医院。舅爷和舅奶奶他们很热情，舅爷说，学徒的事慢慢想办法，现在先住他家。他们本来有一名学徒，早已不干了。我每天在这打扫卫生，干点令〔零〕活，这些我都能干。

舅爷说，出去要小心，对谁都要客气点。日本人能看出来，汉奸头上没贴贴〔帖〕，谁知谁是汉奸，千万不能说是中国人，只能说是“满洲国”人。我怎么也想不通，怎么中国人一下子变成“满洲国”人了呢？只好顺着。

还有，带的路费剩了十块钱，托赶大车的于老板捎回家了。这里花日本钱，三大行的钞票不能用了。

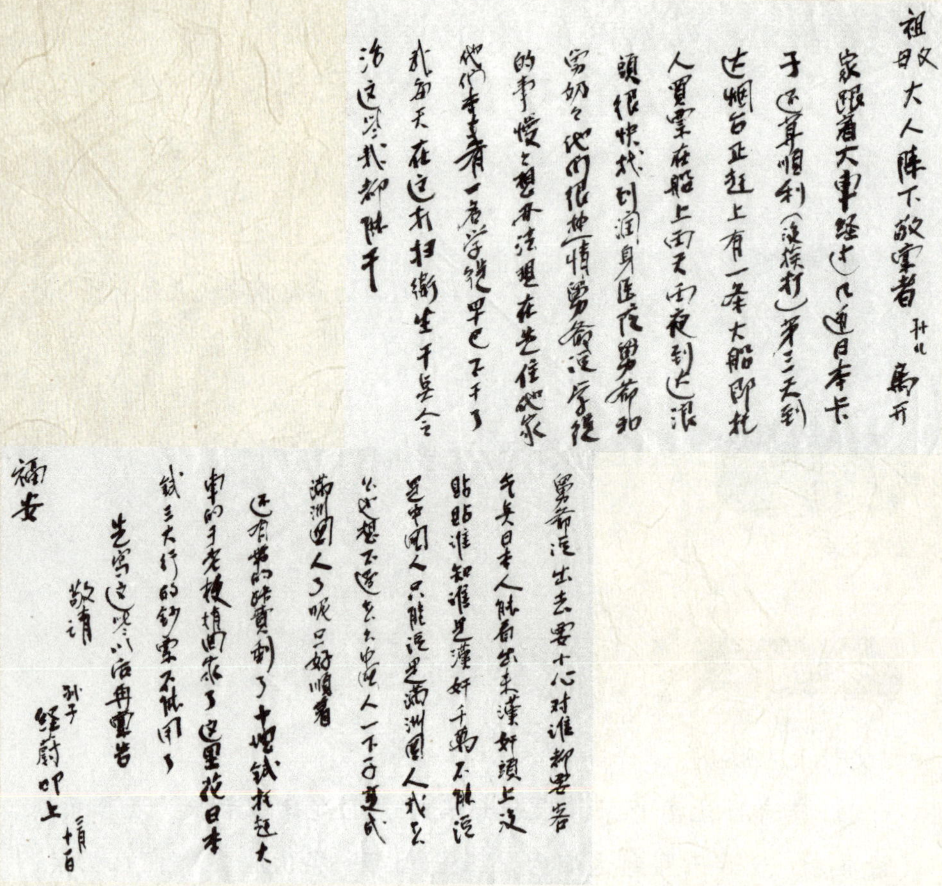

先写这些，以后再禀告。

敬请

福安！

孙子　经蔚[①]　叩上

三月十一日[②]

背景链接

我的老家在山东半岛南面的海阳，靠着黄海。小时候，爷爷给我安排

---

① 经蔚：本信作者高御臣。

② 此信写于1940年。

了一条人生路，沿着前人所走过的路出外谋生——闯关东。那时候，对山东人来说，闯关东可能是一条活路，因为山东半岛人多地少，自然灾害频繁，再加上兵荒马乱，民不聊生。而关东人少地多，容易糊口。但是，闯关东也可能是一条死路，很多人一去不复返，杳无音信。有的没混出个人样来，无颜回乡，有的则是做鬼他乡了。

不管是活路还是死路，总算是一条出路，不能在老家憋死。好在山东半岛与关东隔海相望，海峡不太宽，花几块大洋坐船，即可到达彼岸。

1940年3月，我刚满13岁，跟着十几个人结伙步行三天经烟台去东北，第一站落脚在烟台一个大车店。店老板说，正好有一条去安东（今丹东）的轮船，得赶快办手续。于是叫来办事员收费，要交船票费、"出国证"费、劳工票费。我们惊奇地问：我们是到祖国的东北去，怎么还办"出国证"呢？代办员说：现在日本人已经把东北改为"满洲国"，不办"出国证"不能上船。又说：日本人只允许有劳动能力的人买船票，老弱病残者不能上船，还要验工，他还怕混入共产党的地下人员，他看不顺眼的人也会被赶出来。所以要特别注意，当他问你：愿意到"满洲国"去当劳工吗？你得赶快回答：愿意。不能犹豫。如果被赶出来，那只好等下趟船了。

验工这天一大早，代办员就把我们叫起来，又把注意事项重复了一遍。他带着我们穿过几条马路，来到伪满劳工协会委托的汉奸组织大东公司楼前，排队的人很多，我年纪小，心里非常紧张。很快轮到我了，一个汉奸用手拨拉一下我的脑袋，我还未醒悟过来，就过去了，我松了一口气，到下个窗口照相。

一切手续都办好了，第二天乘轮船去安东。船上的人很多，听说船很大，除了装货以外，还装了三千劳工。船进入海洋，颠簸得很厉害，不少人呕吐不止，整整走了两天两夜，船终于抵达安东浪头码头。在安东的舅爷家，我暂时落脚，抽出时间给远在家乡的祖父母写了前面这封信。

在安东我开始学徒，当用人。后来又到日本人的建筑工地干活。这时，太平洋战争已爆发，美国飞机轰炸日本本土，日本人把工厂的机器拆到东北，利用东北的丰富资源和廉价劳动力为战争提供产品。我所在的安东地区的汽车工厂、轻金属工厂、水泥工厂等厂区建筑工地上，共有几万劳工在干活。这些劳工按来源分为征来的、抓来的、骗来的和雇来的四种类型。

第一类征来的还可分为两种人：一种是从农村征来的劳工，也称苦力；第二种是“勤劳奉仕队”。

当时伪满政府规定：农村劳动力按年龄造册，每年按比例被征去当劳工，由派出单位雇一些退伍军人和地痞流氓担任大、中队长，带领大家去日本工地劳动，每天工作十几个小时，并受日本人和监工的打骂和折磨。这些劳工的情绪非常低落，什么话也不敢说，他们住在工地临时搭起的“人”字形窝棚里。这种窝棚既低矮又潮湿，走进去连头也抬不起来，室内没有一丝阳光，臭气熏天，令人作呕。如果患病也只能躺在那里，遇上好的炊事员，才可能给你一碗饭或一碗水，不能有其他奢望。病重的就可能被拉出去活埋掉（因为怕是传染病）。劳工的生活标准每天只有一斤玉米面，早上一个窝头一块咸菜，中午一个窝头一碗白菜汤，晚上只剩稀饭了。日本人规定的伙食标准本来就低，监工们还要贪污，中午的菜汤连盐也不放。劳工一心想的是熬到期，活着同家人团聚。

“勤劳奉仕队”也叫“小劳工”“国兵漏”。在伪满洲国，年满20岁的男性青年必须服兵役。凡身体检查合格的被强迫去当伪军，不合格的去干几年“勤劳奉仕队”。这种劳工被军事化管理，统一着装，除干活外，还要进行军事训练。同前一种劳工不同的是，这种劳工里不仅有贫苦农民、地主的子女，还有城里的阔少爷，因为是征兵“漏”下来的，也得给日本人去“勤劳奉仕”干几年。

第二类是抓来的劳工。日本人经常以稳定社会治安为名，去抓“无业游民”。他们经常到车站、码头、集贸交易市场去抓人。当一些人被认为是怀疑对象或看不惯的人时，他们也会到家里去抓人。这些人大都被送到矿山、边远地区，或者去修筑国防工事。这类劳工中的很多人去了以后再也没能回来。

第三类是骗来的劳工。那些年华北地区遭遇自然灾害时，日伪政权就派一些人去招工，扬言到了东北能挣很多钱。可是到了东北后，这些劳工举目无亲，只有任凭日本人摆布。这些人没什么技术，多是当土工，干力气活。

第四类是雇来的，即支付工资的劳工。在日本人看来，凡是日本人“统治”地区的人民都要为日本提供劳役，实际上就是军事法西斯劳工营，只不过采取的手段有区别。前三类是强制性的无偿劳动，第四类则采取雇佣形式。日本人心里明白，在产业部门，让技术工人和熟练工人无偿劳动是行不通的。例如扳道岔这种工作，抓来的劳工无法胜任，必须由熟练工人来操作，并且要支付一定的工资。《红灯记》里的李玉和就是一位扳道工，他挣的钱非常少，因此，李奶奶必须出去干点活，铁梅也必须出去拣煤渣，这样才能维持祖孙三人的最低生活。

▲ 长子高华（后排中）应征入伍离京前全家合影，前排中为高御臣和夫人邢文琴，左为女儿高晶，右为四子高伟，后排左为三子高强，右为次子高斌。摄于1968年2月

正因为有这种区别，中国人不称第四类人“劳工”，而称他们“工人”。其实，这同西方大工厂里的工人有很大的区别。这些工人，不仅工资低，而且身份上是亡国奴，思想上也受日本人的控制，根本没有所谓的民主和自由。就劳工的人数来说，第一类和第四类是主体，第二、三类在总人数中占少数。

当时，我在建筑工地的一个运输班里干活，这里是大车运输，住在劳工窝棚里，每天只供应一斤玉米面。因为我们大车班按运输量计运费、发工资，还可以利用到农村运建筑材料的机会买点高价粮来填充肚子，比征来的劳工好多了。在建筑工地，凡是干技术活的，如木工、瓦工、电工、焊工、架子工，情况相同，有的还可以住在家里，骑自行车上班。正因为有这些区别，所以当地人仅把那些在鬼子的刺刀下和监工的大棒、皮鞭威胁下干活的人，即无偿劳动没有自由的人当成劳工，而称有工资的人为“工人”。

那时我觉悟不高，还未认清日本军国主义的本质，认为自己从山东拿着劳工证来这里，当的是“工人”而非劳工，是很幸运的。其实，我当的就是劳工。

1945年8月15日，日寇投降，我同东北千千万万劳工一起，获得了自由。

永远不能忘记这段历史。

（高御臣）

窦大哥精神还好

▲ 黄洛峰

这是读书生活出版社内部同仁的一封“家信”，是远在香港的黄洛峰（化名远昭）写给刘大明的信。刘大明当时在太行山深处敌后抗日根据地奉命开办华北书店，他们用特有的内部“暗语”进行交流，互相通报信息，交流情况，看似谈生意，聊家常，实际上在说只有他们能懂的关于书店、关于各位同志的情况，是一封特殊形势下的“家信”。

家书原文

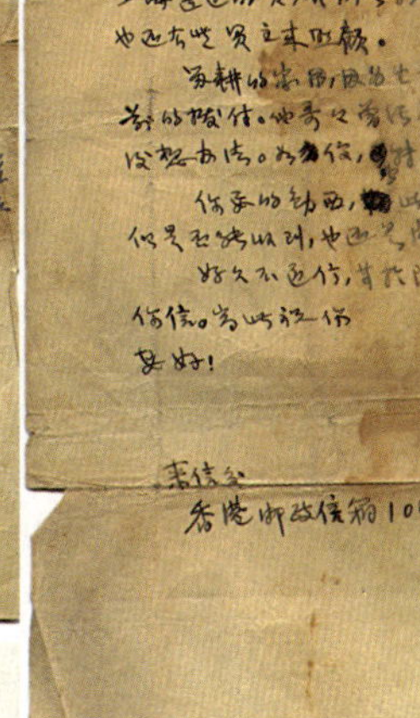

大明吾弟：

九月二十八日信收到了，真是欣慰不已！

诚如你所说，总怕收不到信，就没有给你信。因为很久没有给你信了，一想起来，总是难过不已。而今，千言万语，从何说起呢？

春天曾发一电，因为你常走动，正不晓得已否收接？文兄[①]去陕，已得知。因为各种原因，辰夫[②]、崇基[③]他们也一直没有通信。所以辰夫的情形怎样，也就不大知道了。

家林[④]一直还在病着，汉清[⑤]的一个小弟弟[⑥]最近又病了，窦府[⑦]真是多灾多难。但是窦大哥[⑧]精神还好，虽然事情不大如意，此病彼病，他还是很精神的挣扎下去，这是我们大家都引以为慰的。

良才[⑨]、少卿[⑩]合开了一店，生意还好，下月良才就要出来办

---

①文兄：李文，原名李济安，原任重庆生活书店经理。1940年被派往太行山深处敌后抗日根据地开办华北书店，1941年4月奉延安电召，赴延安与柳湜等开办延安华北书店。

②辰夫：柳湜，上海读书生活出版社创办人之一，《读书生活》半月刊主编。抗战期间曾和邹韬奋合编《全民抗战》周刊，后调延安创办华北书店，不久又调任陕甘宁边区人民政府教育厅厅长。国民党第二次反共高潮时与黄洛峰中断了联系。

③崇基：艾思奇，上海读书生活出版社创办人之一，《大众哲学》一书作者。抗战后由上海调延安工作，曾任中央党校副校长、延安《解放日报》总编等职。在延安期间曾为汉口、重庆的读书生活出版社积极组织稿件，有多种书在重庆出版。国民党掀起第二次反共高潮时，艾思奇与黄洛峰中断了联系。

④家林：孙家林，1938年在汉口加入读书生活出版社。1939年任读书生活出版社和新知书店在贵阳合办的“读新书店”经理。

⑤汉清：张汉清，1936年在上海加入读书生活出版社，1939年任桂林分社副经理。

⑥小弟弟：倪子明，1939年在桂林加入读书生活出版社，1941年随张汉清到广东曲江开办中南文具公司时被捕，经营救出狱。曾任成都分社经理。

⑦窦府：暗指读书生活出版社。

⑧窦大哥：既可指本信作者黄洛峰，也可指读书生活出版社的领导层。

⑨良才：陆良才、陆家瑞，1938年在汉口加入读书生活出版社，1940年曾任成都分社经理，此时在桂林与刘少卿合开建业文具公司。

⑩少卿：刘少卿、刘耀新，1938年在汉口加入读书生活出版社，1939年在成都参与分社的筹备工作，后又到重庆参与书店工作。

货。老万[①]带着他的小用[②]、宝[③]，要回家，不久可以到此。阳章[④]同文彬[⑤]在文彬家乡开了一个文具店，最近因为生意不好，公司要集中钱，做进口生意，他们那个店收歇了，阳章不久就到少卿那儿去。汉清的事业做得较好些，但是因为近来他弟弟病，使得他也弄得苦起来。郑权[⑥]到缅甸做生意去了，他们公司，以后打主意多做点南洋方面的生意，因为那边好做，钱又值钱。这些，就是一些老朋友的消息，我想你是很喜欢听到的，所以不嫌啰嗦的说了一串了。

我们的渝店，今年又遭炸，三楼塌掉，修补修补，又用掉几千，生意还可以，只是货物少。最近打主意恢复《学习》杂志，以后生意或可好些。锡棣[⑦]帮同一个吴兄[⑧]在做，吴虽做生意不久，但年龄比锡棣大，经验多，也还可以做下去。上海造过的货，他们重新仿制翻造，一个月多少出些货色，也还有些买主来照顾。

---

①老万：万国均，1936年秋在上海读书生活出版社工作，后一直在上海、汉口、重庆、贵阳、桂林、香港等地奔波，协助黄洛峰办理重要社务，是黄洛峰的得力助手，相当于总社“经理助理”。

②小用：范用，1938年在汉口入社。

③宝：丁仙宝，范用夫人。

④阳章：欧阳章，1938年在汉口入社，时在昆明与岳文彬同办昆明金碧文具公司。

⑤文彬：岳文彬、岳世华、岳质君，1940年1月在重庆入社，皖南事变后离重庆到家乡昆明和欧阳章开办昆明金碧文具公司。

⑥郑权：郑树惠，1938年在汉口加入读书生活出版社，此时任昆明分社经理。

⑦锡棣：王锡棣、王晓光，1938年在汉口加入读书生活出版社，此时在重庆主持自强出版社，并投资立信会计图书社，属于二线安排。根据周恩来的指示，三家书店必须要划分一、二、三线三条战线。二线是在另一些地方原来的机构已无法立足的，可以改名换姓，另起炉灶，或与别的出版社合作，建立新机构，以避免损失。

⑧吴兄：吴毅潮、吴葆铭，1940年由湖北到重庆入社。皖南事变后，抱病负责编辑工作，并兼顾社里的经营管理工作，还开设纸行，售卖纸张，以弥补出版社的亏空。

留耕[①]的家用，因为生意不好，社里暂时仍只能照以前的拨付。他哥哥曾经找过麟[②]兄，但麟无法，答应以后想办法。如便，望能告留耕。

你要的东西，此间不收寄，已函沪店寄你。但是否能收到，也还是问题呢！

好久不通信，等于隔了几十年一样；以后，我想多给你信。专此祝你

安好！

远昭[③]

卅年十一月十二日

来信交香港邮政信箱1048号可也。

背景链接

读书生活出版社，1936年由李公朴、柳湜、艾思奇等创办于上海。前身是李公朴主编的《读书生活》半月刊，后由黄洛峰任总经理。1937年10月迁至汉口，1938年10月迁至重庆，后改名为读书出版社，并在广州、贵阳、桂林、昆明等地设立分社。该社出版的第一本书是艾思奇的《哲学讲话》，发行不久即被查禁，修改后更名为《大众哲学》继续出版，成为该社的畅销书。该社出版了许多社会科学著作，并翻译出版多种苏联文艺理论图书、文学作品以及少儿读物。后该社与生活书店、新知书店合并成为三联书店。抗战时期读书生活出版社出版了大量有关抗战的出版物，成为

① 留耕：刘大明，原名赵刘根，1921年3月9日生于上海徐家汇天钥桥路赵巷，1936年参加上海读书生活出版社时改名为赵子诚，1940年由重庆赴太行山华北书店，在重庆红岩八路军办事处改名为刘大明。

② 麟：刘麟，上海读书生活出版社经理。

③ 远昭：黄洛峰，云南省鹤庆县人。1927年加入中国共产党。1934年同李公朴等人创办《读书生活》杂志，后参与创办读书生活出版社，任总经理。

国统区代表进步出版势力的一个重要单位。

在黄洛峰主持下，读书生活出版社出版了郭大力、王亚南合译的马克思《资本论》第一卷及郭大力译的《剩余价值学说史》，为在我国传播马克思主义做出了贡献。

1940年，周恩来根据毛泽东的指示精神，向邹韬奋建议，生活、新知、读书三家书店联合起来，到延安和敌后去开办书店。三家书店的负责人一起商议："生活"派李济安前去，并由他全面负责；"新知"派陈在德；"读书"派赵子诚。8月初，三人集合到重庆红岩八路军办事处，换上了八路军的军服，佩戴了八路军胸章、臂章，并改了名字：李济安改称李文，陈在德改称王华，赵子诚改称刘大明。他们的名字沿用至今。

他们乘卡车从重庆出发，一路颠簸，经成都、广元、汉中、宝鸡到了西安，在西安八路军办事处受到林伯渠的接见。为了等候过封锁线，他们在西安住了一个月，才奉命到洛阳与护送他们的八路军会合，过了封锁线天井关。又经过十多天的艰苦行军，于11月初到达山西辽县南70里的桐峪八路军野战政治部所在地，沿途受到边区政府杨秀峰主席、支队唐天际司令员和八路军野战政治部主任罗瑞卿的接见。

到桐峪后，遵照罗瑞卿主任指示，他们在华北《新华日报》同志的帮助下，决定先在根据地中心桐峪开设一个门市部，销售边区出版的书刊和文具，并用油印方式刻印一些文艺小册子。三人分工，王华负责门市部筹建，李文负责采购文具用品并和刘大明负责刻印油印小册子，刘大明负责油印刻印工作。他们赶印了《1941年月历》，又将高尔基的两篇名著《海燕》和《鹰之歌》刻印成一本，取名《鹰之歌》，作为门市部开张的礼物。他们精心设计了开本、版面、用纸，月历的封面还进行套色，取得了很好的效果。当时，读者看惯了一些政治理论书籍比较单调刻板的装帧，此时见到了《鹰之歌》，犹如在荒漠戈壁滩中看到一朵迎风而立的小白花，觉得分外可爱。

开业之日，正是元旦假日，附近总部各机关的干部、群众，纷纷从几里、几十里以外，像赶集一样，到桐峪来游玩，看见书店新开张，都到店里看看，顺便买些文具纸张之类。不几日，《鹰之歌》即销售一空，500份月历也销售大半。

1941年10月，李文离开太行山到延安建立了华北书店，太行华北书店就由王华和刘大明负责。到1942年秋，共出版了20余种像《鹰之歌》这样的小册子，其中除了鲁迅的著作外，大多是苏俄小说。其中也有几种是边区作家编写的，如《世界名歌选》，是129师文工团团长刘流同志编的，《拉丁化检字》是边区文联主任陈默君同志组织编写的。

这些小册子，在版式方面都不断进行改进，如版面大些、小些，文字直排、横排等；封面根据内容设计，尽量各具特色；有的小册子还加上了一些评介式的后记，对读者不无裨益。小册子的印数一般是500册，也就是当时蜡纸所能承受的最高印数了。那时，每决定印一本书，刘大明就夜以继日地刻蜡版，他右手的食指和大拇指，由于长久握铁笔而变得扁平，并长期疼痛。当时油印的小册子有《1941年月历》《鹰之歌》《阿Q正传》《狂人日记》《故乡》《朝花夕拾》《不走正路的安得伦》《死敌》《第四十一》《我是劳动人民的儿子》《和列宁相处的日子》《二十六个和一个》等。

这封读书生活出版社的“家信”是黄洛峰接到9月28日刘大明给他的信后，写的回信。刘大明到华北敌后抗日根据地后，想要的纸型一直没有收到，很着急，他抱着试一试的心态给黄洛峰写了信。由于当时国民党掀起第二次反共高潮，特别是在皖南事变以后，读书生活出版社出版陈学昭《延安访问记》用的纸型在重庆被国民党特务查获，国民党图书杂志审查委员会据此“请”黄洛峰前去“谈话”，结果纸型被没收，人也被扣留一天后释放。黄洛峰无法在重庆继续活动，不得不秘密出走香港。刘大明的信他是在香港回的，为了避免不必要的麻烦，信中他使用了大量的“暗语”进行交流。他介绍了读书生活出版社各位同仁的情况。说到某某病了，那就是指他被捕了。如“家林一直还病着”这一句，就是指孙家林1941年2月在贵阳担任“读新经理”时，书店被国民党查封，他和店中其他五位同志被捕。他的爱人刘瑛同志未被逮捕，寻得机会，“里应外合”，帮他逃离了监狱，径赴昆明。“汉清的一个小弟弟最近又病了”，是指倪子明1941年在广东曲江开办中南文具公司时被捕。

“窦府真是多灾多难”这里取的是谐音“读社”，指读书生活出版社；这时内地四个分社全部被封，多人被捕，财产损失惨重。“但是窦大哥精神还好，虽然事情不大如意，此病彼病，他还是很精神的挣扎下去，这是我们大家都引以为慰的。”窦大哥可以理解为是洛峰同志自称，也可以理解为“读社”领导层，包括在上海的郑易里等同志。虽然这里被封，那里被抓，但“读社”的领导层精神很好，仍然在顽强地坚持斗争着。

“上海造过的货，他们重新仿制翻造，一个月多少出些货色，也还有些买主来照顾。”这指的是当时上海读书生活出版社在郑易里等同志领导下，出版了多种书籍，并不时将样本转重庆翻印。

信中黄洛峰与刘大明交流共同的事业，介绍了许多情况，并且也很关心刘大明，表示对于他家的困难，能帮助就一定帮助，充分体现了同志之间互相帮助的亲切关怀之情。刘大明远在太行山深处的华北书店，在根据地为广大的敌后抗日群众服务，传播抗日救国的真理。但是根据地出版刊物的条件有限，刘大明在工作中遇到困难还会请求黄洛峰帮忙。由于国统区条件比较特殊，日本未占领的地区也有许多对进步文化事业的限制与迫害，他们不得不想出许多办法进行工作。从这封信中就可以看出他们对所从事的事业是尽心尽力的。对于刘大明的请求，黄洛峰是非常明晰的，对他要的东西，说“此间不收寄，已函沪店寄你”，由于战争环境，“但是否能收到，也还是问题呢”。黄洛峰在信的最后表示，他们在完全不同的环境中进行着抗日的工作，彼此分开才一年多，但是觉得分开好长时间了，“好久不通信，等于隔了几十年一样”，可见在战争环境下，看到一封这样的“家信”是多么不容易啊！

（乔玲梅）

孩子们战斗的家园

民族危亡时刻，全中国人民，无论是白发苍苍的老者，还是年幼的孩童，都同仇敌忾，一致抗日。孩子剧团的成员年龄虽小，抗日的决心和意志却不输成人。他们把剧团和宣传队看作自己的家园，用文艺作为武器，动员群众，支持抗战。

家书原文

亲爱的惧、乃〔鼐〕诸先生：

当我们看到您油印的书信时，我们心在跳荡着，每个孩子久怀着对“抗宣二队”的遥念，都寄托在这挤密密的字间里。看到信封上是自渝寄的，我们更欢喜的想着，这该是我们见着久别的哥哥姐姐的时候了吧！

想不到一群在战斗中成长的哥哥姐姐们，在急变中离开了他〈们〉那战斗的家园——“抗宣二队”，而个别的独立的在抗战各部门里去发挥伟大的战斗力量，争取中华的解放，求得抗战彻底的胜利！更想不到有四位哥姐，为着祖国，为着那理想的世界而悲壮的战死在魔鬼的酷刑里！

亲爱的先生：当我们看到这用鲜血写成的书信时，我们一样的感到哀愁、愤恨和悲痛！我们只有继承四位哥姐们的不屈不挠的战斗精神，来负起他（她）们卸下的重任！亲爱的先生：请您相信我们，我们要用孩子们所能出的力量，去争取中华民族的解放，来纪念死于魔口下的四位哥姐们！

只有不断的在艰苦环境中去奋斗，才能保证我们不断的进步，才能保证那理想世界的实践！因此，我们不论在任何环境里，只要想到四位哥姐的牺牲和哥姐们的英勇战斗的精神，在诸

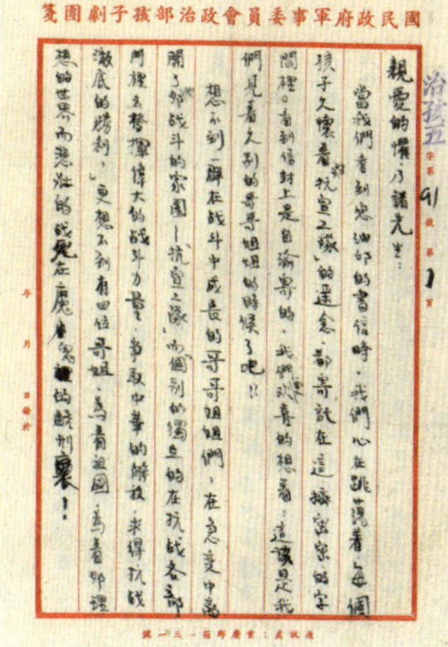
國民政府軍事委員會政治部孩子劇團箋

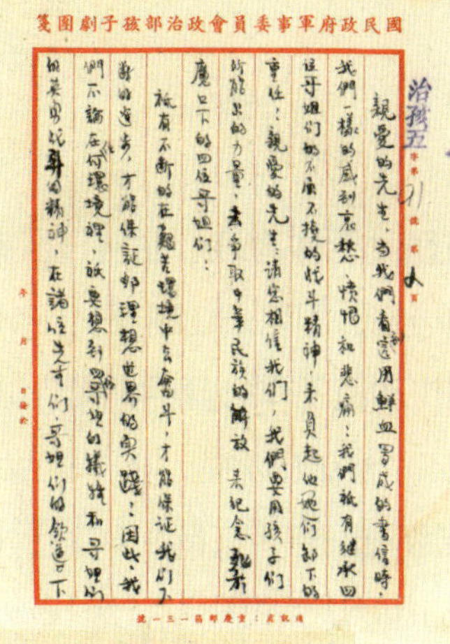
國民政府軍事委員會政治部孩子劇團箋

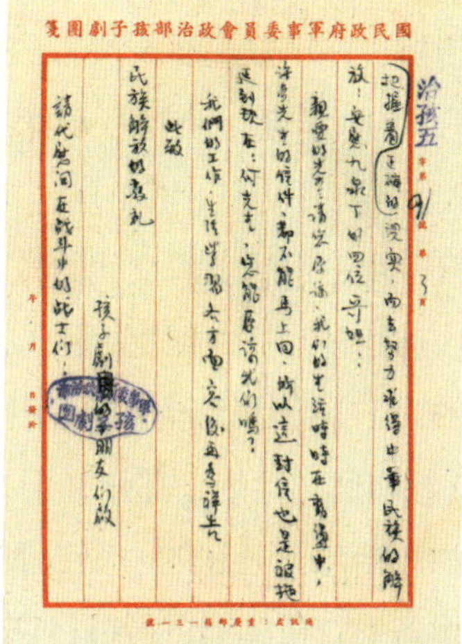
國民政府軍事委員會政治部孩子劇團箋

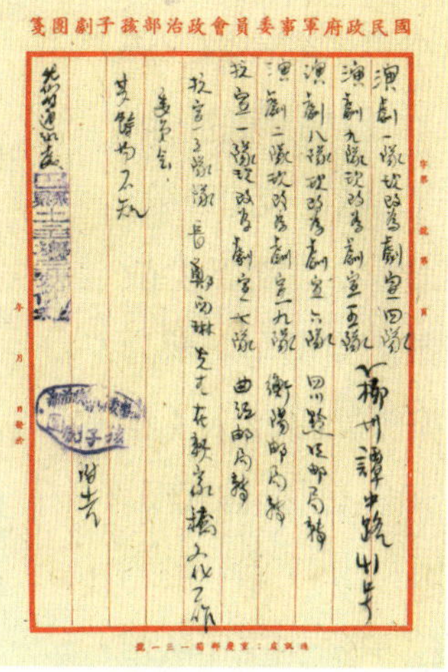
國民政府軍事委員會政治部孩子劇團箋

位先生们、哥姐们的领导下，正确的把握着现实，而去努力求得中华民族的解放，安慰九泉下的四位哥姐！

亲爱的先生：请您原谅，我们的生活时时在动荡中，许多先生的信件，都不能马上回，所以这封信也是被拖延到现在。何先生，您能原谅我们吗？

我们的工作、生活、学习各方面容后再为详告。

此致

民族解放的敬礼！

孩子剧团的朋友们　启[1]

请代慰问在战斗中的战士们！

---

① 此信写于1941年。

背景链接

1938年初，在以国共合作为核心的抗日民族统一战线推动下，国民政府军事委员会成立政治部，周恩来任副部长。4月，成立以郭沫若为厅长的第三厅，主管抗日宣传动员工作，着手收编、组建抗日宣传团体。8月，在武昌昙花林宣布成立10个抗敌演剧队、4个抗敌宣传队和1个孩子剧团。

“抗宣二队”（抗敌演剧宣传二队）成立于1938年9月，主要在第三战区开展宣传活动。队员们从武汉出发，经长沙到南昌，通过演出、办报、演讲、对敌宣传等方式宣传抗日，足迹遍及5个省、23个县、47个镇、近200个农村，行程达万余里。1940年底，在国民党第二次反共高潮的影响下，中国共产党员和进步人士不得不离队，1941年“抗宣二队”被迫改编。

孩子剧团成立于1937年9月，隶属上海文化界救亡协会，由淞沪会战时自发在难民收容所进行抗日宣传的中小学生组成，共产党员吴新稼为干事长（后改为团长）。1937年11月上海沦陷，吴新稼率领剧团22人（年龄为8～16岁）离开上海，经南通、徐州、郑州，于1938年1月抵达武汉。1938年4月，孩子剧团成为政治部第三厅的一个直属团体。1939年1月剧团迁往重庆，分两队到四川各地农村集镇进行抗日宣传，并派出工作队帮助中小学校及儿童保育院排练戏剧歌咏、组织演出。同年9月，共产党员林犁田（许翰如）接替吴新稼，任团长。

1941年皖南事变后，国民党当局为加强对剧团的控制，三次下令将孩子剧团调归重庆市卫戍司令部管辖，强行改组并撤换剧团原有各级领导干部。在周恩来、邓颖超等的关心爱护下，一部分团员被送往解放区。

1941年，孩子剧团得知“抗宣二队”四位哥姐在国民党第二次反共高潮中牺牲，于是给二队队长何惧、副队长谢鬅写了前面那封信，表达了孩子剧团对“抗宣二队”英勇牺牲的同志的哀悼和敬意，同时也表现了不畏残酷、抗战到底的决心。2009年，何惧之女何碧、谢鬅之子谢庆把这封信捐赠给了中国人民抗日战争纪念馆。

（要秋霞）

艺术服务抗战

抗战时期西南大后方活跃着十几支抗敌演剧队和宣传队，激励民众士气，鼓舞人民斗志。这封信详细介绍了部分演剧队的抗日宣传活动及艰苦的抗战生活，再现了当时西南大后方的抗战戏剧文化，很具史料价值。

家书原文

家麟[①]兄：

接得你的信时，正忙着演《家》，与其让信躲在抽屉里等你，倒不如停几天多带点消息给你。我希望这封信能等你，否则，你又该说我懒了。

川东之行，如何？长江与柳江，到底那条清些？我遥祝你旅途愉快了，丰富生活经验，确是治学的重要方法。这次，你可以看到高耸云霄的三峡和雄峙长江的夔门，“两岸猿声啼不住”，恐怕你是轻车已过万重山了。二十年前我和家人由川回江苏故乡时，所见的风物，不悉今日尚能无恙否？

《家》已如预定计划在十月十五至二十四日演出了，各方面都没剧本，话是这样说的：钱捐出近五万元，自己剩了些用具；戏没有大漏洞，演出虽只有一两个较过去有显明的成就，但都平均整齐，没有太突出和落后的现象，而刚入队甚至中途来的新同志也都还衬得起来；自己检讨起来，和在桂林看过《家》的朋友和观众都觉得较桂林演出为好，不管在戏和舞台工作上；至少，不叫人讨厌，看不下去。缺点自然有不少，但我们仍很愉快

① 家麟：何惧，原抗敌演剧宣传二队队长。

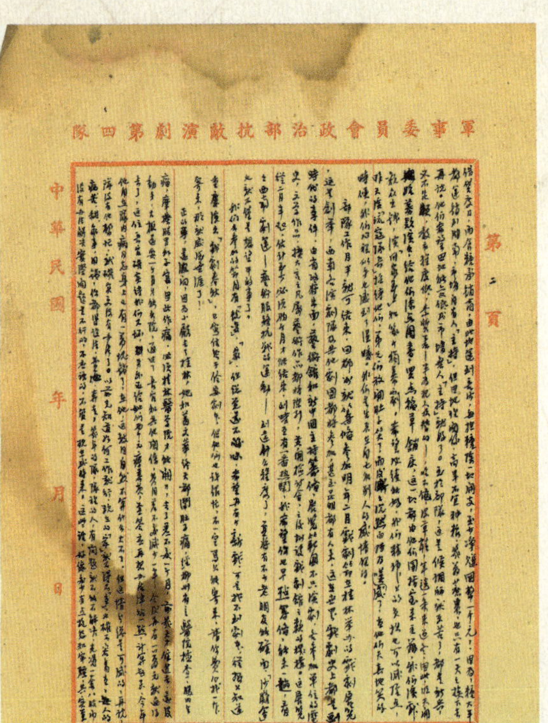

軍事委員會政治部抗敵演劇第四隊

第二頁

中華民國　年　月　日

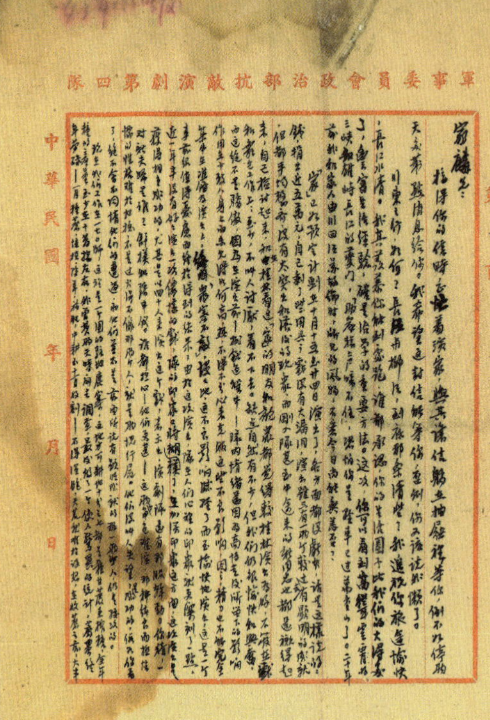

軍事委員會政治部抗敵演劇第四隊

第一頁

中華民國　年　月　日

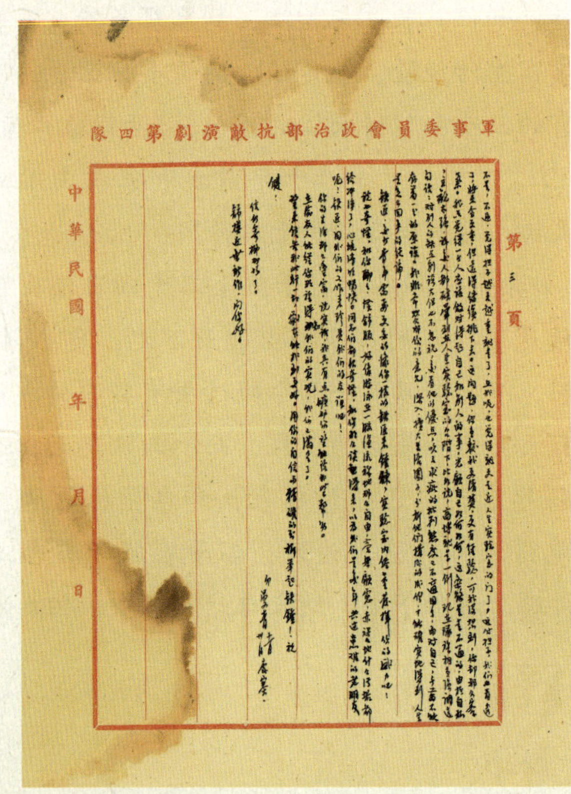

軍事委員會政治部抗敵演劇第四隊

第三頁

中華民國　年　月　日

和兴奋，而这绝不是骄傲，因为在演出前——排戏过程中——队内情绪还因为××走后所留下的影响作用在少数人身上而未见得如何高热，不得不分心来克服这些不良影响，因而精力也不能完全集中在准备及演出上，终因“众寡不敌”，慢慢地这不良影响减轻了而至愉快地演出，这是一个事前很值得忧虑而终于得到的结果。由于这次演出，队在人们心里的印象就更深刻了一点。近一年半没有好好演出一次像样的戏，队的印象已将模糊了，在加深印象这方面，这次演出是获得相当成功的，尤其是以四十人来演出这个戏，表示出演剧队还有那股干劲。你猜，一对新夫妇是谁？舒模[①]和张申仪。谁都担心——他们更甚——这两个角色难演，那种纯良而极怯懦的性格难于把握，不是过火得不像那两个人，就是两块行尸，他们没叫人失望，是成功的。假如你看了，绝不会不同情他们的遭遇，而他们并不是前面所说有显明成就的那一两个人，仍是较次的。

现在我们工作在一七〇师，这里是一个团的驻地鹿寨，这地方可耕地十分之七都是种甘蔗来榨糖，全年糖的产量至少在十万担左右。我曾费两天时间去调查，最后做了一个使人惊异的统计，蔗农终年劳碌——一月种蔗、培植、除草、施肥、中耕至十一月收割——不得温饱。天荒就难于设想，在收蔗之前，大半借贷度日。而食糖承销商，由此地运到长沙，每担糖除一切开支，至少净赚国币一千元！因为糖大半都运销到湖南，市场自有人“主持”。但因地理关系，高旱不宜种粮，几万蔗农，也只有一天天挨下去再说，他们希望田地能变低或市场无人“主持”就好了。至于部队，这是候调师，就更苦了，都是新兵，又不足额，教育程度低，素质差——半为犯人顶替的——吃不饱，没草

①舒模：原名蒋树模，作曲家，抗敌演剧宣传四队（“剧宣四队”）副队长。

鞋，军毯一条来过冬。因此明天开始募款演出，给他们添点图书，买点稻草铺床，这一切都由他们团指室来主办。我们演戏，观众出钱，演《国家至上》和几个独幕剧，希望成绩能好，我们精神上的负担也可以减轻点。昨天演《流寇队长》招待他们，弟兄们放开肚子笑了，而后渐渐沉默而犹〔尤〕为感叹了。当他们天真地笑的时候，我们心里似乎也感到了温暖。我们是生长在自己和别人的感情里的。

部队工作月半就可结束，回柳州就筹备参加明年二月戏剧节在桂林举办的戏剧展览，这是创举，西南各演剧队及其他剧团都将参加，甚至昆明都有人来。这在世界戏剧史上都是划时代的事件，由省政府出面，艺术馆和新中国主持筹备。展览范围不只演剧，各参加单位的历史、文学作品，扩大言之，凡属艺术作品都将陈列，并开检讨会，之后拟设戏剧馆之类的机构。这展览从二月半起，估计至少必须两个月才能结束，到时当有一番热闹，我希望你也早点筹备，能来一趟，看看西南剧运——艺术服务抗战的运动——到达什么程度了，并将有不少老朋友能碰面，“沙滩会”也就不仅是想望中的事了。

我们去参加的节目有《蜕变》《家》，但总觉还不够味，希望再有个新戏，可是找不到剧本，从报上知道重庆演出《戏剧春秋》，已写信给于伶要剧本，但他们也许很忙，不一定马上能寄来，请你费心找一个寄来，那就感德无涯了！

正的事，还没问，因为小顾去了桂林，她和葛文华终天都闹肚子痛，经柳州省立医院检查，腹内生瘤，摩擦肠胃和子宫，因此作痛，必须桂林医学院才能开刀。去了差不多一个月，前几天才住进去，还没动手〈术〉，大概还要一个月才能出院。通过了长官和其他关系，费用差不多减少一半，今后再有一万元就过得去了。这位长官确实待我们不坏，另外还给她们两千元疗养费，并答应再想办法津贴一点。计算起来，今年他用在队内病同志身上已有一万块钱了，在他这数目自然不算什么大不了，但这情分总是可感的。再说，队没有他帮忙，就确实更没有办法了。以前光知道如何工作就行，现在的“家”就不得不“当”，也确不容易当，每人的病、苦、甜、家事、用钱，你都得设法、费心、奔走。几年的队，队里的人，有问题就不能不解决，光凭一套八股而没有办法解决实际问题是不行的，不应该的，不管是现在或将来。这些话，好像多少有点抱怨和牢骚，其实并不是，不过觉得担子越来越重就是了。在我呢，也觉得就更走近人生实验室的门了。这付〔副〕担子，我们也看透了，将来会更重，但还得继续挑下去。这问题，你远较我更清楚，更有经验，可我没想到，你却那么客气。我只觉得一个人应该做对得起自己和别人的事，光顾自己如何如何，这条路是走不通的。由于自私、主观太强，许多人都碰晕到〔倒〕在人生实验室的台阶下。比如说，××就是一例。现在队里相当强调这句话：对别人的缺点别夸大但也不忽视，多看他们的优点，吹毛求疵的批判态度已不适用了，而对自己，千万不能存着一分的原谅。我非常赞成你的意见，深入扩大生活圈子，分析他们构成的成份〔分〕，才能确实地得到人生是怎么回事的结论。

铁匠，多少青年需要更多的像你一样的铁匠来锤炼，实验室内尽量发挥你的威力吧！

说也奇怪，和你聊聊怪舒服，好像游泳在一股温流里地那么自由，毫无顾虑，赤裸裸地什么污垢都给冲净了，心境清明畅快。同志们都很奇怪，和你那么谈得来，以为我们是多年共过患难的老朋友呢！铁匠，用我们的工作来珍贵我们的友谊吧！

你的生活那么丰富，说实话，我真有点嫉妒你，望能给我些帮助。

在渝友人能从你那里得知我们的实况，我们已满足了。

望来信告我此行一切，剧本能找到更好。用你的自信与精确的分析举起铁锤！祝

健！

弟　曼青①

十一月三十日　鹿寨

信仍寄柳州好了！

舒模近无新作，问你好！

背景链接

这封信是1943年“剧宣四队”队长魏曼青写给原“抗宣二队”队长何惧的信。2009年何惧之女何碧、谢篇之子谢庆将信件捐赠给中国人民抗日战争纪念馆。

当时各个“演剧队”和“抗宣队”一般20人左右，队员很年轻，除孩子剧团外，其余各队队员平均年龄在20岁上下。各队都实行供给制，除衣食由队里供给外，一律发给生活费2元（后来才增加到6元）。虽然生活比较清苦，但是队员们在“抗日救亡”这个大目标下紧密团结，互相鼓舞，生气勃勃。1938年，各队在武昌昙花林经过短期集训和互相观摩演出后，于8月8日正式成立。在授旗仪式上，周恩来亲临讲话，他号召全体队员们“到前线去，到民众中去，为抗日战士和广大人民服务”！

1941年国民党第二次反共高潮中，抗敌演剧队被改为军事委员会政治部抗敌演剧宣传队，简称“剧宣队”。抗敌演剧一队被改为“剧宣四队”，留柳州；二队被改为九队，留长沙；其余也都有所调整。

此信的“剧宣四队”就是原抗敌演剧一队。其前身为上海业余实验剧团，后成为上海救亡演剧队第三队，1938年8月改编为抗敌演剧一队，被

① 曼青：魏曼青，抗敌演剧宣传四队（“剧宣四队”）队长。

派往武汉前线张发奎部第二兵团工作。武汉失守后，进入广东韶关地区，对粤北军民进行抗日宣传工作，演出了各种街头剧、活报剧。1939年春，抗敌演剧一队被第四战区政治部改编为艺术宣传队，队内党组织坚持工作，抵制当局的控制措施。1940年春，恢复原建制，魏曼青为队长，随第四战区长官司令部到广西，为柳州军民演出《我们的故乡》《包得行》（与九队合排）等剧目。1940年底，日军退出南宁，抗敌演剧一队会同九队赴南宁进行群众宣传工作，同时创作演出了张客、齐闻韶、吴淞的《南宁克复后》，李超的《边城之家》《霸王山》等剧目。

1941年被改编后，全体队员在中共地下组织的领导下，抵制了反共逆流，稳定了情绪。此后两年多，全队一方面坚持以柳州为依托，在桂南一带为军民巡回演出；另一方面抓紧业务训练，钻研剧场艺术。这期间排演了《蜕变》《家》《大明英烈传》等，创作了多幕剧《边城之家》，独幕剧《嫁不嫁》《开小差》等。1944年2月，参加了西南第一届戏剧展览会。1944年夏秋，随10万人黔桂大撤退，辗转于贵阳、安顺一带，仍坚持演出《岁寒曲》《国家至上》《草木皆兵》《金玉满堂》等剧，直到迎来抗战的胜利。

（要秋霞）

战时保育生的思亲家书

战时保育生与父母千里相隔，甚至春节都不能团聚。这封信就写于正月初二，字里行间流露出对父母亲人的思念、体贴，文笔简洁流畅，显露出这位保育生较好的素养以及特殊时代环境下的早熟稳重。

家书原文

父母亲大人：

儿寒假已放四个多星期了。

农历廿九的下午，我独个寂寞地在川湘公路旁徘徊着。想着家里现在一定在做馍了，写对字〔子〕。

不知名的鸟声，从马鞍山腰的密树里清脆地荡漾下来，公路上就愈见得寂静幽冷。

我缓缓的向院走，忽然对面来了一位同学说："你来了信。"我想是开玩笑骗我的。因为写了好多信回去，都没见回信。第二天中午先生把信递我之后，才晓得那位同学不是骗我的。

在放假前，我们举行了一个毕业试考，参考的人有七十五个，考取的有三十四个。我也是考取的一个。在这两个星期内，我们考取的就要到重庆。到重庆后再考一次，然后就分到中学去。

关于成绩单，早就寄回去了。也许是路远失掉了吧！

现在我不需要钱，请不要挂念。

此时外祖母的福体好否？长清、如兰、小弟弟的身体都

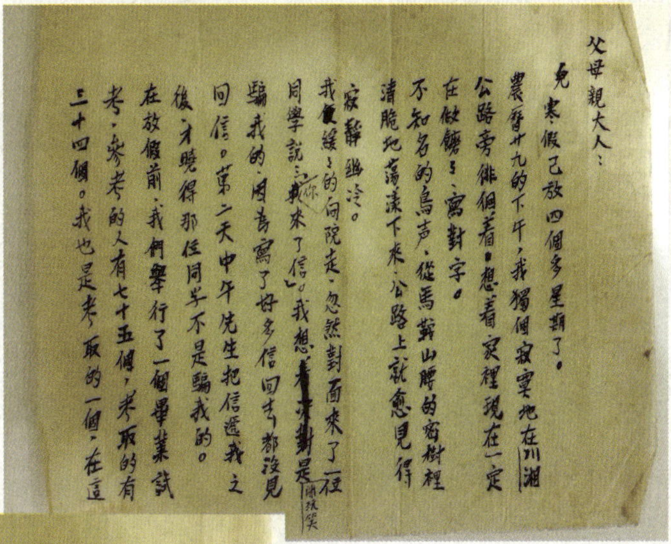

好吗？

重庆再谈。敬请

尊安！

儿　毓镕　上

农历正二

请不要回信，因我要到重庆去，我和毓焜分别了。我会给他去信，并暑假寒假可以请假回院。

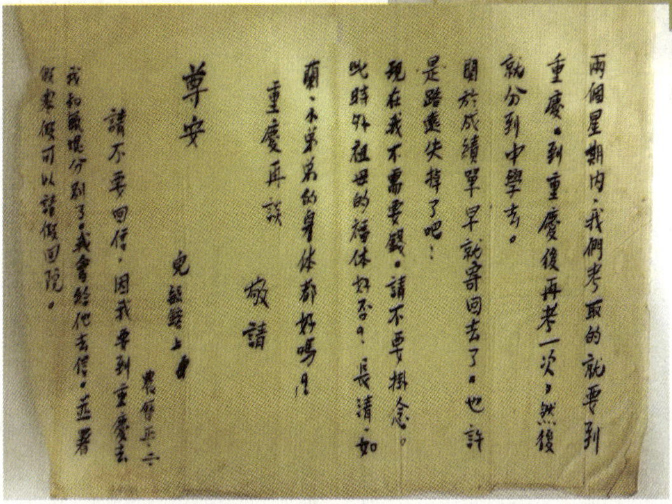

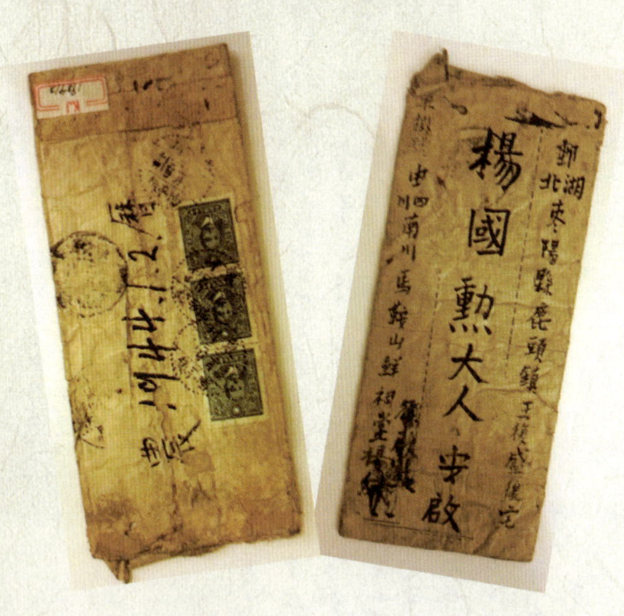

背景链接

这封家书是四川南川马鞍山直属第七保育院的保育生杨毓镕于1944年写给远在湖北枣阳的父母亲的。

全面抗战时期，日本帝国主义的侵略给中国人民带来了深重的灾难。为了拯救战争中的难童，保存民族的元气，一批有识之士要求政府将战争中的儿童教育作为一项重要的事业来开展。在此背景下，“中国战时儿童保育会”于1938年3月10日在汉口成立。它是一个由各党派爱国人士组成的救亡团体。在全面抗战的8年时间里，全国各地相继成立了20多个保育会分会和50多所固定儿童保育院，先后有近3万名战区儿童、孤贫儿童得到收容和教养。

写信人杨毓镕就是受保育院保护、培养的万千儿童之一。据杨毓镕自述，抗战全面爆发后，他跟随家人逃难乞讨。其间，他的家人偶然看到一张战时告示称：“凡是难童均可送保育院，保育院会将孩子转移到安全后方，并提供吃住、供读书，战争结束后，送孩子回家。”家人不忍心看着杨毓镕整天过着颠沛流离的生活，就把他送进了保育院。杨毓镕在保育院受到了较好的教育，自己也奋发努力，完成了小学课程，并通过了本校的毕业考试，被分配到重庆中学读书。

“中国战时儿童保育会”有明确的教育主旨和教育内容，即“保教合一”，要把儿童培养成国家的建设者。“中国战时儿童保育会”不仅重视儿童的文化教育，还注重其思想政治教育、生产劳动教育、健康教育和艺术教育。保育院的孩子读完小学后，都要经过考试，成绩好的被准许升入指定的国立中学，剩下的孩子会被送到各个工厂去学习技术，支援国家经济和国防建设。这一点从信中也得到了很好的印证。

据抗战胜利后发布的《战时儿童保育会八年来工作总报告》记载：“八年以来，共收容、教养儿童二万九千四百八十六名……总计历年来离院升学者共五千一百六十人，现升入大学者十七人，专科学校者五十四人，其中高中离校者二百零四人，现尚在中学肄业者尚有三千零八十人……总计八年来，习艺者一千八百六十名。”[①] “中国战时儿童保育会”所从事的保育事业，是“抗战中一件有关最后胜利和民族前途的大事业”，是中国近现代教育史上的一次伟大创举，为战时保存国家希望、培养后备人才做出了重要贡献。

（刘守华）

① 载于《民国档案》1996年第4期。

流亡途中祖父绝笔

这是一封特别的抗战家书，写信的人并不是战争前线的官兵，而是一位亲身经历了抗战时期大流亡的普通百姓。信中的每一句话、每一个字都饱含着普通人对战争的痛恨与无奈，对失散亲人的牵挂与思念，以及对安定团聚生活的热切期待。

家书原文

杰儿鉴：

昨由桂林发上一函，谅已接到。余本想同伯度师母、莲妹上独山，因当日火车拥挤，非公务人员难已〔以〕上车。燕南供职市政府，所以有此优待，其余家室人等乃雇民船两只疏散平乐[1]。余与锦德亦于十三号同行，余因四婆婆先两天叫船，在兴平暂住，情关至亲，不能不上岸一探。该处吉安人不下一二千，皆衡阳、桂林疏散者。论此处本是小小墟场，交通又不便利，并且接壤猺山，人心尚称稳定，差堪驻足。奈我只剩身上单衣，又无铺盖，资斧又不充裕，在近日天晴尚可抵御，设遇北风，岂不冻死。情迫无奈，于今早离开兴平市（距桂林下水廿里），往阳朔进发，路途茫茫，行至此间，得遇同乡恒庆祥萧君留住一宿，嘱宜坐船往平乐，大概明天首途。如会到锦德备妥川资，必暂刻回里一走，否则马上返转荔浦，或搭汽车或跑路，决议往柳州而来，再搭火车经金城江到独山。话虽如此说，真是千山万水，愁肠百结，奈乎阮籍途穷，不能不履此危险之路。余目光所察，本

① 平乐：广西桂林市平乐县。

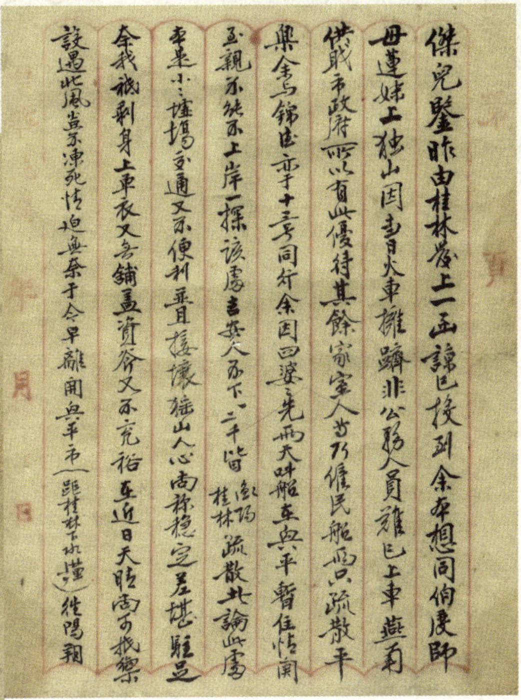

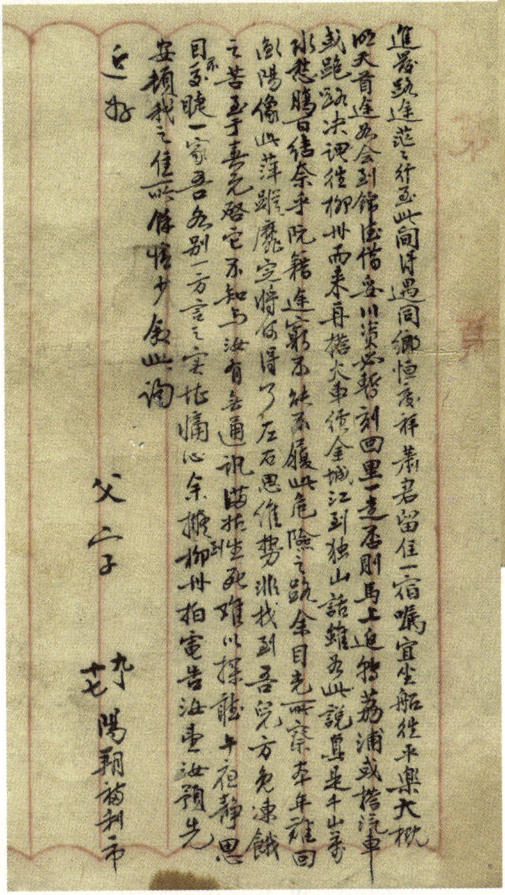

年难回衡阳，像此萍踪靡定，将何得了？左右思维，势非找到吾儿，方免冻饿之苦，至于春元启它，不知与汝有无通讯，满姑生死难以探听。午夜静思，目不交睫，一家五口，各别一方，言之实堪痛心！余拟到柳州拍电告汝，预先安顿我之住所。余情少叙，此询

近好！

父 字

九月十七　阳朔福利市

▲ 卢达杰

背景链接

这是抗日战争时期一位父亲写给儿子的一封家书，写于1944年。信的落款处的“父”，即我的祖父卢明璇；抬头的“杰儿”，即我的父亲卢达杰。

我的祖父卢明璇，字玉衡，江西吉安卢家洲人。少年时代即被我曾祖父送往湖南衡阳族人所开的典当铺做学徒。因勤奋好学，办事干练，在商号渐有发展。1928年至1934年，与他人合资开办“广利”钱庄，并独资开办“美最丽”鞋店，同时应族人之聘担任“集益”钱庄经理，逐渐在商界崭露头角，先后出任衡阳县商会委员、常委、副会长。1935年，与友人集资创办“协成”营造公司，任总经理。该公司曾承包粤汉铁路株（洲）韶（关）段桥涵工程。

1944年6月，日寇大举进犯衡阳。衡阳守军在卫戍司令方先觉将军率领下奋起反击。衡阳保卫战持续49天，终因敌我力量悬殊，衡阳沦陷。沦陷前夕，时在衡阳交通银行任职的父亲欲随银行部分职工撤离，遂劝祖父同行，以避兵乱。孰料祖父安土重迁，又心存侥幸，竟不愿与父亲同行，执意独自留守衡阳。父亲苦劝无果，只得随交行员工先期撤离。及至战事后期，眼看衡阳难以固守，祖父又与同乡结伴西撤，欲往桂林寻我父亲。孰料交行员工原拟西撤桂林，后因故改变路线，经湘、粤、赣等地辗转数月，最终抵达安徽屯溪。因此，祖父此行自然是南辕北辙，无法找到父亲了。天不遂愿，祸不单行，没想到更大的灾难降临到祖父的身上。逃亡途中，他不幸遭遇日寇，为其所俘并被迫当了挑夫。祖父一介文弱商人，体衰年迈，哪能经受住这般蹂躏？所幸不久他乘隙逃出敌人的魔爪，后几经辗转，备尝艰辛，于1944年9月17日抵达广西阳朔一个叫福利市的小镇。

▲ 大批向后方迁移的难民

此时的祖父饥寒交迫，孤苦伶仃，远望家乡，云山隔断；“一家五口，各别一方”，“生死难以探听”。凡此种种，令其“愁肠百结”，“实堪痛心”，“午夜静思，目不交睫”。身处绝境之中的祖父为了早日返乡，与亲人团聚，遂于抵达福利市的当日，写下了这封求助的家书。然而当时正值战乱，邮路不通，直至抗战胜利后，这封家书才经由衡阳交通银行投递到已在屯溪交通银行任职的父亲手中。之后，父亲又接到一位周姓同乡的来信，方才得知祖父寄出这封信后不久，又离开福利市流落到柳州，后因身患疟疾，缺医无药，不幸病故，被周某等同乡安葬于柳州示范农场。

80多年过去了，如今面对这封依然保存完好、字字流血、句句含泪的祖父绝笔，我仿佛回到了那令人不堪回首的苦难岁月，山河破碎，民族危亡，国仇家恨不禁涌上心头。“前事不忘，后事之师”。值此抗战胜利80周年之际，重读这封弥足珍贵的家书，更是百感交集，心绪难平。作为中华儿女，我们永远不能忘记日本帝国主义对中国人民犯下的滔天罪行，永远不能忘记抗日先辈的丰功伟绩，永远不能忘记“落后就要挨打”这一至理箴言。我们后代子孙只有发愤图强，振兴中华，才能让异族侵略、生灵涂炭的民族悲剧永远不再上演，才能让我们的民族永远屹立于世界民族之林，才能最终完成中华民族伟大复兴的宏图大业。

（卢百强）

北平沦陷的八年

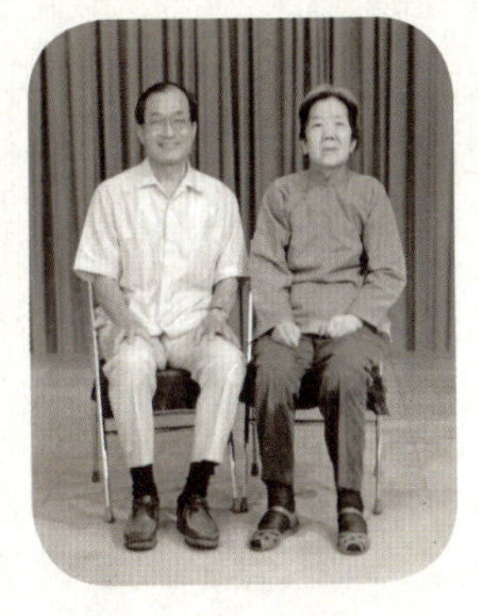

▲ 姜淮章（左）和姜淑章（右）

1937—1945年，北平沦陷在日本侵略者手中整整八年。面对刺眼的军刀和太阳旗，这座沦陷的都市，在承受怎样的屈辱？姐弟之间的一封家书，跨越八年情思，诉说着怎样的内心感受？

家书原文

姐：

现在仗打完了。报上载，说北平已经有我们的机关去办公了。已经是八年了，我离开家是八年，北平沦陷也是八年。以前写信什么话也不能说，以后可以随便说了。你这几年在日本鬼子的地方生活一定苦得很，我可惜不在国内，不然一定回一次北平来看你，让我详细的写一点吧。

我离家便去长沙上了半年课，便去昆明，是步行的，不过仍是很安适。在昆明从五月念到八月便算毕业了，便在清华农业研究所作事，一下便是六年。物质越过越苦，从离家之后便没有做过一套新西装，连衬衣都算得出买几件。在去年八月便开始办出国的手续，那时的确是苦到了家了，衣服也差不多全是破旧的了。但是你知道我的破烂东西临走时卖了多少钱（等于北平的打鼓的）？卖了七千元，你便可以知道物价是个什么样子。十月十九日动身，是乘飞机到印度，在印等船四十天才航海，又是三十多天，今年一月七日到美国的西部上岸，只有几天便来学校上学了。一切都很好，请勿念。

我以前告诉过你，我和一位姓沈的小姐好，这次是和她一起来的，她是去另外一个学校，暑假时她便来这里，以后便在一个学校念书了。再过些时候，我想结婚了，你说好不好？这几年的日子是苦的，不过总算还好，熬了几年，现在出来了。我在这里大致还得三年（方可以念完），若是经济可以有办法，我预备念了博士再回去。我现在是同时在学系里做事，每月有七十元，勉强够用，以后反正走着看，总可以有办法。美国的地方富，一切经营管理又得法，所以虽然打了几年仗，仍是一点都不苦。早就听说北平要吃豆饼，生活最后的一年更不知怎样了。算来是有一年没有接到你的消息了，我走时曾托好人替我把你〈的〉信转来，但是也没见过，不知是不是你没有寄？你近来的生活如何？我非常希望知道。

打完仗，别人一定可以有机会见到久别的人，但是我又在外国，不能来看你，你以后的计划怎样？仍旧在北平行医，还是到南方去？姐，我实在想象不出你的近况是怎样的，经济如何？业务如何？精神如何？身体如何？朋友的来往如何？舅母等仍在北平否？安姐结婚未？新哥有信否？七叔处是否一直有信？你要详详细细告我的！若是可以一直寄美国，便一直寄：（Mr. Huai-Chang Chiang/Division of Entomology/University of Minnesota/St. Paul, 8, Minn. U.S.A.）。不然，便寄昆明大观路二四四号沈阶平（沈小姐的父亲）转或是昆明联大生物学系黄浙[①]先生（我的老同学）转都可以。我再过三四个月便可以决定，也许可以汇给你些钱，不过用处一定不太大，因为东西一定贵极了。这信仍是请黄浙先生转的，以后若可以直接寄，我便直接寄给你。再谈，祝好！

弟弟　上

北平宣外大街五十四号姜淑章先生

背景链接

1937年7月29日，北平沦陷，从此遁入日伪统治的八年长夜中。

在沦陷区，多数民众生活在缺乏基本人权的困境中：随时而来的杀戮、强奸、抢劫，政治上的“贱民”地位，城市大量失业，无法保证基本需求的粮食配给制度，即使由豆饼、树皮、草根等54种东西制成的“混合

①黄浙：姜淮章先生的同学，1939年毕业于清华大学，后为山东大学生物系教授。

▲ 1937年7月29日北平沦陷

面”也无法足量供应。1943年内，北平有时日均死亡300人之多。日伪在农村实施保甲制度，农民随时面临着大量服役、摊派和被抓的惊恐。据调查，北平市民负担的税费项目分别有户别捐、特务捐、雇夫费、家具费、门牌捐、甲务费、联乡费、报纸费、木材砖费、地亩捐、大车捐、讨伐费、契约附加捐、并团费等。更多的还有敌伪的敲诈，强迫“送礼、慰劳”的负担。

▲ 日伪统治下北平街头乞讨的儿童

日伪统治者滥发货币导致沦陷区物价飞涨，生活资源匮乏，人民生活苦不堪言，而日伪用回收的法币到未沦陷区大量收购物资、外汇和金银，对中国人民进行第二层剥削。日伪统治者还通过发行公债、强制储蓄等手段搜刮北平民众的大量资金，以支付军费开支。

凡此种种，人民生活的困苦可想而知……

也就是在这个时候，我的母亲姜淑章和舅舅姜淮章失去了联系，这一别就是40多年。这封泛黄的信是舅舅随清华大学南迁留学美国后托人辗转带回来的。当时抗战刚刚胜利，北平刚刚摆脱日伪长达八年的黑暗统治。

▲ 姜淑章，1941 年摄于山西

“七七”事变前，舅舅姜淮章在清华大学上学。“七七”事变后，随着清华大学南迁至长沙，后又迁至昆明。毕业后在清华大学农研所工作，后赴美留学，攻读博士学位，留在美国明尼苏达州立大学任昆虫系教授。母亲则在北平开了一家小诊所。兵荒马乱，姐弟异地，她的诊所经常遭到汉奸、特务的骚扰。虽然她自己有工作，但因为当时的人们生活很苦，看病出诊经常收不回诊费，再加上苛捐杂税非常多，她只能

▲ 家庭合影，前排大人左起：窦莲云、姜淮章、七婶、姜淑章、窦志先、李钧，1975 年摄于北京

勉强维持生活。母亲28岁时，外公在山西被日本人害死，她一人赶赴山西为外公料理后事，其艰难和痛苦可想而知。

母亲在50年代和60年代一直托人打听舅舅的消息，却一直没能联系上。随着尼克松总统的访华，中美坚冰打破了，我母亲也终于等来了弟弟姜淮章要回国的消息。

1975年舅舅随联合国粮农组织访华、讲学。那时我母亲已身患重病，几乎不能说话，但她每天都要坐在屋门口等待，直到她的弟弟出现在她的面前，姐弟二人相拥而泣。

当时，舅舅用我们自制的木轮车推着我母亲，到位于菜市口的人民照相馆，照了一张合影。不久，舅舅返回美国，我母亲就躺倒了，再也没能起来，同年11月去世，但她了却了一桩夙愿。

舅舅在美国任教时，曾担任国际玉米螟研究协作组主席长达14年，直至退休。国际玉米螟研究协作组是由玉米螟专家和玉米育种专家组成的国际学术组织，成立于1969年，先后有美国、加拿大、法国、奥地利、西班牙、苏联以及中国等15个国家的成员。舅舅担任主席时，表示希望由中国作为东道国主持一届会议。他的提议在第13届会议上获得一致通过，决定第14届会议在中国召开。1986年9月，第14届国际玉米螟学术讨论会如期在北京召开。这是该协作组成立17年来第一次在亚洲举行会议，并取得了很大成功。

舅舅虽然在美国任教，却非常关心新中国的经济发展，希望为自己的祖国多做一点事情。他多次随学术团体访华，到各地大学讲学，办展览会，出版过多部学术作品，为昆虫学界做出了贡献。

2005年3月，舅舅在纽约去世，享年90岁。

（窦莲云）

台湾同胞的寻根之旅

这是一封很有象征意义的家书。台湾是祖国大家庭中的一员，抗战胜利了，然而台湾的乱象并没有停止，故丘念台先生希望组织“台湾光复谢恩团”到大陆感恩致敬，寻找民族血脉和国家认同。

家书原文

振骧先生台鉴：

台湾光复谢恩团事，蒙鼎力协助，幸得成就。兹因人欵均定，各事略诀，谨请预为准备各项如下：

一、由台北赴上海飞机出发日期 八月廿六日下午。

二、台北集合日期：八月二十三日正午到台北大正町六条通五四签到（为外省党部省公署、银行、航空公司等处接洽及自己会商进行起见，提早三日集合）。

三、二寸半身相片：准备十五张，请于十八日以前先取六张连同略历表寄来敝寓，以便申请飞机及入党等用（已交者不必再交）。

四、个人零用旅费：如需要代汇者，请于本月二十日以前汇到，以便向省公署申请官价汇沪。

五、党证：已入党者请携带或抄记号数；未领党证者请即将寄上申请书，填妥，即日寄来，以便代办入党较妥。

余不赘　此请

大安！

愚弟　丘念台　上

中华民国卅五年八月十二日

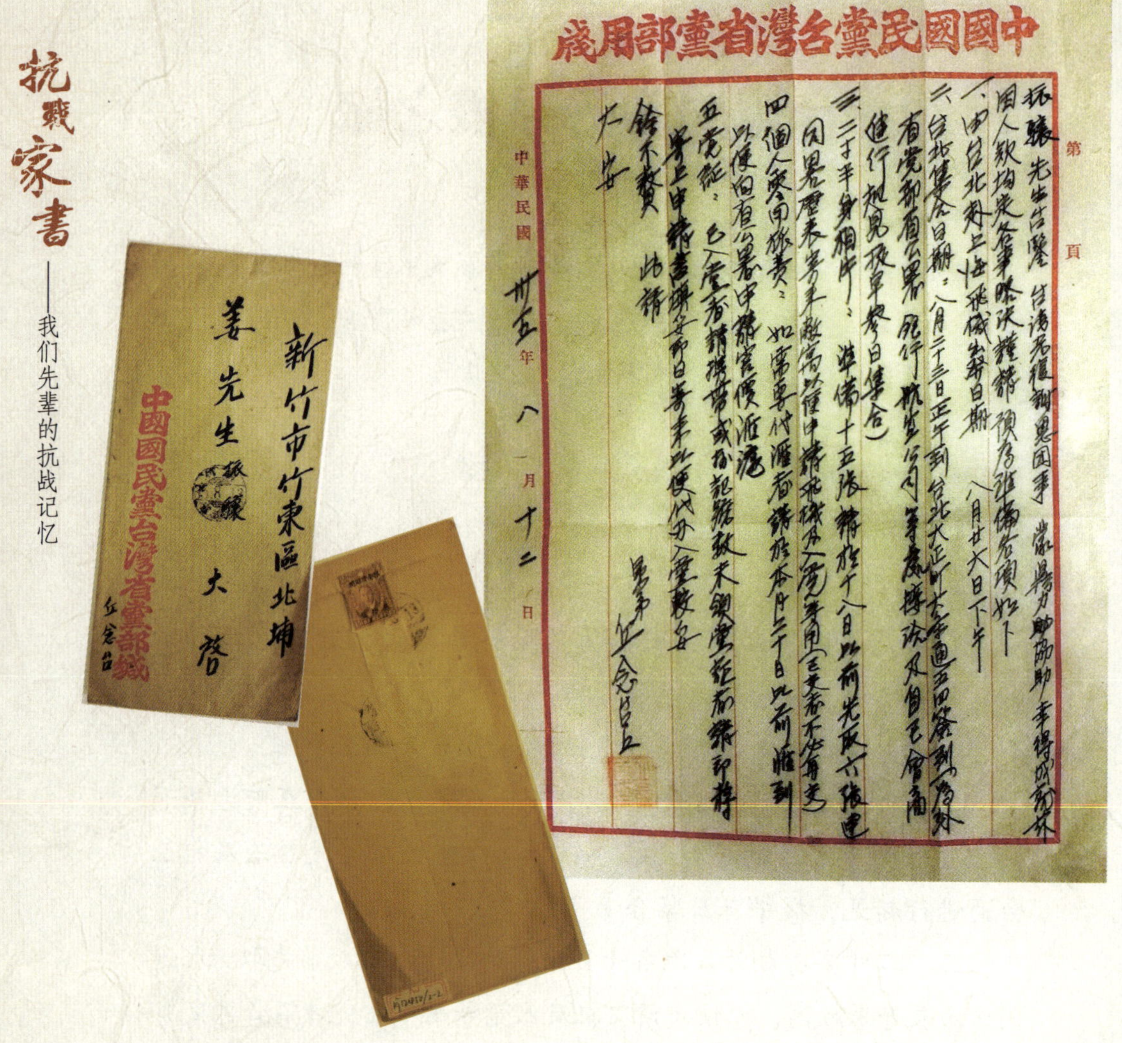

新竹市竹東區北埔
姜先生振驤 大啓
中國國民黨台灣省黨部緘 丘念台

中國國民黨台灣省黨部用箋

振驤先生台鑒：台灣光復致敬團事，業經努力協助，幸得成就，林
同人欽均決定參加，除次離辦，須予準備各項如下：
一、由台北乘上海飛機出發日期（八月廿六日下午）
二、台北集合日期：八月二十三日正午到台北大正町本會通五田發到，候外省黨部面公署飛行機出發，同等處接洽及自己會商進行拜見預早參日集合）
三、二寸半身相片二準備十五張，請於十八日以前先交六張連同履歷表寄來，以便申請飛機及[illegible]（[illegible]）
四、個人來回旅費二二 如需要代匯者，請於本月二十日以前匯到，以便由省公署申請便匯滬
五、黨証二 已入黨者請攜帶或[illegible]來，領黨証者請即將寄上申請書填妥即日寄來，以便代[illegible]入黨[illegible]
餘不多贅，此請
大安
弟 丘念台上
中華民國卅五年八月十二日

背景链接

写信人丘念台（1894—1967），台湾省台中县人，台湾抗日名将丘逢甲之子。1913年赴日留学，在日本随父加入同盟会。1925年毕业于东京帝国大学研究部。回国后历任沈阳兵工厂技师、辽宁西安煤矿公司采矿主任。“九一八”事变后，随马占山部抗日，后自组义勇军，参加长城抗战。全面抗战时期曾任第四战区及第七战区少将参议。1943年任国民党台湾直属党部执行委员。1945年任国民党中央监察委员兼国民党台湾省党部委员。

著有自传《岭海微飙》。

收信人姜振骧（1895—1977），台湾抗日义士姜绍祖之子。日据时期，于台湾“总督府”国语学校毕业，曾任北埔庄协议会员、新竹州协议会员和“总督府”评议会员等职。1945年台湾光复后，担任过新竹参议员、北埔乡民代表会主席、义民中学董事长和新竹区合会储蓄有限公司董事长等职。

1945年8月15日，日本宣布无条件投降，台湾重新回到祖国怀抱。但由于台湾与祖国长达50年的隔离，再加上国民政府派到台湾的接管人员素质良莠不齐、台湾当局政治经济政策的失败等，国民政府与台湾民众之间的隔阂逐渐加深，对立情绪日益加剧。

参加过祖国抗战的丘念台，目睹了“上下不了解，内外有隔膜，训致误解更深，怨愤愈大。自上看下，误为故意撒野；而由下看上，则诋其自私无能”的局面，非常担心长此以往会导致台湾爆发更大的社会危机。有鉴于此，丘念台决议筹组“台湾光复谢恩团”（后更名为“台湾光复致敬团”），赴大陆“拜谒中山陵、晋谒当时中央政府要人、献金抚慰抗战阵亡将士家属、充实教育设备、恭祭黄帝陵”等。

从1946年6月起，丘念台奔走于各市县，邀集各地知名人士15人，8月下旬“谢恩团”终于组成，由省议员林献堂担任团长。

此信就是“谢恩团”临行前夕，丘念台为筹划安排出发事宜而写给姜振骧的。从出发的行程到团员个人资料的准备，再到个人旅费的汇寄，念台先生都一一想到，体现了他周全的安排和精心的考虑。

念台先生的良苦用心，最终取得了良好的效果。1946 年8月29 日，“谢恩团”一行15 人从台北飞抵上海，受到上海台湾同乡会等团体的热烈欢迎。“谢恩团”分别赴南京、耀县（今铜川市耀州区）等地进行了祭拜中山陵、遥祭黄帝陵等一系列活动，10月5日返回台北，共在大陆活动37天。“谢恩团”每到一处，都表达了抗战胜利后台湾人民重获自由的兴奋和心向祖国的爱国情怀，同时感受到了祖国人民的浓浓民族情和同胞爱。

（刘守华）

附录

征集家书、日记、回忆录

一、征集范围

1. 家人、亲友之间的通信，包括信纸和信封。字数不限，年代不限，地域不限。

2. 日记、笔记、手稿、回忆录、传记、家谱、族谱、家史等非官方资料。

3. 申请书、报告书、证书、照片、礼单、账本、契约、字据等私人档案。

二、征集用途及捐赠者权益

☆ 我们欢迎无偿捐献原件，复印件也可以。具有一定文化价值的应征家书等均作为国家文化遗产由中国人民大学家书博物馆正式收藏，同时为捐献者颁发荣誉证书。您也可以与我们签订寄存协议，把家书档案寄存在我馆。

☆ 我们将严格遵守国家相关规定，切实保护捐赠者和寄存者的应有权益。比如，所有应征家书、日记、回忆录等的著作权归原作者所有；对家书资料较为丰富的捐献者，可建立实物和电子版人物全宗档案；捐赠者对捐献的家书等资料，享有优先利用权，并可以对其中不宜公开的部分提出限制利用的意见。

☆ 征集单位将从捐赠的文献中整理出版中国民间家书系列、民间日记系列、民间回忆录系列丛书，被选中者将获得相应稿酬和免费样书。

☆ 具有一定文化价值的家书文献，将有幸参加家书展览和家书文化论坛。

三、注意事项

1. 邮寄之前，请附上家书所有者是否同意捐赠及家书作者是否同意公开发表的书面意见，并请把家书相关背景和照片一并寄来。

2. 如果不同意发表时署真名，或有其他意见，敬请在来信中写明。

3. 来函敬请注明您的通信地址、邮编、联系电话，以便我们与您联系。

四、联络方式

征集地址： 北京市海淀区中关村大街59号中国人民大学家书博物馆

邮政编码： 100872

征集热线： 010-88616101　62510365

联 系 人： 张颖杰

电子邮箱： jiashumuseum@126.com

官方网站： http://jiashu.ruc.edu.cn/

微信平台： 我们的家书 ourletters

法律顾问： 陈茂云律师

中国人民大学家书博物馆

中国人民大学家书文化研究中心

抢救民间家书项目组委会

二〇二五年四月十日